EL ÚLTIMO TREN A LA LIBERTAD

EL ÚLTIMO TREN A LA LIBERTAD

MEG WAITE CLAYTON

Editado por HarperCollins Ibérica, S.A.
Núñez de Balboa, 56
28001 Madrid

El último tren a la libertad
Título original: The Last Train To London
© 2019, Meg Waite Clayton, LLC
© 2020, para esta edición HarperCollins Ibérica, S.A.
Publicado por HarperCollins Publishers LLC, New York, U.S.A.
© Traducción del inglés, Carlos Ramos Malavé

Diseño de cubierta: Andrea Guinn
Imágenes de cubierta:
© Mark Owen/Trevillion Images (chico)
© Serjio74/olga che/Shutterstock (estación de tren)

ISBN: 978-84-9139-467-9
Depósito legal: M-40542-2020

Para Nick,
y en recuerdo de
Michael Litfin
(1945-2008),
que le contó las historias del
Kindertransport a mi hijo,
que a su vez me las trasladó a mí,
y
a Truus Wijsmuller-Meijer
(1896-1978)
y a los niños que salvó.

Lo recuerdo: sucedió ayer, o hace una eternidad... Y ahora el niño se vuelve hacia mí. «Dime», me pide, «¿qué has hecho con mi futuro, qué has hecho con tu vida?»... Una persona íntegra puede marcar la diferencia, la diferencia entre la vida y la muerte.

Elie Wiesel, en su discurso de aceptación del Premio Nobel de la Paz, entregado en Oslo el 10 de diciembre de 1986.

NOTA DE LA AUTORA

Tras la anexión alemana del país independiente de Austria en marzo de 1938 y la violencia de la «Noche de los cristales rotos» aquel mes de noviembre, comenzó un intento extraordinario por poner a salvo en Gran Bretaña a diez mil niños. Aunque es una obra de ficción, esta novela está basada en el Kindertransport de Viena dirigido por Geertruida Wijsmuller-Meijer, de Ámsterdam, quien había empezado a rescatar a pequeños grupos de niños ya en 1933. Para los niños, era conocida como Tante Truus.

Primera parte

LA ÉPOCA ANTERIOR

DICIEMBRE DE 1936

EN LA FRONTERA

Unos copos gruesos suavizaban el paisaje desde la ventanilla del tren: un castillo cubierto de nieve sobre una colina nevada se alzaba como un fantasma entre la ventisca, el revisor gritaba «Bad Bentheim; llegamos a Bad Bentheim, Alemania. Los pasajeros que continúen hacia los Países Bajos deben mostrar sus documentos». Geertruida Wijsmuller —una holandesa de mentón y nariz pronunciados, con la boca grande y los ojos de un gris de cachemir— besó al bebé que llevaba en el regazo. Lo besó una segunda vez y dejó los labios sobre su frente suave. Se lo entregó entonces a su hermana y le quitó la kipá al hermano mediano. *Es ist in Ordnung. Es wird nicht lange dauern. Dein Gott wird dir dieses eine Mal vergeben,* respondió Truus a las quejas de los niños, en su propio idioma. «No pasa nada. Solo será un momento. Vuestro Dios nos perdonará esta vez».

Cuando el tren se detenía, el niño pequeño se acercó a la ventanilla, gritando «¡Mamá!».

Truus intentó domarle el pelo mientras seguía su mirada a través del cristal manchado de nieve: los alemanes colocados en filas ordenadas en el andén pese a la tormenta, un portaequipajes con un carro cargado de maletas, un hombre encorvado con un cartel donde anunciaba un sastre. Sí, también estaba la mujer que el niño veía; una mujer delgada vestida con abrigo oscuro y una bufanda,

15

de pie junto al carrito de las salchichas, de espaldas al tren, mientras el niño la llamaba de nuevo: «¡¡¡Mamá!!!».

La mujer se volvió, dando un mordisco grasiento a su salchicha mientras levantaba la mirada hacia los letreros informativos de la estación. El niño puso cara larga. No era su madre, claro.

Truus lo acercó a ella y le susurró: «Ya pasó, ya pasó», incapaz de hacer promesas que no pudieran cumplirse.

Las puertas del vagón se abrieron con un fuerte chirrido y mucho estruendo. Un guardia fronterizo nazi del andén extendió el brazo para ayudar a una pasajera que bajaba del tren, una alemana embarazada que aceptó su ayuda con una mano enguantada. Truus se desabrochó los botones de perlas de sus guantes amarillos de cuero y se aflojó los puños festoneados. Se quitó los guantes y el cuero se enganchó en un anillo de rubí situado entre otros dos anillos mientras, con manos que ya empezaban a arrugarse y a llenarse de manchas, le secó las lágrimas al muchacho.

Les arregló el pelo y la ropa, dirigiéndose a ellos por su nombre, pero sin perder un segundo, atenta a la fila menguante de pasajeros.

—Muy bien —dijo, limpiándole la baba al bebé mientras desembarcaban los últimos pasajeros—. Id a lavaros las manos, como hemos practicado.

El guardia fronterizo nazi ya estaba subiendo las escaleras.

—Venga, daos prisa, pero lavaos muy bien las manos —les dijo Truus con calma. A la niña le dijo—: Mantén a tus hermanos en el lavabo, cariño.

—Hasta que vuelvas a ponerte los guantes, Tante Truus —respondió la niña.

Era necesario que no pareciese que Truus estaba escondiendo a los niños, pero tampoco quería tenerlos demasiado cerca durante la negociación. «Fijamos la mirada no en lo que se ve, sino en lo que no se ve», pensó, y se llevó inconscientemente el rubí a los labios, como un beso.

Abrió su cartera, algo más delicado de lo que habría llevado de haber sabido que regresaría a Ámsterdam con tres niños. Buscó en su interior, quitándose los anillos mientras los niños, situados ahora detrás de ella, se alejaban por el pasillo.

Frente a ella apareció el guardia fronterizo. Era un hombre joven, pero no tanto como para no estar casado, o para no tener hijos.

—¿Visados? ¿Tiene visados para salir de Alemania? —le preguntó a Truus, la única adulta que quedaba en el vagón.

Truus siguió buscando en su cartera, como si fuera a sacar los papeles que le pedía.

—Los niños pueden ser difíciles, ¿verdad? —respondió con amabilidad mientras tocaba su pasaporte holandés, aún en la cartera—. ¿Usted tiene hijos, agente?

El guardia le ofreció el amago de una sonrisa.

—Mi esposa está embarazada de nuestro primer hijo. Quizá para el día de Navidad.

—¡Qué afortunados son! —exclamó Truus, sonriendo ante su buena suerte mientras el guardia miraba hacia el ruido del agua corriendo en el lavabo, y los niños parloteando como pinzones. Dejó que el hombre asimilara aquella idea: pronto tendría un bebé, igual que el pequeño Alexi, quien crecería hasta convertirse en un niño como Israel, o su querida Sara.

Truus toqueteó el rubí, reluciente y caliente en el anillo solitario que le quedaba ahora puesto.

—Imagino que tendrá algo especial para su esposa, para celebrar la ocasión.

—¿Algo especial? —repitió el nazi, devolviéndole su atención.

—Algo hermoso para que se ponga todos los días, para recordar un momento tan especial. —Se quitó el anillo y agregó—: Mi padre le regaló esto a mi madre el día en que nací.

Con dedos firmes y pálidos, le ofreció el anillo de rubí junto con su pasaporte.

El joven aceptó solo el pasaporte, lo examinó y miró de nuevo hacia la parte trasera del vagón.

—¿Esos son sus hijos?

Los niños holandeses podían incluirse en los pasaportes de sus padres, pero en el suyo no aparecía ninguno.

Giró el rubí para que reflejara la luz y dijo:

—Los niños son lo más preciado que existe.

CHICO CONOCE A CHICA

Stephan salió por la puerta y bajó corriendo los escalones cubiertos de nieve, con el bolso dando golpes contra la chaqueta de la escuela mientras corría hacia el Burgtheater. Se detuvo en seco a la altura de la papelería: la máquina de escribir seguía allí, en el escaparate. Se subió las gafas por la nariz, pegó los dedos al cristal del escaparate y fingió escribir.

Siguió corriendo, abriéndose paso entre la multitud del Christkindlmarkt, con el olor del vino caliente especiado y el pan de jengibre, diciendo «¡Perdón, perdón! ¡Perdón!», con el gorro calado hasta las orejas para evitar que le reconocieran. Su familia era gente de bien: su riqueza provenía de la empresa de chocolates fundada con su propio dinero, y mantenían sus cuentas en la columna del Haber del banco Rothschild. Si llegaba a oídos de su padre que había derribado a otra anciana por la calle, aquella máquina de escribir seguiría estando más cerca del árbol de Navidad de la Rathausplatz que del árbol que tenían en el salón de invierno en casa.

Saludó con la mano al anciano del quiosco de prensa.

—¡Buenas tardes, Herr Kline!

—¿Dónde ha dejado su abrigo, señorito Stephan? —le preguntó el anciano.

Stephan miró hacia abajo —se había vuelto a dejar el abrigo en clase—, pero aminoró la marcha solo cuando llegó a la Ringstrasse, donde una protesta nazi cortaba el paso. Se introdujo en el templete cubierto de carteles pegados y bajó los escalones metálicos hacia la oscuridad del mundo subterráneo vienés, para salir después por el lado de la calle donde se hallaba el Burgtheater. Atravesó las puertas del teatro y bajó los escalones de dos en dos hasta la barbería situada en el sótano.

—¡Señorito Neuman, qué grata sorpresa! —dijo Herr Perger, enarcando las cejas blancas por detrás de sus gafas, tan negras y redondas como las del propio Stephan, si bien menos manchadas de nieve. El barbero se agachó y recogió con el cogedor los últimos recortes de pelo de aquel día—. Pero si hace poco que…

—Solo un corte rápido. Han pasado ya semanas.

Herr Perger se incorporó y tiró el pelo al cubo de la basura, después dejó la escoba y el cogedor junto a un violonchelo apoyado en la pared. «En fin, la memoria no es tan rápida en una mente anciana como en una mente joven, imagino», comentó con cariño, señalando con la cabeza hacia la silla. «O quizá no sea tan rápida en la mente de un joven con dinero de sobra».

Stephan dejó caer la bolsa de la escuela y algunas páginas de su nueva obra se esparcieron por el suelo, pero ¿qué importaba? Si solo era Herr Perger. Se quitó la chaqueta, se acomodó en la silla y se quitó las gafas. El mundo se volvió borroso, el violonchelo y la escoba ahora parecían una pareja bailando el vals en una esquina, y la cara que asomaba en el espejo por encima de la pajarita podría ser la cara de cualquiera. Se estremeció cuando Herr Perger le cubrió con la capa; a Stephan no le gustaban nada los cortes de pelo.

—He oído que van a empezar los ensayos de una nueva obra —comentó—. ¿Es de Stefan Zweig?

—Ah, sí, es usted un gran admirador de Herr Zweig. ¿Cómo he podido olvidarlo? —dijo Otto Perger, burlándose en cierto modo de Stephan, pero con cariño, y además Herr Perger conocía todos los secretos de los dramaturgos, de las estrellas y del teatro.

Los amigos de Stephan no sabían de dónde sacaba todas sus exclusivas; pensaban que conocía a alguien importante.

—La madre de Herr Zweig sigue viviendo aquí en Viena —dijo Stephan.

—Y aun así no suele anunciar sus visitas cuando viene de Londres. Bueno, aun a riesgo de decepcionarle, Stephan, la nueva obra de teatro es de Csokor, *3 de noviembre de 1918*, sobre la caída del Imperio austrohúngaro. Se ha especulado mucho sobre si finalmente se representará o no. Me temo que Herr Csokor ha de vivir siempre con la maleta hecha. Pero me han dicho que sigue adelante, si bien con un descargo de responsabilidad que asegura que el autor no pretende ofender a ninguna nación del antiguo Imperio alemán. Un poco de esto, un poco de aquello, lo que sea necesario con tal de sobrevivir.

El padre de Stephan habría objetado que aquello era Austria, no Alemania; el levantamiento nazi aquí había sido sofocado hacía años. Pero a Stephan no le importaba la política. Stephan solo quería saber quién sería el protagonista de la obra.

—¿No quiere intentar adivinarlo? —le sugirió Herr Perger mientras giraba a Stephan en la silla hacia él—. Se le da muy bien, si no recuerdo mal.

Stephan mantuvo los ojos cerrados y volvió a estremecerse involuntariamente, aunque, por suerte, ningún mechón de pelo le cayó sobre la cara.

—¿Werner Krauss? —dijo.

—¡Ahí está por fin! —exclamó Herr Perger con un entusiasmo sorprendente.

El barbero giró de nuevo la silla hacia el espejo y Stephan se sobresaltó al ver —borroso, sin las gafas puestas— que Herr Perger no se refería a su respuesta, sino que hablaba con una niña que había salido como un girasol surrealista de la rejilla de ventilación situada en la pared por debajo de su reflejo. La niña se plantó frente a él, con las gafas manchadas, las trenzas rubias y los pechos incipientes.

—Ay, Žofie-Helene, tu madre se pasará la noche entera limpiándote ese vestido —dijo Herr Perger.

—No era una pregunta muy justa, abuelo Otto, porque hay dos protagonistas masculinos —dijo alegremente la niña, con una voz que estremeció a Stephan, como el primer si bemol del «Ave María» de Schubert; su voz y el sonido lírico de su nombre, Žofie-Helene, además de la cercanía de sus pechos.

—Es la lemniscata de Bernoulli —dijo ella, tocándose un colgante de oro que llevaba al cuello—. El polinomio X al cuadrado más Y al cuadrado elevado al cuadrado es igual al producto de X al cuadrado menos Y al cuadrado multiplicado por dos A al cuadrado.

—Eh… —Stephan se ruborizó al darse cuenta de que le había pillado mirándole los pechos, aunque ella no lo supiera.

—Me lo regaló mi padre —dijo—. A él también le gustaban las matemáticas.

Herr Perger le quitó la capa, le entregó sus gafas y no aceptó el cuproníquel, diciendo que esta vez no le cobraría. Stephan volvió a guardar las páginas de la obra en su bolsa, porque no quería que esa niña la viera, o el hecho de que tuviera una obra de teatro, que imaginaba que podría escribir algo que mereciese la pena leer. Se detuvo, confuso: ¿el suelo estaba totalmente limpio?

—Stephan, esta es mi nieta —le dijo Otto Perger, con las tijeras aún en la mano y la escoba y el cogedor sin tocar junto al violonchelo—. Žofie, es posible que Stephan esté tan interesado en el teatro como lo estás tú, aunque le gusta más llevar el pelo bien arreglado.

—Encantada de conocerte, Stephan —dijo la niña—. Pero ¿no has venido a por un corte de pelo que no necesitabas?

—Žofie-Helene —la reprendió Herr Perger.

—Estaba indagando por la rejilla. No necesitabas cortarte el pelo, así que el abuelo Otto ha fingido que te lo cortaba. Pero, espera, ¡no me lo digas! Déjame adivinarlo. —Miró a su alrededor: el violonchelo, el perchero, después a su abuelo y, de nuevo, al propio Stephan. Se fijó en su bolso—. ¡Eres actor! Y el abuelo lo sabe todo sobre este teatro.

—Creo que pronto descubrirás, *Engelchen*, que Stephan es escritor —dijo Otto Perger—. Y debes saber que los grandes escritores hacen cosas muy extrañas solo por vivir la experiencia.

Žofie-Helene miró a Stephan con interés renovado.

—¿De verdad eres escritor?

—Me… me van a regalar una máquina de escribir por Navidad —respondió Stephan—. O eso espero.

—¿Las fabrican especiales?

—¿Especiales?

—¿No es raro ser zurdo?

Stephan se miró las manos, confuso, mientras ella volvía a abrir la rejilla de la que había salido y se colaba en la pared a cuatro patas. Segundos después, volvió a asomar la cabeza.

—Entonces ven, Stephan; los ensayos están a punto de terminar —le dijo—. No te importará mancharte un poco esa ropa tuya de escritor, ¿verdad? Por vivir la experiencia.

RUBÍES O IMITACIÓN

Uno de los botones de perlas del puño festoneado del guante de Truus se soltó cuando, con el bebé en una mano, trató de agarrar al niño; estaba tan absorto en el inmenso techo abovedado de hierro fundido de la estación de Ámsterdam que estuvo a punto de caerse al bajar del tren.

—Truus —le gritó su marido mientras agarraba al niño de la mano y lo dejaba en el andén. Ayudó también a bajar a la niña, y a Truus y al bebé.

Ya en el andén, Truus aceptó el abrazo de su marido, un gesto público poco frecuente.

—Geertruida —dijo—, ¿acaso Frau Freier no podía…?

—Por favor, no empieces con eso ahora, Joop. Lo hecho hecho está, y estoy segura de que la esposa de ese agradable guardia que nos permitió cruzar la frontera necesita más que nosotros el rubí de mi madre. ¿Dónde está tu espíritu navideño?

—Dios mío, no me digas que te has arriesgado a sobornar a un nazi con una imitación.

Ella le dio un beso en la mejilla.

—Dado que ni tú mismo eres capaz de distinguir la diferencia, cariño, no creo que ninguno de los dos vayáis a descubrirlo en un futuro próximo.

Joop se rio a pesar de todo, tomó al bebé en brazos, sujetándolo de forma incómoda, aunque logró calmarlo; era un hombre al que le encantaban los niños, pero que no tenía ninguno, pese a haber pasado años intentándolo. Truus se metió las manos en los bolsillos, pues ya no tenía el calor del bebé, y palpó la caja de cerillas de la que se había olvidado por completo. Era un tipo raro el médico del vagón que se la había dado. «Sin duda ha sido enviada por Dios», le había dicho mirando con cariño a los niños. Dijo que siempre llevaba encima una piedra de la suerte y quería que ella la tuviese. «Para que usted y los niños estén a salvo», insistió, abrió la cajita y le mostró una piedra plana muy antigua que no tendría ninguna función de no ser una piedra de la suerte. «En los funerales judíos, uno no regala flores, sino piedras», le dijo, y eso hizo que le resultara imposible rechazar el obsequio. Después se bajó en Bad Bentheim, antes de que el tren pasara de Alemania a Holanda, y ahora Truus estaba en Ámsterdam con los niños, pensando que tal vez hubiera algo de verdad en aquella historia sobre la buena fortuna que supuestamente concedía esa piedra tan fea.

—Bueno, pequeñín —le dijo Joop al bebé—, cuando crezcas, tendrás que hacer algo extraordinario para que el riesgo de mi alocada esposa haya valido la pena. —Si le preocupaba aquel rescate no planeado, no iba a objetar nada, igual que cuando sus viajes para sacar niños de Alemania eran planeados. Dio un beso al bebé en la mejilla—. Tengo un taxi esperando.

—¿Un taxi? ¿Te han concedido un aumento en el banco mientras estaba fuera? —bromeó Truus. Joop era banquero por los cuatro costados, austero hasta el extremo, aunque seguía llamando novia a su esposa después de dos décadas.

—Sería mucha caminata hasta casa de su tío desde la parada del tranvía, incluso sin la nieve —le dijo él—, y el doctor Groenveld no querrá que la sobrina y los sobrinos de su amigo le lleguen congelados.

El amigo del doctor Groenveld. Eso lo explicaba todo, pensó mientras salían a la calle llena de árboles cubiertos de nieve, con caminos sucios y escarcha en los canales. Así era como solía repartirse gran parte de la ayuda del Comité de Intereses Judíos: sobrinos de ciudadanos holandeses; amigos de amigos; los hijos de amigos de socios empresariales. Con frecuencia, las relaciones accidentales determinaban el destino.

LA CASA DONDE NACIÓ HITLER CONVERTIDA EN MUSEO

Las relaciones entre Austria y Alemania siguen estancadas pese al acuerdo de verano

Por Käthe Perger

BRAUNAU-AM-INN, AUSTRIA, 20 de diciembre, 1936. El dueño de la casa donde nació Adolf Hitler ha abierto dos de sus habitaciones como museo. Las autoridades austriacas en Linz han permitido dicha exposición pública a condición de que solo accedan a ella visitantes alemanes, no austriacos. En caso de que se permita la entrada a visitantes austriacos al museo o de que se convierta en un lugar de manifestación para los nazis, el museo se cerrará.

El museo ha sido posible gracias al acuerdo entre Austria y Alemania del 11 de julio para recuperar las «relaciones de carácter normal y amistoso» entre nuestras naciones. Según el acuerdo, Alemania reconocía la plena soberanía de Austria y admitía que nuestro orden político es un asunto interno sobre el que no ejercerá ninguna influencia; una concesión por parte de Hitler, que se opone al encarcelamiento de miembros del partido nazi austriaco por parte de nuestro gobierno.

VELAS AL AMANECER

Žofie-Helene se aproximó con inquietud a los setos cubiertos de nieve y a la verja de hierro del palacio de la Ringstrasse. Se llevó la mano a la bufanda rosa de cuadros que la abuela le había regalado por Navidad, tan suave como la caricia de su madre. Aquella casa era más grande que todo su bloque de apartamentos, y mucho más decorada. Las cuatro plantas con columnas —el piso de abajo con puertas y ventanas arqueadas, pero los superiores con ventanas altas y rectangulares que daban a los balcones con barandillas de piedra— estaban coronadas por una quinta planta de un tamaño más modesto, decorada con estatuas que parecían sostener el peso del tejado de pizarra, o proteger a los sirvientes que debían de vivir ahí arriba. Aquella no podía ser la casa de alguien de verdad, mucho menos de Stephan. Pero, antes de poder darse la vuelta, un portero con gabán y chistera salió de la garita para abrirle la verja, y al abrirse las puertas talladas de la entrada, Stephan bajó corriendo los escalones, tan limpios de nieve que parecía verano.

—¡Mira! ¡He escrito una nueva obra! —exclamó ofreciéndole el manuscrito—. ¡La he escrito con la máquina que me regalaron por Navidad!

El portero sonrió con cariño.

—Señorito Stephan, ¿no quiere invitar a pasar a su amiga?

* * *

El interior de la mansión era aún más imponente, con lámparas de araña y suelos de mármol con dibujos geométricos, una escalera imperial y obras de arte extraordinarias: troncos de abedules en otoño con la perspectiva alterada; un pueblo costero situado en una colina, lineal y pintoresco; un extraño retrato de una dama que se parecía mucho a Stephan, con sus mismos ojos seductores, su nariz larga y recta, sus labios rojos y aquel hoyuelo casi imperceptible en la barbilla. La mujer del retrato llevaba el pelo recogido y las mejillas rasgadas con un rojo que resultaba inquietante y, al mismo tiempo, elegante, más bien un rubor hermoso que una herida, aunque Žofie no pudo evitar pensar en lo segundo. La *Suite n.º 1 para violonchelo* de Bach salía de un enorme salón donde los invitados charlaban junto a un piano, que tenía la cubierta de pan de oro levantada, y allí, pintado debajo, había un pájaro blanco con una trompeta en las garras.

—Nadie la ha leído aún —le dijo Stephan en voz baja—. Ni una palabra.

Žofie miró el manuscrito que de nuevo le ofreció. ¿De verdad quería que lo leyese ahora?

El portero —Rolf, según lo llamó Stephan— intervino:

—Confío en que su invitada haya tenido una feliz Navidad, señorito Stephan.

Stephan, ignorando el codazo, le dijo a Žofie:

—Llevaba una eternidad esperando a que llegaras a casa.

—Sí, Stephan, mi abuela está bien, y he pasado una bonita Navidad en Checoslovaquia, gracias por preguntar —dijo Žofie-Helene, y sus palabras fueron recompensadas con una sonrisa de aprobación por parte de Rolf, mientras este le guardaba el abrigo y la bufanda nueva.

Leyó deprisa, solo la primera página.

—Tiene un comienzo maravilloso, Stephan —le dijo.

—¿Eso crees?

—La leeré entera esta noche, te lo prometo, pero, si insistes en que conozca a tu familia, no puedo ir cargada con el manuscrito.

Stephan se asomó al salón de música, después agarró el manuscrito y subió corriendo las escaleras. Fue acariciando cada una de las estatuas de la escalera y siguió subiendo más allá del segundo piso, donde las puertas de la biblioteca estaban abiertas y, en su interior, se veían más libros de los que Žofie hubiera creído que se pudieran tener.

Una mujer elegante de pecho plano estaba diciendo en el salón: «… Hitler está quemando libros…, los más interesantes, debo añadir». La mujer se parecía mucho a Stephan, y también a la mujer del retrato con las mejillas rojas, aunque llevaba la melena con la raya en el medio y le caía a los lados con rizos amplios. «Ese hombrecillo vil dice que Picasso y Van Gogh son unos incompetentes y unos mentirosos». Se tocó un collar de perlas que llevaba al cuello con una vuelta, igual que el de la madre de Žofie, pero este después daba una segunda vuelta que llegaba hasta su cintura, con esferas tan perfectas que, si alguna vez se rompía el hilo, saldrían rodando sin duda. «Dice que 'la misión del arte no es regodearse en la inmundicia por la inmundicia', como si tuviera idea de cuál es la misión del arte. ¿Y luego yo soy la histérica?».

—Histérica no —respondió un hombre—. Esa palabra es tuya, Lisl.

Lisl. Entonces esa era la tía de Stephan. Adoraba a su tía Lisl, y también a su marido, su tío Michael.

—De hecho, la palabra es de Freud, cariño —respondió alegremente Lisl.

—Son los modernistas los que fastidian a Hitler —comentó Michael, el tío de Stephan—. Kokoschka…

—Quien, por supuesto, obtuvo la plaza en la Academia de las Artes que Hitler considera que debería haber sido para él —le interrumpió Lisl. Los dibujos de Hitler habían obtenido una calificación tan baja que ni siquiera se le permitió presentarse al examen formal, según les dijo. Tuvo que dormir en un refugio para hombres, comer en un comedor comunitario y vender sus cuadros a

30

las tiendas que necesitaban algo para llenar sus marcos de fotos vacíos.

Mientras el grupo se reía con su relato, una puerta corredera se abrió al otro extremo del recibidor. ¡Un ascensor! Un niño pequeño se bajó de una silla situada en su interior; una preciosa silla de ruedas (que obviamente no era suya) con reposabrazos acolchados y el asiento y el respaldo de mimbre, con coronas circulares de proporciones perfectas en los mangos de latón y en las ruedas. El niño entró en el recibidor arrastrando un conejo de peluche por el suelo.

—Hola. Tú debes de ser Walter —le dijo Žofie—. ¿Y quién es tu amigo el conejo?

—Este es Peter —respondió el hermano de Stephan.

Peter Rabbit. Žofie deseó no haberse gastado ya su aguinaldo; podría haber comprado un Peter con abriguito azul como ese para su hermana, Jojo.

—Mi papá es el que está junto a mi piano —dijo el niño.

—¿Tu piano? —preguntó Žofie—. ¿Sabes tocar?

—No muy bien —respondió el muchacho.

—Pero ¿en ese piano?

El niño miró el piano.

—Sí, por supuesto.

Stephan volvió a bajar las escaleras, con las manos vacías, y entonces Žofie se fijó en la tarta de cumpleaños que había en el salón, con velas encendidas al amanecer que iban consumiéndose a lo largo del día, a dos centímetros por hora, como era la tradición en Austria. Junto a la tarta había una bandeja con un surtido de bombones asombroso, algunos de chocolate con leche, otros de chocolate negro, y todos de diversas formas, pero cada uno decorado con el nombre de Stephan.

—Stephan, ¿es tu cumpleaños? —Dieciséis velas por su cumpleaños y una que le trajera suerte—. ¿Por qué no me lo habías dicho?

Stephan le revolvió el pelo a Walter y en ese momento terminó la pieza de violonchelo.

—¡Yo! —exclamó Walter—. ¡Quiero hacerlo yo! —Y salió corriendo hacia su padre, quien acercó un taburete al gramófono.

—… y ahora Zweig ha huido a Inglaterra y Strauss compone para el *führer* —estaba diciendo su tía Lisl, palabras que llamaron la atención de Stephan. Žofie-Helene no creía en los héroes, pero permitió que Stephan la arrastrara hacia el salón para oír hablar sobre los suyos.

—¡Tú debes de ser Žofie-Helene! —dijo la tía Lisl—. Stephan, no me habías dicho lo guapa que era tu amiga. —Le quitó algunas horquillas del moño a Žofie y le dejó el pelo suelto—. Sí, así está mejor. Si tuviera un pelo como el tuyo, tampoco me lo cortaría, sin importar la moda. Lamento que la madre de Stephan no pueda conocerte, pero he prometido contarle todo sobre ti, así que debes contármelo todo.

—Es un placer conocerla, Frau Wirth —dijo Žofie—. Pero continúe su conversación sobre Herr Zweig, o Stephan no me lo perdonará jamás.

Lisl Wirth soltó una cálida carcajada, con la barbilla ligeramente orientada hacia el altísimo techo.

—Atención, todos, esta es la hija de Käthe Perger. La editora del *Vienna Independent*. —Se volvió hacia Žofie y agregó—: Žofie-Helene, esta es Berta Zuckerkandl, periodista, igual que tu madre. —Se dirigió entonces a los demás—. Su madre, quien, debo decir, tiene más valor que Zweig o Strauss.

—En serio, Lisl —objetó su marido—, hablas como si Hitler estuviera en nuestra frontera. Hablas como si Zweig viviera exiliado, cuando en realidad está ahora mismo en la ciudad.

—¿Stefan Zweig está aquí? —preguntó Stephan.

—Estaba en el Café Central hace menos de treinta minutos, hablando sin parar —respondió su tío Michael.

Lisl Wirth vio a su sobrino y a su amiga salir corriendo hacia las puertas de entrada mientras Michael preguntaba por qué Zweig había abandonado Austria.

—Ni siquiera es judío —comentó—. Al menos no practicante.

—Dijo mi marido gentil —le reprendió Lisl con cariño.

—Casado con la judía más hermosa de toda Viena —dijo él.

Lisl vio cómo Rolf detenía a Stephan para entregarle el desgastado abrigo de la muchacha. Žofie-Helene pareció tan sorprendida cuando Stephan se lo sujetó que Lisl estuvo a punto de carcajearse. Stephan aspiró con disimulo el aroma del pelo de la chica cuando esta estaba de espaldas a él, y Lisl se preguntó si Michael le habría olido el pelo alguna vez cuando eran novios. Ella era por entonces un año mayor que Stephan ahora.

—¿No es maravilloso el amor juvenil? —le dijo a su marido.

—¿Está enamorada de tu sobrino? —le preguntó Michael—. No sé si yo le animaría a salir con la hija de una periodista demagoga y agitadora.

—¿Cuál de sus padres crees que instiga más a las masas, querido? —preguntó Lisl—. ¿Su padre, quien según nos dijeron se suicidó en un hotel de Berlín en junio del treinta y cuatro, justo la misma noche en la que murieron tantos opositores de Hitler? ¿O su madre, quien, viuda y embarazada, se hizo cargo del trabajo de su marido?

Vio a Stephan y a Žofie desaparecer por la puerta, seguidos del pobre Rolf, que corría con la bufanda olvidada de la chica, de una bonita tela rosa a cuadros.

—Bueno, no sabría decir si esa chica está enamorada de Stephan —comentó—, pero desde luego él está embelesado con ella.

EN BUSCA DE STEFAN ZWEIG

—Ay, *mein Engelchen* con sus admiradores: ¡el dramaturgo y el tonto! —le dijo Otto Perger a su cliente. No había visto a su nieta desde antes de Navidad, pero la oyeron ahora bajar por las escaleras al otro extremo del recibidor, charlando con el joven Stephan Neuman y otro chico.

—Espero que prefiera al tonto —respondió el hombre, dando a Otto una generosa propina, como siempre—. A nosotros los escritores no se nos da nada bien el amor.

—Me temo que está un poco prendada del escritor —comentó Otto—, aunque no sé si se da cuenta. —Hizo una pausa, deseaba retrasar a su cliente el tiempo suficiente para presentarle a Stephan, pero el hombre tenía a un chófer esperando y los muchachos parecían haberse detenido, como solía pasarles a los jóvenes—. Bueno, me alegra que haya disfrutado de la visita a su madre —le dijo.

El hombre se marchó apresuradamente y se cruzó con los chicos en la entrada. Ya estaba subiendo las escaleras cuando miró hacia atrás y preguntó:

—¿Cuál de vosotros es el escritor?

Stephan, que estaba riéndose de algo que había dicho Žofie, ni siquiera pareció oírle, pero el otro chico le señaló.

—Buena suerte, hijo. Ahora más que nunca necesitamos escritores con talento.

Se marchó y entonces los chicos entraron en la barbería. Žofie anunció que era el cumpleaños de Stephan.

—¡Muy feliz cumpleaños, señorito Neuman! —dijo Otto mientras abrazaba a su nieta, que se parecía tanto a su padre que casi pudo oír a su hijo en su voz acelerada; vio a Christof en sus gafas manchadas. Hasta su olor era el mismo; almendras, leche y rayos de sol.

—Ese era Herr Zweig —dijo su amigo.

—¿Quién, Dieter? —preguntó Stephan.

—Señorito Stephan, ¿qué ha estado haciendo en ausencia de nuestra Žofie? —preguntó Otto.

—Estaba sentado a nuestro lado en el Café Central antes de que llegara Stephan; Zweig, me refiero. Con Paula Wessely y Liane Haid, que parece muy vieja.

Otto vaciló, sin querer admitir que aquel chico tan tontorrón tenía razón.

—Me temo que Herr Zweig debía tomar un avión, Stephan.

—¿Ese era él? —Stephan se quedó tan decepcionado que, con el pelo de punta en la coronilla pese a los esfuerzos de Otto, pareció un niño pequeño. Otto habría querido asegurarle que ya tendría otra ocasión de conocer a su héroe, pero le parecía improbable. Lo único de lo que habían hablado —o lo único de lo que había hablado Zweig mientras Otto le escuchaba— era si Londres estaría lo suficientemente lejos de Hitler. Herr Zweig sabía cómo había muerto Christof, el hijo de Otto; sabía que Otto entendía lo endeble que podía ser una frontera.

—Espero que siga el consejo que le ha dado Herr Zweig, Stephan —dijo Otto—. Ha dicho que ahora más que nunca necesitamos escritores con talento. —Lo cual ya era algo; aquel gran escritor había alentado a Stephan, pese a que el muchacho no lo hubiera oído.

EL HOMBRE EN LA SOMBRA

Adolf Eichmann enseñó al gordo de su nuevo jefe, el Obersturmführer Wisliceny, el Departamento Judío de Seguridad y terminó en su propia mesa, junto a la que estaba sentado Tier, el pastor alemán más bonito de todo Berlín.

—Dios santo, está tan quieto que parece disecado —comentó Wisliceny.

—Tier está muy bien adiestrado —respondió Eichmann—. Nos libraríamos de los judíos y pasaríamos a asuntos más importantes si Alemania tuviese la mitad de disciplina que él.

—Adiestrado ¿por quién? —preguntó Wisliceny, ocupando la silla del propio Eichmann para dejar claro su rango superior.

Eichmann ocupó la silla de las visitas y chasqueó los dedos una vez para que Tier acudiera junto a él. Había asegurado a Wisliceny que el Departamento de Seguridad II/112 funcionaba como la seda, aunque en realidad era una seda rasgada y arrugada. Operaban desde tres pequeñas estancias en el Palacio Hohenzollern, mientras que la Gestapo, con su propia Oficina Judía y muchos más recursos, disfrutaba socavándolos. Sin embargo, Eichmann había aprendido por las malas que las quejas hacían quedar peor a quienes se quejaban.

—Su artículo sobre el «Problema Judío», Eichmann, es muy interesante; la idea de que podemos provocar a los judíos para que abandonen Alemania solo si desmantelamos sus cimientos económicos aquí en el Reich. Pero ¿por qué obligarlos a emigrar a África o Sudamérica y no a otras naciones europeas? ¿Qué nos importa a nosotros dónde vayan, siempre y cuando nos libremos de ellos?

Eichmann respondió con educación.

—No queremos que sus capacidades acaben en manos de países más desarrollados que puedan beneficiarse en detrimento nuestro, creo yo.

Wisliceny entornó sus pequeños ojos prusianos.

—¿Cree que los alemanes no podemos apañarnos mejor que los extranjeros ayudados por unos judíos de los que deseamos librarnos?

—No. No —protestó Eichmann, colocándole una mano en la cabeza a Tier—. No me refería a eso.

—Y Palestina, que usted incluye como país «atrasado», es territorio británico.

Eichmann, al ver que aquello iría de mal en peor, le preguntó a Wisliceny cuál era su opinión sobre el asunto, sometiéndose a una larguísima perorata plagada de tonterías y fanfarronadas respaldadas por una falta absoluta de conocimiento. Escuchó como siempre hacía, almacenando partes de cara al futuro y guardándose su propia información. Ese era su trabajo, escuchar y asentir mientras los demás hablaban, y se le daba bien. Con frecuencia cambiaba su uniforme por ropa de calle para infiltrarse y observar más de cerca a los grupos sionistas de Berlín. Había desarrollado una estructura de informadores. Recopilaba información de la prensa judía. Informaba sobre Agudat Israel. Llevaba con discreción las denuncias. Dirigía los arrestos. Ayudaba en los interrogatorios de la Gestapo. Incluso había intentado aprender hebreo para hacer mejor su trabajo, aunque aquello le había salido mal y ahora todos en Berlín habían oído hablar de aquella estupidez; ofrecerse a pagar a un rabino tres marcos la hora para que le enseñara el idioma cuando simplemente podría haberlo arrestado para tenerlo como prisionero y que le enseñara sin tener que pagar.

Vera estaba convencida de que aquella metedura de pata era la razón por la que aquel prusiano ignorante había obtenido el puesto de director del Departamento Judío, que debería haber sido para Eichmann, conformándose este último con un simple ascenso a sargento técnico, con las mismas tareas de siempre, pero con menos personal debido a la purga del partido. Pero Eichmann sabía que esa no era la razón por la que le habían denegado el ascenso. ¿Quién habría imaginado que ser especialista en asuntos sionistas le convertiría en un experto demasiado valioso como para «distraerse» con responsabilidades administrativas? Si uno quería ascender en el escalafón nazi, mejor ser el perrito faldero de un prusiano con un título en teología, una risa asquerosa y ninguna experiencia en nada concreto.

Solo después de que Wisliceny se marchara aquel día y Eichmann hubiera ordenado su escritorio permitió moverse a Tier. «Buen chico», le dijo, acariciándole las orejas puntiagudas y deteniéndose en la cara interna, rosa y aterciopelada. «¿Nos divertimos un poco ahora? Creo que nos merecemos un poco de diversión después de esa tontería, ¿verdad?».

Tier sacudió las orejas e inclinó su hocico alargado, tan expectante como Vera justo antes del sexo. Vera. Ese día era su segundo aniversario de bodas. Estaría esperándolo en su pequeño apartamento de Onkel-Herse-Strasse con su hijo, de cuyo nacimiento había tenido que informar Eichmann ante la Rasse und Siedlungshauptamt de las SS, igual que había tenido que informar de su matrimonio, tras demostrar primero que Vera era de ascendencia aria. Debería irse directo a casa, para ver los ojos grandes de Vera, sus preciosas cejas y su rostro rechoncho y fuerte, con ese cuerpo voluptuoso que se le antojaba mucho más sugerente que las mujeres delgaduchas que tan de moda estaban.

Pero decidió dar un rodeo, seguido de Tier. Atravesó el río y deambuló por el gueto judío, yendo de calle en calle, solo por el placer de ver cómo, pese al buen comportamiento de Tier, los niños salían corriendo al verlos.

UN POCO DE CHOCOLATE EN EL DESAYUNO

Truus bajó el periódico y miró hacia el otro extremo de la mesa del desayuno.

—Alice Salomon ha sido exiliada de Alemania —dijo sin poder evitarlo al leer la noticia—. ¿Cómo pueden hacer eso los nazis? ¿Una pionera en salud pública internacionalmente aclamada y que no es una amenaza para nadie? Es mayor y está enferma, y además es apolítica.

Joop dejó su *hagelslag* en el plato y una viruta de chocolate cayó del pan, mientras que otra se le quedaba en la comisura de los labios.

—¿Es judía?

Truus miró por la ventana del tercer piso, por encima de las macetas del alféizar, hacia el Nassaukade y el canal, el puente y el Raampoort. La doctora Salomon era cristiana. Además muy devota, probablemente de una familia como la de Truus: cristianos que apreciaban los regalos de Dios y que habían compartido esos regalos acogiendo a niños belgas durante la Gran Guerra. Pero decirle a Joop que los alemanes habían exiliado a una cristiana le preocuparía, y no quería darle razones para interesarse por lo que había planeado hacer aquel día. Había albergado la esperanza de poder ir a Alemania para reunirse con Recha Freier y ver qué más podría hacerse para ayudar a los niños judíos de Berlín, que ahora ya no podían acudir a las escuelas públicas, pero su mensaje no había obtenido respuesta. Sin embargo, ya había hablado con la señora Kramarsky para que le prestara su coche. Al menos podría cruzar la frontera y acercarse a la granja de los Weber.

—Según parece, tiene antepasados judíos —respondió, lo cual tenía la ventaja de ser cierto, pero aun así desvió la mirada hacia el papel pintado de flores y las cortinas que había que limpiar en aquella habitación en la que habían desayunado desde que se casaron. Dudaba que los antepasados de Alice Salomon explicaran que hubiera sido expulsada de su patria.

—Geertruida —empezó a decir Joop, y Truus se preparó. Su nombre siempre le había parecido aburrido e insustancial antes de conocer a Joop —ya fuera Geertruida o Truus—, pero en la voz de su marido sonaba precioso. Aun así, no solía llamarla por su nombre completo.

«Lo que hace que un matrimonio funcione es estar siempre en guardia», le había dicho su madre la mañana de su boda, y ¿quién era Truus para desafiar el consejo de su madre haciendo ver que aquella costumbre de Joop —utilizar su nombre completo cuando pretendía disuadirla de hacer algo— la ponía en guardia?

Agarró su servilleta y se acercó para limpiarle a Joop la viruta de chocolate de la boca. Y así su marido volvió a ser el impoluto cajero jefe y director del banco De Javasche que había sido cuando se prometieron.

—Mañana para desayunar te prepararé una *broodje kroket* —le dijo antes de que Joop pudiera empezar a preguntarle cómo pensaba pasar el día. Aquella croqueta de carne guisada sobre un panecillo era su comida favorita; solo con mencionarla se ponía de buen humor y se distraía.

TIZA EN LOS ZAPATOS

Stephan miraba hacia la puerta mientras Žofie borraba la mitad de una demostración matemática que cubría toda la pizarra.

Su profesor, alarmado, dijo: «Kurt...».

Un hombre más joven que estaba con ellos asintió mirando a Žofie. Stephan se sentía un poco como el médico en *Amok*, el personaje de Zweig que se obsesiona tanto con una mujer que no quiere acostarse con él que empieza a acosarla. Pero Stephan no estaba acosando a Žofie. Ella había sugerido que la recogiera en la universidad, sin importar que fuese verano y no hubiese nadie en clase.

Žofie dejó caer el borrador y, ajena a la tiza que tenía en el zapato, empezó a llenar de nuevo la pizarra con símbolos. Stephan sacó un diario de su bolsa y anotó: *Deja caer tiza en su zapato y ni siquiera se da cuenta.*

Solo después de que Žofie-Helene hubiera terminado la ecuación reparó en su presencia. Sonrió, igual que Hèlène en *Amok* cuando sonríe en mitad del salón de baile con su vestido amarillo. Hasta el nombre era parecido.

—¿Eso tiene sentido? —preguntó Žofie al hombre mayor. Después se volvió hacia el joven—. Si no, lo explicaré mañana, profesor Gödel.

Žofie le entregó la tiza a Gödel y se reunió con Stephan, ajena ahora a los dos hombres. El mayor dijo: «Extraordinario. ¿Y qué años dice que tiene?». El otro, Gödel, respondió: «Solo tiene quince».

LA PARADOJA DEL MENTIROSO

Stephan se protegió de la lluvia entrando en el edificio de Chocolates Neuman, situado en el número 2 de Schulhof, seguido de Žofie. La condujo por un tramo de escaleras de madera que descendían hasta un sótano cavernoso, y con los zapatos mojados fueron dejando huellas invisibles en la oscuridad fría de piedra, mientras la cháchara de los chocolateros de arriba quedaba atrás.

—Mmmm… Chocolate —comentó ella, sin un ápice de miedo.

¿Cómo habría podido imaginar él que una chica tan lista como Žofie pudiera tener miedo a algo, que podría utilizar esa excusa para estrecharle la mano igual que hacía Dieter siempre que ensayaban su nueva obra? La tiza se había borrado del zapato de Žofie mientras corrían bajo la lluvia, pero Stephan seguía sin poder olvidar todos esos símbolos que había escrito en la pizarra, matemáticas que él ni siquiera sabía cómo se denominaban.

Tiró de una cadena para encender la luz del techo. Surgieron entre las sombras palés repletos de cajas pegadas a los muros irregulares de piedra. Solo con estar allí las palabras se amontonaban en su mente, aunque ya rara vez escribía ahí abajo, ahora que tenía la máquina en casa. Abrió una caja con la palanca que colgaba del gancho situado en el poste del último escalón y desató uno de los sacos de yute que había dentro: granos de cacao con un olor tan familiar que, con frecuencia, deseaba cualquier cosa menos chocolate, igual que un chico cuyo padre escribiera libros podría acabar cansándose de leer, por imposible que pudiera parecerle a él.

—Vas a ofrecerme un mordisco —dijo Žofie-Helene.

—¿De los granos? No se pueden comer, Žofie. Bueno, quizá si estuvieras muerta de hambre.

Pareció tan decepcionada que Stephan se guardó las palabras con las que había pretendido impresionarla: que atemperar el chocolate era como coordinar un *ballet*, derritiendo, enfriando y removiendo para que todos los cristales se alineasen para dejar el paladar en éxtasis. Éxtasis. Suponía que, de todos modos, no podría usar esa palabra con Žofie, a no ser que la escribiera en una obra.

Corrió escaleras arriba a por un puñado de trufas y, al regresar, descubrió que Žofie ya no estaba.

—¿Žofie?

La voz de Žofie ascendió desde debajo de las escaleras.

—Deberíais guardar los granos de cacao aquí abajo. La temperatura de una cueva es más constante cuanto más elevado sea el gradiente geotérmico.

Stephan se miró la ropa elegante —que se había puesto para impresionarla—, pero aun así agarró la linterna del gancho y se metió bajo las escaleras para bajar los peldaños hacia la caverna inferior. Seguía sin ver a Žofie. Se agachó para entrar en el túnel bajo situado en el otro extremo de la caverna e iluminó con la linterna los zapatos de Žofie, sus piernas dobladas, su trasero por debajo de la falda. Se hallaba al final del túnel, con el vestido un poco levantado por el movimiento, de modo que, por un instante, antes de que se bajara la tela, vio la piel pálida de sus muslos y de la parte posterior de sus rodillas.

Žofie volvió a agacharse hacia el túnel y su rostro quedó iluminado por el círculo de luz.

—Es un término nuevo, el gradiente geotérmico —le dijo—. No pasa nada si no lo conoces. Casi nadie lo conoce.

—La cámara superior es más seca, lo que va mejor para el

cacao —le explicó él mientras la alcanzaba—. Además, es más fácil meter y sacar cosas de ahí.

Aquel pasadizo se había creado de forma natural, no como el pasadizo de cemento construido bajo la Ringstrasse, junto al Burgtheater. Parecía que terminaba en un montón de piedras a varios metros de distancia, pero no era así. Las cosas funcionaban de esa forma en ese inframundo, ese laberinto de antiguos pasadizos y cámaras que recorrían las profundidades de Viena: siempre había una manera de seguir avanzando si la buscabas el tiempo suficiente. La baja humedad en aquella parte era la razón por la que su bisabuelo había comprado el edificio de Chocolates Neuman. Había llegado a Viena sin nada cuando tenía dieciséis años, la misma edad que tenía él ahora, para vivir en el ático de un edificio sin ascensor en los suburbios de Leopoldstadt. Fundó el negocio del chocolate a los veintitrés años y compró ese edificio para ampliarlo cuando aún vivía en el ático, antes de construir el palacio de la Ringstrasse donde vivía ahora la familia de Stephan.

—Podría haber esperado a que les explicaras esa ecuación a los profesores —dijo Stephan.

—¿La demostración? No es necesario explicárselo al profesor Gödel. Estableció los teoremas de la inconclusión que transformaron el campo de la lógica y de las matemáticas cuando era poco mayor que nosotros, Stephan. Te encantarían sus demostraciones. Utilizó la paradoja de Russell y la paradoja del mentiroso para demostrar que, en cualquier sistema formal adecuado para la teoría numérica, siempre existe una fórmula que no se puede demostrar y también existe su negación.

Stephan sacó su diario de la bolsa y escribió: *La paradoja del mentiroso.*

—Esta misma frase es falsa —dijo ella—. La frase tiene que ser verdadera o falsa, ¿no es así? Pero, si es verdadera, entonces, como ella misma dice, es falsa. Pero, si es falsa, entonces es verdadera. Así que ha de ser verdadera y a la vez falsa. La paradoja de Russell es aún más interesante: ¿el conjunto de todos los conjuntos que no forman parte de sí mismos forma parte de sí mismo o no? ¿Lo entiendes?

Stephan apagó la linterna para ocultar lo poco que entendía. Tal vez su padre tuviera algún libro de matemáticas que explicara lo que Žofie estaba diciendo; quizá eso le ayudara.

—¡Ahora ni siquiera sé dónde estás! —exclamó Žofie.

Sin embargo Stephan sí sabía dónde estaba ella. Sabía gracias a su voz que su cara estaba a treinta centímetros de distancia, que si se inclinaba hacia delante, tal vez podría besarla.

—Stephan, ¿sigues ahí? —preguntó ella con una pizca del mismo miedo que él también sentía a veces cuando estaba en aquel inframundo oscuro, donde uno podría perderse y no volver a salir jamás—. Todavía huelo el chocolate, incluso aquí.

Stephan palpó las trufas que llevaba en el bolsillo y sacó una.

—Abre la boca y saca la lengua. Así podrás saborearlo —le sugirió.

—No puedes.

—Puedes.

Oyó que se humedecía los labios, olió el frescor de su aliento. Le puso una mano en el brazo, para ubicarse, o quizá para besarla.

Ella se rio nerviosa, un sonido como de paloma que no era propio de ella.

—Mantén la boca abierta —le dijo con suavidad mientras adelantaba la mano, hasta que sintió el calor de su aliento en los dedos y dejó la trufa sobre su lengua—. Déjala quieta en la boca —le susurró—. Déjala así, que dure, saborea cada momento.

Deseaba estrecharle la mano, pero ¿cómo estrecharle la mano a alguien que se ha convertido tan deprisa en tu mejor amiga sin poner en riesgo la amistad? Se metió las manos en los bolsillos y volvió a acariciar las trufas. Sacó otra y se la metió en la boca, no porque deseara comer chocolate, sino por compartir la experiencia; la oscuridad que les rodeaba y el goteo del agua más adelante, producido por la lluvia que se colaba a través de una rejilla y se filtraba por las profundidades, en dirección al canal, al río o al mar, mientras el chocolate derretido les calentaba la lengua.

—Es verdadero y a la vez falso que pueda saborearlo —le dijo ella—. ¡La paradoja del chocolate!

Stephan se inclinó hacia delante, pensando que tal vez se arriesgaría, que tal vez la besaría, y si se apartaba, fingiría que se había chocado con ella en la oscuridad. Pero un bicho de algún tipo (seguramente una rata) pasó corriendo por allí cerca y Stephan encendió la linterna en un acto reflejo.

—No le digas a nadie que te he traído aquí —le dijo—. Si me vuelven a descubrir, me encerrarán de por vida en mi habitación, por todo eso de los vándalos. Pero ¿no es genial? Algunos de estos túneles son solo desagües, que conviene evitar cuando llueve mucho, y otros son cloacas, que evito siempre. Pero hay habitaciones enteras aquí abajo. Criptas llenas de huesos. Columnas que podrían ser, no sé, de la época de los romanos. Es una red subterránea que han usado desde espías hasta asesinos, desde vecinos hasta monjas. Es mi lugar secreto. Ni siquiera traigo aquí a mis amigos.

—¿Nosotros no somos amigos? —preguntó Žofie-Helene.

—Que no somos... ¿qué?

—No se lo enseñas a tus amigos, pero a mí me lo enseñas, así que, por lógica, no soy tu amiga.

Stephan se rio.

—Nunca había conocido a nadie que pudiera ser tan técnicamente brillante y estar tan absolutamente equivocada. De todas formas, no te lo he enseñado, lo has encontrado tú misma.

—Así que, entonces, ¿somos amigos porque no me lo has enseñado?

—Claro que somos amigos, idiota.

La paradoja de la amistad. Era su amiga y, al mismo tiempo, no lo era.

—¿Estos túneles van hasta el Burgtheater? —preguntó ella—.

Podríamos dar una sorpresa al abuelo. ¡O, mejor aún! ¿Podemos ir a la oficina de mi madre? Está cerca de St. Rupert's, y también nuestro apartamento. ¿Los túneles llegan hasta allí?

Stephan solía recorrer los mismos caminos cuando estaba allí abajo para no perderse, pero sí que sabía llegar hasta St. Rupert's y su apartamento. Había encontrado varias rutas diferentes desde que terminaran las clases, aunque no era como el médico de *Amok*, porque no la estaba acosando. Podría llevarla dando un rodeo, más allá de las criptas situadas bajo la catedral de St. Stephen, y atravesar los tres niveles de lo que una vez fuera un convento. Podría llevarla por debajo de la Judenplatz, los restos de una escuela subterránea del Talmud de hacía siglos. Tal vez incluso la llevase a ver los viejos establos. ¿Se asustaría al ver los cráneos de los caballos? Conociendo a Žofie, le encantaría. Bueno, tal vez se reservara los establos para él, al menos de momento.

—Muy bien —dijo—. Por aquí, entonces.

—¡Que comience el juego! —exclamó ella.

—Quería decirte que ya me he terminado *El signo de los cuatro* —le comentó—. Te lo traeré mañana.

—Pero yo no he terminado *Kaleidoscope*.

—No hace falta que me lo devuelvas. Puedes quedártelo. Para siempre, digo. —Al ver la reticencia en su rostro, añadió—: Tengo otro ejemplar. —Aunque no era cierto; pero le gustaba pensar que una mitad de su conjunto de dos volúmenes estaría en manos de Žofie, o imaginarlo en su estantería mientras ella leía por las noches—. Ya tenía un ejemplar cuando la tía Lisl me lo regaló por mi cumpleaños —mintió—. Me gustaría que lo tuvieras.

—Yo no tengo un ejemplar extra de *El signo de los cuatro*.

—Te lo devolveré, lo prometo —dijo él entre risas.

Bordeó la pila de escombros y pasó junto a una escalerilla de metal que subía en círculos hasta el techo del pasadizo, donde había una tapa de alcantarilla octogonal con ocho triángulos metálicos cuyas puntas se tocaban en el centro, que podía empujarse desde allí abajo o de la que se podía tirar desde la calle. Pasaron de largo la escalera y después bajaron por unos peldaños metálicos hasta llegar a un pasadizo ancho y abovedado hecho de bloques apilados. Un río discurría junto a un sendero con barandilla, iluminado por una bombilla enrejada que colgaba del techo, y que proyectaba sus sombras alargadas contra la pared.

—Esta parte es de cuando desviaron el río hacia el subsuelo para ampliar la ciudad —le dijo a Žofie mientras apagaba la linterna—. También ayudó a prevenir el cólera.

El pasadizo terminaba de manera abrupta, pero al agua seguía su curso a través de una arcada más pequeña, como la que había junto al Burgtheater, y habría que zambullirse y nadar entre la porquería para seguir avanzando. Sin embargo, en aquel punto había unas escaleras que subían hasta una pasarela metálica situada sobre el agua, con un rollo de cuerda y un chaleco salvavidas colgados de la barandilla, por si acaso. Atravesaron la pasarela, descendieron y retrocedieron por el otro lado del río hasta meterse por otro túnel más estrecho y más seco. Stephan volvió a encender la linterna e iluminó un montón de escombros.

—Este es otro sitio en el que parte del túnel se derrumbó, quizá durante la guerra, como junto al túnel pequeño que da a nuestro sótano del cacao —le dijo, y la guio a través del estrecho hueco que había entre el derrumbe y la pared del túnel. Al pasar al otro lado, iluminó con la linterna una verja cerrada con candado. Más allá, había un revoltijo de ataúdes y huesos humanos que parecían organizados por partes del cuerpo, además de una pila cuidadosamente colocada y compuesta solo de cráneos.

LA MÁQUINA DE ESCRIBIR MÁS GRANDE DEL MUNDO

Stephan llevaba tal vez un cuarto de hora guiando a Žofie-Helene por el subsuelo cuando llegaron a una escalera circular que conducía hasta otra tapa de alcantarilla octogonal cerca de la oficina de su madre. Había otra salida más cercana, justo en la misma calle de su apartamento, pero no eran más que unos peldaños metálicos que llegaban hasta una rejilla de desagüe que pesaba demasiado para poder levantarla. Salió a la calle y le dio la mano para ayudarla a subir, aunque después le costó soltársela. Volvió a tapar la alcantarilla con una patada y la siguió hasta la oficina del periódico de su madre, donde había un hombre manejando la máquina de escribir más grande que jamás había visto.

—Es una linotipia —le explicó Žofie—. Es automática, como las máquinas de Rube Goldberg. Compone los textos para la tirada del periódico.

—¿Es difícil aprender? —le preguntó Stephan al cajista, imaginando que podría componer el texto de una obra con esa máquina. Para hacer copias ahora, utilizaba papel de calco y aporreaba las teclas con fuerza, pero, como no se podían hacer más de unas pocas copias de esa forma, tenía que escribir para repartos pequeños o repetir el mismo texto varias veces—. Ya sé escribir a máquina.

—Es impresionante lo mucho que sabes, Stephan —le dijo Žofie-Helene.

—¿Que yo sé mucho?

—Sobre el subsuelo, la fabricación del chocolate, el teatro y escribir a máquina. Y además lo dices. Cuando yo hablo, la gente me mira como si fuera un bicho raro. Pero tú eres un poco como el profesor Gödel. A veces dice que también yo me equivoco en cosas.

—¿He dicho yo que te hayas equivocado en algo?

—En lo de comer granos de cacao. Y lo de la caverna —respondió ella—. A veces digo cosas equivocadas solo para ver quién se da cuenta. Casi nadie lo percibe.

En el despacho de la directora, había una niña más pequeña que Walter pintando sentada a una mesa mientras una mujer que debía de ser la madre de Žofie hablaba por teléfono.

—Jojo, ¿me has pintado algo bonito? —preguntó Žofie, levantando a su hermana en brazos y girando con ella mientras la pequeña reía a carcajadas; Stephan también quiso dar vueltas en círculos, aunque no le gustaba mucho bailar.

Su madre indicó con un dedo que estaba a punto de terminar la llamada, mientras por el auricular decía: «Sí, es evidente que a Hitler no le hará gracia, pero a mí tampoco me hacen gracia sus intentos por obligar a Schuschnigg a levantar el veto al partido nazi austriaco. Y, dado que mi opinión no va a frenar sus intentos, estoy segura de que no debería permitir que nos impida publicar el artículo». Terminó la llamada y colgó el auricular. «¡Oh, Žofie, tu vestido! Otra vez no».

—Mamá, este es mi amigo, Stephan Neuman —dijo Žofie—. Hemos llegado hasta aquí desde la fábrica de chocolate de su padre a través de…

Stephan le lanzó una mirada de advertencia.

—Su padre fabrica los mejores bombones —concluyó ella en su lugar.

—Ah, ¿así que eres ese Neuman? —preguntó Käthe Perger—. ¡Espero que nos hayas traído algunos de esos bombones!

51

Stephan se sacudió las manos en el faldón de la camisa y se sacó del bolsillo las dos últimas trufas. Vio que tenían un poco de pelusa pegada.

—¡Dios, era una broma! —dijo Käthe Perger, aceptó una de las trufas antes de que pudiera guardárselas y se la metió en la boca.

Stephan retiró la pelusa de la otra y se la ofreció a la hermana de Žofie.

—Žofie-Helene —dijo Käthe Perger—, creo que te has superado en inteligencia al elegir a un amigo que no solo va por ahí con bombones en el bolsillo, sino que al parecer disfruta haciendo la colada tanto como tú.

Stephan se miró la ropa, cubierta de porquería. Su padre iba a matarle.

Después de que Stephan se marchara, Žofie le dijo a su madre:

—Solo es un amigo, pero uno siempre es mejor que cero, aunque cero sea más interesante en términos matemáticos.

Su hermana pequeña le entregó un libro y ella se sentó y la colocó en su regazo. Lo abrió por la primera página y leyó: «Para Sherlock Holmes, ella siempre es la mujer».

—No sé si Johanna está preparada para *Un escándalo en Bohemia* —dijo su madre.

A Žofie le encantaba esa historia, sobre todo la parte en la que el rey dice que es una pena que Irene Adler no esté a su nivel y Holmes le da la razón, salvo que el rey se refiere a que la señorita Adler no es tan lista como él, y Sherlock Holmes se refiere a que es más lista. A Žofie le gustaba el final también, cuando Irene los vence a todos, y Sherlock Holmes no quiere aceptar el anillo que le ofrece el rey, pero sí que quiere la foto de la señorita Adler, para acordarse de que fue vencido por la inteligencia de una mujer.

—Es zurdo —dijo Žofie—. Me refiero a Stephan. ¿Crees que eso es raro? Se lo pregunté en una ocasión, pero no me lo dijo.

Su madre se rio, y fue un sonido redondo como el precioso cero en mitad de una línea que tiende al infinito en ambas direcciones, la positiva y la negativa.

—No lo sé, Žofie-Helene —le dijo a su hija—. ¿A ti te parece raro ser buena en matemáticas?

Žofie-Helene lo pensó unos segundos.

—No exactamente.

—Puede que a los demás les parezca diferente —continuó su madre—, pero tú eres así, siempre lo has sido. Supongo que a tu amigo le pasa lo mismo.

Žofie le dio un beso a Jojo en la coronilla.

—¿Cantamos, Jojo? —le preguntó. Y empezó a cantar, acompañada de Jojo y también de su madre—. «La luna ha salido; las estrellas doradas brillan en el cielo sin nubes».

LAS LEYES NAZIS CONTRA LOS JUDÍOS «NO SURGEN DEL ODIO»

Comisionado de Justicia: Las leyes surgen del amor al pueblo alemán
Por Käthe Perger

WÜRZBURG, ALEMANIA, 26 de junio, 1937. Durante la reunión nacional socialista celebrada hoy, el Comisionado de Justicia alemán Hans Frank ha insistido en que las leyes de Nuremberg se crearon «para proteger a nuestra raza, no porque odiemos a los judíos, sino porque amamos al pueblo alemán».

«El mundo critica nuestra actitud hacia los judíos y la considera demasiado dura», ha declarado Frank. «Pero al mundo nunca le ha preocupado cuántos alemanes honestos han sido expulsados de su hogar por parte de los judíos en el pasado».

Las leyes, instauradas el 15 de septiembre de 1935, revocan la nacionalidad alemana a los judíos y les prohíben casarse con personas «de sangre alemana». Un «judío» se define como cualquiera que tenga tres o cuatro abuelos judíos.

Miles de conversos alemanes de otras religiones, incluyendo curas y monjas católicos romanos, se consideran judíos.

Con la aprobación de las leyes de Nuremberg, a los judíos alemanes se les denegó el tratamiento en los hospitales municipales, los oficiales judíos fueron expulsados del ejército y a los estudiantes universitarios se les prohibió presentarse a los exámenes de doctorado. Las restricciones se suavizaron con los preparativos de los Juegos Olímpicos el año pasado, en Garmisch-Partenkirchen en invierno y verano, en Berlín. Pero desde entonces el Reich ha intensificado sus esfuerzos de «Arianización», despidiendo a trabajadores judíos y transfiriendo los negocios de los judíos a manos no judías a precios irrisorios o sin ninguna compensación en absoluto…

LA BÚSQUEDA

El tiesto amarillo estaba allí, en pie en el porche delantero de los Weber. Aun así, Truus se aproximó a la verja lentamente en el Mercedes de la señora Kramarsky, asegurándose como siempre hacía de que el tiesto no hubiera estado tumbado a modo de advertencia y algún nazi servicial lo hubiese puesto en pie. Al conocerlos, los Weber le habían dicho que eran viejos, que su futuro era corto, pero que, con su ayuda, el futuro de los niños podría ser largo. Truus abrió la verja, la atravesó con el coche, la cerró a sus espaldas y después se levantó la falda para volver a subirse en el coche. Cambió de marcha y recorrió el campo hacia el camino que se introducía en el bosque.

Era más de mediodía cuando vio el primer signo delator de movimiento, un destello que podría haber sido un ciervo, pero que, al detener el coche, resultó ser una niña que corría en zigzag entre los árboles. Truus seguía sin entender cómo sobrevivían los niños en esos bosques y en los páramos durante días y noches, sin nada más en los bolsillos que billetes de tren usados, algunos marcos en el mejor de los casos y trozos de pan que les daban sus madres, tan desesperadas que montaban a sus hijos en trenes hasta la frontera de Alemania sin ninguna esperanza real; niños que sobrevivían a veces para ser arrestados después por los alemanes y enviados de vuelta por los guardias fronterizos holandeses.

—No pasa nada. He venido a ayudar —dijo Truus con suavidad, tratando de ver dónde se había escondido la niña. Avanzó despacio—. Soy Tante Truus y he venido a ayudarte a llegar a Holanda, como te dijo tu madre.

Truus no estaba segura de por qué los niños confiaban en ella, ni de si confiaban realmente. A veces pensaba que permitían que se aproximara a ellos solo por agotamiento.

—Soy Tante Truus —repitió—. ¿Cómo te llamas?

La niña, de unos quince años, se quedó mirándola.

—¿Quieres que te ayude a llegar hasta la frontera? —le preguntó Truus.

Un niño algo más pequeño asomó la cabeza entre la maleza, y después otro. No parecían hermanos, pero era imposible saberlo.

La niña se volvió de nuevo hacia Truus.

—¿Puede llevarnos a todos?

—Sí, por supuesto.

Cuando los otros dos le devolvieron la mirada a la niña sin objetar nada, esta emitió un fuerte silbido. Otro niño salió de su escondite. Y otro. Santo Dios, eran once niños en total, uno de ellos no más que un bebé en brazos de su hermana. El coche iría lleno. Truus no sabía cómo se las apañarían las mujeres para encontrar cama esa noche para once niños, pero eso se lo dejaría a Dios.

Truus atravesó el bosque y regresó hacia la granja de los Weber con los niños en el coche. Iban muy callados, demasiado callados para un niño de cualquier edad, sobre todo siendo adolescentes casi todos ellos. Callados y serios, como los niños que la familia de Truus había acogido durante la guerra.

Por entonces ella tenía dieciocho años y la guerra había llamado a su puerta en Duivendrecth, cuando a esa edad debería haberles abierto la puerta a sus pretendientes. Holanda había permanecido neutral, pero aun así se había declarado el estado de sitio y se había movilizado al ejército, los chicos habían sido enviados a proteger zonas esenciales para la defensa nacional, zonas que no incluían el porche de la casa de Truus. Ella se quedaba en casa leyéndoles a los pequeños refugiados, que habían llegado tan débiles y hambrientos que había querido ofrecerles su propio plato, y al mismo tiempo deseaba comerse ella misma cada bocado, por miedo a quedarse alguna vez tan delgada como ellos. La habían enfurecido y entristecido a partes iguales, esos niños cuya reticencia apenaba tanto a su madre. Esos niños que la convirtieron a ella también en madre y le hicieron preguntarse cómo conseguiría apartar a su propia madre del manto sofocante de la tristeza callada de aquellos niños. Pero entonces, la mañana de la primera nevada de aquel invierno, duro y temprano, Truus se despertó y contempló los árboles cargados de nieve, las barandillas nevadas sobre los puentes nevados, los senderos blancos e impolutos en contraste con las aguas oscuras y estancadas del canal. Despertó a los niños sin hacer ruido y les mostró el paisaje, los vistió, agradecida aquella mañana por el susurro de sus voces cuando hablaban. Salieron a la calle y, a la luz de la luna de invierno que se reflejaba en la nieve, hicieron un muñeco de nieve. Eso fue todo. Un simple muñeco de nieve, tres bolas blancas apiladas una sobre otra, con piedras en vez de ojos y ramas a modo de brazos, sin boca, como si los niños quisieran construir a la criatura a su imagen y semejanza. Su madre, con el té de la mañana en la mano, se asomó por la ventana justo cuando terminaron. Era lo que hacía cada mañana; su manera de ver qué le tenía reservado el Señor, como solía decir. Aquella mañana, sin embargo, se sorprendió y se alegró de ver a los niños fuera, aunque no sonrieran, aunque no hicieran ningún ruido. Truus señaló hacia la ventana para que los niños saludaran. Al hacerlo, uno de ellos lanzó una bola de nieve contra el cristal y rompió el silencio. Los demás empezaron a reírse y el rostro sobresaltado de su madre dio paso también a las carcajadas. Hasta la fecha, aquel seguía siendo el sonido más hermoso que Truus había oído en su vida, aun a pesar de haberse sentido avergonzada. ¿Cómo había podido desear alguna vez algo que no fuera la risa de aquellos niños? ¿Cómo había podido desear tener algo para sí misma?

Truus detuvo súbitamente el coche de la señora Kramarsky. En el suelo, junto al porche de los Weber, el tiesto amarillo yacía volcado, con la tierra derramada sobre el camino. Retrocedió despacio con el coche, para no levantar polvo, y comenzó a buscar una salida para cruzar la frontera a través del bosque, repitiendo de nuevo la plegaria de siempre, dando gracias a Dios por tener a los Weber y por todo lo que habían hecho por los niños de Alemania, y pidiéndole al Señor que mantuviera a salvo a aquella valiente pareja de ancianos.

KLARA VAN LANGE

En la casa de los Groenveld, situada en Jan Luijkenstraat, Truus —agotada después de pasar horas buscando una salida en el bosque, para acabar cruzando la granja de los Weber en mitad de la noche, con los faros del coche apagados y el depósito casi vacío— entregó a los once niños a las voluntarias. Klara van Lange, sentada a la mesa del teléfono con una de esas nuevas faldas horribles que dejaban al descubierto las pantorrillas, tapó el auricular con la mano y le susurró a Truus: «El hospital judío de Nieuwe Keizersgracht». Después habló al auricular. «Sí, sabemos que once niños son muchos, pero solo será por una noche o dos, hasta que encontremos familias que… ¿Que si se han bañado?». Miró nerviosa a Truus. «¿Piojos? ¡No, claro que no tienen piojos!».

Truus se apresuró a revisarles el pelo a los niños y apartó al mayor de todos.

—¿Tiene un peine para piojos, señora Groenveld? —susurró—. Claro que tiene. Su marido es médico.

—Sí, podemos enviar a alguien que ayude a cuidar del bebé —dijo Klara al teléfono. Después se dirigió a Truus—. Puedo ir yo con ellos —articuló con la boca.

Por mucho que a Truus le hubiera gustado irse con los niños, no debía dejar solo a Joop durante la noche; debería agradecer el ofrecimiento.

—Muy bien, ¿quién quiere un baño caliente? —preguntó a los niños. Después se volvió hacia las mujeres—. Señora Groenveld, ¿la señorita Hackman y usted pueden encargarse de las niñas más pequeñas? —Se dirigió entonces a la mayor de todas—. Si te preparamos un baño, ¿podrás apañarte sola?

—Puedo ayudar con los piojos de Benjamin, Tante Truus —respondió la muchacha.

—Si pudiera elegir una hija, querida —le dijo Truus acariciándole la mejilla—, sería una niña tan dulce como tú. Podrás disfrutar de un agradable baño caliente para ti sola, y además te buscaré unas sales de baño. —Se volvió hacia Klara, que acababa de colgar el teléfono, y dijo—: Señora Van Lange, ¿puede preparar unos sándwiches de queso?

—Sí, he convencido al hospital judío para que acoja a los niños a pesar de no tener papeles; de nada, señora Wijsmuller —respondió Klara con ironía, y le recordó a Truus a sí misma de joven, aunque mucho más guapa. A Klara van Lange no le hacía falta enseñar las pantorrillas siguiendo esa inexplicable nueva moda para llamar la atención de los hombres. Santo cielo, si no se sentaba con cuidado, se le verían las rodillas.

—Claro que los ha convencido, Klara —le dijo—. Ni siquiera el primer ministro podría decirle que no. —Pensó que tal vez debieran probar las faldas de Klara y su poder de persuasión con el primer ministro Colijn antes de que, según los rumores, el gobierno holandés imposibilitara a los extranjeros establecerse allí, no mediante el cierre literal de la frontera, sino alertando a los alemanes que huían del Reich de que Holanda podría ser un lugar de paso, pero no de destino.

A TRAVÉS DE LA VENTANA, A OSCURAS

Eichmann dejó a un lado el informe que estaba redactando, por el que Hagen, su nuevo jefe, se llevaría el mérito si lo hubiera; otro farsante aprovechándose de la sólida experiencia de Eichmann. Abrió la ventana y aspiró el aire otoñal mientras el tren atravesaba el puerto desde Italia hasta Austria; había vomitado tanto mientras cruzaban el Mediterráneo desde Oriente Medio hasta Brindisi a bordo del Palestina que el médico de la enfermería había intentado bajarlo del barco en Rodas. El viaje entero había sido un absoluto fracaso: un mes entero de travesía para que al final los británicos solo les permitieran pasar veinticuatro horas en Haifa y las autoridades del Cairo les denegaran los visados para Palestina. Doce largos días en Egipto, eso era lo único que habían conseguido.

—Los judíos se timan los unos a los otros, esa es la base del caos financiero de Palestina.

—Quizá sea más efectivo dar datos específicos, señor —respondió Eichmann—. Cuarenta banqueros judíos en Jerusalén.

—Cuarenta banqueros judíos y timadores —convino Hagen—. Claro, otros cincuenta mil judíos emigrarían anualmente con el botín que Polkes opina que deberíamos concederles.

Polkes, el único contacto real que habían hecho durante el viaje, había sugerido que, si Alemania de verdad quería librarse de los judíos, debería permitirles llevarse mil libras británicas para emigrar

61

a Palestina. Así fue como lo expresó el judío: «Mil libras británicas», como si los marcos alemanes fueran innombrables.

Eichmann escribió en el informe: *Nuestro objetivo no es que el capital judío se transfiera desde el Reich, sino más bien provocar que los judíos que no tienen medios emigren.*

Se le rompió el lápiz, incapaz de soportar la presión de sus pensamientos. Sacó su navaja de bolsillo, pensando en su madrastra, fría y austera, cuya familia en Viena se había casado con judíos adinerados de esos que no estarían dispuestos a marcharse a ninguna parte sin sus riquezas ilícitas.

—Yo crecí aquí, en Linz —le dijo a Hagen cuando el tren llegó a lo alto de una colina y los árboles se dispersaron para dejar ver toda Austria. El frío que sentía ahora en la cara se parecía al frío de correr con su amigo Mischa Sebba por unos bosques parecidos a ese; el vacío era como el de sus propias manos cuando sus padres entrelazaron los dedos con sus hermanos pequeños mientras cruzaban el andén en la estación de Linz, cuando la familia se reunió después de aquel año separados. Entonces él tenía ocho años, y diez cuando la voz suave de su madre dio paso a la de su madrastra, que les leía pasajes de la Biblia en el estrecho apartamento del número 3 de Bischof Strasse. Hacía cuatro años que no pasaba por casa, cuatro años desde la última vez que visitó la tumba de su madre.

—Me pasaba días enteros montando a caballo por campos como este —le dijo a Hagen. Había montado principalmente con Mischa, que le había enseñado a localizar a los ciervos, a reproducir el sonido de toda clase de pájaros y a ponerse un preservativo mucho antes de que a Eichmann la idea de introducir su pene dentro de una chica le pareciese algo más que simplemente ridículo. Aún recordaba el desprecio en la voz de Mischa al enterarse del nombre de su grupo de exploradores Wandervögel: «¿Grifón? Es una especie de pájaro que se extinguió antes de que nacieran nuestros abuelos, un buitre que se alimentaba de la carne de los muertos». Mischa estaba celoso, claro; no podía juntarse con los chicos mayores para pasar los fines de semana haciendo excursiones, con el uniforme y las banderas, porque era judío.

Eichmann comenzó a sacarle punta al lapicero.

—Soy un buen jinete —comentó—. Aprendí a disparar en bosques como este con mi mejor amigo, Friedrich von Schmidt. Su madre era condesa y su padre un héroe de guerra.

Friedrich le había invitado a unirse a la Asociación de Jóvenes Veteranos Austro-Alemanes y habían asistido juntos a su formación paramilitar. Pero Mischa había seguido siendo el mejor amigo incluso después de que Eichmann se uniese al partido, el 1 de abril de 1932; miembro 899 895. Había seguido unido a Mischa, aunque cada vez discutía más con él, hasta que Austria cerró la Casa Marrón nazi y la empresa Vacuum Oil lo despidió únicamente por sus ideas políticas. Había tenido que meter las botas y el uniforme en una maleta y cruzar la frontera desde Austria hasta Alemania, en busca de la seguridad de Passau.

—No vamos a financiar a Palestina con capital alemán, ni siquiera capital alemán judío.

Eichmann apartó la vista del paisaje, devolvió la atención al informe y escribió: *Dado que la emigración arriba mencionada de 50 000 judíos anuales reforzaría el judaísmo en Palestina, este plan no puede ser motivo de discusión.*

AUTORRETRATO

Žofie-Helene, junto con Stephan y su tía Lisl, estaba de pie frente al primer cuadro de la sala de exposiciones del Edificio de Secesión: *Autorretrato de un artista degenerado*. Le inquietaba, el cuadro y el título.

—¿Qué te parece, Žofie-Helene? —le preguntó Lisl Wirth.

—No sé nada sobre pintura —respondió ella.

—No hace falta saber de arte para que te produzca una emoción —le aseguró Lisl—. Dinos simplemente lo que ves.

—Bueno, su cara es rara; con tantos colores, aunque son preciosos y es como si se mezclaran para parecer piel —dijo Žofie con incertidumbre—. Tiene la nariz grande y la barbilla muy larga, como si estuviese pintando su reflejo en un espejo distorsionado.

—Muchos pintores han llegado a ser casi analíticos en su abstracción —le explicó Lisl—. Picasso. Mondrian. Kokoschka es más emocional, más intuitivo.

—¿Por qué se llama a sí mismo degenerado?

—Es irónico, Žofe —le dijo Stephan—. Así es como llama Hitler a los artistas como él.

Žofe, no Žofie. Le gustaba cuando Stephan la llamaba así, como cuando su hermana la llamaba ŽoŽo.

Llegaron al retrato de una mujer cuyo rostro y cuya melena negra formaban casi un triángulo perfecto. Los ojos de la mujer eran

64

de diferente tamaño y tenía manchas rojas y negras en la cara; además, la postura de las manos daba miedo.

—Es bastante fea, y aun así es bonita también —comentó Žofie.

—Así es —convino Lisl.

—Este es como el retrato que hay en tu entrada, Stephan —dijo Žofie-Helene—. La mujer con las mejillas arañadas.

—Sí, ese también es un Kokoschka —confirmó Lisl.

—Pero ese es un retrato de usted —dijo Žofie-Helene—. Y es más bonito.

Lisl soltó una carcajada cálida y amable y le puso una mano en el hombro. A veces su padre solía ponerle la mano en el hombro también. Žofie se quedó ahí, deseando que aquella caricia durase para siempre, anhelando tener un retrato de su padre pintado por ese tal Oskar Kokoschka. Tenía fotografías, pero las fotos parecían menos auténticas que aquellos cuadros, pese a ser más reales.

PIES DESCALZOS EN LA NIEVE

Truus y Klara van Lange estaban sentadas frente a un escritorio abarrotado en el despacho del señor Tenkink en La Haya, donde también se hallaba presente el señor Van Vliet, del Ministerio de Justicia. Tenkink tenía sobre su mesa una autorización para permitir a los niños del bosque de los Weber permanecer en Holanda; una autorización que la propia Truus había redactado y que solo necesitaba la firma del señor Tenkink. Había descubierto que cuantas más facilidades le diese a alguien para tragarse algo, más probable era que se lo tragara.

—¿Niños judíos? —estaba diciendo Tenkink.

—Tenemos casas en las que alojarlos —respondió Truus, ignorando la mirada de Klara van Lange. Klara valoraba mucho más que ella la verdad absoluta, pero era muy joven y no llevaba mucho tiempo casada.

—Es una situación difícil, lo entiendo, señora Wijsmuller —dijo Tenkink—. Pero la mitad de los holandeses simpatizan ahora con los nazis, y el resto no queremos convertirnos en un vertedero de judíos.

—El gobierno quiere calmar a Hitler… —intervino el señor Van Vliet.

—Sí —le interrumpió Tenkink—, y robarle los niños a un país no es propio de un buen vecino.

Truus le tocó el hombro a Van Vliet; Tenkink era un hombre que respondía mejor a las mujeres. Había muchos hombres así, incluso los buenos. Deseó entonces haber llevado consigo a los niños; era mucho más difícil ignorar unos cabellos rizados y unos ojos esperanzados que ignorar la idea de un niño, o de once. Pero le parecía cruel sacar de la cama a esas pobres criaturas y meterlas en un tren desde Ámsterdam hasta La Haya solo para enseñárselos a un hombre que debería ser capaz de tomar la decisión correcta, que siempre se había dejado persuadir para ello.

—La reina Wilhelmina entiende el aprieto de los alemanes que desean librarse de la furia de Hitler —le dijo Truus a Tenkink.

—Incluso la familia real… —respondió este—… Debe usted entender la magnitud del problema judío. Si Hitler cumple su amenaza de anexionarse Austria…

—El canciller Schuschnigg tiene entre rejas a los líderes nazis austriacos, señor Tenkink —le recordó Truus—, y no hay ciudad en el mundo que dependa de los judíos más que Viena. Casi todos sus médicos, abogados y banqueros, y la mitad de sus periodistas son judíos de nacimiento, si no practicantes. ¿De verdad se imagina que un golpe contra el dinero y la prensa austriacos podría tener éxito?

—Señora Wijsmuller, no estoy diciendo que no —respondió Tenkink—, solo sugiero que sería más fácil si los niños fueran cristianos.

—Estoy segura de que la señora Wijsmuller lo tendrá en cuenta la próxima vez que saque a los niños de un país que ya ha hecho desaparecer a sus padres —comentó Klara.

Truus contuvo una sonrisa y alcanzó una fotografía enmarcada que había entre los montones de papeles del escritorio del señor Tenkink: en ella se veía a un joven Tenkink con su esposa, dos hijos y una bebé mofletuda. El descaro de Klara era parte de la razón por la que Truus le había pedido que la acompañara en aquella visita.

—Qué familia tan encantadora, señor Tenkink —comentó Truus.

Se recostó en la silla, tratando de no mostrar sus cartas, y permitió que el señor Tenkink elaborase un soliloquio de orgullo paterno que, al fin y al cabo, ella misma había alentado. La paciencia era una de sus virtudes.

Le devolvió la foto a Tenkink, que sonrió con cariño.

—Uno de los niños alemanes es un bebé, más pequeño aún que su hija en esa fotografía, señor Tenkink —dijo Truus, utilizando el término «alemanes» y no «judíos», alejando el foco de esa característica que era la que más preocupaba a Tenkink, antes de ir al grano mientras él aún sujetaba la foto de sus hijos—. Estoy segura de que hasta el más frío de los corazones podrá apiadarse de un bebé.

Tenkink se fijó en la autorización que yacía sobre su mesa y después miró a Truus.

—¿Niño o niña?

—¿Qué prefiere, señor Tenkink? No hay manera de saberlo con los bebés cuando están bien arropados para que la prensa los admire.

Tenkink, negando con la cabeza, firmó la autorización y dijo:

—Señora Wijsmuller, cuando los nazis invadan Holanda, espero que ponga la mano en el fuego por mí. Parece que puede usted convencer a cualquiera de cualquier cosa.

—Dios no lo quiera —dijo Truus—. Pero, en ese caso, sin duda Él pondrá la mano en el fuego por usted, señor Tenkink. Gracias. Hay muchos niños que necesitan nuestra ayuda.

—Bueno —dijo el señor Tenkink—, si no desea nada más…

—Entiendo que es imposible —le interrumpió Truus—, pero he oído que en Hamburgo un grupo de las SS sacó de la cama a treinta huérfanos y los dejó en la calle en pijama.

—Señora Wijsmuller…

—Treinta niños de pie en pijama, con los pies descalzos, sobre la nieve, mientras las SS prenden fuego a su orfanato.

—¿Qué fue de lo de «solo once»? —preguntó Tenkink con un suspiro. Miró la foto de su familia y añadió—: Y supongo que esos treinta también son judíos. ¿Pretende salvar a todos los judíos del Reich?

—Se alojan en Alemania en casa de ciudadanos no judíos —le dijo Truus—. No es necesario que le diga lo que les hacen los nazis a los cristianos que desafían sus prohibiciones en contra de ayudar a los judíos.

—Con el debido respeto, señora Wijsmuller, la prohibición nazi de ayudar a los judíos también afecta a las mujeres holandesas que atraviesan la frontera para...

Truus miró con insistencia la foto de su familia.

—Incluso aunque pudiera ayudar —continuó Tenkink—, se comenta que pronto aprobaremos la ley que cerrará nuestra frontera; puede que en pocas semanas, o incluso días. Si no tengo ya la información necesaria, no veo cómo...

Truus le entregó una carpeta marrón con cordeles verdes que contenía toda la información que necesitaría, clasificada correctamente; una manera más fácil de hacérselo tragar.

—De acuerdo, de acuerdo —accedió Tenkink negando con la cabeza—. Veré si puedo lograr que los acepten temporalmente. Solo hasta que se les encuentren hogares fuera de Holanda. ¿Queda claro? ¿Tienen familia en otra parte, en Inglaterra o Estados Unidos?

—Sí, por supuesto, señor Tenkink —respondió Truus—. Por eso se encuentran descalzos en mitad de la nieve viendo cómo se quema su orfanato judío.

EXPOSICIÓN DE LA VERGÜENZA

Lisl Wirth estaba de pie junto a su marido en la galería de Múnich, el último día de la exposición: obras cubistas, futuristas y expresionistas que habían sido expulsadas de los museos alemanes por no cumplir los «estándares» artísticos del *führer*, todas expuestas de mala manera y con precios destinados a que los visitantes se rieran. Cualquiera con un poco de sentido artístico se daría cuenta de que la otra exposición de Múnich, la Exposición del Gran Arte Alemán, ubicada en la nueva Haus der Deutschen Kunst de Hitler, eran todo torpes paisajes y desnudos aburridos en comparación. ¿Cómo podía alguien hacer desnudos tan aburridos como ese «gran» arte alemán? ¿Y este otro era el «arte degenerado»? El Paul Klee que tenía delante era precioso en su simplicidad; los trazos irregulares de la cara del pescador, la curva elegante de sus brazos, la longitud de la caña de pescar sobre un azul tan cambiante y evocador como el propio mar. Le hizo pensar en Stephan, aunque no sabía por qué. No creía que su sobrino hubiera ido de pesca alguna vez.

—¿Te gusta? —le preguntó a Michael, sorprendiéndose a sí misma con la pregunta. Hasta hacía unas pocas semanas, habría estado segura de que le encantaría, aunque solo fuera porque a ella también—. El Klee, *El pescador* —dijo, y tuvo que especificar a cuál se refería, porque los cuadros estaban todos revueltos, una falta de respeto que quedaba patente gracias a las palabras de las paredes: *La locura se vuelve método.*

En vista del silencio de Michael, Lisl se concentró en las palabras.

Oyó risas a su espalda, los cortos de miras comportándose como se esperaba de ellos.

Bajó la voz y le dijo a Michael:

—Pensaba que a Goebbels le gustaban los modernistas.

Michael la miró con inquietud.

—Eso era antes de que Hitler dijese en su discurso que el arte degenerado minaba la cultura alemana, Lis. Antes de ascender a Wolfgang Willrich y a Walter Hansen.

Dos denunciantes —artistas fallidos, pero denunciantes expertos— encargados de estipular qué arte debía aplaudirse y qué arte debía vilipendiarse.

—Esta exposición fue idea de Goebbels, y es un gesto político muy inteligente.

Lisl se apartó del Klee y de Michael. ¿Cuándo se había convertido su marido en alguien que valoraba la astucia política por encima de la expresión artística?

Hasta Gustav y Therese Bloch-Bauer parecían indiferentes al asalto nazi a la cultura, aunque todos estaban demasiado ocupados con sus familias y sus vidas como para percatarse de los nubarrones políticos que se acumulaban sobre la frontera entre Alemania y Austria. Todos pensaban que lo de Hitler era una moda alemana pasajera, que no sucedería en Austria, que Austria había capeado el asesinato del canciller Dollfuss y el intento de golpe de estado nazi tres años atrás, y capearían esto también. Además, la gente tenía negocios que dirigir, niños que criar, fiestas a las que asistir, retratos para los que posar y arte que comprar.

Lisl fingió interés en otro cuadro, en otra escultura, hasta acabar en una sala distinta a la de su marido, admirando un autorretrato de Van Gogh, Chagalls, Picassos y Gauguins, toda una pared dedicada, de manera poco halagüeña, a los dadaístas. Al llegar a una estancia que catalogó como «la sala de los judíos», percibió la delicada situación en que se encontraba. *Revelación del alma racial judía,* estaba escrito en una pared. Los cuadros le parecieron extraordinarios; esperaba que, fuera lo que fuera lo que revelaran, reflejara algo de su propia alma.

Pero era una mujer judía deambulando sola por una reunión hostil en Alemania.

Aquel súbito miedo era algo ridículo. Múnich estaba nada más cruzar la frontera. En menos de una hora podría estar de vuelta en Austria.

Aun así, fue a buscar de nuevo a Michael.

Lo vio de pie frente a un Otto Dix de una mujer embarazada que tenía el vientre y los senos tan deformados que Lisl casi sintió alivio por no poder quedarse embarazada. Sin embargo, la cara de Michael mientras admiraba el cuadro era de un profundo anhelo. Siempre había dicho que no necesitaba un heredero, que Walter se haría cargo del negocio chocolatero de la familia de ella y Stephan se quedaría con el banco de la familia de él; un banco que solo había sobrevivido gracias al dinero de la familia de Lisl, aunque no pensaba decirlo. Michael era un hombre orgulloso de una familia orgullosa que había atravesado una mala racha, como muchas otras después de que se desplomaran los mercados financieros, y Lisl nunca haría nada que pusiera en peligro el orgullo de su marido, del mismo modo en que nunca lo haría él. Stephan era como un hijo para Michael, eso era lo que siempre decía su marido, y Walter también lo era. Pero incluso antes de aquel momento, de la revelación de su expresión de anhelo, Lisl ya había percibido que algo sucedía, que Michael parecía cada vez menos devoto de la educación universitaria y de los encantos intelectuales que siempre había dicho que eran la razón por la que se había enamorado de ella.

Le hizo una pregunta a un desconocido para que Michael

oyera su voz y tuviera tiempo de recuperar la compostura. Después de hacerlo, Lisl se acercó a él, le tomó del brazo y dijo: «Podríamos comprar ese Klee», solo por decir algo. Pero no lo comprarían, ni allí ni en ninguna otra parte, y no solo porque tuviera un precio desorbitado.

JUNTO AL MUELLE

El cielo encapotado amenazaba con más nieve, que cubriría la escarcha mugrienta de las aceras y los canales helados. Truus, que caminaba junto a Joop, pasó frente a tres barcos incrustados en el Herengracht, que ya estaba tan helado que en Ámsterdam había empezado a especularse que ese año tal vez se pudiera realizar la Elfstedentocht por primera vez desde 1933. Junto al puente situado frente a su apartamento, había un pequeño grupo de adultos en el centro del canal, con los niños patinando a su alrededor, o simplemente deslizándose con las botas. Esa era su parte favorita del día —Joop y ella volviendo a casa juntos como hacían cuando Joop comenzó a cortejarla, cuando ella acababa de terminar sus estudios en la Escuela de Comercio y había empezado a trabajar en el mismo banco donde trabajaba él.

—No te digo que no, Truus —estaba diciéndole Joop—. No lo prohíbo. Sabes que nunca te prohibiría nada que fuera importante para ti.

Truus hundió las manos enguantadas en los bolsillos de su abrigo. Joop no pretendía buscar pelea ni menospreciarla; no era más que la manera inconsciente de hablar de algunos hombres, incluso los hombres buenos como él, hombres que habían cumplido la mayoría de edad cuando las mujeres ni siquiera habían adquirido aún el derecho al voto; cuando, de hecho, solo los hombres ricos tenían ese derecho.

Observaron cómo un niño pequeño, que apenas sabía patinar, estuvo a punto de derribar a su hermana.

—Yo tampoco te prohibiría nada que fuera importante para ti, Joop —le dijo a su marido.

Él se rio con cariño, le colocó las manos enguantadas en los codos y las deslizó hacia abajo para sacarle las suyas de los bolsillos y estrechárselas.

—De acuerdo, me lo merecía —le dijo—. Debería haber figurado en nuestros votos matrimoniales: amor, honor, y que ni se me ocurra intentar prohibirte nada, sea importante o no.

—¿No crees que es importante salvar a treinta huérfanos a los que los nazis han dejado en la calle en pijama en mitad de la nieve?

—Tampoco quería decir eso —respondió él con paciencia—. Sabes que no me refería a eso. Pero piénsalo. La situación en Alemania está empeorando y me preocupo por ti.

Truus se quedó de pie a su lado, observando a los patinadores, a la hermana que ahora ayudaba a su hermano a levantarse del hielo.

—Bueno, si estás decidida a ir —le dijo Joop—, me gustaría que lo hicieras antes de que empeorase la situación.

—Estoy esperando a que el señor Tenkink consiga los visados de entrada, Joop. Por cierto, ¿no decías que tenías algo que contarme?

—Sí. Esta tarde he recibido en el despacho una llamada de lo más extraña. El señor Vander Waal —ya lo conoces— dice que uno de sus clientes está seguro de que tienes algo de valor que le pertenece. Algo que le trajiste de Alemania.

—¿Algo que le traje yo? ¿Por qué iba a pasar nada en la frontera para un total desconocido? —Frunció el ceño, preocupada mientras miraba a los patinadores, al padre de la niña y del niño, que se acercaba a sus hijos y le daba la mano al niño—. Limito mi valiosa mercancía a los niños, te lo prometo.

—Eso le he dicho yo —respondió Joop—. Le he asegurado que no tendrías nada que ver con eso.

Sobre el hielo, la hermana le estrechó la otra mano a su hermano. El pequeño dijo algo que hizo reír a la familia, y los tres se marcharon patinando hacia el puente para atravesarlo por debajo; el padre se despidió de los demás adultos y gritó que volverían a verse pronto. Truus apartó entonces la mirada y contempló el cielo gris a través de los árboles desnudos. ¿Cuántas veces había visto a los grupos de padres, que hablaban entre ellos mientras sus hijos patinaban a su alrededor? Pero nunca con Joop. Era una parte de sí misma que le ocultaba incluso a su marido. Después de su tercer aborto, Joop y ella habían centrado su atención en otras cosas; ella se había volcado con la Asociación por los Intereses de las Mujeres y la Igualdad de Ciudadanía, el trabajo social y ayudar a los niños como aquellos que habían acogido sus padres.

Se oyó el silbato de un tren a lo lejos. Truus seguía mirando hacia el canal helado, con las manos protegidas por las de Joop, preguntándose si su marido iría allí alguna vez a solas para observar a las familias. Sabía que deseaba tener un hijo tanto como ella, o más. Pero Truus había ocultado su dolor, igual que él, para no echárselo en cara en un descuido. Ahora, tras pasar años evitando el tema de los niños, se había convertido en una costumbre imposible de romper. Truus, por mucho que deseara hacerlo, no podría acariciarle la cara a Joop y decirle: «¿Vienes alguna vez aquí a ver a los niños, Joop? ¿Observas a los padres? ¿Piensas alguna vez que podríamos volver a intentarlo una vez más antes de que sea demasiado tarde?». Se quedó de pie a su lado, mirando a los patinadores sobre el hielo y a los padres charlando, y los barcos helados en el canal que sugerían un futuro para el que aún quedaba un largo invierno.

DIAMANTES, NO IMITACIONES

Después de que Joop se marchara a trabajar a la mañana siguiente, Truus buscó en su cómoda y sacó la caja de cerillas que le había dado el hombre del tren; ¿de verdad había sido hacía un año? La abrió sobre la mesa de la cocina y extrajo aquel horrible disco de grava. Lo frotó con el pulgar hasta que se desprendieron trocitos de grava.

Los llevó al fregadero y los colocó con cuidado en un cuenco, que después llenó de agua. Frotó los pedazos sumergidos con los dedos y el agua fue enturbiándose. Los sacó y los dejó sobre la palma húmeda de su mano.

Resultó ser cierto: nos dejamos engañar con más facilidad cuando nosotros mismos formamos parte del engaño.

Llamó al despacho del señor Vander Waal.

—Señor Vander Waal —dijo—, parece que le debo una disculpa. Resulta que mi marido se equivocó. Sí que tengo algo para el doctor Brisker.

Debía de haber quizá una docena de diamantes sin pulir en aquella «piedra de la suerte»; valor suficiente para empezar una nueva vida. Ese tal doctor Brisker había corrido el riesgo de sacar del país su tesoro secreto escondido en ella, otorgándole significado suficiente para evitar que lo tirase a la basura. Había puesto en peligro la vida de tres niños solo para sacar de Alemania parte de su riqueza. Y ella había sido una ingenua.

MOTORSTURMFÜHRER

El Judentagung de Berlín organizado por el Departamento de Seguridad supuso un triunfo para Eichmann. Dennecker y Hagen hablaron primero; Dennecker sobre la necesidad de vigilar constantemente a los judíos, y Hagen sobre las complicaciones de una Palestina independiente que podría defender los derechos de dichos judíos. Cuando Eichmann ocupó el podio, se sintió tan libre como cuando, de joven, recorría Austria en su moto, cuando, acompañado de sus amigos, defendía a los oradores nazis visitantes frente a las multitudes enfurecidas que les lanzaban botellas de cerveza y comida podrida. El viaje a Palestina, aunque hubiera sido un fracaso, había servido para afianzar sus conocimientos sobre el problema judío. Ahora era uno de los oradores, y la multitud reunida en el Judentagung le gritaba su apoyo.

—El verdadero espíritu de Alemania reside en el pueblo, en sus campesinos y en el paisaje, en la sangre y la tierra de nuestra patria inmaculada —les dijo—. Ahora nos enfrentamos a la amenaza de una conspiración judía que solo yo sé cómo revocar.

La multitud aplaudió cuando les habló de las armas y de la fuerza aérea que había amasado la Haganá palestina, de los judíos extranjeros que se hacían pasar por empleados de organizaciones internacionales para sacar información de contrabando que pudieran usar en contra del Reich, sobre la amplia conspiración antialemana liderada por la Alliance Israélite Universelle, para la que una fábrica de margarina Unilever actuaba como tapadera.

—La manera de resolver el problema judío no es mediante leyes que restrinjan la actividad de los judíos en Alemania, ni siquiera la brutalidad a pie de calle —gritó a la multitud enfervorecida—. Lo que necesitamos es identificar a los judíos del Reich. Poner sus nombres en una lista. Identificar las oportunidades que les permitan emigrar de Alemania a países inferiores. Y, lo más importante, despojarlos de sus riquezas para que, enfrentados al dilema de quedarse en la pobreza o marcharse, los judíos elijan marcharse.

DECISIONES

Aquella mañana invernal aún no había amanecido tras la ventana cuando Truus se sentó a desayunar con Joop. Tomó la primera página del periódico mientras daba el primer bocado al *uitsmijter*, con el huevo, el jamón y el queso aún calientes.

—Santo Dios, lo han hecho, Joop —dijo.

Joop sonrió con picardía desde el otro lado de la mesa.

—¿Han recortado más los dobladillos? —preguntó—. Sé que prefieres las faldas más largas, pero tienes las rodillas más bonitas de toda Ámsterdam.

Ella le lanzó un trozo de pan. Joop lo alcanzó al vuelo y se lo metió en la boca antes de devolver la atención a su plato y saborear el desayuno de un modo que Truus admiraba, pero que nunca podría imitar, ni siquiera cuando las noticias eran buenas.

—Nuestro gobierno ha aprobado la nueva ley que prohíbe la inmigración desde el Reich —le dijo.

Joop dejó su *uitsmijter* y le dedicó toda su atención.

—Sabías que iban a hacerlo, Truus. Hace ya un año que el gobierno «protegió» casi cualquier profesión que un extranjero pudiera desempeñar.

—Pensé que éramos mejor que todo eso. ¿Cerrar la frontera totalmente?

Joop tomó la primera página y leyó el artículo mientras Truus se reprendía mentalmente. Debería haber presionado más al señor Tenkink para ayudar a los treinta huérfanos de Hamburgo. Treinta. Demasiados para hacerlos pasar por suyos en un pasaporte donde no figuraban los niños, pero debería haberlo intentado.

—Aún podemos dar refugio a los que corren peligro —le dijo Joop devolviéndole el periódico.

—A aquellos que puedan demostrar que corren peligro físico. ¿Qué judío en Alemania no corre peligro? Pero ¿qué prueba tiene nadie del peligro físico hasta que los nazis no los agarren y los expulsen, y entonces sea demasiado tarde?

Truus volvió a juntar las secciones del periódico, pensando ya en los horarios del tren a La Haya. Aquello era algo que no podría cambiar, lo que su gobierno había hecho, pero tal vez pudiera persuadir a Tenkink para que hiciera alguna excepción.

—Geertruida… —dijo Joop.

Geertruida. Sí, entonces volvió a bajar el periódico. Miró el pelo de su marido, con canas en las sienes, su barbilla robusta, su oreja izquierda, ligeramente más grande que la derecha, o tal vez era que resaltaba más; incluso después de todos esos años, Truus todavía no lo tenía claro.

—Geertruida —repitió Joop—, ¿has pensado alguna vez en acoger a algunos de esos niños, como hizo tu familia en la Gran Guerra?

—¿Para que vivan con nosotros? —preguntó ella con cautela.

Él asintió.

—Pero son huérfanos, Joop. No tienen padres con los que regresar.

Joop asintió de nuevo, manteniéndole la mirada. Truus vio en el brillo de sus ojos claros, en su intento por ocultar sus pensamientos, que él también se pasaba por el canal para ver jugar a los niños y charlar a los padres.

Extendió el brazo por encima de la mesa y le estrechó la mano, tratando de aferrarse a un abrumador sentimiento de esperanza. Joop se sentía incómodo cuando ella se ponía sentimental.

—Tenemos el dormitorio extra —le dijo.

Él apretó los labios, lo que acentuó su robusta barbilla.

—De todas formas, he estado pensando que deberíamos mudarnos a un sitio más grande.

Truus miró el periódico, el titular sobre la nueva ley de inmigración.

—¿A un apartamento mayor? —preguntó.

—Podríamos permitirnos una casa independiente.

Al sentir el apretón de su mano, supo que aquello era lo que deseaba, igual que él. Un tipo de familia diferente. Una familia que uno elegía, no una que te enviaba Dios. Niños a los que elegías amar.

—Te resultaría difícil apañarte cuando yo no estuviera —le dijo Truus.

Joop se recostó en su silla y aflojó un poco la presión de la mano, recorrió con los dedos los anillos que llevaba puestos: la alianza de oro, símbolo de su matrimonio; el rubí verdadero, no las copias que se había hecho para los sobornos poco después de empezar a cruzar la frontera con los niños; y las alianzas entrelazadas que Joop le había regalado la primera vez que se quedó embarazada, para marcar el comienzo de la familia que creían que tendrían.

—No —le dijo su marido—. No, sería imposible ocuparme de los niños si tú no estuvieras, Truus, pero con esta nueva ley ya no podrás seguir trayendo a niños de Alemania.

Truus miró hacia el Nassaukade y el canal, el puente, el Raampoort; todo seguía a oscuras. Al otro lado del canal, en otra ventana iluminada del tercer piso, un padre se agachaba junto a un niño, que seguía sentado en la cama. Ámsterdam estaba despertando. De momento las calles seguían vacías, pero pronto se llenarían de niños con libros de camino a la escuela, hombres que se marchaban a trabajar y mujeres como ella misma que partían hacia el mercado, o que empujaban carritos de bebé, paseando en parejas o en pequeños grupos, incluso en mañanas frías como aquella.

LAS MATEMÁTICAS DE LA CANCIÓN

—¿Qué estamos haciendo aquí? —le susurró Žofie-Helene a Stephan. Acababan de salir de un pasillo que olía a incienso y se habían topado con una fila de adultos bien vestidos que bajaban por unas escaleras, esperando a entrar en la Hofburgkapelle. Žofie había hecho exactamente lo que Stephan le había ordenado, aunque se negó a explicarle por qué: se puso ropa elegante y se reunió con él en la estatua de Hércules de Heldenplatz.

—Vamos a hacer cola para recibir la comunión junto a la gente que baja de los palcos superiores —le dijo Stephan.

—Pero yo no soy católica.

—Yo tampoco.

Žofie lo siguió hasta la capilla, que era sorprendentemente estrecha y sencilla para ser la capilla de un palacio real; una estancia de aspecto gótico, rodeada de balcones desde los que tocaba la orquesta y cantaba el coro, pero todo era blanco. Incluso la vidriera situada detrás del altar solo estaba pintada en la parte superior, algo muy desequilibrado.

Žofie aceptó un trozo de pan asqueroso y un sorbo de vino agrio.

—Era incomible —le susurró a Stephan mientras se alejaban del altar.

—Supongo que en tu iglesia sirven tarta Sacher, ¿no? —le respondió él con una sonrisa.

Las personas junto a las que habían hecho cola volvieron a subir las escaleras, pero Stephan ocupó un lugar en un extremo de la capilla, y Žofie esperó junto a él. Cuando terminó la comunión, la guio hasta dos asientos libres situados en la parte de atrás. Se sentaron a esperar a que terminara la misa y él escribió en su diario: *Comunión = incomible.*

Por alguna razón que Žofie desconocía, siguieron allí sentados incluso después de que terminara la misa. Casi todos se quedaron, aunque el sacerdote se había marchado. Prestó atención al techo, hacia la bóveda de crucería sin frescos en la que el peso de las ojivas reposaba sobre los pilares de las intersecciones y el empuje se transmitía a los muros exteriores. Si hubiera estado con cualquier otra persona que no fuera Stephan, jamás habría tolerado estar sentada en una capilla sin hacer absolutamente nada, pero Stephan siempre tenía una razón para hacer las cosas.

—¿Sabes por qué el techo no se derrumba? —le susurró.

Stephan le puso una mano en la boca, después le quitó las gafas, se las limpió con la bufanda y volvió a ponérselas. Le sonrió y después le tocó el collar con el símbolo del infinito.

—En realidad no fue un regalo de mi padre —le dijo ella—. Era un alfiler de corbata que ganó en la escuela. Mi abuelo hizo que lo convirtieran en un collar para regalármelo cuando mi padre murió.

Hileras de muchachos jóvenes vestidos con uniforme de marinero en azul y blanco comenzaron a llenar el lugar y a colocarse en fila frente al altar. Tras un momento de silencio, una voz hermosa cantó desde el coro, la primera nota aguda del «Ave María» de Schubert. En la voz pura de aquel chico, las notas fluían rítmicamente, hacia abajo y después hacia arriba, para volver a bajar y posarse en un lugar dentro de Žofie que ni ella misma sabía que existía. A la voz del muchacho respondió entonces el coro entero de voces masculinas, cuyo eco rebotaba en la piedra blanca del techo abovedado, rodeándola por todas direcciones, mezclándose en su mente con una ecuación a la que llevaba varios días dándole vueltas, como si formaran parte del mismo cielo. Se quedó allí sentada, dejando que la música llenara los huecos vacíos entre los números y símbolos de su cabeza, y después permaneció sentada en el silencio mientras los demás se marchaban, hasta que solo quedaron Stephan y ella, sentados lado a lado en la capilla vacía, el lugar más lleno que jamás había visto.

KIPFERL Y CHOCOLATE CALIENTE VIENÉS

En la Michaelerplatz, frente a la Hofburgkapelle y el palacio, hacía un día brillante, soleado y frío, y por todas partes había panfletos y carteles que proclamaban *Ja!* y «¡Con Schuschnigg por una Austria libre!», o «Vota SÍ» en el plebiscito que el canciller Schuschnigg había convocado para decidir si Austria debía seguir siendo independiente de Alemania. En las paredes de los edificios y en las aceras habían pintado en blanco cruces del Frente de la Patria Austriaca, el partido del canciller. Las multitudes y los grupos juveniles entonaban *Heil Schuschnigg*, «Heil libertad» y «¡Rojo, blanco, rojo hasta la muerte!», mientras que otros gritaban *Heil Hitler!*

Žofie intentaba ignorarlos a todos. Intentaba aferrarse a la música y a las matemáticas que aún se mezclaban en su interior mientras recorría la Herrengasse con Stephan hacia el Café Central. Si los gritos de la multitud molestaban a Stephan, no dijo nada, aunque no había dicho nada desde que comenzara la música en la capilla. Žofie suponía que aquella melodía le habría trasladado a su mundo de palabras, igual que a ella la había trasladado a su mundo de números y símbolos. Imaginaba que por eso se habían hecho tan buenos amigos, pese a que Stephan conocía a los demás desde hacía mucho más tiempo que a ella; porque la escritura de él era como las matemáticas de ella en un sentido que ambos entendían, aunque en realidad no tuviera ningún sentido.

Estaban empujando las puertas de cristal del Café Central cuando Stephan por fin habló; ahora tenía los ojos secos, aunque en la capilla se le habían humedecido, lo que ella imaginaba que le habría avergonzado delante de sus amigos del café.

—Imagina, Žofe, si yo pudiera escribir algo así —dijo.

Más allá de la vitrina de los pasteles, al otro extremo de la cafetería, sus amigos estaban sentados en torno a dos mesas juntas al lado de las estanterías de la prensa, ya reunidos a la espera de Stephan.

—Pero tú escribes obras de teatro, no música —le respondió Žofie.

Stephan le dio un suave empujón en el hombro, como se había acostumbrado a hacer últimamente; Žofie sabía que lo hacía a modo de juego, pero aun así le encantaba sentir su caricia.

—Tan asquerosamente brillante, tan técnicamente correcta... y tan abismalmente equivocada —le dijo—. La música no, idiota. Una obra que emocionara a la gente de esa forma.

—Pero...

«Pero sí que puedes, Stephan».

Žofie no supo por qué se detuvo antes de decir esas palabras en voz alta, igual que no sabía por qué no le había dado la mano a Stephan en la capilla. Quizá podría habérselo dicho allí, en el silencio después de la música, como le había contado lo del collar. O quizá no. Era abrumador darse cuenta de que conocía a alguien que podría llegar a hacer algo mágico como eso algún día, si seguía entrelazando palabras, creando historias y ayudando a los demás a hacerlas realidad. Era abrumador pensar que sus obras tal vez acabaran representándose algún día en el Burgtheater, que sus palabras se recitarían ante un público que reiría o lloraría, y que, al terminar, se levantaría y aplaudiría, como hacía el público solo en las mejores obras, aquellas que te arrancaban de un mundo y te dejaban en otro que ni siquiera existía en realidad. O sí existía, pero solo en la imaginación de los que veían la obra, solo durante esas pocas horas en la oscuridad. La paradoja del teatro: real e irreal al mismo tiempo.

Stephan quería pedirle a Dieter que se desplazara al asiento del fondo para poder sentarse junto a Žofie, para seguir cerca de ella y de la música del coro y del sentimiento, de la esperanza que había surgido en su interior al compartir con ella aquella música. Si no hubiese venido con él a la lectura de su obra, habría agarrado su diario y se habría ido directamente desde la capilla al Café Landtmann, o mejor aún, al Griensteidl, donde nadie le interrumpiría; habría hundido los dedos en las palabras, para mejorar alguna de sus obras o para empezar una nueva. Pero Dieter se levantó para sujetarle la silla a Žofie; habían quedado para leer la obra de Stephan; todos debían poder escucharle por encima del escándalo: la mesa de al lado se hallaba en mitad de una acalorada discusión sobre un ejemplar de la *Neue Freie Presse*, que su tía Lisl leía a veces, y los jugadores de ajedrez del otro lado también discutían; toda la cafetería parecía estar especulando sobre si Austria iría a la guerra con Alemania, o cuándo sería. De modo que Stephan ocupó su asiento habitual y pidió *kaffee mit schlag* y estrúdel de manzana, después solicitó al camarero que le llevase a Žofie —que había dicho que no tenía hambre— un *kipferl* y chocolate vienés, una extravagancia para ella que no lo era para él y para el resto de sus amigos.

UN CÓDIGO EQUIVOCADO

Los tranvías estaban tan vacíos como las vías de tren que pasaban por debajo del puente hacia la estación de Hamburgo, tan vacíos como la propia estación a esa hora tan temprana. En el trayecto desde la pensión, Truus y Klara van Lange solo se habían cruzado con un soldado, un joven sargento que se había vuelto para mirar a Klara. Truus sabía que era una dificultad que Klara llamara tanto la atención, que fuese tan memorable. Pero hasta las mayores dificultades podían convertirse en ventajas. Y tenían treinta huérfanos que recoger, muchos más niños de los que Truus podría gestionar sola.

—Se te dará de maravilla, te lo prometo —le aseguró a Klara cuando pasaron por debajo de la enorme esvástica pegada en la horrible fachada de la estación. ¿Era cristal lo de arriba? Estaba tan sucio que era difícil saberlo.

Bajaron unas escaleras sucias hasta un andén sucio, limpiaron un banco con un pañuelo y depositaron sus bolsas de viaje junto a ellas en vez de en el suelo, que estaba aún más sucio.

—Bueno, esto es lo que me gustaría que hicieras —le dijo Truus—. Habrá un soldado supervisando el embarque en nuestro vagón. Muéstrale tu billete y pregúntale en holandés si este es tu lugar. Quizá puedas expresar confusión por no estar en primera clase. Pero no demasiada confusión. No queremos que te cambie a un vagón mejor y me deje sola con treinta niños. Si no habla holandés, finge que te defiendes a duras penas en alemán, lo suficiente para hacer que se sienta atractivo. ¿Lo entiendes?

—¿No tenemos papeles para los niños? —preguntó Klara, indecisa.

—Sí los tenemos, pero cuantas menos preguntas se hagan mejor.

Los visados de entrada a Holanda eran reales, gracias al señor Tenkink. Los visados de salida de Alemania podrían serlo o no. Truus prefería pensar que lo eran.

—Ya te he dicho que lo harás muy bien —le aseguró a Klara—, pero esta primera vez será más fácil hacerlo en tu propio idioma.

Esa primera vez, que bien podría ser la última; Tenkink había conseguido los visados de entrada, pero con la nueva ley —y la frontera ya cerrada— no habría más. Tal vez Joop tuviera razón. Tal vez lo mejor que podría hacer sería acoger a algunos de los niños, darles un hogar.

—El miedo puede afectar incluso a las mentes más privilegiadas —le dijo a Klara.

Pasado un rato, se les acercó un jefe de estación. Se detuvo ante ellas; era un hombre mayor con una cara desconcertante, redonda, blanca y tosca. El miedo de Klara se notaba en su actitud estática, como un instinto animal para pasar desapercibida, pero no importaba. Al fin y al cabo todo el mundo tenía miedo en Alemania últimamente.

—¿Están esperando un paquete? —preguntó el hombre.

—Una entrega, sí —respondió Truus con suavidad.

—El tren lleva un retraso de una hora —le informó el jefe de estación.

Truus le dio las gracias por la información y prometió esperar.

—Parece un muñeco de nieve —le susurró Klara con una sonrisa cuando el hombre se alejaba.

Truus recordó la imagen de sus padres en Duivendrecht, la cara de su madre en la ventana mientras la bola de nieve del niño refugiado resbalaba por el cristal, y su madre se reía de los niños, que a su vez se reían junto al muñeco de nieve que Truus les había ayudado a hacer. Era cierto que el jefe de estación se parecía un poco a un muñeco de nieve, el apodo le pegaba. Y además decía mucho de Klara van Lange. Estaba asustada, pero no tan asustada como para no poder utilizar el humor para afrontar la situación.

—Quizá puedas quitarte los nervios respondiendo al jefe de estación la próxima vez que venga, Klara —le sugirió—. Preguntará si estamos esperando un paquete, y debemos responder: «Una entrega, sí».

—Una entrega, sí —repitió Klara.

Pasado un rato, volvió a aproximarse un jefe de estación. Truus esperó a que estuviera lo suficientemente cerca para distinguir su rostro bajo la gorra. No era el muñeco de nieve.

—¿Están esperando un paquete? —les preguntó.

Truus, tocándose inconscientemente el rubí que llevaba debajo del guante, le hizo un gesto a Klara con la cabeza.

—Un paquete, sí —respondió Klara.

—Una entrega, sí —la corrigió Truus.

El hombre miró nervioso en torno a la estación, pero mantuvo la postura firme. Cualquiera que estuviera observándolo desde lejos no habría advertido su preocupación.

—Una entrega, sí —repitió Truus.

Truus habría querido rezar en voz baja, pero no podía permitirse la distracción.

Las campanas de Hamburgo comenzaron a dar las seis.

—Me temo que el caos en Austria ha hecho que la entrega de paquetes sea imposible esta mañana —dijo el hombre al fin, por encima de las campanas.

—Imposible. Entiendo —respondió Truus.

¿Estaría cancelando el traslado porque Klara se había confundido con el código o estaría diciendo la verdad?

Truus esperó con paciencia mientras el jefe de estación volvía a mirar a Klara, que sonrió con dulzura. Al hombre se le iluminó la cara.

—Volveremos mañana, entonces —anunció Truus. No fue una pregunta directa, pues no quería arriesgarse a una negativa, pero sí elevó ligeramente la voz al final de la frase para dejar claro que entendía su dilema, que un código equivocado debería hacerle dudar—. Mi amiga nunca ha estado en Hamburgo —añadió—. Puedo enseñarle la ciudad y volveremos mañana.

Cuando Truus y Klara se acercaban a las escaleras para salir de la estación, alguien le agarró la bolsa a Klara y dijo: «Déjeme ayudarla con eso», asustándolas a ambas. También agarró la bolsa de Truus y susurró: «El hombre que está a la derecha al final de las escaleras las ha seguido desde la pensión. Será mejor que vayan a la izquierda al salir de la estación y den una vuelta a la manzana». Les devolvió las bolsas al llegar al final de la escalera y se alejó por la derecha. Truus le vio pasar junto a un hombre que sí que le resultó familiar, un hombre de la pensión que la había abordado en referencia a un posible contrabando de monedas de oro hacia Holanda; una trampa de la Gestapo que ella sabía que debía evitar. Aun así, se palpó los bolsillos y se acordó del doctor Brisker, que le había dado su «piedra de la suerte». Él también había asegurado que estaba ayudándola.

ESCRIBIR ENTRE LÍNEAS

Stephan tapó a su madre con la manta, sentada en un diván frente a la chimenea, mientras la tía Lisl, que había llegado a primera hora de la mañana sin el tío Michael, volvía a ajustar el volumen de la radio. Las cortinas estaban echadas y dejaban en penumbra las estanterías de libros, que ascendían hasta el techo de la tercera planta, interrumpidas solo por la barandilla que rodeaba el nivel superior de la biblioteca, las escaleras y la barandilla de latón a la que a él le encantaba subirse antes incluso de saber leer. Supuso que eran las cortinas cerradas lo que resultaba tan inquietante, como si hubiera algo siniestro en el hecho de escuchar la radio cuando fuera, en Viena, hacía una soleada mañana invernal.

Intentaba leer otra vez *Incidente en el lago Ginebra*, un relato de Stefan Zweig sobre un soldado ruso al que un pescador italiano encuentra desnudo en una balsa, un relato que su padre decía que trataba sobre la extinción de los valores humanos bajo el mandato de hombres como Hitler. Sin embargo era difícil concentrarse con la radio puesta, con la noticia del plebiscito por una «Austria cristiana independiente» programado para dos días más tarde, aunque Hitler ya había dicho que era un fraude que Alemania no aceptaría. *Lügenpresse*, había denominado Hitler a la prensa austriaca que publicara cualquier otra cosa. Prensa mentirosa.

—Como si ese loco no fuera un mentiroso —dijo su padre a la

93

radio cuando Helga, que acababa de entrar con el desayuno, tropezó con la silla de ruedas vacía de su madre y estuvo a punto de dejar caer la bandeja de plata—. ¿Cómo ha podido convencer Hitler a toda Alemania de que sus mentiras son la verdad y la verdad es la mentira?

—¿Aquí, señor, sobre el escritorio? —le preguntó Helga a su padre.

—Peter —le susurró Walter a su conejo—, ¡vamos a desayunar en la biblioteca!

Desayuno en la biblioteca, más inquietante aún que las cortinas echadas. A su madre a veces le llevaban una bandeja a su dormitorio en sus peores momentos, pero ¿que les sirvieran a todos allí? Y solo pan negro, mermelada y huevos duros, sin salchichas ni paté de ganso, ni siquiera un surtido de pan *kornspitz* o *semmel*, y mucho menos algún dulce.

Stephan agarró un pedazo de pan y lo untó con mantequilla y mermelada para disimular el sabor a centeno. Tras comerse todo lo que pudo, para contentar a su madre, dijo:

—Bueno, voy a llevarme la máquina de escribir a…

—Puedes escribir aquí, en la biblioteca —le dijo su padre.

—Pero la mesa está llena con las cosas del desayuno…

—Puedes usar la mesa plegable del rincón.

Era imposible escribir salvo cuando estaba solo, incluso en circunstancias normales, y desayunar en la biblioteca oyendo a Hitler amenazar a su país era cualquier cosa menos normal. En Alemania, Goebbels aseguraba que toda Austria estaba amotinada y que los austriacos estaban pidiendo la intervención de los alemanes para restaurar el orden. Pero, al otro lado de las cortinas echadas, las calles de Viena estaban tranquilas. Un motín tranquilo, pensó Stephan. Žofie-Helene tendría alguna paradoja de las suyas para aquella situación.

Se suponía que debía reunirse con ella frente al Burgtheater aquella tarde; tenía una sorpresa para él. Sin duda para entonces le dejarían salir. Hasta su padre decía que no había ningún motín en

Viena, que era una mentira que Hitler se había inventado para justificar el envío de soldados a un país al que no pertenecían.

El desayuno dio paso al almuerzo, de nuevo una bandeja en la biblioteca. Todos salvo Walter se inclinaron hacia la radio, como si aquello pudiera detener el flujo de malas noticias. Walter, expresando el mismo aburrimiento que Stephan compartía, empezó a hacer girar el globo terráqueo de su padre cada vez a más velocidad. Nadie le reprendió.

Stephan abrió la mesa plegable del rincón y colocó encima su máquina de escribir. Introdujo un folio en blanco en el carro y se imaginó una escena como la que se reflejaba en el espejo colgado en el rincón: una chimenea encendida en una biblioteca de dos niveles, con libros, barandillas y escaleras de mano, pero con las cortinas abiertas. Colocó a una chica joven con las gafas sucias en lo alto de una de las escaleras, buscando un libro de Sherlock Holmes. Empezó a escribir la página del título. *LA PARADOJA...*

—Ahora no, cielo —dijo su madre—. No oímos bien.

Siguió escribiendo. *...DEL MENTIROSO*. Con la esperanza de que la reprimenda fuese dirigida a Walter y al globo terráqueo.

—Stephan —le dijo su padre—. Walter, tú también.

Stephan abandonó a regañadientes la máquina de escribir y seleccionó un libro de la estantería de los niños, después sentó a Walter en su regazo. Leyó *Las increíbles aventuras del profesor Branestawm* en voz baja, las divertidas desventuras de un profesor despistado que inventa cazadores de ladrones y máquinas para hacer tortitas. Pero Walter empezó a retorcerse y Stephan enseguida se aburrió de leer en inglés. Por esa razón la tía Lisl les había traído ese libro de su último viaje a Londres, porque su padre quería que Walter y él mejorasen su inglés.

—Podría llevar a Walter al parque —sugirió, pero su padre le mandó callar.

* * *

Stephan miró el reloj cuando Helga sirvió una cena ligera en la biblioteca. Debería llamar a Žofie-Helene para decirle que no podría reunirse con ella, pero aún quedaba un poco de tiempo. Devoró parte de la cena —escuchando como Hitler exigía al canciller Schuschnigg que cediera todo el poder a los nazis austriacos o se enfrentaría a la invasión— y después volvió a sentarse con su máquina de escribir. Podría escribir mientras comían. Podría capturar la escena: una chica con las gafas sucias se servía un plato de comida y se sentaba junto al fuego, como había hecho la tía Lisl; su padre le ofreció un plato a su madre antes de servirse él. Decidió que, finalmente, las cortinas de la habitación estarían cerradas.

Tap, tap, tap. Intentó escribir sin hacer ruido —*de Stephan Neuman*—, pero la campanita del retorno del carro se mezcló con las voces de la radio.

—Stephan —le dijo su madre.

—¡Deja que se lleve ese maldito trasto a otra habitación, Ruchele! —dijo su padre, lo que sorprendió a Stephan, pues estaba seguro de no haber oído a su padre hablar mal a su madre en toda su vida.

—¡Herman! —dijo la tía Lisl.

—Creo que fuiste tú quien insistió en que los niños se quedaran en la biblioteca, Herman —respondió su madre con dulzura.

¿Cuándo le habían salido a su padre esos carrillos en la cara? ¿Y las arrugas en los ojos, en la boca y en la frente? Su madre estaba enferma desde que Stephan tenía uso de razón, pero el deterioro de su padre era nuevo y alarmante.

—Stephan, puedes utilizar mi estudio —le dijo—, pero quédate en casa. Ahórrale a tu madre el tener que preocuparse por ti. Y llévate a Walter contigo.

—Peter y yo queremos quedarnos con mamá —se quejó Walter.

—Maldita sea —dijo su padre, otra sorpresa; su padre era un caballero, y los caballeros no hablaban así.

Walter se subió al diván y se acurrucó con su madre.

—Adelante, Stephan. Adelante —le dijo su padre.

Stephan recogió su pesada máquina de escribir y pasó frente a la silla de ruedas de su madre antes de que su padre cambiara de opinión. Colocó la máquina en el estudio de su padre, junto a la biblioteca, y se puso a trabajar de nuevo, pero al extraer la página del título se dio cuenta de que no había llevado más papel. Miró por la ventana durante un minuto, la misma vista que había desde su dormitorio, en el piso de arriba, a través del árbol. Volvió a meter la página en el carro y escribió por el otro lado. No quería arriesgarse a volver a quedarse encerrado en la biblioteca.

Cuando llegó al final de la página, volvió hacia arriba y empezó a escribir entre líneas, escuchando ahora las voces de la biblioteca. Sí, sus padres y la tía Lisl estaban conversando con gran seriedad.

Abrió sin hacer ruido la puerta de cristal que tenía al lado y la cerró a su espalda cuando salió al balcón. Se encaramó a la rama del árbol. En vez de trepar por el árbol hasta el tejado, como solía hacer —de noche, para contemplar la ciudad de Viena a la luz de la luna—, descendió y saltó hasta el suelo desde una de las ramas inferiores, cerca de la caseta del guardia y de las puertas de entrada. Se detuvo. ¿Dónde estaba Rolf? ¿No había nadie vigilando la puerta? Pero eso daba igual. Esa noche no tendrían visitas.

Aun así, se detuvo para asomarse a la ventana de la pequeña habitación de la casa de Rolf. Estaba demasiado oscuro para saber si había alguien dentro. La calle estaba también siniestramente tranquila y su propia sombra, proyectada por el brillo dorado de las farolas de hierro fundido, le resultaba inquietante mientras corría por la manzana.

LA TEORÍA DEL CAOS

Stephan observó nervioso cómo Žofie-Helene abría la puerta lateral del Burgtheater con la llave que había sacado del bolsillo del abrigo de su abuelo.

—No deberíamos estar aquí —dijo Dieter.

—Stephan podrá ver las escenas de su propia obra representadas en un escenario de verdad —insistió Žofie-Helene mientras los guiaba por el pasillo hacia el teatro—. Igual que su héroe, Stefan Zweig.

—Nos meteremos en un lío si nos pillan —insistió Dieter.

—Pensé que te gustaban los líos, Dieter —le respondió Žofie-Helene.

Dejó su abrigo y su bufanda en uno de los asientos de la última fila del teatro y después desapareció hacia el vestíbulo sin dar explicaciones.

—Pensé que te gustaban los líos, Dieter —le susurró Stephan a su amigo.

—Solo los líos con las chicas.

—No te has metido en ningún lío con chicas, Dieterrotzni.

—Ah, ¿no? Si quieres besar a una chica, hazlo sin más, Stephan. Y el mocoso eres tú.

Se encendió una luz en el escenario y Stephan se sobresaltó. Bajó más aún la voz y dijo:

—No puedes besar a una chica sin más.

—Ellas lo quieren así. Quieren a un hombre que esté al mando. Quieren que las halagues y las beses.

Žofie-Helene apareció en el escenario. ¿Cómo había llegado hasta allí?

—«La cuestión ahora se basa en la hemoglobina» —dijo, recitando una frase de su nueva obra—. «Sin duda entenderán la importancia de este descubrimiento mío».

Cuando Stephan y Dieter se quedaron en el pasillo, mirándola, añadió:

—Vamos, Deet. ¿No has memorizado tus frases?

Dieter vaciló, pero se quitó el abrigo, recorrió el pasillo y se subió al escenario. Recitó:

—«Es interesante, sin duda, pero…».

—«Es interesante, químicamente, sin duda», Deet —le corrigió Stephan—. ¿No puedes recordar una simple frase? —Su nerviosismo estaba transmitiéndose a Dieter, aunque bien podría haber estado enfadado con Žofie. Pero ¿cómo podría estar enfadado con una chica que deseaba hacerle el regalo de ver su obra representada en el escenario del Burgtheater?

—Significa lo mismo —respondió Dieter.

—Es un homenaje a Sherlock Holmes, Deet —le dijo Žofie-Helene—. No funciona como homenaje si no dices las palabras con exactitud.

Stephan recorrió el pasillo, suponiendo que debería ocupar un asiento cerca del escenario. ¿No era eso lo que hacían los directores?

—Sherlock Holmes es un hombre —dijo Dieter—. Sigo sin entender cómo una chica detective puede honrarle.

—Es más interesante con una chica detective porque es inesperado —respondió Žofie-Helene—. Además, yo he leído todas las historias de Sherlock Holmes y tú no has leído ni una.

Dieter extendió la mano y le tocó la mejilla.

—Eso es porque tú eres mucho más lista que Stephan y que yo, y más guapa, mi pequeña *mausebär* —le dijo, utilizando el apodo del primer acto de Stephan.

Stephan supuso que Žofie-Helene se reiría de Dieter, pero solo se sonrojó y lo miró a él, antes de posar la mirada en las tablas del escenario. No debería haberle dado a Dieter el papel de Selig para que lo interpretara junto a la Zelda de Žofie-Helene, pero Dieter era el único con la arrogancia suficiente para hacerlo bien. Stephan había intentado mezclar a una detective del tipo de Sherlock Holmes, la Zelda mujer, con un personaje un poco como el médico de *Amok*, de Zweig, un chico obsesionado con una chica que no estaba interesada en él. Sin embargo, él no entendía exactamente *Amok* y, cuando le había preguntado a su padre por qué la mujer pensaba que el médico podría ayudarla con el bebé que no deseaba, su padre le respondió con brusquedad: «Eres un hombre de carácter, Stephan. Nunca te verás en la situación de tener un bebé que no deberías tener».

Dieter le levantó la barbilla a Žofie y la besó en los labios. Ella recibió el beso con cierta torpeza, pero después fue como si se fundiera con él.

Stephan les dio la espalda, fingiendo que estaba distraído eligiendo un asiento en el que sentarse mientras murmuraba:

—Es una obra de misterio, no una historia de amor, zopenco.

Ocupó un asiento y los miró. Por suerte, ya no se besaban, aunque Žofie tenía las mejillas sonrojadas.

—Žofe —dijo—, empieza con la frase sobre lo tonto que es Dieter.

—¿Sobre lo tonto que es Selig? —preguntó Žofie.

—¿No es eso lo que he dicho? Si todo el mundo va a repetir todo lo que digo, nunca conseguiremos llegar al final.

Habían ensayado dos escenas y los relojes de Viena acababan de dar las siete cuando Žofie oyó algo. ¿El claxon de un coche?

¿Aplausos frente al teatro? Así era como sonaba: el ruido amortiguado de la multitud aplaudiendo y los coches tocando el claxon. Miró a Stephan desde el escenario. Sí, él también lo había oído.

Los tres agarraron sus abrigos y corrieron hacia las puertas de entrada del teatro, a medida que el alboroto iba en aumento. Cuando empujaron las puertas para abrirlas, el ruido se volvió ensordecedor. Viena estaba llena de soldados de las SA con sus armas, hombres con brazaletes de esvásticas, jóvenes agarrados a camiones con esvásticas pintadas que recorrían la Ringstrasse, que atravesaban la universidad y el ayuntamiento, y pasaban junto a ellos, de pie frente al teatro. Sin embargo, no había motines. Estaban todos alegres. Todos gritaban: *Ein Volk, ein Reich, ein Führer!*, y *Heil Hitler, Sieg Heil!*, y *Juden verrecken!* Muerte a los judíos.

Žofie escudriñó a la multitud en busca de su madre mientras los tres se retiraban de nuevo a las sombras de la entrada del teatro. Esa debía de ser la razón por la que su abuelo había ido a quedarse con Jojo y con ella esa noche mientras su madre salía, pero ¿de qué se trataba? ¿De dónde había salido todo aquello? Los camiones pintados. Las esvásticas pegadas en las farolas. Los brazaletes. La multitud. No podían haberse materializado de la nada. Cero más cero más cero repetido hasta el infinito seguía siendo cero.

Unos chicos al final de la calle empezaron a pintar en el escaparate de una tienda esvásticas, calaveras y huesos cruzados. Y la palabra *Juden*.

—Mira, Stephan —dijo Dieter—. ¡Son Helmut y Frank, del colegio! ¡Vamos!

—Deberíamos llevar a Žofie-Helene a casa, Deet —le dijo Stephan.

Dieter miró a Žofie expectante, con la misma emoción en la mirada que aquella vez en que a Jojo le subió tanto la fiebre que empezó a llamarla «papá», pese a que solo conocía a su padre a través de fotos e historias, porque había muerto antes de que ella naciera.

—La llevaré yo a casa, Deet —le dijo Stephan—. Me reuniré contigo después.

Stephan y ella retrocedieron más aún hacia las sombras mientras Dieter bajaba corriendo los escalones del teatro, en dirección a un grupo de nazis que avanzaban hacia un anciano que salió de un edificio para proteger su escaparate. Un soldado de las SA empezó a burlarse del hombre y los demás le imitaron. Uno de ellos le dio un puñetazo al pobre anciano en el estómago y este se dobló de dolor.

—Dios —dijo Stephan—. Deberíamos ayudarlo.

El hombre ya había desaparecido bajo los soldados.

Žofie apartó la mirada y se fijó en unos hombres que izaban una bandera nazi sobre el Parlamento austriaco, sin nadie que los detuviera: sin policía, sin ejército, sin ni siquiera el pueblo de Viena. ¿Eran esas las buenas personas de Viena? ¿Todas esas personas que gritaban su apoyo a Hitler, esos chicos que podrían haberse asomado al escaparate de la tienda para ver la maqueta del tren en Navidad?

—No podremos llegar a casa por la calle —le dijo a Stephan.

Caos. Era lo único que ni siquiera los matemáticos podían predecir.

Con unas tijeras que encontró en la barbería de su abuelo sin encender la luz, Žofie intentó abrir la rejilla de ventilación que había debajo del espejo. Guio a Stephan por los conductos que habían recorrido el día que se conocieron, hasta una apertura que daba al subsuelo, que había descubierto más tarde pero por la que nunca había entrado por miedo a perderse.

—Puf —dijo al dejarse caer en la oscuridad de la cueva, mucho más abajo de lo que había imaginado.

Stephan se dejó caer también y Žofie lo buscó en la oscuridad y se calmó cuando sus dedos encontraron la manga de su camisa. Él le estrechó la mano. De nuevo, calma, y algo más.

—¿Y ahora por dónde? —le preguntó.

—¿No lo sabes?

—Nunca había bajado al subsuelo salvo contigo.

—Nunca he estado en esta parte —le dijo Stephan—. Bueno, no podemos volver a subir por el teatro, no sin una escalera.

Siguieron avanzando juntos, oyendo a su alrededor el goteo del agua y el ruido de animales escurridizos que les sobresaltaban en la oscuridad. Žofie intentó no pensar en los abusones y asesinos de los que Stephan le había hablado. ¿Qué alternativa tenían? En la calle, los abusones y los asesinos lo habían tomado todo.

El ruido de la multitud sonaba distante, pero Stephan aún oía el claxon de los coches y los «*Heil Hitler*» repetidos una y otra vez cuando emergieron del subsuelo a través de la alcantarilla octogonal situada cerca del apartamento de Žofie; levantó primero un triángulo ligeramente para asomarse y comprobar que aquella calle lateral fuese segura.

Al llegar a la puerta de su edificio, Žofie metió la llave en la cerradura. «Ten cuidado al volver a casa, ¿de acuerdo», le dijo a Stephan, después le dio un beso en la mejilla y desapareció en el interior, dejándolo con la caricia de la patilla de sus gafas contra su piel, el calor de su mejilla, la humedad suave de sus labios.

Sin embargo, había besado al mocoso de Dieter en los labios.

No, Dieter la había besado a ella.

En la ventana de un piso superior, la sombra de un hombre detrás de las cortinas agitó los brazos y abrazó a la sombra de la chica que era Žofie-Helene al llegar a casa y saludar a su padre. Salvo que el padre de Žofie había muerto. Stephan observó con atención y distinguió la silueta acuclillada de Otto Perger; ambas sombras fundidas en un abrazo de amor y de alivio. No debería mirar; lo sabía. Debería darse la vuelta y volver al subsuelo, llegar hasta su casa. Pero se quedó allí mientras la sombra del abuelo y la sombra de la nieta se separaban y hablaban, mientras Žofie se estiraba para dar un beso a su abuelo en la mejilla. Sus gafas le rozarían la mejilla a su abuelo, su piel rozaría la piel de su abuelo.

Desapareció de la ventana, pero su sombra reapareció segundos más tarde, sujetando algo. Comenzaron a sonar muy levemente las primeras notas de la *Suite n.º 1 para violonchelo* de Bach, mezclándose con los cláxones lejanos y los gritos de júbilo de la gente, con el futuro desconocido de aquello en lo que se convertiría Viena de la noche a la mañana. Y aun así Stephan se quedó allí mirando, imaginando lo que sería abrazar el cuerpo esbelto de Žofie, sentir la presión de sus pechos, besarla en los labios, en la garganta, en la base del cuello, donde acariciaba su piel desnuda el collar del infinito que en realidad no le había regalado su padre.

TARJETAS DE BAILE VACÍAS

El bar de madera de roble de la pensión de Hamburgo estaba lleno de soldados de las SS borrachos. Truus le estrechó la mano a Klara por encima de la mesa. A la pobre mujer le temblaban los dedos. Tenía el escalope sin tocar en el plato.

—Da miedo, lo sé —le dijo Truus para calmarla, en voz baja, para que solo ella la oyera—. Pero los alemanes permitirán solo un tren a las cinco de la mañana, para que nadie vea marcharse a los niños, y no podía salir hoy.

—Porque he dicho «paquete» en vez de «entrega».

—En este negocio, las cosas no siempre van según lo previsto —le dijo Truus con ternura.

—Es que… —respondió Klara—… el señor Van Lange está muy nervioso por mí. Y no podemos quedarnos aquí esperando para siempre, sobre todo si… ¿Crees que es cierto? Estos hombres parecen pensar que Hitler va a invadir Austria esta misma noche, o quizá ya lo haya hecho.

Truus levantó su tenedor y dio un bocado a su escalope, pensando que una invasión de Austria explicaría por qué no tenían tren. Quizá los trenes se utilizaran para trasladar a las tropas.

—Esta noche no debemos preocuparnos por eso —le dijo a Klara—. Debemos preocuparnos por los treinta huérfanos alemanes.

Comieron en silencio durante unos minutos antes de que se les acercara uno de las SS, que golpeó los talones con fuerza e hizo una reverencia hasta casi tocar el plato de Truus con la cabeza.

—Soy Curd Jürgens —dijo arrastrando las palabras.

La canción que sonaba parecía un mal presagio: *Ah, Miss Klara, I Saw You Dancing*.

Truus lo evaluó. No dijo cómo se llamaban.

—Mami —dijo el joven dirigiéndose a ella—, ¿puedo pedirle bailar a su hija?

Truus lo miró de arriba abajo. Respondió con firmeza, pero educadamente.

—No, no puedes.

La estancia quedó en silencio salvo por la música; todos se giraron para mirar.

El dueño de la pensión se acercó a su mesa, retiró el plato de la señora Van Lange pese a que apenas lo hubiera tocado y les dijo: «Señoritas, quizá sea mejor que las acompañe a su habitación».

EL ANSCHLUSS

Cuando Stephan emergió del subsuelo a través de uno de los quioscos de la calle, los soldados nazis habían reemplazado a los guardias en la cancillería y la multitud se había vuelto más ruidosa. Sin alejarse de la sombra de los edificios, recorrió el camino hasta el palacio real y pasó agachado bajo los arcos para entrar en Michaelerplatz, donde una pancarta en la Looshaus decía: *¡La misma sangre en un Reich combinado!* Regresó desde allí hasta su casa y vio que las cortinas seguían echadas y la casa estaba a oscuras; Rolf seguía sin estar en la puerta.

Volvió a entrar en el palacio, cerró la puerta a su espalda sin hacer ruido y subió las escaleras con la esperanza de no ser visto, como si hubiera estado en el estudio de su padre junto a la biblioteca todo ese tiempo. Escuchó con atención frente a la puerta abierta de la biblioteca y oyó que su padre y su madre discutían por encima del murmullo de la radio; Walter estaba dormido en brazos de su madre y su conejito yacía en el suelo.

—Tienes que llevarte a Walter a la estación de tren —insistía su madre—. Lisl ya tendrá los billetes. Enviaré también a Stephan.

—Estás exagerando, igual que Lisl —insistía su padre—. ¿Quién cree mi hermana que iba a molestarla? Está casada con una de las familias más importantes de Viena. Y, si me marchara, ¿quién dirigiría Chocolates Neuman? El presidente Miklas habrá restaurado el orden mañana al amanecer, y además no puedes quedarte aquí sola, Ruche...

Lisl entró por la puerta principal, subió corriendo las escaleras y pasó frente a Stephan para entrar en la biblioteca justo cuando su madre decía que Helga la cuidaría y ella podría reunirse con ellos cuando se encontrara mejor.

—No seas tonta, Ruchele —dijo la tía Lisl mientras Stephan, ignorando el alboroto que se filtraba a través de la puerta que había dejado entreabierta, trataba de colarse tras ella.

—¡Stephan! Por amor de Dios —exclamó su madre mientras su padre exigía saber dónde había estado.

—El tren de las once y cuarto a Praga ya estaba completo a las nueve —dijo la tía Lisl—. Todo lleno antes incluso de que llegara a la estación. Y esta noche no queda nada más. De todas formas, en cuanto los pasajeros comenzaron a embarcar, esos horribles matones hicieron bajar a todos los judíos que tuvieran asiento.

El reloj de pie sonó solo una vez, indicando la media hora o la una de la madrugada. La radio continuó en un murmullo, reproduciendo parte de un comunicado emitido por el canciller Schuschnigg aquella misma tarde, diciendo que el Reich alemán había presentado un ultimátum asegurando que, a no ser que se nombrara a un canciller elegido por ellos, las tropas alemanas comenzarían a cruzar la frontera. «Dado que, incluso en este momento tan grave, no estamos dispuestos a derramar sangre alemana, hemos ordenado a nuestro ejército que, en caso de que se lleve a cabo una invasión, se retiren sin mucha resistencia, para aguardar las decisiones de las próximas horas», decía el canciller. «Desde este momento, me despido del pueblo austriaco con unas palabras que pronuncio desde el fondo de mi corazón: ¡Que Dios proteja a Austria!».

¿El canciller había dimitido y había entregado el poder a los nazis? ¿Austria ni siquiera iba a defenderse?

Las voces procedentes del piso de abajo les sorprendieron.

Stephan ayudó a su padre a sentar a su madre en la silla de ruedas, sin soltar a Walter, que seguía durmiendo, y su padre la llevó hacia la puerta de la biblioteca. Estarían más seguros en las plantas superiores.

Hombres jóvenes ya estaban invadiendo el palacio con voces entusiastas que resonaban en el recibidor.

Su padre retrocedió con su madre otra vez hacia la biblioteca y echó el pestillo.

Abajo se oían los golpes de los muebles al volcarse, el ruido del cristal al romperse, no solo el de una ventana o un jarrón, sino tal vez toda la cristalería y la porcelana que Helga había dispuesto sobre la mesa en caso de que desearan cenar en el comedor. Se oyeron después risas estrepitosas. Alguien comenzó a tocar el piano, sorprendentemente bien: *Claro de luna* de Beethoven. Los nazis comentaron algo sobre una pitillera, una vela y las estatuas que adornaban el salón de baile. Algunos empezaron a entonar: «Empuja. Empuja», a lo que siguió un fuerte golpe que no podía ser otra cosa que una de las enormes estatuas de mármol al caer contra el suelo del salón de baile. Los invasores vitoreaban sin parar, y varios de ellos comenzaron a subir la escalera principal hacia los pisos superiores, hacia los dormitorios donde Stephan supuso que esperaban encontrar a la familia.

Algo se rompió en el piso de arriba, a lo que siguieron más risas. La pinza para billetes de su padre estaría sobre la cómoda. Las joyas de su madre también estarían ahí. No quedaba claro si los invasores estaban quedándose con cosas o solo disfrutaban de estar en aquella casa tan opulenta cuyo portero siempre les había negado la entrada. ¿Dónde estaba Rolf?

La pobre Helga, en el piso del servicio, debía de estar aterrorizada. ¿Aquellos vándalos harían daño a los sirvientes?

Se agitó el picaporte de la biblioteca. Nadie se movió. Volvió a agitarse. La radio seguía emitiendo su murmullo delator.

El piano sonaba en la sala de música; el do sostenido —la nota que Stephan pensaba que se parecería al sonido de la luz de la luna sobre el lago Lucerna si este fuera audible— ahora parecía un mal presagio.

—¿Quién está ahí? —preguntó una voz—. ¿Os habéis encerrado ahí? —Podría ser la voz de Dieter, pero Stephan no se lo terminaba de creer.

Un cuerpo chocó con fuerza contra la puerta, después otra vez, seguido de risas, empujones, otro golpe contra la puerta y diferentes voces que iban turnándose y echándose a un lado para intentar derribar la puerta.

—Esa estatua —dijo alguien—. Podríamos usarla para forzar la puerta.

El caos de la cháchara y los pies arrastrándose por el suelo fue acompañado por más risas. La estatua era de mármol. Como la que habían tirado en el salón de baile, pesaba más de doscientos kilos. Žofie ya lo había calculado.

Otro cuerpo golpeó contra la puerta de la biblioteca.

—¿Y esta mesa? —sugirió alguien.

Stephan escuchó con atención, como si al hacerlo fuese a poder detenerlos. La colección de objetos de plata de su madre cayó al suelo al otro lado de la puerta. Y la radio seguía murmurando, y el piano seguía sonando.

Stephan se acercó a la puerta para utilizar su cuerpo como una barrera más frente a ellos. Su madre negó con la cabeza, tratando de disuadirlo, pero nadie se movió ni pronunció palabra alguna.

El locutor de la radio anunció un comunicado importante: el presidente Miklas había cedido. El alcalde Klausner anunció «con profunda emoción en este momento de júbilo que Austria es libre, que Austria es nacionalsocialista».

Un clamor ensordecedor inundó la calle.

Alguien lanzó un sonoro silbido desde la puerta de la entrada.

Al otro lado de la puerta, el chico que hablaba como Dieter gritó: «¡Por encima de la barandilla!».

Un fuerte golpe en el recibidor de mármol fue recibido con vítores y una estampida de pies escaleras abajo. La puerta de la entrada se cerró de golpe, dejándolos solos con los sonidos amortiguados de fuera y el murmullo de la radio. El *Claro de luna* seguía sonando al piano. Se oyeron las dos últimas notas largas y profundas del primer movimiento, seguidas de un momento de silencio. Unos pies apresurados atravesaron el recibidor. La puerta se abrió, pero no volvió a cerrarse. ¿Se habría marchado?

Antes de que el silencio del interior pudiera prolongarse, pues la voz de la radio dio paso a una marcha militar alemana, Stephan abrió la puerta de la biblioteca y se asomó. Había caos por todas partes, pero el pianista no estaba.

Bajó despacio las escaleras y tropezó en los últimos peldaños. Cerró la puerta de entrada con pestillo. Se apoyó contra la hoja con el corazón desbocado, como si un visitante frenético golpeara con fuerza la aldaba de fuera.

El recibidor y la escalera imperial estaban llenos de objetos rotos y abollados: muebles y cristalería, cuadros y esculturas, cuencos de flores y azucareros de plata, sonajeros de bebé, vasijas de agua, dedales, tapones de botella y cosas que no tenían ningún propósito, todas abolladas. Dispersas entre todo aquel desorden estaban las fotografías pisoteadas y las cartas que, de todo el desastre que habían dejado a su paso los invasores, serían lo que le llenaría a su madre los ojos de lágrimas. Solo el piano parecía intacto; el pianista incluso se había tomado la molestia de volver a ponerle la tapa, algo de lo que él mismo solía olvidarse con frecuencia. Al acercarse, se encontró con otro desorden de páginas revueltas. Entre todas ellas, pisoteada hasta casi resultar ilegible, había una página en la que se leía un título escrito a máquina: *LA PARADOJA DEL MENTIROSO.*

Segunda parte

LA ÉPOCA ENTRE MEDIAS

MARZO DE 1938

DESPUÉS DE NEGARSE A BAILAR

Truus se asomó a la oscuridad desde la habitación de la pequeña pensión de Hamburgo justo en el momento en el que Klara van
Lange, que se había despertado por las voces o que tal vez había pasado la noche en vela, preguntaba qué ruido era ese.

—Los chicos del bar están de pie sobre la azotea que hay bajo
nuestra ventana, cantando.

—¿A las cuatro de la mañana?

—Creo que quieren darte una serenata, querida.

Truus dejó caer la cortina y volvió a meterse en la cama.

Minutos más tarde, sonó el despertador. Ambas mujeres se levantaron y, sin encender la luz, teniendo en cuenta a los muchachos de fuera, se quitaron el camisón y empezaron a vestirse. Truus
sintió que Klara la miraba mientras terminaba de abrocharse los
corchetes del corsé y elegía las medias. Era incómodo sentirse ob-
servada medio desnuda, incluso en la oscuridad. Desde dentro.
Desde fuera.

—¿Qué sucede, Klara? —le preguntó con la media en la mano.

Klara van Lange apartó la mirada y la fijó en la ventana.

—¿Crees que estaríamos haciendo esto si tuviéramos hijos?

Truus se puso la media por encima de los dedos y tiró de ella
hacia la rodilla y el muslo; se le enganchó un poco entre las dos
alianzas entrelazadas del anillo del dedo corazón, pero no se le hizo

115

una carrera. Se enganchó las medias con cuidado mientras, fuera, los chicos se rendían y se marchaban. Pasados unos minutos, Truus encendería la luz, o lo haría Klara.

—Aún eres joven, querida —comentó Truus con dulzura—. Todavía tienes tiempo.

DECISIONES

Los tranvías frente a la estación de Hamburgo estaban tan silenciosos como la mañana anterior, y las vías de abajo igual de vacías. Truus y Klara van Lange volvieron a atravesar las puertas bajo esa horrible esvástica, bajaron los mismos escalones sucios hasta el mismo andén sucio, sacudieron el mismo banco con un pañuelo limpio; lo único que Truus llevaba limpio aquella mañana, puesto que no había tenido en cuenta el retraso al hacer la maleta. Volvieron a dejar sus bolsas de viaje junto a ellas y esperaron. Aún no había amanecido.

El señor muñeco de nieve se les acercó y, sin volverse ni detenerse, susurró: «El tren lleva un retraso de treinta minutos, pero su paquete llegará antes de que se marche».

Cuando por fin el tren empezó a oírse a lo lejos, dos supervisoras —una mujer mayor de pelo gris y otra joven con un bebé en brazos— condujeron a un grupo de niños por las mismas escaleras por las que habían bajado Truus y Klara.

Truus pidió a la más joven que le presentara a los niños mientras la mujer del pelo gris iba tachando nombres de una lista y le entregaba a Klara todos los papeles. Acariciándolos uno a uno —el tacto era muy importante para establecer confianza—, Truus les dijo que podían llamarla «Tante Truus».

Después de que los treinta nombres hubieran sido tachados, la supervisora más joven lanzó una mirada nerviosa a la mayor y dijo: «Adele Weiss». Le entregó la bebé a Truus y se alejó corriendo. La bebé se quedó ahora en brazos de Truus y empezó a llorar y a gritar: «¡Mamá! ¡Mamá!».

—¿Y sus papeles? —le preguntó Klara a la supervisora mayor.

Truus trató de calmar a la niña mientras el tren se detenía en la estación.

—No podemos llevarnos a una niña sin papeles —susurró Klara.

Truus señaló con la cabeza al agente nazi que acababa de bajarse del tren.

—Señora Van Lange, creo que es su turno —le dijo—. Yo tengo ayuda suficiente aquí para subir a los niños al tren.

Klara, tras lanzar una mirada dubitativa a la niña que Truus tenía en brazos, sacó su billete y se acercó al nazi, que fijó la mirada en sus pantorrillas y en sus tobillos, visibles por debajo de la falda.

—*Entschuldigen Sie, bitte* —le dijo—. *Sprechen Sie Niederländisch?*

A juzgar por la cara del revisor, parecía como si Helena de Troya hubiese abandonado un banco de la estación para acercarse a charlar con él.

Con la pequeña Adele Weiss en su cadera, Truus le dio la mano a otro niño y caminó hacia el vagón; el nazi levantó la mirada brevemente antes de volver a prestar atención a Klara van Lange. Truus subió al tren y la supervisora empezó a ayudar a los niños a subir detrás de ella.

—Gracias —le dijo la mujer—. Estas decisiones que debemos tomar...

—Ha puesto en peligro la vida de treinta niños —niños sin padres— por una niña cuya madre la quiere —le respondió Truus—. Deprisa, vamos a terminar de subirlos al tren.

Cuando la supervisora le entregó al último niño, susurró:

—Está usted desmereciendo a mi hermana, Frau Wijsmuller. Pondría en peligro la vida de su hija además de la suya propia.

Cuando el tren abandonó la estación con los niños a bordo, Klara van Lange empezó a llorar.

—Aún no, querida —le dijo Truus—. Todavía queda la inspección en la frontera.

Truus pensó en decirle que era demasiado joven y guapa, demasiado memorable, como para pedirle que volviera a hacer aquello, pero, aunque había voluntarias suficientes para ayudar a los refugiados en Holanda, las que estaban dispuestas a cruzar la frontera eran más escasas.

—Te aconsejaría que te acostumbraras a esto, pero yo nunca he podido —le dijo—. Me pregunto si alguien se acostumbrará.

Le entregó a la pequeña Adele Weiss.

—Sujeta a la niña. Hará que te sientas mejor; es esa clase de niña.

Los demás niños iban sentados en silencio. Suponía que aquello se debía a la sorpresa.

—Mi padre solía decir que el valor no es la ausencia de miedo —le dijo a Klara—, sino más bien seguir hacia delante a pesar del miedo.

DÍA DE LIMPIEZA

Stephan contempló la mañana gris de Viena a través de una rendija en las cortinas cerradas de la biblioteca. Una mujer abrigada vendía banderas de esvásticas, otra ofrecía enormes globos de esvásticas, y sobre los banderines de *Ja* preparados para el plebiscito ya habían pintado enormes esvásticas. Hombres subidos a escaleras de mano colgaban el símbolo en las farolas. Otros empapelaban las paradas de tranvía con *Ein Volk, Ein Reich, Ein Führer*. Ese mismo mensaje se veía en los tranvías, que también iban engalanados con enormes carteles de Hitler. Frente a la puerta del palacio, se detuvo una camioneta con la esvástica pintada.

—¡Papá! —gritó Stephan, alarmado. ¿Iban otra vez a por ellos?

Su padre, que estaba dándole la medicina a su madre, no captó la alarma de Stephan. Ni siquiera apartó la mirada de su madre, envuelta en mantas en el diván situado frente al fuego, con Walter y su conejito de peluche acurrucados junto a ella, como siempre, como si de algún modo supiera que, aunque nadie lo dijera en voz alta, su madre podría no seguir con ellos al día siguiente. Los cinco —la tía Lisl seguía con ellos— escuchaban las noticias en la radio mientras los sirvientes restablecían el orden en el resto de la casa.

Stephan reunió el valor y volvió a asomarse. Un conductor se había bajado de la camioneta y estaba descargando paquetes de brazaletes con la esvástica. A su alrededor se arremolinaba la multitud para agarrar uno y ponérselo.

Era sorprendente lo bien organizado que estaba todo aquello, cuántas banderas, latas de pintura, brazaletes y globos —¡globos!— habían aparecido en Viena de un día para otro, para celebrar aquel momento que los alemanes querían que el mundo viera como un levantamiento espontáneo desde dentro de Austria.

En la acera, más allá de su verja y sobre la calle que Stephan atravesaba cada día de su vida, la gente arrodillada se esforzaba en borrar frotando los eslóganes del plebiscito. No solo hombres, sino también mujeres y niños, ancianos, padres y profesores, rabinos. Estaban rodeados por las SS, la Gestapo, los nazis y la policía local —muchos de ellos levantándose las perneras de los pantalones para no mojarse mientras supervisaban el trabajo— mientras los vecinos, espectadores, los abucheaban.

—Herr Kline tiene cien años y nunca ha hecho nada salvo dar los buenos días con alegría y dejar que la gente que no puede permitirse comprar un periódico lo lea en su quiosco —dijo Stephan en voz baja.

Su padre dejó el bote de pastillas y el vaso de agua junto al desayuno sin tocar de su madre.

—Están haciendo que Viena sea «apta» para Hitler, hijo. Si hubieras estado en casa…

—Herman, no —le reprendió su madre—. ¡No lo hagas! Harás que sea culpa mía, por estar enferma. Si estuviera sana, nos habríamos marchado hace semanas.

—Yo no puedo marcharme de ninguna manera, Ruche —le dijo su padre con cariño—. Sabes que no es culpa tuya. No puedo dejar el negocio. Quería decir que…

—No soy tonta, Herman —le interrumpió su madre—. Si quieres usar la excusa del negocio para ahorrarme la culpa, adelante, pero no te atrevas a echarle la culpa a Stephan. Habríamos vendido el negocio y nos habríamos marchado si yo hubiera estado sana.

Walter hundió la cara en su conejo de peluche. Su padre se sentó junto a ellos al borde del diván y le dio un beso en la frente a su hermano, pero aun así este se echó a llorar.

Stephan regresó junto a la ventana para contemplar aquel paisaje tan desolador. Sus padres no discutían así.

—A toda Viena le encantan los chocolates Neuman —dijo su padre—. Esos matones de anoche no sabían quiénes somos. Mirad, nadie nos molesta esta mañana.

En la radio, Joseph Goebbels estaba leyendo una proclama de Hitler. «Yo mismo, como *führer*, estaré encantado de volver a Austria, mi patria, como alemán y ciudadano libre. El mundo debe ver que el pueblo alemán de Austria ha sido invadido por la alegría, que sus hermanos han acudido a rescatarlos cuando más lo necesitaban».

—Tenemos que enviar a los niños al colegio —dijo su madre con tanta firmeza que Stephan se sobresaltó, pese a saber que ella no pretendía asustarle—. A Inglaterra, supongo.

EL FICHERO

Un enorme fichero rotativo lleno de tarjetas perforadas dominaba el despacho del Departamento de Seguridad II/112, en el palacio Hohenzollern de Berlín. El lugar estaba lleno de periódicos austriacos, libros, informes anuales, manuales y archivos de afiliación que consultaban los hombres mientras rellenaban tarjetas informativas de diferentes colores. Un empleado de rango superior revisaba las notas personales de Eichmann, recopiladas gracias a los contactos que había cultivado, mientras un segundo empleado se hallaba sentado en una banqueta de piano, insertando las tarjetas rellenas en el fichero, ordenado alfabéticamente. Al entrar Eichmann, seguido de Tier, todos se pusieron en pie, hicieron el saludo militar diciendo *Heil Hitler, Untersturmführer Eichmann*. Habían vuelto a ascenderle, a teniente segundo, y, si bien todavía no era director de su departamento, al menos estaba al cargo de una cosa: recopilar cualquier información necesaria para provocar que los judíos del Reich emigraran. Su opinión de que la mejor solución al problema judío era librar a Alemania de sus ratas por fin estaba dando sus frutos.

Agarró ejemplares de diversas publicaciones y le leyó al azar firmas y demás nombres al empleado que insertaba las tarjetas en el fichero. Con cada nombre, el empleado hacía girar el fichero hasta localizar la tarjeta correspondiente, entonces la leía en voz alta; judíos y amigos de judíos todos ellos.

—Käthe Perger —leyó la firma del *Vienna Independent* del día anterior al fijarse en un pedazo de basura antinazi que aparecía en la primera página.

El empleado hizo girar el fichero, sacó una tarjeta y la leyó:

—Käthe Perger. Editora del *Vienna Independent*. Antinazi. No comunista. Apoya al canciller austriaco Schuschnigg.

—Excanciller —le corrigió Eichmann—. Esa tal Käthe Perger podría ser tal vez un hombre que se esconde tras el nombre de una mujer.

Podían enviar a los hombres a Dachau, pero tendrían pocos lugares para retener a las mujeres.

—La información es bastante específica —respondió el empleado—. Marido fallecido. Dos hijas, de quince y tres años. La de quince años es una especie de prodigio de las matemáticas, según parece. Y no es judía.

—¿El prodigio?

—Käthe Perger. Es de Checoslovaquia, y sus padres eran cristianos. Granjeros. El padre murió, pero la madre aún vive.

El Pueblo. La sangre del Reich.

—¿El difunto marido era judío? —preguntó.

—También cristiano, hijo de un barbero y periodista como su esposa. Murió en el verano de 1934.

—¿En Viena?

—Estaba en Berlín cuando ocurrió.

—Entiendo —dijo Eichmann. El marido era uno de los molestos periodistas que no habían sobrevivido a la Purga de Röhm—. Uno de los suicidas.

El empleado se rio.

—Entonces es un alivio —dijo Eichmann—. Esa tal Käthe Perger será problema de otros; no tendremos que arrestar a la madre de alguien. Nuestro objetivo son los judíos.

—¿Se llevará el catálogo con usted a Viena? —preguntó el empleado.

—La lista de personas que saquemos de ahí —respondió Eichmann—. A Linz, espero.

LOS PROBLEMAS
QUE NO PUEDES ANTICIPAR

Truus mecía suavemente a la pequeña Adele Weiss, que dormía en sus brazos, mientras negociaba con un guardia de las SS en la estación de la frontera, pensando que en aquel momento le habría venido bien la «piedra» de la suerte del doctor. Tras ella, Klara van Lange hacía lo posible por mantener a los treinta niños en fila, esperando para subir al tren que los sacaría de Alemania para entrar en Holanda.

—Le repito, Frau Wijsmuller —insistió el guardia— que ningún niño figura en su pasaporte. Un niño holandés puede viajar con su madre sin papeles aparte, sí, pero dicho niño debe figurar en el pasaporte de la madre.

—Le repito, señor, que no he tenido tiempo de cambiar mi pasaporte. —Deseaba haber podido encontrar a algún viajero compasivo en cuyo pasaporte sí figurasen niños y haber organizado una breve adopción fronteriza. Pensaba que tenía que terminar con aquel hombre antes de que la niña se despertase y llorase pidiendo a su madre estando en sus brazos—. ¿No se da cuenta de que tiene mis...? —Ojos, estuvo a punto de decir, pero la niña estaba durmiendo; era una pequeña de piel oscura que no se parecía en nada a ella.

—¡Oh, pero si son mami y su hija! —exclamó alguien, cuya voz llamó la atención de Truus y del guardia. Era el soldado de la pensión; Curd Jiirgens, que había preguntado si podía bailar con

Klara. Cuando el guardia le saludó, Truus acercó a la bebé más a su cuerpo. Jiirgens sabría que en la pensión no tenía ninguna hija. Dios, ¿qué habría tenido de malo concederle un simple baile?

—Me parecía haberla reconocido, y sí, estoy en lo cierto —declaró Jiirgens con orgullo. Después, con ese tono entrometido de los agentes de rango superior, añadió—: ¿Hay algún problema, agente? Esta adorable mujer y su hermosa hija no bailan, según parece, pero tampoco se quejan cuando bien podrían hacerlo.

Sonrió a Truus mientras el soldado murmuraba «Su hija», mirando a la pequeña Adele. Truus guardó silencio, por miedo a que cualquier cosa que dijera pudiera alertar al guardia fronterizo del malentendido, mientras Jiirgens ofrecía sus disculpas a Klara van Lange.

—¡Su serenata nocturna fue disculpa suficiente! —respondió Klara con tono seductor, distrayendo a ambos hombres. Después las ayudaron a subir a los niños al tren. Entre tanto, Truus trataba de no preguntarse qué podría significar que Curd Jiirgens y sus hombres no se hubieran trasladado de Hamburgo a Austria para apoyar la invasión, sino que en su lugar estuvieran allí, en la frontera con Holanda.

Pocos minutos después de que el tren abandonara la estación alemana, se detuvo en Holanda. Un agente holandés se subió al vagón y, tras echar un vistazo desdeñoso a los asientos llenos de niños, examinó los papeles que Truus le ofreció, treinta visados de entrada perfectamente válidos firmados por el señor Tenkink en La Haya. El reloj de la estación al otro lado de la ventanilla marcaba las 9:45 de la mañana.

—Estos niños son todos sucios judíos —comentó el guardia fronterizo.

Truus lo habría abofeteado de no ser porque estaba atravesando la frontera con una niña sin papeles. En su lugar, dijo con su voz más complaciente que, si tenía alguna duda sobre los visados, lo remitiría al señor Tenkink; centrando la atención en los treinta niños que tenían visado y no en la que no lo tenía.

El guardia les pidió que se bajaran del tren, que volvería a partir en pocos minutos. No había otra cosa que hacer más que lo que el hombre pedía. Truus le dio un beso a la niña en la frente mientras él se llevaba sus papeles y desaparecía. Era una bebé preciosa, la pequeña Adele Weiss. Edelweiss. Una flor blanca en forma de estrella que se aferra a los acantilados alpinos. Había sido el símbolo de las tropas alpinas austrohúngaras del emperador Francisco José I durante la Gran Guerra; Truus había conocido a chicos que lo llevaban cosido en el cuello de la chaqueta. Se decía que ahora era uno de los favoritos de Hitler.

La niña la miró con el pulgar en la boca, sin quejarse, aunque debía de tener hambre. Hasta ella tenía hambre, pues había salido de la pensión mucho antes de que sirvieran el desayuno.

Su tren se marchó sin ellas y el reloj siguió avanzando, otra hora tratando de mantener entretenidos a niños cansados e inquietos hasta que regresó el guardia. Truus le entregó la niña a Klara mientras el hombre se le acercaba de nuevo, pensando que, llegado el caso, podría decir que el bebé era de Klara. Klara tenía una edad más apropiada para tener una niña pequeña. Truus debería haberlo hecho en la frontera alemana. ¿Por qué no lo había hecho?

Respondió a las siguientes preguntas del guardia fronterizo: «Los niños serán trasladados directamente a los barracones de cuarentena en Zeeburg, y de ahí a hogares privados». «Le repito que el señor Tenkink, en La Haya, estaría encantado de explicarle que él autorizó personalmente a estos niños a entrar en Holanda».

A todos salvo a Adele. Adele Wijsmuller, se dijo a sí misma, preocupada de pronto ante la posibilidad de haberle dicho ya que la niña se llamaba Adele Weiss.

Cuando el guardia volvió a marcharse con sus papeles de viaje, Truus se lo repitió a sí misma. Adele Wijsmuller. Le dijo a Klara:

«Hay que tener mucha paciencia para guardarse todo lo que una piensa».

Klara colocó las manos con suavidad sobre la cabeza de dos niños; como por arte de magia, dejaron de pelearse, le sonrieron y empezaron a jugar a algo con las manos.

—¿Como por ejemplo que estos niños están más limpios que ese guardia? —le sugirió a Truus.

Ella sonrió.

—Sabía que eras la persona adecuada para este desafío, Klara. Esperemos que ese guardia fronterizo se decida a hacer su trabajo antes de que parta el último tren. Encontrar aquí un lugar para alojar a treinta niños durante la noche sería una tarea imposible incluso aunque fueran cristianos.

—¿Quién habría imaginado que sería más fácil salir de Alemania que entrar en Holanda? —preguntó Klara.

—Los problemas que no puedes anticipar son los que te derrotan —respondió Truus.

EL SALUDO DE LA VERGÜENZA

Stephan se encontraba con Dieter y su grupo entre la multitud, mientras el horizonte avanzaba por el rojo de la bandera alemana y hacia la oscuridad, antes de que el primer tren llegase a la estación de Westbahnhof y salieran los soldados. La tropa, guiada por una banda de música, apenas se veía desde el otro lado de la manzana, pero la multitud levantaba los brazos para saludar y vitoreaba con júbilo. Llegaron coches blindados desde más lejos con más alemanes, algunos con antorchas, recorriendo con sus pasos rígidos la Mariahilfer Strasse al ritmo de la música de la banda. La multitud en torno a Stephan comenzó a hacer más ruido, y Dieter y los demás chicos cantaban con ellos una y otra vez: *Ein Volk, Ein Reich, Ein Führer!*

Al otro lado de la carretera, una anciana con abrigo de piel —alguien con quien Stephan podría haberse cruzado una tarde cualquiera en la Ringstrasse— comenzó a gritar a un hombre que estaba contemplando el desfile tan callado como Stephan, también con los brazos a los lados. La mujer agitó su brazo levantado hacia el hombre, insistente. El hombre trató de ignorarla, pero los espectadores le rodearon y desapareció entre gritos. Stephan no vio qué ocurrió. El hombre había desaparecido sin más y la mujer del abrigo de piel siguió gritando: *Ein Volk, Ein Reich, Ein Führer!*

—*Ein Volk, Ein Reich, Ein Führer*, Stephan! —le gritó Dieter al oído, y Stephan se volvió y vio a todos sus amigos saludando, gritando y observándolo.

Vaciló, solo entre la multitud.

—*Ein Volk, Ein Reich, Ein Führer!* —repitió Dieter.

Stephan no tenía aliento para pronunciar palabra, pero levantó lentamente el brazo.

ENTRELAZADAS

Truus se bajó del tren en el andén de Ámsterdam, con la pequeña Adele en brazos y treinta niños a los que había que ayudar a bajar del tren. Joop le quitó al bebé y la rodeó a ella con un fuerte abrazo. Claro que había estado preocupado, igual que el señor Van Lange, de pie detrás de él, asomándose a la ventanilla del vagón y gritando: «¿Klara?», casi al borde del llanto por el alivio de ver a su esposa. El pobre hombre corrió hacia la puerta del vagón y comenzó a bajar a los niños, dándoles la bienvenida a Ámsterdam mientras los dejaba en el andén para que los voluntarios se ocuparan de ellos.

Joop arrulló a la pequeña Adele, diciéndole que él era Joop Wijsmuller, el marido de esa loca Tante Truus, ¿y quién era ella? La niña le tocó la nariz con la mano y se rio encantada.

—Se llama Adele Weiss. Es…

No era una de los treinta niños, pero confesarle eso a Joop… ¿Que la madre de la niña estaba tan preocupada por la seguridad de su bebé que se la había entregado a una desconocida sin papeles, reales o falsificados? ¿Que ella misma se había arriesgado a cruzar la frontera con una niña que no tenía visado de entrada ni de salida? Eso solo le preocuparía más, ¿y para qué?

—Es una niña preciosa —le dijo. Edelweiss. Una flor única.

Juntos guiaron a los niños hasta el tranvía eléctrico; los cables que colgaban sobre las calles de la ciudad no eran, en opinión de Truus, una mejora con respecto a los tranvías tirados por caballos, pero al menos aquellos sesenta piececitos no tendrían que pisar los excrementos de los caballos. Cuando todos los demás estuvieron montados en el tranvía, Joop le entregó a la pequeña Adele.

Truus, despidiéndose de su marido con la mano mientras el tranvía se ponía en marcha, pensó en la preciosa cuna de madera que había comprado la primera vez que se quedó embarazada, las sábanas de lino que ella cosió, la funda de almohada que bordó con un muñeco de nieve en un puente frente al canal y ramas de árboles por encima, blanco sobre blanco para que la escena no se viese en absoluto. ¿Dónde estarían ahora la cuna y las sábanas? ¿Joop las habría guardado para que no las viera? ¿O se habría deshecho de ellas?

El barracón de cuarentena de Zeeburg consistía en una casa de campo, un edificio de oficinas y diez barracones, cada uno tan frío e inhóspito como el anterior. Estaban pensados para acoger a europeos enfermos con rumbo a Estados Unidos, pero ¿qué alternativa tenían, con tantos niños? Truus, con la pequeña Adele en brazos, ayudó a los últimos niños a bajar del tranvía: una niña que llevaba las largas trenzas oscuras atadas con lazo rojo y su hermano, con los mismos ojos tristes. Todos esos niños tenían ojos tristes, incluso la pequeña Adele, que se chupaba el pulgar en sus brazos.

Los dos hermanos retrocedieron cuando Truus los envió a barracones diferentes.

—Podemos compartir una litera —sugirió el muchacho—. No me importa dormir con chicas.

—Ya lo sé, cielo —le dijo Truus—, pero han preparado un lugar para las chicas y otro para los chicos.

—Pero ¿por qué?

—Es una buena pregunta. —Sin embargo, algunas de las chicas eran lo suficientemente mayores para meterse en problemas y algunos de los chicos eran lo suficientemente mayores para meterlas en ellos—. Quizá yo lo habría hecho de otro modo, pero a veces tenemos que vivir con las decisiones de otras personas, incluso aunque nosotros pudiéramos tomar otras mejores.

Truus le entregó el bebé a Klara y tomó en brazos a la niña antes de agacharse para ponerse a la misma altura que su hermano.

—Sheryl, Jonah —dijo, mirándolos a ambos a los ojos para que vieran que era sincera—. Sé que os da miedo separaros. —«Sé lo asustados que debéis de estar», estuvo a punto de decir, pero eso no habría sido cierto; no podía más que imaginar lo aterrador que debía de ser aquello para un niño que ya había perdido a sus padres. Podría llevárselos a su casa con la pequeña Adele Weiss, su florecita, pero Joop tenía razón: si empezaban a acoger a huérfanos, sería difícil continuar con sus viajes a Alemania.

Sin embargo, tal vez aquel fuese su último viaje, pues la frontera de su propio país estaba ya cerrada y no se entregaban más visados de entrada.

Se quitó el anillo y separó las dos alianzas entrelazadas.

—Este anillo me lo dio alguien a quien quiero tanto como os queréis vosotros —les dijo a los hermanos—. Alguien de quien tampoco puedo imaginar separarme. Y sin embargo a veces tengo que separarme de él para ayudar a quienes necesitan mi ayuda.

—¿Como nosotros, Tante Truus? —le preguntó el chico.

—Sí, niños maravillosos como Sheryl y como tú, Jonah.

Le estrechó la mano a la niña y le puso en el pulgar una de las alianzas del anillo, después le puso la otra a su hermano en el dedo corazón, aunque le quedaba un poco holgada. Rezó para que las alianzas no se les cayeran y se perdieran; era un regalo de Joop con el que nunca había podido sentirse cómoda del todo tras perder a su primer bebé, y aun así tampoco soportaba la idea de quitárselo y guardarlo. La esperanza era algo muy frágil.

—Cuando venga a recogeros para llevaros a vuestro nuevo hogar —y os prometo que encontraré una familia que os acoja a los dos—, tendréis que devolverme el anillo, ¿de acuerdo? Ahora marchaos, id a buscar vuestras literas.

Mientras los veía marchar, buscó sus guantes en el bolsillo del abrigo y se sintió desnuda sin el anillo. Estaba poniéndose uno de ellos cuando Klara van Lange se le acercó. Concentrada como estaba en los hermanos, no se había dado cuenta de que Klara se había marchado.

—Bueno, ya están todos instalados —le dijo—. Había pensado en llevarme a la pequeña Adele conmigo a casa.

Truus se puso el segundo guante. Se abrochó con cuidado los botones de perlas, haciendo tiempo para recomponerse.

—¿Se han quedado también con Adele? —consiguió preguntar.

—¿Quién no querría a una niña tan bonita? —preguntó Klara, con la voz quizá tan inquieta como el corazón de la propia Truus—. Pero al final llegaría el día en que tendría que devolvérsela a su madre, y eso no lo soportaría, separarme de una niña a la que quiero tanto. ¿Tú podrías, Truus?

HITLER

Stephan se subió a una farola para ver mejor. La gente a su alrededor —en las calles, en las ventanas, en las azoteas, en los escalones del Burgtheater y en la Adolf-Hitler-Platz, nuevo nombre de la Rathausplatz— ondeaba banderas y hacía el saludo nazi; toda Viena aplaudía con el tañido de las campanas de las iglesias. Hitler iba de pie en un coche abierto, agarrado al parabrisas y saludando con la mano. Dos largas filas de coches lo seguían por la Ringstrasse mientras los soldados, algunos de ellos en motos con sidecar, contenían a la multitud. El coche se detuvo en el Hotel Imperial y Hitler bajó a la alfombra roja, saludó a algunas personas y desapareció tras las elegantes puertas del vestíbulo. Stephan observó la escena —el coche vacío, la puerta cerrada, la sombra de los hombres al entrar en una *suite* bien iluminada del segundo piso— sin soltarse de la farola, por encima del gentío.

Hitler se sentó en un sofá del salón principal de la *suite* Real, cuyas cortinas rojas y muebles dorados y blancos no estaban en muy buen estado. Había sitios mejores para alojarse en Viena, pero no le gustaban.

—Cuando vivía aquí, los vieneses solían decir: «Y cuando muera, quiero ir al cielo y tener un hueco entre las estrellas para ver mi

136

adorada Viena» —dijo mientras su círculo de confianza se acomodaba a su alrededor y Julius Schaub se arrodillaba ante él para quitarle las botas negras—. Pero, para mí, era una ciudad en decadencia dentro de su propio esplendor. Solo los judíos ganaban dinero, y solo aquellos con amigos judíos o dispuestos a trabajar para los judíos ganaban lo suficiente para vivir bien. Yo, y muchos como yo, estuve a punto de morir de hambre. Solía pasar por delante de este hotel por las noches, cuando no había nada más que hacer y no tenía dinero ni siquiera para comprarme un libro. Veía los automóviles y los carruajes en la entrada, las reverencias del portero, con su bigote blanco. Veía el brillo de las lámparas de araña en el vestíbulo, pero ni siquiera el portero se dignaba a hablar conmigo.

Schaub le llevó un vaso de leche caliente y Hitler dio un trago. Otros comieron. Podían comer y beber cuanto quisieran, siempre y cuando nadie fumara.

—Una noche, después de una ventisca, estuve quitando nieve con una pala solo para que me dieran dinero para comprar comida —contó—. Los Habsburgo —no el káiser Francisco José, sino Carlos y Zita— se bajaron de su carruaje y pisaron la alfombra roja que yo acababa de limpiar de nieve. Los pobres diablos nos quitábamos el sombrero cada vez que llegaban los aristócratas, pero ellos ni siquiera nos miraban. —Se acomodó en el sofá, recordando la dulzura de los perfumes de las mujeres en el aire helado mientras él retiraba la nieve con una pala. Para aquellas mujeres él había sido casi como el aguanieve que limpiaba—. Este hotel ni siquiera tuvo la decencia de enviarnos café caliente —agregó—. Durante toda la noche, cada vez que el viento cubría de nieve la alfombra roja, yo agarraba una escoba y tenía que barrerla. Y miraba hacia el interior de este hotel tan brillante y escuchaba la música. Me daban ganas de llorar, me enfadaba, y decidí que algún día regresaría y pisaría yo mismo la alfombra roja y entraría al mismo lugar donde bailaban los Habsburgo.

GRAN BRETAÑA SE DISPONE A CERRAR SU PUERTA A LOS INMIGRANTES JUDÍOS

La mayoría de los demás países ya han limitado la inmigración
Por Käthe Perger

15 de marzo, 1938. En mitad del colapso del mercado de valores de Londres por la noticia de la invasión de Austria por parte de Alemania, el primer ministro británico ha pedido a su gabinete que solicite un visado de entrada a todos los ciudadanos del Reich. El Consejo Británico para los Judíos Alemanes, con el apoyo de los bancos Rothschild y Montagu, proporcionaba desde hacía tiempo una garantía financiera para permitir a los refugiados judíos emigrar a Inglaterra sin la amenaza de convertirse en una carga económica para los británicos. Pero, con la ocupación alemana de Austria, surge el miedo a millones de llegadas, para las cuales el apoyo financiero no sería factible.

Gran Bretaña también ha suspendido la inmigración de mano de obra judía a Palestina hasta que mejoren las condiciones económicas. Por orden de William Ormsby-Gore, secretario de estado británico para sus colonias, no más de 2000 judíos rentistas serán admitidos en la colonia en los próximos seis meses.

TRUUS EN EL HOTEL BLOOMSBURY

Cuando Truus y Joop entraron en un despacho designado como «Fondo británico central para judíos alemanes», en el Hotel Bloomsbury de Londres, una mujer impecablemente vestida se levantó para saludarlos. «Helen Bentwich», dijo con una voz delicada producto de la riqueza, aunque suavizada por la responsabilidad social. «Y este es mi marido, Norman. En este trabajo no nos regimos por formalidades, a no ser que insistáis».

Truus, que no estaba en situación de insistir en nada, respondió:

—Este es mi marido, Joop. ¿Qué haríamos sin ellos?

—Un poco más de lo que hacemos con ellos, sospecho —respondió Helen, y todos se rieron.

«Sí», pensó Truus, que se sintió cómoda al instante en aquel despacho ligeramente decadente, con su escritorio y su mesa de estilo rococó y sus sillas con el tapizado gastado: Helen Bentwich era, al igual que su querido señor Tenkink en La Haya, alguien que nunca diría no a quienes necesitaban ayuda si cabía la posibilidad del sí. Los Franklin, la familia de Helen, eran banqueros igual que Joop, pero más aún: parte de la estirpe anglojudía de Rothschild y Montagu que incluían no solo a hombres poderosos —directores de bancos y empresas, barones y vizcondes, miembros del Parlamento—, sino también a mujeres influyentes. Su madre y su hermana habían sido importantes sufragistas, y la propia Helen, que había trabajado como corresponsal en Palestina para el *Manchester Guardian* cuando su marido era el fiscal general de la colonia, ahora era miembro del Consejo del Condado de Londres.

—No tienes que convencerme de la necesidad de encontrarles hogar a todos esos niños —empezó Helen mientras despejaba una silla de papeles y les invitaba a sentarse—. Pero tendremos que actuar con rapidez.

Norman acababa de formar parte de una delegación recibida por el primer ministro y el ministro del Interior para hablar del problema de los judíos del Reich; una delegación que incluía a Lionel de Rothschild y a Simon Marks, heredero de Mark & Spencer.

—Nadie duda de los beneficios de admitir a inmigrantes como sus padres —dijo Norman—. Sin Marks & Spencer, ¿dónde podríamos comprar regalos británicos que nuestras esposas pueden cambiar por lo que mejor les parezca?

Joop y él se rieron.

—Pero con esta nueva avalancha de refugiados... —continuó—. Es una decisión difícil: cómo seguir siendo humanos sin... Bueno, hay que ser realista. No podemos arriesgarnos a una respuesta antisemita aquí en Inglaterra.

—Pero son solo niños —dijo Truus.

—El gobierno teme que, si vienen los niños, les sigan después sus padres —respondió Norman.

—Pero estos niños son huérfanos —explicó ella, y sintió de nuevo el mareo, el temor a fallarles.

Helen le colocó una discreta mano a su marido en el brazo y dijo:

—¿Son treinta?

—¿Has cambiado de opinión, Truus? —le preguntó Joop con la misma esperanza que había mostrado la noche que le regaló el anillo entrelazado, la esperanza del bebé que podrían haber tenido si ella hubiera comido una cosa y no otra, o si se hubiera quedado en cama, o si hubiera tenido más cuidado.

—Treinta y uno —respondió Truus con reticencia.

Helen le tocó el brazo a su marido con un solo dedo, un gesto tan sutil que Truus podría no haberse dado cuenta de no ser porque Norman se levantó de inmediato y le dijo a Joop que saliera con él a fumar un cigarrillo.

—Como dice mi Helen —agregó—, las mujeres consiguen hacer más cosas sin nosotros.

Ambos se marcharon y aparecieron un minuto más tarde en una terraza, donde se acomodaron sentados a una bonita mesa de hierro forjado entre ramas desnudas, hierba mustia y parterres marrones; las flores del Bloomsbury no habían salido aún en esa época del año.

—El número treinta y uno es una bebé sin papeles —le dijo Truus a Helen—. Su madre era una de las mujeres que nos entregaron a los niños en Alemania.

—Entiendo —respondió Helen—. ¿Y estás... pensando en adoptarla?

Truus miró por la ventana mientras Norman le ofrecía a Joop un cigarrillo, sorprendida al ver que su marido aceptaba.

—Pensaba volver a Alemania a buscar a la madre de la niña —le dijo a Helen—, pero Joop dice, con mucha razón, que si la madre de Adele pudiera marcharse ya lo habría hecho. Que si nos quedamos a la niña... Es una decisión difícil, como dice tu marido: puedo ayudar a rescatar a más niños o puedo ser madre de una, pero sería injusto arriesgarme a dejarla sin madre otra vez, incluso aunque yo pudiera contemplar esa posibilidad. Y además ya tiene madre.

—Una madre que la quiere lo suficiente para entregarla —dijo Helen.

Le estrechó la mano en un gesto lleno de comprensión que hizo que Truus se preguntara por qué no se le habría ocurrido hacer lo mismo con la madre de Adele: tratar de comprenderla.

Se puso en pie y se acercó a la ventana, tras la que Joop y Norman charlaban amistosamente mientras fumaban. Cuando se dio la vuelta, advirtió sobre unos papeles que había en la mesa de Helen una bonita bola de nieve dentro de la cual había una noria vacía y, junto a la taquilla, un muñeco de nieve. Levantó aquella bola de cristal y le dio la vuelta para provocar una pequeña ventisca.

—Lo siento —dijo al darse cuenta de su arrogancia.

—Tengo cuarenta y tres como esa en nuestra casa de Kent, muchas son Wiener Schneekugels de Viena, igual que esa —le dijo Helen—. Me temo que es una obsesión.

—Y aun así solo tienes esta de aquí en tu despacho —advirtió Truus.

Helen sonrió con tristeza, una manera de admitir que aquella bola de nieve en particular tenía un significado especial, y Truus se preguntó cuál sería.

—Mi madre tenía una de las primeras que se hicieron, con la torre Eiffel dentro. De París. 1889 —le explicó Helen—. A mi padre no le gustaba que la tocáramos, pero mi madre solía dejarme, y me reía cada vez que prometía no contarlo. —Volvió aquella sonrisa triste—. Truus, sé que no es asunto mío, pero… Pareces tan mareada como me sentí yo cuando… Bueno, no tengo hijos, pero…

Truus saboreó el rubí con los labios mientras se tocaba la tripa con la otra mano, que aún sujetaba la bola de nieve; al hacerlo se dio cuenta de que Helen tenía razón, estaba de nuevo embarazada. ¿O acaso ya lo sabía, o lo sospechaba? ¿No podría enfrentarse a ello sola, sin que nadie se enterase? Ámsterdam era una ciudad más pequeña de lo que una podría imaginar, e incluso la más discreta de las amigas podría contarle el secreto a Joop sin darse cuenta.

—Entonces, quedarte con esa niña alemana, Truus… —dijo Helen con cariño—. ¿Acaso no está tomada ya tu decisión difícil?

Se le llenaron los ojos de lágrimas al oír su nombre pronunciado con tanta ternura. Era reconfortante que alguien la llamase por su nombre. Su nombre y el hecho de intentar no pensar en ello: una niña que crecería sin su madre para darle de comer, para bañarla, para leerle un cuento y cantarle una nana.

Se secó las lágrimas con el pañuelo y dijo:

—Nunca he… Oh, Helen. No puedo decírselo a Joop, ¿verdad? No podría soportar perder a otro bebé.

Helen Bentwich se levantó y se acercó a ella. Le puso una mano en el brazo mientras, fuera, Joop sacudía la ceniza de su cigarrillo.

—Créeme cuando te digo que sé lo doloroso que es perder a cualquier niño —le dijo.

La voz de Joop les llegó a través de la ventana cerrada, su risa.

—Joop querría que nos quedásemos con Adele —dijo Truus.

Observaron cómo sus maridos apagaban los cigarrillos y se volvían hacia la puerta.

—Encontraré un lugar seguro para Adele —le aseguró Helen—. Te lo prometo.

—Creo que no es la seguridad de la niña lo que querría garantizar Joop al quedársela —respondió Truus.

LAS PUERTAS DEL INFIERNO

Stephan se abrió paso entre la muchedumbre de Heldenplatz, agarrado a la mano de Žofie-Helene por miedo a separarse entre la gente. Los jardines del palacio estaban más abarrotados aún que cuando Viena lloró la muerte del canciller Dollfuss; los hombres con sombrero como llevaría cualquier ciudadano decente de Viena, y también las mujeres, que hacían cola desde la estatua del jinete hasta donde alcanzaba la vista. «¡Un pueblo! ¡Un Reich! ¡Un *Führer*!». Aquellas palabras resonarían en la cabeza de Stephan durante el resto de su vida. Solo la carretera que pasaba por debajo del arco y entraba en los jardines del palacio estaba despejada; ahí los soldados contenían a la multitud mientras Stephan tiraba de Žofie hacia la estatua de Hércules y Cerbero; allí le dio impulso con las manos. Ella subió por la estatua, pasó por encima de las tres cabezas de Cerbero y se sentó a horcajadas en el cuello de Hércules, con los muslos apretados contra la barba y los hombros de piedra del héroe y los zapatos colgando por delante de su pecho. Stephan subió detrás de ella y se sentó en el hueco que había entre el más alto de los hocicos de la bestia y el hombro de Hércules. Si se inclinaba hacia Žofie, podía ver más allá del autobús situado entre la gente y divisar el balcón desde donde hablaría Hitler.

Žofie extendió el brazo y rozó sin querer el muslo de Stephan al acariciar uno de los hocicos de la bestia de piedra; tenía la boca muy cerca de la oreja de Stephan, de modo que cuando dijo «Pobre Cerbero», sonó dolorosamente alto.

—Cuando estás así de cerca, no hace falta que grites —le dijo Stephan al oído en voz más baja, inhalando su aroma; algo fresco, como a hierba—. ¿Y eso de pobre Cerbero? Es una bestia devoradora de carne que mantiene a los muertos atrapados en el infierno, Žofe. Euristeo ordenó a Hércules capturar a la criatura porque él no lo lograba; nadie había regresado nunca del infierno.

—No creo que puedas culpar a una criatura mitológica por ser como la trama del mito le obligaba a ser —respondió Žofie.

—¿Le obligaba o les obligaba? —preguntó Stephan tras pensarlo unos instantes—. Cerbero ¿es uno o son varios?

Sacó su diario del bolsillo del abrigo y escribió una nota sobre las criaturas mitológicas que actúan en favor de la trama. Le habría gustado escribir sobre el olor de Žofie-Helene, decir que la palma de su mano encajaba en la de ella como la pieza de un puzle, pero memorizó esa parte del día para anotarla más tarde, cuando ella no estuviese presente.

—Esta es una de las mejores cosas de nuestra amistad —dijo ella—. Las cosas que digo acaban en tu diario para aparecer después en una obra de teatro.

—¿Sabes que nadie más dice cosas así, Žofe?

—¿Por qué no?

Tenía la cara tan cerca que habría podido estirar el cuello como la bestia que tenía debajo y besarla.

—No lo sé —respondió.

Solía pensar que sabía muchas cosas, antes de conocer a Žofie-Helene.

Žofie-Helene volvió a sentarse recta, para observar, y él hizo lo mismo, pero siempre mirándola de reojo. Estaba tomando notas en su diario —sobre el día y la multitud, sobre las banderas nazis que ondeaban al viento, sobre los antiguos héroes austriacos honrados con estatuas de piedra rodeadas ahora por toda la ciudad de Viena reunida en la plaza— cuando un desfile de vehículos entró en la plaza a través de los arcos de la Ringstrasse. Hitler iba de pie en un coche abierto con el brazo extendido, con su sombra pegada a él. La multitud enfervoreció, empezó a saludar y a gritar con alegría, lo que derivó en cánticos de *Sieg Heil! Sieg Heil! Sieg Heil!* Stephan observaba en silencio, con el miedo en el pecho, mientras el coche rodeaba la estatua del príncipe Eugenio y se detenía. Mientras el *führer* entraba en el palacio real, Žofie observaba la escena tan callada como él, con las gafas sucias.

—No decimos esa clase de cosas porque no estamos tan seguros como tú de llevar razón, Žofe —le dijo en voz baja, demasiado baja para que pudiera oírle por encima de los cánticos de la multitud—. Decimos lo que dicen todos los demás, o no decimos nada en absoluto, para no parecer idiotas.

—¿Qué? —respondió Žofie-Helene, aunque aquella palabra inaudible solo se distinguió gracias al movimiento de sus labios, justo cuando Hitler se acercaba a los micrófonos situados en el balcón del palacio y empezaba a decir: «Como *führer* y canciller de la nación alemana, confirmo ante la historia la entrada de mi patria en el Reich».

TRASLADO

Eichmann se preguntaba si los difuntos de los retratos que colgaban a su alrededor en el despacho del Israelitische Kultusgemeinde de Viena tendrían más idea sobre lo que les esperaba a los judíos de Viena que los líderes judíos reunidos en torno a la mesa. Observó con paciencia mientras Josef Löwenherz, el director del centro comunitario, se sacaba las gafas de lectura del chaleco, que se le engancharon en el cuello de la camisa, dejándolo descolocado. Las gafas no ayudaron a mejorar el aspecto de sus ojos saltones y aquel labio superior peludo; el nacimiento del pelo le disminuía al mismo tiempo que la estatura. Algo típico de los abogados, leer cuidadosamente el documento, como si tuviera elección en el asunto.

Löwenherz firmó el documento y se lo entregó a Herbert Hagen, quien firmó por el Reich antes de pasárselo a Eichmann. La designación de Eichmann en Viena era algo temporal; Hagen lo había dejado claro. Dependía de él volverse indispensable, y aquella incursión en las oficinas del IKG situadas en Seitenstettengasse era el primer paso para lograrlo.

Eichmann estampó su firma junto a la de Hagen, dejó su bolígrafo junto a la campana de plata que había sobre la mesa de madera, se puso en pie y saludó a Hagen, quien, tras haber cumplido con su parte, se marchó porque le esperaba una comida cara o una mujer igualmente cara.

—De acuerdo entonces —declaró Eichmann a los judíos sentados en torno a la mesa—. Hay cajas que cargar.

—¿Pretende que las carguemos nosotros? —preguntó Löwenherz tartamudeando.

Era una broma privada de Eichmann, concluir aquella tarea bajo el techo abovedado de la ostentosa sala oval del Stadttempel. Cuando los judíos hubieron terminado de cargar las listas de afiliación y demás pruebas de actividades subversivas del edificio de piedra de cinco plantas en los camiones de mudanza que esperaban en la estrecha calle de adoquines, les ordenó que volvieran a entrar.

Löwenherz, sudoroso y poco convencido de permitir a Tier entrar en aquella sala sagrada, aunque sin objetar nada, miró hacia la galería del segundo piso, como si aquello pudiera proporcionarle una vía de escape.

—Supongo que los judíos inferiores se sientan ahí arriba —observó Eichmann.

—Las mujeres, por supuesto —respondió Löwenherz.

—Las mujeres, sí, por supuesto —repitió Eichmann entre risas.

Sus hombres aseguraron las puertas de la sinagoga y un empleado empezó a leer la reducida lista de líderes judíos de Viena: Desider Friedmann, el presidente del IKG; Robert Stricker, editor del periódico sionista de Viena; Jacob Ehrlich; Oskar Gruenbaum.

—Adolf Böhm…

Eichmann esperó hasta que el sorprendido Adolf Böhm hubo ocupado su lugar en la fila antes de decir: «No, Herr Böhm, he cambiado de opinión con respecto a usted». Le alegró ver el alivio en la cara del escritor. Sí, aquello resultaría tan efectivo como había planeado: hacer que aquel hombre sintiese en su corazón débil el riesgo que correría si no cooperaba. Permitir que quienes quedaran libres aquel día sintieran ese riesgo.

Su empleado leyó el último nombre: «Josef Löwenherz».

Al ver la traición en los ojos saltones de Löwenherz, Eichmann asintió. No se trataba de un error. No había olvidado la lección aprendida a costa de su dignidad y de su ascenso: que no era necesario pagar a los judíos por aquello que deseaba de ellos.

Después de que el camión se marchase con los hombres arrestados encerrados en su oscuro interior, Eichmann volvió a entrar en el despacho de Löwenherz, seguido de Tier. Contempló la mesa de madera oscura y el elegante papel pintado de las paredes, los cuadros. «Sí, ha llegado vuestra hora», les dijo a los hombres de los retratos. Agarró la campana de plata de la mesa donde aún permanecía su bolígrafo y se la guardó en el bolsillo, un recuerdo de poco valor, pero que le sería de utilidad.

Regresó entonces al elegante Hotel Metropole, de seis plantas, al que de joven llegaba en tranvía (una monstruosidad ruidosa y sucia como la que pasaba ahora junto a él) y donde le impedían entrar. Ahora el portero le sujetó la puerta y le hizo una reverencia al pasar, mientras en el sótano, que actualmente hacía las veces de prisión nazi, los judíos a los que acababa de arrestar se acobardaban en sus celdas, a la espera de que él decidiera su destino.

EL PROBLEMA JUDÍO EN AUSTRIA

Eichmann esperó dos días, tiempo suficiente para que la herida se infectase, antes de convocar a seis de los líderes judíos que había dejado en libertad, guiados todos ellos por un Adolf Böhm viejo, frágil y aterrorizado. Eichmann no estaba seguro de por qué había convocado a los demás; Goldhammer, Plaschkes, Koerner, Rothenberg y Fleischmann. Quizá solo para hacerles ver que podía.

—Retrocederán —exigió—. Están demasiado cerca. Soy el encargado de resolver el problema judío en Austria. Espero su colaboración inquebrantable. Herr Böhm, ¿es usted el Adolf Böhm que escribió la historia del sionismo? He aprendido mucho con sus escritos. —Recitó de memoria un breve pasaje que había memorizado la noche anterior—. *Kol hakavod* —les dijo a los judíos—. ¿Les sorprende mi hebreo? Nací en Sarona.

Tier puso las orejas de punta. Eichmann no habría sabido decir por qué había elegido Jerusalén como lugar de nacimiento la primera vez que lo hizo, pero había resultado ser muy efectivo para ganarse la confianza de los ingenuos judíos.

—Según tengo entendido, Böhm, recientemente se ha publicado un segundo volumen con su obra —continuó—. Quizá pueda hacerme el favor de enviarme un ejemplar. En fin, no hay futuro para los judíos en Austria. ¿Qué recomendaría usted para optimizar su emigración?

Böhm se quedó mirándolo con la boca abierta, horrorizado.

—¿Quiere que…?

—¿No tiene opinión sobre cómo ayudar a su gente, Herr Böhm?

—Bueno… yo… No es mi…

Eichmann hizo sonar la campanita de plata de su mesa y dijo:

—En cualquier caso, es demasiado viejo para mis objetivos.

—¿Y usted es…? —le preguntó Eichmann a otro de los judíos que tenía bajo custodia. Era el cuarto prisionero al que entrevistaba desde que despachara a Böhm y a los líderes a los que no había arrestado. En realidad le costaba imaginar cómo esos judíos habían logrado tener éxito.

El judío, perplejo, tartamudeó:

—Josef Löwenherz.

Löwenherz. El director del IKG. La apariencia de un hombre cambiaba después de unos pocos días en una celda fría. Eichmann señaló la campana de plata, que pertenecía al propio Löwenherz. El hombre se quedó mirándola, pero no dijo nada.

—No hay futuro para los judíos en Austria —dijo Eichmann, una frase de la que ya empezaba a cansarse—. ¿Qué recomendaría usted para optimizar su emigración?

—¿Para… para optimizar la emigración? —preguntó Löwenherz—. Si… si se me permite… No es que yo lo sepa mejor que… Bueno, a mí me parece que los judíos adinerados se muestran reticentes a abandonar sus vidas acomodadas y a los pobres les faltan los medios para hacerlo.

Eichmann le puso una mano a Tier en la cabeza. Era asombrosa la facilidad con la que podía inspirarse terror con gestos sencillos. En los primeros diez días desde que los alemanes llegaran a Austria, un centenar de judíos se había suicidado saltando al vacío, ingiriendo veneno o pegándose un tiro.

—¿De modo que propone que hagamos que la vida de los judíos adinerados sea menos acomodada? —le preguntó Eichmann.

—No, según tengo entendido, Herr Eichmann, señor, existen… Me refiero a que muchos de ellos reciben uno de los diversos papeles necesarios para obtener un visado de salida del Reich, pero ese papel expira antes de que puedan obtener los demás documentos necesarios. Justificantes de pago de facturas, impuestos y tarifas. Entenderá que… Bueno, entonces el proceso debe comenzar de nuevo.

—Eso es un problema, no una solución.

—Sí. Sí, pero tal vez… Le repito que yo no lo sé con certeza, pero ¿no sería posible que organizaran todas las oficinas que expiden los permisos necesarios en un solo edificio? Eso nos permitiría…, a quienes ustedes concedieran permiso para emigrar…, ir con el visado en la mano hasta el final del pasillo para pagar por… para remediar…

—Lo que nos libraría de los judíos adinerados y nos dejaría solo con la escoria.

—Somos una comunidad. Siempre ha sido nuestra intención que los judíos con más dinero ayudaran a financiar…

—Sí, un impuesto —le interrumpió Eichmann—. Un impuesto a los judíos adinerados para financiar la emigración de los pobres.

—¿Un impuesto? Bueno, me refería a…

—Un impuesto a pagar para obtener el visado de salida, y todo en un único edificio. Herr Löwenherz, veré si puedo organizar su liberación después de que me haya redactado este plan.

—¿Quiere que redacte un plan para la emigración de los judíos de Viena?

—Un plan para la emigración de los judíos de toda Austria.

—¿Cuántos, señor?

—¿Cuántos? ¿Cuántos? ¿Acaso no me ha oído? ¡No hay lugar en el Reich para los judíos!

Eichmann hizo sonar su campanilla y un empleado se llevó a Löwenherz.

—Podríamos solicitar que trasladen a todos los judíos austriacos al gueto de Leopoldstadt, Tier, para que sea más fácil —dijo Eichmann—. Pero no lo anunciaremos todavía para no hacer sonar la alarma.

Gritó entonces hacia el pasillo.

—¡Una lista de los líderes judíos a los que hemos encarcelado! —Se dirigió después a Tier—. Será mejor que liberemos a unos pocos. La zanahoria y el palo, Tier. La zanahoria y el palo.

AUSTRIA VOTA POR MAYORÍA PARA UNIRSE AL REICH ALEMÁN

La humillación final de Austria
Por Käthe Perger

VIENA, 11 de abril, 1938. Los miembros del primer Gran Reichstag alemán fueron elegidos ayer en Austria y Alemania por 49.326.791 votantes. En un insulto definitivo a nuestra nación, otrora orgullosa e independiente, el 99,73 % de los austriacos votó nuestra propia subyugación al Führer, teniendo que elegir entre el «sí» y el «no». En Viena, 1.219.331 votaron «sí», y solo 4.939 votaron «no». Esta victoria otorga a Hitler el dominio de Europa central en un mundo que nunca sabrá si los nazis eran mayoría o no. Otras naciones, incluyendo Inglaterra y Estados Unidos, se apresuraron a reconocer la victoria. Con solo un murmullo de protesta en casa o en el extranjero, el Departamento de Estado estadounidense cerró su consulado austriaco antes de que Alemania pudiera abolirlo...

EN LA NORIA

Stephan volvió a mirar el reloj, de pie junto a su padre y a Walter frente al consulado británico, mientras Walter lanzaba a su conejo Peter de un lado a otro y dos mujeres que tenían delante contemplaban la escena con desaprobación.

—Mi hermana se marchó antes de que los británicos instauraran este nuevo requisito para el visado —estaba diciendo la más guapa—. Ahora trabaja como doncella, pero está en Inglaterra.

—Papá, he quedado con Dieter y con Žofie —dijo Stephan.

Su padre miró la fila, que se extendía hacia el infinito frente a ellos, pese a haber llegado incluso antes de que abriera el consulado.

—No irás al parque, ¿verdad?

Stephan guardó silencio, viendo cómo Walter lanzaba a su conejo.

—Bueno, entonces llévate a Walter contigo. Vuelve dentro de dos horas. Y no os ensuciéis.

—Peter se queda aquí, Wall —dijo Stephan.

Walter le entregó el conejo a su padre sin pararse a pensar en la indignidad de un hombre adulto de pie con un animal de peluche en la mano, pero últimamente en Viena ya no había dignidad.

—Puede solicitarlo por sus hijos, señor; no hace falta que estén con usted —dijo la mujer más guapa.

—Su madre quiere que alguien vea lo buenos e inteligentes que son —respondió su padre con lo que a Stephan le pareció que era su voz de «Yo, Herman Neuman, de Chocolates Neuman». Pero, al ver el dolor en los ojos de la mujer, agregó—: Lo siento. No pretendía… Simplemente… En la embajada americana tuve que esperar casi hasta las diez de la noche solo para que me dijeran que ven a seis mil personas cada día en busca de visados que tardarán años en concederse. Pero me dijeron que los británicos aún conceden visados ilimitados de estudios.

—Para estudiantes que van a la universidad. ¿Su hijo va a ir a Oxford?

Su padre vaciló y después dijo:

—Mi Stephan es dramaturgo. Confía en estudiar con Stefan Zweig. —Sus palabras eran ciertas, y aun así la insinuación que provocaron era una mentira igual que el silencio de Stephan con respecto al parque.

Stephan, seguido de Walter, divisó la larga trenza de Žofie-Helene en la cola de la noria, cuyos asientos iban dando vueltas lentamente mientras la gente se subía a la atracción. El Prater Park estaba lleno de chicos con uniformes de las Juventudes Hitlerianas: pantalones cortos oscuros, camisas de algodón color caqui, calcetines blancos hasta las rodillas y brazaletes rojos con esvásticas negras. Hasta Dieter, que hacía cola junto a Žofie, llevaba una insignia de esvástica en el abrigo.

—¡Walter, no sabía que venías! —exclamó Žofie-Helene.

—¡Yo tampoco! —respondió Walter—. ¡Stephan le ha prometido a papá que no vendríamos al parque!

Žofie le revolvió el pelo y le dijo a la siguiente persona de la cola: «No le importa, ¿verdad? No sabía que su hermano pequeño también venía». Se volvió entonces hacia Stephan: «Les hemos dicho que estábamos guardándote el sitio en la fila».

—Esperaremos —dijo Stephan—. A Walter no le gustan las norias.

—¡No es verdad! —le contradijo Walter.

—Está bien. A mí no me gustan las norias —admitió Stephan.

—Stephan, te has montado en este trasto cien veces —le dijo Dieter.

—Cuando me subo, siento que me he dejado el estómago en el suelo —dijo Stephan.

—Eso no es más que el cambio de la fuerza centrípeta —comentó Žofie-Helene—. Cuando llegas arriba, te sientes casi ingrávido, y en la parte de abajo te sientes el doble de pesado. Puedo subir con Walter.

—Wall se queda conmigo —dijo Stephan. Habían llegado al principio de la cola y el empleado estaba abriendo la puerta de la cabina—. Adelante. Nosotros esperaremos aquí —insistió, sujetándole la mano a Walter con fuerza por miedo a que se resistiera.

Dieter se subió a la cabina, seguido de Žofie, y los que tenían detrás se montaron con ellos. Stephan los vio subir, Dieter rodeando a Žofie con el brazo y esa horrible esvástica casi rozándole la manga mientras le saludaban desde arriba.

—Yo quería montar —le dijo Walter.

—Lo sé —le respondió—. Yo también.

Stephan se quedó de pie mientras Žofie-Helene se sentaba en uno de los largos bancos de madera del paseo. Golpeó el asiento junto a ella y dijo: «Vamos, Walter. Siéntate conmigo», pero Stephan le agarró la mano a su hermano.

Žofie se levantó y se giró con un solo movimiento, como si hubiera allí una araña enorme, y se fijó en la placa de metal de *Nur Für Arier*. Reservado para arios.

—¡Oh! Sí, mi madre dice que es vergonzoso el modo en que los nazis tratan a los judíos. Dice que deberíamos ponernos de su lado.

—Por supuesto que Stephan se pone del lado de los judíos —comentó Dieter—. Es uno de ellos.

—No seas cretino, Dieter —le respondió Žofie-Helene.

—Pero es verdad. Ahora se sienta tras una línea amarilla en el colegio, en la última fila, con los demás judíos.

—No es verdad.

—Con dos filas de pupitres vacíos entre ellos y nosotros.

Žofie miró a Stephan, quien no pudo negarlo.

—¿Eres... eres judío, Stephan? Pero si no lo pareces.

Stephan acercó a Walter a él.

—¿Qué aspecto crees que tiene un judío?

—Pero... entonces ¿por qué no te vas de Viena? Mi madre dice que los judíos que pueden hacerlo se están yendo, cualquiera que tenga dinero, y tú... Bueno, tú eres rico.

—Mi padre no puede dejar su negocio. Sin su negocio, no tenemos dinero.

—Podrías estudiar en Estados Unidos. O... ¿Stefan Zweig no vive en Inglaterra? Podrías estudiar escritura con Stefan Zweig.

—No podría —respondió Dieter.

—¿Por qué no?

—De todas formas, no podemos dejar a mi madre —aclaró Stephan.

—Entonces, cuando tu madre se recupere —le dijo Žofie.

Stephan se acercó más a ella y le susurró al oído para que Walter no pudiera oírle.

—Uno no se recupera de un cáncer en los huesos.

Se arrepintió de aquello nada más pronunciar las palabras; nunca hablaba de la enfermedad de su madre, mucho menos para hacer daño a alguien. ¿Por qué había querido hacer daño a Žofie? Se sintió sucio, indigno de ella. Se sintió como el sucio judío que sus profesores decían que era; no el señor Kruge, que enseñaba literatura, sino los demás.

Dio un paso atrás, quería disculparse y al mismo tiempo no

quería, quería preguntarle a Žofie qué pretendía viniendo al parque con Dieter. Quería culparla por haber mentido a su padre, aunque eso tampoco estaba bien; era culpa suya, él se había dejado provocar por Dieter para venir. De modo que se quedó ahí parado, mirándola, y ella le devolvió la mirada; la rabia de él se reflejaba en el rostro de ella como algo más.

Desde el otro extremo del paseo se oyeron los vítores y, por debajo del ruido, un pum, pum, pum. Pies desfilando.

—Vamos, Walter —dijo asustado.

—Me prometiste que…

—Tenemos que volver con papá.

—Le diré que me has traído al parque.

—Walter —insistió Stephan.

Alargó el brazo para agarrarle la mano a su hermano, pero Walter se zafó y saltó hacia Žofie con tanta fuerza que ella cayó hacia atrás sobre el banco, con Walter subido en su regazo.

—Papá dijo dos horas —se quejó el pequeño—. No han pasado dos horas.

Stephan trató de arrancar a su hermano de Žofie, pero ella le rodeó con los brazos diciendo: «Stephan».

Ya se divisaba a lo lejos la tropa de asalto.

—Vamos, Walter. Ahora mismo.

Walter empezó a llorar, pero Žofie, al percibir el pánico en la voz de Stephan, o al ver a la tropa de asalto, o ambas cosas, lo soltó. Stephan trató de subírselo a hombros, pero su hermano se retorció, Stephan no pudo agarrarlo y el pobre Walter cayó al suelo.

—¡Walter! —exclamó Žofie tratando de ayudarlo—. Walter, ¿estás bien?

La tropa de asalto avanzaba en ordenada formación justo hacia ellos.

—¡Dale a Stephan tu insignia, Deet! —ordenó Žofie mientras volvía a sentarse en el banco con Walter y trataba de aparentar calma—. ¡Deprisa!

Dieter se quedó mirándola.

La tropa de soldados se detuvo justo delante de ellos.

—¿Hay algún problema? —preguntó el líder.

—No, no, todo va bien, señor —respondió Žofie.

El soldado líder miró a Žofie, Walter y Dieter, sentados en el banco, y después a Stephan, que seguía de pie. Sintió la desnudez de su chaqueta, la ausencia de una insignia de esvástica como la que llevaba Dieter, el nuevo «imperdible de Viena».

—No vamos con él —declaró Dieter.

—¿Es judío? —preguntó el soldado.

Dieter dijo «sí», al tiempo que Žofie decía «no».

El hombre acercó su cara a la de Žofie, tanto que Stephan tuvo que hacer un esfuerzo por no agarrarlo y apartarlo de golpe. Walter, que seguía en brazos de Žofie, empezó a llorar con fuerza, no con lágrimas de cocodrilo para salirse con la suya, sino con absoluto terror.

—Y este pequeño de aquí ¿es un hermanito judío asustado y sentado en un banco prohibido para los judíos? —se burló el soldado.

—No es mi hermano —respondió Stephan.

Žofie, con voz firme, dijo:

—Es mío. Es mi hermano, señor.

Stephan se humedeció los labios, tenía la boca horriblemente seca.

El soldado se volvió hacia el resto de sus hombres.

—Creo que este joven judío ha venido a este parque en busca de ejercicio, ¿verdad?

Stephan no sabía si estaba hablando de él o de Walter. Sintió un hilillo de orina, pero logró cortarlo antes de hacerse pis encima.

—Entonces nos enseñarás lo bien que se te da hacer el paso de ganso —le dijo el hombre, dirigiéndose claramente a él.

La multitud empezaba a reunirse en torno a ellos.

—¿No me he expresado con claridad? —preguntó el soldado.

Stephan tragó saliva e hizo el paso de ganso, con miedo a separarse demasiado de su hermano, aunque no le quedaba elección. Dio una vuelta levantando las piernas con las rodillas estiradas y regresó al mismo punto, aunque un poco más cerca de Walter.

—Otra vez —le ordenó el hombre—. Seguro que puedes hacerlo mejor que eso. Canta. Es más fácil si cantas. «Soy judío, ¿has visto mi nariz?». ¿Conoces esa canción?

Stephan intercambió una rápida mirada de súplica con Žofie. El hombre sacó su porra.

Stephan volvió a caminar como un nazi, alejándose de ellos, mientras el hombre le gritaba: «¡Debes cantar!».

Aun así siguió avanzando en silencio, incapaz de soportar más humillación como esa con Žofie y Walter mirando.

Cuando se volvió de nuevo hacia ellos, vio la larga trenza de Žofie-Helene colgándole por la espalda mientras le agarraba la mano a Walter.

Su hermano, que ahora lloraba en silencio, lo miró por encima del hombro mientras Žofie se lo llevaba.

El soldado se puso delante de él, le agarró el pie mientras desfilaba y se lo levantó. El pie que tenía apoyado en el suelo se le resbaló y cayó al suelo de espaldas, quedándose sin aire. La multitud empezó a burlarse. Dieter también.

—He dicho que cantes —le exigió el soldado.

Stephan se puso en pie, se recolocó las gafas y comenzó a desfilar de nuevo, esta vez cantando la humillante canción, ahora que Žofie y Walter ya no podían oírle.

El soldado le hizo recorrer un kilómetro y medio por el paseo, seguido de la multitud.

Cuando estuvo tan cansado que ya no podía levantar las piernas lo suficiente para satisfacer al soldado, el hombre volvió a tirarle del pie y cayó otra vez de espaldas.

Y otra vez.

Y otra vez.

Estaba seguro de que, si se caía una vez más, se rompería la espalda. Pero, cada vez que caía, veía la cara de Dieter entre la multitud y volvía a levantarse.

Desfiló durante todo el paseo y entonces se dio la vuelta.

A mitad de trayecto, quizá algo más, o quizá menos, levantó la mirada del suelo a través de las gafas torcidas y ya no vio la cara de Dieter entre la multitud. Trató de imaginar en la boca llena de saliva del soldado los labios de Dieter recitando las frases de la obra que con tanto cuidado había escrito, la boca de Dieter llamándole judío, la mano de Dieter acariciándole el pelo a Žofie mientras la besaba en el escenario del Burgtheater. Pero no le quedaba rabia, nada que poder emplear contra el soldado que le pegaba y le daba patadas mientras, a lo lejos, la noria seguía girando una y otra vez con el cielo de fondo.

ABANDONAR

Truus llegó a las instalaciones de la unidad de cuarentena de Zeeburg, donde los niños ya estaban reunidos en la cafetería; todos salvo siete, incluida la pequeña Adele Weiss, que había dado positivo en difteria y estaba en cuarentena. El caso de Adele no era grave, según había sugerido el doctor la mañana anterior. Tenía la garganta gris y la tos inconfundible de la enfermedad, pero tenía el cuello menos hinchado que los demás niños, no le costaba respirar y aún no había desarrollado lesiones en el cuerpo.

Y aquella era una mañana de buenas noticias: esa misma tarde los niños sanos embarcarían en un ferri hacia Inglaterra, donde Helen Bentwich tenía hogares de acogida esperándolos.

Mientras avanzaba apresurada, le sobresaltó algo que salió volando por una ventana y aterrizó a sus pies. ¿Se trataba de…? Lo examinó más de cerca y sintió la bilis en la garganta, aunque eso era una buena noticia, las náuseas matutinas. ¿Esa masa gris era comida? No supo qué le preocupaba más: que la comida con la que los niños debían sobrevivir allí fuese de tan mala calidad que la tiraban por la ventana, o que los entretenimientos fueran tan pocos que tirar comida por la ventana les resultaba divertido. Aquella bola de comida —o lo que fuera— procedía de la unidad de difteria, donde a los niños ni siquiera se les permitía dar paseos por el canal y distraerse viendo cómo un equipo de hombres arrastraba una barcaza hacia el agua.

En la cafetería, Truus se dirigió a los niños allí reunidos, que aplaudieron la noticia y corrieron a los barracones para hacer la maleta. Sí que era un día de buenas noticias, pensó mientras apremiaba a una de las últimas niñas diciendo: «Tengo una casa para Jonah y para ti, Sheryl. Ahora date prisa y ve a hacer la maleta».

—No puedo abandonarlo —le dijo la muchacha.

—¿Abandonar a quién, cielo?

—A Jonah.

—Por supuesto que no lo abandonarás. —Alargó el brazo y estrechó la mano con la mitad de su anillo en el pulgar—. Tengo un hogar para los dos en Inglaterra. Ahora date prisa. No permitiré que se marche sin ti, ¡pero acordaos de devolverme los anillos!

—Jonah está enfermo —dijo la chica con lágrimas silenciosas en las mejillas.

—¿Enfermo? Pero si se vacunó.

La niña se quedó allí, llorando.

—Oh, cielo, seguro que no es más que un… —La estrechó entre sus brazos y rezó. No podía ser otro caso de difteria.

Truus le apretó la mano a Sheryl cuando entraron en el despacho de la enfermera jefe. Sí, el hermano de la chica se había despertado esa noche con escalofríos y la garganta irritada. No había empezado a toser y aún no mostraba síntomas más allá de las amígdalas grises. Habían considerado la posibilidad de poner en cuarentena a su hermana también, dado que ambos eran inseparables. Pero ¿exponer a la enfermedad a una niña sin síntomas?

—No, desde luego que no —dijo Truus, pensando ya en las consecuencias que tendría que aquel niño fuera diagnosticado justo cuando los demás estaban a punto de marcharse. Tendría que decírselo a Helen Bentwich. Tendría que confiar en que Helen aceptase a niños que en pocos días podrían empezar a mostrar síntomas de la enfermedad que actualmente no tenían. Helen era una persona sensata. El doctor había declarado que era muy improbable que, llegado ese punto, otros niños se pusieran enfermos; una certeza que Truus aplicó también al niño que llevaba en su vientre. Todos los niños habían sido vacunados al llegar. Los que habían enfermado lo habían hecho porque no siempre era posible evitar la exposición antes de que la vacuna hiciera efecto. Sin duda Helen se daría cuenta de que el riesgo relativamente bajo de que un niño enfermo llegara a Inglaterra era un precio pequeño que pagar a cambio de sacar a todos los demás de aquel lugar dejado de la mano de Dios y darles un hogar. Era difteria, no viruela o polio. Y Helen era una mujer que nunca decía que no cuando un sí era posible.

Truus tocó su anillo, que llevaba la niña en el pulgar, y trató de no pensar en esos niños estadounidenses que habían muerto debido a unas vacunas defectuosas en 1901 y en 1919, centrándose en su lugar en la historia de los *mushers* de Alaska, la Gran Carrera de la Misericordia: veinte *mushers* y ciento cincuenta perros que habían recorrido más de mil kilómetros en cinco días para entregar antitoxinas que salvaron al pequeño pueblo de Nome. Aquel anillo no era un presagio; había vuelto a quedarse embarazada solo después de entregárselo a esos niños; o se había dado cuenta de que estaba embarazada, lo que venía a ser lo mismo. Si el anillo se iba a Inglaterra con ellos, lo más probable era que nunca volviera a verlo, pero tal vez eso fuera una bendición. Tal vez el anillo fuese para ella una maldición, pero no lo sería en manos de aquellos niños.

—Debes confiar en mí, Sheryl. Me aseguraré de que Jonah se reúna contigo en Inglaterra en cuanto se encuentre bien —le dijo a la niña—. Puedes adelantarte y hacerte amiga de la familia para que cuando él llegue puedas presentárselos, ¿de acuerdo?

La niña asintió con solemnidad; era una niña demasiado pequeña para tener que soportar tantas penurias.

Encontraron a alguien que ayudara a la niña a regresar a su barracón. A Truus le habría gustado llevarla ella, pero tenía que ir a visitar a los niños enfermos, explicarles que no iban a dejarlos abandonados, que ellos también tenían un hogar en Inglaterra en cuanto mejorasen.

—¿Los demás se están recuperando? —le preguntó a la enfermera jefe.

La mujer abrió la puerta del pabellón: había cunas y camas pegadas a la pared, todas con sábanas blancas. Había una ventana abierta a un lado, por donde había salido aquella bola de comida gris. Una de las otras chicas estaba sentada en una cama, fabricando criaturas con lo que parecían ser los restos de su comida. Dos chicos en el centro de la sala jugaban a algo inventado, cuyo objetivo parecía ser atrapar media docena de cosas que lanzaban al aire todas a la vez. Otros, pobres criaturas con el cuello hinchado, dormían, leían libros o zurcían calcetines. Zurcir calcetines: esa era la diversión para los niños en cuarentena, por el amor de Dios. Truus supuso que sería buena señal que algún niño del pabellón tuviera el coraje de lanzar comida por la ventana.

—Me temo que ha sido una noche difícil —respondió la enfermera.

Truus se preparó, temerosa de lo que estaba a punto de oír mientras hacía un recuento rápido: la niña y los dos niños, Adele en… ¿Habían cambiado su cuna de sitio?

—Supongo que es una bendición que estos niños sean huérfanos —dijo la enfermera—. Que no haya padres a los que comunicárselo.

—Una huérfana —dijo Truus, devastada, sí, pero también con un alivio que sabía que no debería sentir. Si la niña no tenía padres a los que comunicarles la noticia, entonces debía de ser la otra—. ¿La pobre Madeline? —preguntó.

Aquella noche, Truus contuvo las lágrimas, porque no quería romperle el corazón a Joop con la noticia. Él habría acogido a la pequeña Adele Weiss en su propia casa. Habrían sido una familia, esa palabra que ya no pronunciaban en voz alta. Quería contarle lo de Adele y contarle también lo de ese otro niño, el niño que crecía en su interior. Y aun así no podía, aún no, no hasta estar más segura, y desde luego no esa noche. Esa noche solo podría abrazar a su marido y tratar de no pensar en la florecita que él había querido desde el momento en que la tuvo en brazos, la preciosa Adele, a quien habrían querido juntos y jamás sería reemplazada.

LAS AMISTADES VAN Y VIENEN

Stephan estaba escribiendo en la biblioteca cuando Walter entró corriendo y anunció: «¡Žofie está aquí otra vez! Me ha pedido que te diga que de verdad quiere verte».

Stephan levantó la mirada para ver a su hermano a través del espejo que colgaba sobre el escritorio y se vio a sí mismo reflejado: ya no tenía el ojo destrozado, pero seguía con un color entre anaranjado y morado; ya no tenía el labio hinchado por donde se lo había partido, pero sí una cicatriz que el médico decía que nunca se le quitaría. De hecho había tenido suerte. Una pareja de ancianos se lo había encontrado tirado inconsciente en el parque, lo habían despertado y le habían ayudado a subirse a un coche, donde la mujer le instó a tumbarse en el asiento de atrás para evitar que lo vieran mientras lo llevaban a casa.

—Dile a Žofe que no estoy, Wall —le respondió a su hermano.

—¿Otra vez? —preguntó Walter.

Stephan se quedó mirando la línea de diálogo sobre la página que tenía en la máquina de escribir: *A veces digo cosas equivocadas solo para ver quién se da cuenta. Casi nadie lo percibe.*

Walter volvió a salir y dejó la puerta abierta, de modo que Stephan oyó sus pasos lentos por la escalera de mármol hasta llegar al recibidor, y su voz de niño al decir: «Stephan me ha dicho que te diga que no está en casa».

Žofie-Helene no le pidió que volviera a intentarlo, ni le dijo que solo quería verle, saber que estaba bien. Simplemente respondió: «Dale esto de mi parte, Walter».

Stephan esperó a oír la puerta cerrarse antes de posar los dedos sobre las teclas de la máquina de escribir. Se quedó mirando la página, pero las palabras ya no le salían.

LECTURA

Walter, con su conejo Peter en la mano, se subió a la silla de ruedas de su madre que había en el ascensor, abrió uno de los doce libretos idénticos que Žofie-Helene le había llevado a Stephan e intentó leerle a Peter. Pero no sabía leer. Quiso pedirle a Stephan que se lo leyera, pero su hermano estaba de mal humor.

AMABLE

Truus estaba sentada junto al ventanal de una cafetería en la plaza de Roggenmarkt, en Münster, Alemania, y comenzaba a sentir que llamaba demasiado la atención. La última hora de la tarde, cuando a los judíos se les permitía hacer sus compras después de que los alemanes arios hubieran conseguido lo que necesitaban, era un momento extraño para que una holandesa cristiana estuviese tomándose un té que se le había quedado frío. Recha Freier apareció en la calle, al fin, más grande y a la vez más demacrada de lo que Truus recordaba, con la bufanda negra cubriéndole la cabeza y un abrigo poco favorecedor para su rostro masculino. Pasó por delante sin mirar hacia la cafetería, pero levantó una mano sin guante para ajustarse la bufanda.

Truus esperó a que Recha hubiese seguido su camino por la calle, entonces se levantó, dio las gracias a la camarera con un movimiento de cabeza y la siguió durante una manzana. Recha giró hacia St.-Paulus-Dom, donde Truus, siguiendo las instrucciones que había recibido en Ámsterdam, había dejado su coche. Seis semanas había tenido que esperar para aquel encuentro. Seis semanas desde que muriera Adele Weiss.

Recha pasó frente a la catedral y desapareció en el interior de un edificio situado al final de la manzana. Truus pasó esos diez minutos en una tienda cercana, interesándose por unas bufandas. Solo después de que le hubieran envuelto cuidadosamente la compra rodeó el edificio en el que había entrado Recha, y de nuevo volvió a seguir las instrucciones.

Cuando la puerta trasera se cerró a sus espaldas, Recha dijo sin saludarla: «Solo son tres».

Truus experimentó un escalofrío extraño, que podría haberse debido al día, inusitadamente frío, pero supuso que la causa sería el embarazo. Siguió el sonido de la voz de Recha hasta encontrarla escondida en un pequeño rincón desde el que se veían las entradas delantera y trasera.

—Lo hemos organizado todo para que se vayan a Inglaterra el mes que viene —dijo Recha—. La mujer que ayuda al muchacho se va a encargar de buscar un hogar, pero necesita tiempo para hacerlo.

La mujer era Helen Bentwich y el muchacho el hijo de Recha, Shalhevet. ¿Cómo había encontrado Recha la fuerza suficiente para enviar a su hijo a Inglaterra con la intención de que, desde allí, se fuera a Palestina, tan lejos? Truus debía llevar a esos tres niños hasta Holanda, y allí ocuparse de ellos hasta que pudieran proseguir su viaje.

—De acuerdo. Me las apañaré de algún modo, pero… Escucha, una niña del último grupo murió de difteria, que contrajo en la unidad de cuarentena —le dijo Truus, y no perdió un segundo por miedo a que la interrumpiera—. No era una de las huérfanas, sino la pequeña A… —«Sino la pequeña Adele Weiss», estuvo a punto de decir, a pesar de que lo hubiese ensayado con cuidado, la manera de comunicar la situación sin usar nombres. Edelweiss. Una flor única, hermosa, pero de corta duración—. Era la hija de una voluntaria. Me puso a su bebé en brazos para que estuviera a salvo y…

Y Truus, en su arrogancia, había aceptado a la niña, pensando que estaba salvándola cuando, de haberle devuelto la niña a su madre, Adele Weiss seguiría viva.

—Entenderás que debo decírselo en persona —murmuró.

Recha guardó silencio, algo raro en ella, y Truus recordó entonces aquella carita en la cuna del barracón de cuarentena, todavía con el pulgar en la boca, y el ataúd tan pequeño.

—Tengo que decírselo a su madre en persona —repitió con suavidad.

—Lo dices para ser amable, lo entiendo —respondió Recha—. Pero no sería amable poner en riesgo a la madre solo para librarte de la culpa. Todos debemos cargar con nuestra culpa. Siento que esta sea la tuya, pero es así. El obispo está esperando para oír tu confesión, el pecado de... —Hizo una pausa y se recompuso—. El pecado de querer a uno de tus hijos más que a los demás.

Recha golpeó dos veces la pared que tenían al lado. En el intervalo antes de que volviera a golpearla y desapareciera por una puerta oculta, Truus trató de imaginarse algo así: tener tantos niños que uno de ellos le despertara más ternura que los demás, tanta que decidiera enviarlo a un lugar seguro y mantener a los demás cerca.

Salió por la puerta delantera, recorrió la manzana y entró en la catedral; una luz tenue que se filtraba a través de las vidrieras, el frío de la piedra, el olor persistente del incienso y de la mecha quemada de las velas, los bancos de madera y los reclinatorios de cuero. La improbable supervivencia de la fe.

CONFESIÓN

La pequeña puerta de madera del confesionario se deslizó y al otro lado apareció, en sombra, tras una rejilla, un hombre corpulento con más cejas que pelo y una pesada cruz colgada de una cadena que llevaba al cuello. A Truus le entraron ganas de llorar en aquel espacio estrecho y oscuro, como si la mera presencia del hombre sugiriera la posibilidad de aliviar sus cargas.

Tras un largo silencio, el obispo dijo:

—Perdóname, Padre, porque he pecado.

—El pecado de... —dijo Truus—... de querer a uno de mis niños menos que a los demás.

¿Había querido a alguno de los niños que había transportado menos que a los demás? ¿Menos que al niño que llevaba dentro?

¿Había querido menos a Adele Weiss?

Miró a través de la rejilla y percibió el silencio del obispo.

—Más que a los demás —se corrigió ella—. Perdón. Querer a uno más que a los demás.

El hombre la miró, claramente dividido entre el equívoco y su evidente desgracia.

—Estoy seguro, buena mujer —le dijo—, de que su Dios verá que su alma merece cualquier perdón que necesite.

Le concedió unos segundos para recomponerse antes de abrir la puerta que tenía detrás y dejar entrar la luz suficiente para mostrar su larga nariz, sus labios finos y sus ojos compasivos. Una niña se le sumó en aquel pequeño cubículo y se asomó a través de la rejilla para mirar a Truus. Debía de tener unos siete años, con unas pestañas largas como las de Joop y unos ojos marrones que transmitían más miedo del que ningún niño de su edad debería sentir jamás.

—Esta es Genna Cantor —dijo el obispo.

La niña siguió mirándola.

—Genna es la mayor —explicó el obispo—. Le presentará a las demás, ¿verdad, Genna?

La niña asintió con solemnidad.

Entró una segunda muchacha, tan parecida a Genna que bien podrían ser gemelas.

—Esta es Gisse —dijo Genna—. Tiene seis años.

—Genna y Gisse —repitió Truus—. ¿Y sois hermanas?

Genna asintió.

—Nuestra hermana mayor, Gerta, está en Inglaterra, y Grina también es nuestra hermana, aunque se fue con Dios antes de nacer nosotras.

Pronunció aquellas palabras con la certeza de la existencia de un Dios en el que a Truus le costaba cada vez más creer.

Les entregaron entonces a un bebé, una niña con unos deditos perfectos que intentaban alcanzar la cara de su hermana.

—Esta es Nanelle —dijo Genna—. Es la pequeña.

Nanelle; un nombre muy parecido al que Joop y ella habían escogido cuando se quedó embarazada la primera vez; si ese primer bebé hubiera sido niño, se habría llamado como el padre de Joop, pero de ser niña habría sido Anneliese, a la que llamarían Nel. Tal vez aquel hubiera sido el bebé más querido, el único al que se habían atrevido a buscarle nombre.

—Nanelle —repitió Truus—. Supongo que vuestros padres se quedaron sin nombres con G.

—En realidad es Galianel —respondió Genna—. Solo nosotras la llamamos Nanelle.

—Bueno, Genna, Gisse y Nanelle, yo soy Tante Truus.

Tante Truus, el nombre que había adoptado al empezar en el trabajo social cinco años después de casarse, cuando había comenzado a creer que nunca tendría una Nel.

—¿Os acordaréis? —les preguntó a las chicas—. Tante Truus.

—Tante Truus —repitió Genna.

Truus le hizo un gesto a Gisse y ella también lo repitió. Era más fácil pedirle a un niño que repitiera un nombre extraño que pedirle que mintiera.

—Tante Truus —repitió Gisse.

—Nanelle no habla todavía —le dijo Genna.

—¿No? —preguntó Truus, pensando «Gracias a Dios». Porque era imposible ordenarle a un bebé lo que debía decir.

—Dice «Gaga» —dijo Gisse—, ¡pero no sabemos a cuál de las dos se refiere!

Ambas hermanas se rieron y Truus supo que aquello saldría bien.

—Entonces soy Tante Truus y voy a llevaros a Ámsterdam. Voy a tener que pediros que hagáis algunas cosas extrañas por el camino, pero quiero que recordéis en todo momento que, si alguien os pregunta, soy Tante Truus y venís a pasar unos días conmigo a Ámsterdam. ¿Os acordaréis?

Ambas niñas asintieron.

—De acuerdo, entonces —les dijo—. ¿A cuál de las dos se le da mejor fingir?

FINGIR

Hacía mucho frío cuando Truus se acercó a la cabaña de madera del guardia, pero el frío, la oscuridad y la hora de la cena eran el mejor momento para evitar una inspección fronteriza exhaustiva. Disminuyó la velocidad del coche, con la esperanza de que los dos guardias que fumaban dentro de la cabaña llegaran a la misma conclusión a la que solían llegar los soldados vagos: que una mujer sola conduciendo un coche con matrícula holandesa podría cruzar sin problemas la frontera. Pero, al iluminar con los faros una verja cerrada con una cadena y cubierta con una enorme esvástica de tela con un borde blanco en la parte inferior, uno de los soldados salió de la cabaña.

Truus, que ya llevaba el pasaporte en la mano enguantada, se recolocó los pliegues de la falda. Bajó la ventanilla, dejó entrar el aire gélido de la noche, saludó y le entregó el pasaporte al guardia. Volvió a colocar las manos en el volante, evaluando al hombre mientras este inspeccionaba sus documentos con la linterna. Llevaba el cuello de la camisa por debajo del abrigo bien planchado y limpio, sus botas estaban relucientes y, pese a ser ya tarde, no se le adivinaba barba incipiente en la cara. Probablemente fuese un nuevo recluta, pues solo llevaba la gabardina propia de esa época del año, sin importar que para el frío nocturno necesitara algo más pesado. Era demasiado joven para estar casado, él y su compañero, supuso, y probablemente demasiado idealista para dejarse sobornar.

Bueno, de todas formas en esa ocasión solo llevaba el anillo de su madre —ya había utilizado todas las imitaciones y no había tenido tiempo de pedir más—, y en cualquier caso era un riesgo demasiado grande intentar sobornar a un nazi en presencia de otro. Cada uno de ellos tendría que confiar en el otro, y la confianza auténtica era algo poco frecuente últimamente.

—¿Se dirige hacia su casa, Frau Wijsmuller? —preguntó el guardia.

Respetuoso. Eso podría serle de ayuda.

Sintió la rigidez del acelerador y del embrague bajo sus pies, el calor contra las piernas. Era menos probable que un guardia fronterizo respetuoso le pidiera que se bajara del coche.

—A Ámsterdam, sí, sargento.

El hombre iluminó con la linterna el interior del vehículo, el abrigo que había junto a ella en el asiento del copiloto y el asiento trasero, vacío. Truus intentó no mostrar ninguna expresión, más allá del respeto. El guardia iluminó la luna trasera y examinó los bajos del coche. Rodeó el vehículo y repitió la comprobación de los bajos de atrás de ese lado, después miró debajo. Una inspección muy exhaustiva. ¿Qué clase de Dios la obligaría a pasar por la meticulosa inspección de aquel muchacho?

—¿Su abrigo? —le solicitó el guardia al regresar a la ventanilla.

Truus levantó su abrigo y lo sacudió para demostrar que no era más que eso, un abrigo.

—¿Le importa que mire debajo de los asientos?

Volvió a doblar el abrigo y lo dejó en el asiento de al lado.

—Claro que no, puede mirar en todas partes —le dijo al hombre—. Aunque confío en que no tenga que revolver las cosas del maletero. Está todo muy mal colocado.

El guardia le hizo un gesto con la cabeza a su camarada. Este dejó a regañadientes su comida, sacó el arma y se acercó a ellos sin dejar de apuntar con la Luger al maletero mientras el primero lo abría. Truus observó por el espejo retrovisor hasta que la luz de la linterna se reflejó en el cristal y entonces le resultó imposible distinguir lo que estaban haciendo los soldados. Soltó el volante y colocó las manos sobre su falda.

—Quietas, chicas —susurró—. Quedaos escondidas. —En ese momento agradeció que las niñas fueran tan pequeñas. Tan pequeñas y tan delgadas.

El guardia regresó junto a la ventanilla del coche y Truus vio por el espejo que su compañero tenía la pistola en una mano y una manta cuidadosamente doblada en la otra. Volvió a colocar las manos con sus guantes amarillos sobre el volante.

—¿Le importaría decirnos, Frau Wijsmuller, por qué viaja con tantas mantas? —le preguntó el guardia, más como un muchacho que como un hombre, un pobre joven obligado a pasarse la noche a la intemperie para prohibir a la gente salir de un país que no los quería, un país en el que le habían enseñado a creer, del mismo modo que Truus suponía que su propio hijo creería en Holanda. Solo era un chico joven e idealista haciendo su trabajo.

—¿Quieren quedarse un par su compañero y usted? —le preguntó ella—. Creo que nunca habíamos tenido una noche de mayo así de fría.

El chico volvió a llamar a su compañero, que sacó dos mantas y las dejó en su garita.

—Gracias, Frau Wijsmuller. Sí que hace una noche fría. Debería ponerse el abrigo.

Truus asintió, pero dejó el abrigo en el asiento de al lado y el pie en el acelerador viendo cómo el compañero volvía al maletero.

—¿Le importa que vaciemos todo el maletero? —preguntó el chico.

Regresó a la parte de atrás y empezó a sacar las mantas una por una mientras el otro apuntaba con la pistola al maletero. Truus mantuvo la mirada fija en el brillo plateado de la cadena de la verja, en el rojo y negro de la bandera con la esvástica, en aquel borde blanco tan inverosímil.

LA COSA MÁS SENCILLA DEL MUNDO

—Stephan —dijo su padre—, tu madre te ha hecho una pregunta.

Stephan miró a su madre, que le sonreía desde el otro lado de la mesa, dispuesta con la cubertería de plata, la porcelana china y la nueva cristalería adquirida por su padre para reemplazar la que destrozaron la noche del *Anschluss*. La chuleta de su madre estaba sin tocar, las bolas de masa hervidas de su plato estaban cortadas, pero sin comer, y la ensalada de col removida para que pareciera que había comido más de lo que en realidad había comido. Pero esa noche había acudido a la mesa, cuando con frecuencia su presencia se limitaba al retrato de la pared: su madre, más joven de lo que era Stephan ahora, y los trazos de Klimt con un estilo más tradicional; su madre no iba vestida en tonos dorados, sino con unas mangas balón de color blanco y un sombrero colocado en la coronilla, no como solía llevarlo, aunque así enfatizaba sus cejas oscuras y sus enormes ojos verdes. Su madre pensaba que él tenía su atención puesta en la escritura, y él dejaba que fuera así. Ella se esforzaba por hacer que esa nueva vida pareciese normal, y él también.

—¿Cómo ha ido el ensayo de tu obra? —le repitió su madre.

—Al final no vamos a hacer la obra —respondió él y, al ver la expresión preocupada en los ojos cansados de su madre, agregó—: Žofie está ocupada con sus matemáticas.

—Le trajo a Stephan un montón de copias de un libro, pero él ni siquiera se lo quiere leer a Peter —intervino Walter.

Su patética obra. Žofie había pedido que la compusieran en la linotipia de la oficina de su madre, o quizá la hubiera compuesto ella misma, pero con eso simplemente tenía una docena de copias de una obra patética en vez de solo una.

—No creo que… —empezó a decir su padre.

—Las amistades van y vienen incluso en los mejores momentos —le interrumpió su madre—. No pasa nada, Stephan. Hemos encontrado un tutor para que os ayude con el inglés este verano. Solo puede concedernos una hora al día, así que tendrá que trabajar con los dos al mismo tiempo.

—¿Voy a poder estudiar inglés con Stephan? —preguntó Walter—. ¿Y Peter también?

Stephan dejó el tenedor en el plato, como le habían enseñado a hacer, y con una alegría forzada dijo:

—Cuando hagamos exámenes, Wall, tendrás que dejar tus respuestas destapadas para que pueda copiarlas.

—Peter —le susurró Walter a su conejo—, tendrás que dejar tus respuestas destapadas para que podamos copiarlas.

Su madre alargó el brazo y le agarró la mano al conejo de peluche, aunque hasta hacía solo unas semanas a Walter no se le permitía traer a Peter Rabbit a la mesa.

—Tendréis que competir para ver quién es el mejor antes de que os vayáis a la escuela —les dijo—. Yo apuesto por ti, Peter.

—Ruchele, incluso aunque tuviéramos visados para los chicos —dijo su padre—, no creo que quieran dejar a su madre con…

—No puedes ignorar a Hitler recorriendo Mariahilfer Strasse en su limusina Mercedes de seis ruedas, Herman. No puedes ignorar que más de un millón de nuestros vecinos han votado por la anexión.

—El plebiscito no fue legítimo —objetó su padre.

—¿Y ves que alguien alce la voz para decirlo?

Stephan se había terminado su *Germknödel* y estaba rebañando disimuladamente con el dedo los restos de relleno de ciruela y semillas de amapola cuando entró la tía Lisl, maleta en mano. ¿Por qué Rolf no se la había guardado en la puerta?

—¡Michael quiere el divorcio! —exclamó.

—¿Lisl? —dijo su madre.

—No puede estar casado con una judía. Es malo para su negocio. Me ha echado. No puede estar casado con una judía, pero aun así pretende quedarse con mi fortuna.

—No tendría su negocio si no hubiera tenido tu fortuna para salvarlo —respondió su padre.

—¡Lo ha puesto todo a su nombre! También pretende quedarse con mis acciones de la empresa de chocolates.

—No puede quedarse sin más con la mitad de mis acciones —objetó su padre—. Están a tu nombre, Lisl.

—Cálmate, Lisl —le dijo su madre—. Siéntate. ¿Has comido? Herman, llama a Helga y que le traiga algo de comer a Lisl, y tal vez un brandi.

—Michael no puede efectuar una transferencia a no ser que figure en el libro de contabilidad —le dijo su padre a la tía Lisl, ignorando a su madre—, y no pienso hacerlo.

—Ya ha redactado los papeles, Herman —insistió la tía Lisl—. Dice que, si me niego, hará que te detengan y te envíen a un campo de trabajos forzados. Dice que es la cosa más sencilla del mundo delatar a un judío.

CRISÁLIDA

Truus detuvo el coche en un pequeño mercado situado al otro lado de la frontera.

—Estamos en Holanda —dijo.

Gisse, hecha un ovillo en el suelo del coche debajo de su larga falda, se subió al asiento del copiloto.

—He estado callada —dijo muy seria.

—Has estado perfecta, Gisse —le aseguró Truus mientras bajaba los brazos para tomar al bebé de manos de Genna, que estaba alojada bajo su falda y contra la puerta del coche—. Todas habéis estado perfectas.

Abrió la puerta con cuidado por miedo a que Genna se cayera y la niña salió agazapada del coche, lo bordeó hasta llegar al asiento del copiloto y se sentó junto a sus hermanas. Truus se bajó del coche y se puso el abrigo, preocupada ahora por las complicaciones, al no tener visados de entrada a Holanda. La tiendecita estaba cerrada, pero se acercó a la cabina telefónica situada al borde de la carretera y llamó a Klara van Lange para decirle que tenía tres criaturas. Cuatro, pensó, aunque la criatura más pequeña la acompañaría allí donde fuera.

PREVISTA UNA REUNIÓN GLOBAL SOBRE REFUGIADOS

París acepta la propuesta de EE. UU. para reunirse en
Évian-les-Bains
Por Käthe Perger

11 de mayo, 1938. El Gobierno de Estados Unidos ha propuesto la reunión de un comité intergubernamental para facilitar la emigración de refugiados de Alemania y Austria. Se celebrará en Évian-les-Bains, Francia, y comenzará el 6 de julio.

Toda Europa ha estado contando las horas, esperando a que Estados Unidos liderase la coordinación de los esfuerzos con respecto a los refugiados judíos y sugiriese otros nuevos. Hay altas expectativas de que, como anfitrión, Estados Unidos abra la conferencia ofreciendo una gran solución. Se espera que asistan más de treinta naciones. Se cree que casi todos los judíos de Alemania abandonarían el Reich si tuvieran la oportunidad, pero las barreras a la inmigración son cada vez más insuperables. Las cuotas fijas de inmigración enfrentan a los judíos a listas de espera que pueden durar años. Los refugiados que emigran a casi todos los países, incluyendo Estados Unidos —donde el Departamento de Estado se ha negado a permitir incluso que se cumplan las cuotas limitadas impuestas por la Ley Johnson-Reed debido a la difícil situación económica—, deben garantizar que no necesitarán ayudas públicas.

Mientras que los inmigrantes deben llevar activos suficientes para mantenerse durante toda su vida, el pasado 26 de abril los alemanes aprobaron su Orden para la Divulgación de Activos Judíos, que exige a todos los judíos cuyos activos excedan los 5000 marcos alemanes que presenten una declaración de su riqueza para finales de junio. Fincas. Posesiones personales. Cuentas bancarias o de ahorros. Depósitos. Pólizas de seguros. Pagos de pensiones. Deben declarar incluso las cucharas de plata y los vestidos de boda. Alemania asegura que muchos judíos han huido ya del país con riquezas que son propiedad del Reich. Ahora exigen a todos los judíos que deseen emigrar que renuncien a todas sus propiedades…

GRANDES ESPERANZAS

Truus supuso que se debía al calor; hacía tanto calor para estar a principios de junio como frío hacía la noche que sacó a las tres hermanas de Alemania, un mes atrás. Estaba sentada a la mesa del desayuno delante de Joop, tratando de disimular las peores náuseas matutinas que había experimentado. Había planeado prepararle *broodje kroket* antes de irse esta vez, un buen desayuno, pero al despertarse supo que no podría soportar el olor de la fritura. En su lugar preparó *wentelteefjes*, utilizando el delicioso y especiado *suikerbrood* que iba a ser el desayuno del día siguiente. «Tostada francesa», le había dicho una amiga que se llamaba aquello en Estados Unidos, donde se servía en los hoteles elegantes, pero que, según le había asegurado su amiga, no estaba tan buena como la de Truus. Le sentaba tan bien que tal vez la tomara todas las mañanas hasta que naciera el bebé.

Pronto empezaría a notársele; tendría que decírselo a Joop. Si prestara más atención a la moda, los modelos estrechos que tanto se llevaban ya la habrían delatado. Pero las mujeres siempre eran más conscientes de los cambios de su cuerpo que los hombres, y Joop estaba distraído con su trabajo en el banco; el difícil clima financiero se sumaba a todas las demás dificultades del mundo. Tal vez pudiera esperar una semana más para estar más segura antes de crearle esperanzas.

185

—Italia y Suiza han declinado asistir a la Conferencia de Évian —dijo Joop, que seguía leyendo el periódico—. Rumanía ha pedido que se le trate como productor de refugiados.

—Ayer oí que el presidente Roosevelt va a enviar a un don nadie como su representante —comentó Truus.

—Myron C. Taylor —le respondió Joop alzando la mirada—. Un antiguo ejecutivo de la Corporación del Acero estadounidense. Roosevelt le otorga poderes de embajador, como si con eso pudiera... Truus, no tienes buen aspecto. Me gustaría que reconsideraras la posibilidad de dejarme ir a mí a Alemania en tu lugar esta vez.

—Lo sé, Joop. Sé que irías en mi lugar, que preferirías ir tú. Eres un buen hombre. Pero una mujer que viaja con niños levanta muchas menos sospechas que un hombre.

—Quizá pueda ir la señora Van Lange.

Klara también estaba embarazada, pero Truus no tenía ninguna intención de consentir que una mujer embarazada no pudiera rescatar niños. Solo dijo:

—La señora Van Lange es muy lista, pero no está preparada para ir sola. —Aunque Klara a veces sorprendía con su inesperada competencia.

—No está preparada porque la situación se ha vuelto demasiado peligrosa —dijo Joop—, razón por la cual debería ir yo en tu lugar.

Truus pinchó con el tenedor un poco de pan y fruta, evitando la nata. Incluso el *wentelteefje* ahora le parecía demasiado para el estómago.

—Joop —dijo—. Te lo digo con todo el cariño: eres un mentiroso horrible.

—¿Este grupo no tiene visados de salida?

Sabía que traía niños a Holanda sin visados de entrada, pero eso era mucho menos arriesgado que sacarlos de Alemania sin visados de salida.

—Recha se está ocupando de todo en Alemania —le respondió.

—Entonces, ¿qué necesidad tendría de mentir?

Truus se levantó para recoger los platos y evitar la pregunta de Joop. Al moverse, sintió un calambre tan inesperado que tuvo que dejar el plato que llevaba en la mano. Sintió el chorro caliente y volvió a olerlo.

—¡Truus!

Joop se levantó, extendió los brazos por encima de la mesa y los platos cayeron al suelo.

Por un momento, Truus imaginó que el pequeño charco rojo no era más que mermelada de fresa. Pensó en decirle que era el periodo, para ahorrarle el disgusto, pero el dolor le hizo doblarse hacia delante y un nuevo chorro de sangre le mojó las medias y le manchó el vestido.

EL PRECIO DEL CHOCOLATE

Stephan estaba escondido en el sótano del cacao, protegido del calor del verano y planeando su nueva obra, cuando oyó el escándalo en el piso de arriba. Trató de ignorarlo; estaba intentando plasmar una nueva idea, y las ideas tenían la costumbre de desaparecer si no se transformaban de inmediato en palabras. Ya era difícil que mantuvieran su atractivo cuando las escribía en su diario, pero, si no llegaban hasta ahí, no llegaban a ninguna parte.

Se concentró en las palabras que acababa de escribir: *Un chico que solía sentarse en primera fila en clase ahora se sienta al final, detrás de una línea amarilla. Sabe la respuesta que está buscando el profesor, pero levantar la mano solo provoca ridículo. Da igual que sus respuestas sean correctas, porque al final estarán mal.*

No sabía por qué necesitaba revivir aquello, ahora que habían empezado las vacaciones de verano. Por Walter, suponía. El pobre Walter había llorado todas las mañanas durante las últimas semanas de clase. Insistía en que Peter tenía que ir con él; si dejaba a Peter en casa, el conejo no aprendería nada.

Sobre su cabeza, la puerta del sótano del cacao se abrió de golpe y unas botas negras y brillantes bajaron las escaleras de madera; una imagen a la que casi se había acostumbrado en las calles de Viena, pero que nunca había imaginado ver dentro de Chocolates Neuman. Cerró el diario y se lo guardó debajo de la camisa.

Cuando los nazis empezaron a inventariar las cajas de granos de cacao —eran solo cuatro hombres, pero parecía una invasión—, Stephan subió las escaleras y encontró a otros en torno a la tostadora de grano y a las mesas de piedra, mientras los chocolateros contemplaban la escena nerviosos. ¿Los hombres que trabajaban para su padre eran judíos? Stephan ni siquiera lo sabía; trabajaban para su padre porque hacían un chocolate fantástico.

Pasó frente al ascensor, se coló en el hueco de la escalera y le alivió encontrarlo vacío.

Incluso antes de llegar al piso de arriba, oyó la voz de su padre.

—¡Mi padre construyó este negocio de la nada! —estaba diciendo.

Stephan se acercó a su despacho sin hacer ruido y lo encontró junto a su tío Michael enzarzado en una acalorada discusión.

—Tienes que entender que a nadie le importa eso ahora, Herman —estaba diciendo el tío Michael con un tono sorprendentemente amable, en voz tan baja que Stephan tuvo que esforzarse por escucharlo—. Eres judío. Si no me vendes las acciones antes de que esos hombres terminen su inventario y comuniquen su valor, se llevarán Chocolates Neuman para el Reich. Y aun así te harán pagar impuestos, con dinero que ya no puedes ganar. Te juro que es eso lo que ocurrirá, es lo que están haciendo. Pero puedo cuidar de ti y de tu hermana...

—¿Divorciándote de ella y robándonos?

—No me divorcio de ella en el sentido verdadero, Herman. Solo lo hago a ojos de la ley, para salvarnos a ambos. —El tío Michael le ofreció un bolígrafo a su padre—. Tienes que confiar en mí. Firma la escritura de la venta antes de que sea demasiado tarde. Haré caso a todo lo que me digas que haga con el negocio. Cuidaré de ti, de Ruchele y de los niños igual que cuidaré de Lisl. Es mi esposa y vosotros sois mi familia, aunque nuestras relaciones puedan ser sancionadas por el estado. Pero has de permitir que te ayude. Tienes que confiar en mí.

LAS SÁBANAS BLANCAS DE LA MUERTE

Truus estaba tumbada en la cama del hospital; el ventilador del techo, que movía el aire húmedo del mes de julio, y la radio que Joop le había llevado eran el único alivio a las sábanas blancas sobre aquella estructura de cama de hierro, las paredes blancas, la enfermera con la cofia blanca que acudía con regularidad a tomarle la temperatura.

—¿Tu marido no va a venir esta noche? —le preguntó la enfermera.

¿Dónde estaba Joop?

Habían detenido la hemorragia antes de que muriera desangrada, pero una infección la había dejado demasiado débil incluso para incorporarse. Sin la radio, se habría quedado sin nada que hacer salvo escuchar los sonidos de los nuevos bebés al llevárselos a sus madres y preocuparse por los niños alemanes cuyas vidas dependían de que ella no languideciera en una cama de hospital, con las sábanas blancas de la muerte bien remetidas en los rincones del hospital, como si el algodón limpio y almidonado pudiera salvar a alguien.

EN LA FRONTERA

Joop vio cómo la bandera con la esvástica en la verja con la cadena desaparecía en la oscuridad al apagar los faros del coche. Agarró el tirador metálico y frío de la puerta, moviéndose despacio, con la pistola apuntándole a la sien a través de la ventanilla abierta. Una gota de sudor le resbalaba por la frente, pero no se atrevió a secársela. Abrió la puerta muy despacio. El guardia, delgado, se echó a un lado para mantener la pistola apuntada hacia él. Joop giró las piernas y puso los pies en el suelo. Se levantó con cuidado. Esperó. No llevaba ningún niño con él, de modo que no había razón para tener miedo.

Había ido en lugar de Truus para intentar persuadir a Recha Freier de que le permitiera llevarse a los niños con los que Truus habría cruzado la frontera de no haber estado hospitalizada. Había ido sin decirle nada a Truus; ella hacía que pareciese tan sencillo que no se había imaginado que no pudiese rescatar a los niños él solo. Le había parecido la única cosa capaz de aliviar el dolor de haber perdido al bebé: saber que otros niños sí sobrevivirían.

Empezó a temblar cuando, con la pistola del guardia delgado aún apuntándole, otro más robusto comenzó a registrarle: pecho, cintura, partes íntimas.

—Si ha estado en Alemania por sus negocios de banquero, como usted dice —le dijo el guardia más robusto—, no le importará venir con nosotros mientras lo confirmamos.

—Me temo que el banquero con el que me reuní ya estará en casa desde hace rato, siendo tan tarde —se atrevió a responder Joop en un tono no beligerante.

—En ese caso, por supuesto, moveremos su coche —dijo el que sujetaba la pistola—, para que no se quede bloqueando la carretera toda la noche.

UNA DISTRACCIÓN

La radio era una bendición y una maldición: las noticias eran cada vez más desoladoras. Truus estaba escuchando una noticia de la conferencia mundial de refugiados, un extracto de un discurso grabado con una voz familiar: «Mi esperanza es persuadir a los aquí reunidos de la necesidad de que el mundo entero se una para prestar ayuda a los judíos perseguidos por el Reich...». En ese momento la interrumpió la voz de Joop.

—Tienes que descansar, Truus.

—¡Joop!

Su marido apagó la radio, se sentó con cuidado al borde de la cama y le dio un beso cariñoso en la frente. Ella le rodeó con los brazos y lo apretó con fuerza.

—¡Oh, Joop, gracias a Dios que estás en casa!

—Te lo ha dicho Klara, ¿verdad? —le preguntó él—. Llamé desde la primera cabina que encontré después de salir de Alemania. Le dije que vendría directo aquí.

—Vino en cuanto se enteró, para contármelo en persona. Pero oír que estás a salvo no es lo mismo que ver que lo estás. ¿Qué ha pasado, Joop? Klara me dijo que llevabas tus papeles y no transportabas a ningún niño, y que aun así la Gestapo te interrogó.

—Lo siento, Truus. Soy un completo fracaso. No pude persuadir a Recha Freier de que me viera, y mucho menos de que me dejara a los niños.

Recha ya corría muchos riesgos; era demasiado pedir que tuviera que tratar con alguien a quien no conocía. Quizá Klara van Lange hubiera tenido más éxito, pero Joop no le había pedido a ella que fuera. Había querido hacerlo él solo, por ella.

—Recha tiene miedo por los niños, Joop —le dijo—. Con todas las cosas que han pasado… —La muerte de Adele Weiss, de la que la propia Recha había tenido que informar a la pobre madre. A ella no debían permitirle tocar a los niños. Era evidente que Dios así lo quería. Pero no podía pensar en eso ahora.

—Al menos lo has intentado, Joop —le dijo a su marido—. Gracias.

—¿Y si Recha me hubiera visto, Truus? ¿Y si me hubiera confiado a esos niños?

Acercó una silla a su cama y le estrechó la mano. Si oía los sonidos de los bebés en otro rincón del pabellón, no lo demostró. Ella intentó no demostrarlo tampoco, ignorar el sonido de un niño llorando que se calmaba cuando, según imaginaba, se agarraba al pecho de su madre.

—El que hablaba por la radio era el agradable Norman Bentwich, a quien conocimos en Londres —le dijo, sin querer pensar más en los bebés o en el peligro que había corrido su marido—. ¿Te acuerdas de Norman?

—Y de Helen —respondió Joop—. Me cayeron bien ambos.

—Está hablando para los británicos en Évian-les-Bains, donde los delegados han expresado su compasión, pero nadie se ha ofrecido voluntario para acoger a los refugiados.

—Está bien, Truus —le dijo Joop con un suspiro—. Volveremos a encender la radio, pero debes prometerme que no te disgustarás.

Ella parpadeó para contener las lágrimas, tratando con todas sus fuerzas de no oír el gorjeo de los bebés. ¿Era real o se lo estaba imaginando? ¿Cómo era posible que Joop no lo oyera si era real? Era aquella horrible cama blanca, aquella horrible habitación blanca, un día tras otro de blancura lo que le hacía imaginarse cosas.

—Es una distracción, pensar en otras cosas —dijo—. Aunque sean cosas horribles.

Joop le apretó la mano, en la que ahora solo llevaba la alianza y el rubí; las dos alianzas del tercer anillo seguían en posesión de los hermanos alemanes, que ahora estaban en Inglaterra.

—Podemos volver a intentarlo —le dijo Joop—, pero no necesito un niño. De verdad, no lo necesito.

Se quedaron sentados en silencio, haciendo lo posible por ahorrarse el uno al otro el dolor añadido de saber que el otro sufría. Volvió a besarla y encendió la radio otra vez.

LA PLANTA DEL SERVICIO

—He leído tu obra, Stephan —le dijo el profesor de inglés—. Está muy bien. Me refiero a la obra. Habría que trabajar un poco en el inglés.

Estaban los tres en la biblioteca: Stephan con Walter y el tutor. Cuatro si contaban a Peter Rabbit.

—Peter tiene que hacer de la chica —le dijo Walter al tutor dándose importancia.

—No importa, Wall, yo puedo hacer de la chica si le molesta a tu conejo —le ofreció Stephan.

—Antes la chica era Žofie-Helene —le contó Walter al tutor—, pero ahora se pasa el tiempo haciendo matemáticas.

Mientras el tutor repasaba la obra, Stephan escuchaba con atención los murmullos de su madre y de la tía Lisl en el recibidor. La tía Lisl decía que el tío Michael había conseguido que la familia se quedara en el palacio, con habitaciones en la planta superior.

—¿Solo nuestras habitaciones o también el ala de invitados? —preguntó su madre.

—La planta del servicio —respondió Lisl—. Sé que no parece mucho, Ruche, pero a casi todo el mundo le obligan a trasladarse al otro lado del canal, a Leopoldstadt, donde familias enteras comparten habitaciones.

Stephan miró hacia el techo, se fijó en el mapa del mundo que había allí pintado, con un barco a toda vela lleno de exploradores. Más allá del techo estaban los dormitorios de sus padres, el suyo y el de Walter. Las habitaciones del servicio estaban en la última planta, en el ático, donde no llegaba el ascensor.

—Aquí, Stephan, donde utilizas «sorprender», podrías poner «asombrar» —estaba diciéndole el tutor—. El significado no es muy diferente, pero «sorprender» sugiere una respuesta más positiva de la que creo que querías transmitir. Y aquí, cuando pones «daño», tal vez te iría mejor escribir «ruina». De nuevo, son palabras similares, pero «daño» deja abierta la posibilidad de que algo pueda arreglarse, mientras que «ruina» es más permanente.

—Ruina —repitió Stephan.

—Como las ruinas de Pompeya. Tu padre me dijo que habías estado allí, ¿verdad? Se descubrieron después de ¿cuánto? ¿Mil quinientos años? Pero nunca volverán a reconstruirse.

—Ruina —repitió Stephan otra vez, pensando que, incluso en ruinas, algunas cosas se preservaban a la perfección.

Lisl estaba sentada con Ruchele en la biblioteca cuando llegaron los nazis, uno de ellos agitando un documento sellado con la esvástica según el cual le cedían el palacio. Observaron a través de la puerta cómo, en el recibidor de abajo, Herman entregaba un juego de llaves: llaves del armario de la porcelana, del de la plata, de la bodega, del despacho de casa y de su escritorio. Los soldados que le acompañaban —algunos de ellos no eran más que críos— pasaron a inventariar las obras de arte, comenzando por el autorretrato de Van Gogh que había en la entrada, donde aparece el pintor cargado con una caja de pinturas y pinceles y un lienzo de camino a Tarascón; la niña que lee de Morisot, que hizo pensar a Lisl en la amiga de Stephan, Žofie-Helene Perger; los Klimt —los abedules de Birkenwald que el artista pintó desde su retiro veraniego en Litzlberg, en el lago Attersee, y la escena de Malcesine en el lago Garda— y el Kokoschka de la propia Lisl.

197

Mientras los hombres se reían de los arañazos rojos que eran las mejillas de Lisl, Ruchele dijo en voz baja:

—No tienen idea de lo que están viendo, no lo aprecian.

—No —convino Lisl—. No.

Michael le había prometido que defendería la posesión de su retrato, y también el Klimt de Ruchele. Ella no sabía cómo lo haría, pero prefería pensar que lo conseguiría.

Confiar. *Hasta el día en que Dios se digne descifrar el porvenir al hombre, toda la sabiduría humana estará resumida en dos palabras: ¡Confiar y esperar!*, había escrito Alejandro Dumas en *El conde de Montecristo*. Un libro del que Michael y ella habían hablado cuando se conocieron.

Otros hombres se dedicaron a inventariar todo el mobiliario, las joyas, la cubertería de plata y la porcelana; los manteles, las sábanas y las toallas; los relojes; el contenido de cada escritorio y de cada cómoda; y la ropa que Lisl había llevado consigo al mudarse desde la casa que había compartido con Michael; un palacio que habían comprado con su dinero, que ahora le pertenecía solo a él. Inventariaron las cartas de Ruchele y también las de Herman, y las historias de Stephan. Incluso inventariaron los juguetes de Walter: un tren eléctrico de juguete; un coche de juguete Ferrari-Maserati de color rojo; cuarenta y ocho soldaditos de plomo de una caja de cincuenta que Herman le había comprado en Londres el año anterior.

Un conejo de peluche Peter Rabbit, que a él le encantaba. Pero Peter estaba a salvo en brazos de su sobrino.

En la radio, que aún no habían inventariado, ubicada en la biblioteca de Herman, en la que aún no habían entrado, los nazis estaban anunciando el resultado de la conferencia de Évian: representantes de treinta y dos países, tras nueve días de reuniones, no tenían nada que ofrecer salvo numerosas excusas para cerrar sus puertas a los refugiados del Reich; «un resultado sorprendente por parte de países que han criticado a Alemania por nuestra manera de tratar a los judíos».

—Dos mil judíos se han suicidado ya desde que los alemanes tomaron Austria, Lisl —susurró Ruchele—. ¿Qué cambiaría uno más?

—No, Ruche —le dijo Lisl—. Me lo prometiste. Se lo prometiste a Herman. No...

—Pero si me estoy muriendo —respondió con suavidad su cuñada—. Me moriré. No se puede hacer nada. Si desapareciera, Herman se llevaría a los niños. Huiría de Viena. Encontraría una manera de vivir lejos del alcance de Hitler.

—No —insistió Lisl, pero una parte infiel de su corazón pensó «Sí». Si Ruchele moría, su hermano y sus sobrinos abandonarían Viena, y ella se iría con ellos. Michael había dicho que debería huir de Austria, que podría ayudarla a salir del país con dinero suficiente para mantenerse. Pero ¿cómo podría ella abandonar a todas las personas que había querido en este mundo?

Herman y Stephan ya estaban trasladando el gramófono al ascensor, donde un nazi les prohibió entrar. En su lugar tuvieron que subirlo por la escalera principal y después por la estrecha escalera del servicio, «ayudados» por Walter y por su conejo. Era el viejo gramófono de cuerda que tenían en la biblioteca, no el eléctrico que utilizaban para poner música en las reuniones más sencillas para las que no era necesario contratar a un cuarteto. Solo les permitían quedarse con aquel viejo reproductor y muy pocos discos.

Lisl siguió a su hermano escaleras arriba, susurrando:

—Creo que sería mejor trasladar ahora a Ruchele, Herman. Le destrozaría ver cómo maltratan tus libros.

Colocaron el gramófono en la pequeña sala de estar de techo bajo contigua a dos dormitorios de servicio que había junto a la habitación que utilizaría ella, en el extremo opuesto de la planta del servicio que se quedaría para servir a los nazis. Encendió las luces para crear una atmósfera más alegre. Al menos tendrían electricidad, pues la planta del servicio no tenía un contador distinto, y los nazis que ocuparían las plantas principales no prescindirían de la luz.

Al regresar, vieron que los nazis estaban empezando a inventariar todo lo que había en la biblioteca de Herman, pero, si aquella intrusión le dolió, lo llevó con estoicismo; su hermano, orgulloso de sus libros, para quien el chocolate era un negocio y la literatura un placer. Lisl se preguntó si habría tomado la precaución de destruir los libros de autores que estaban prohibidos: Erich Remarque y Ernest Hemingway, Thomas Mann, H. G. Wells, Stefan Zweig, quien a Stephan le encantaba.

Herman se quitó la chaqueta y levantó a Ruchele de su silla de ruedas con facilidad, como si no pesara nada. La depositó en el diván de la biblioteca, una de las pocas piezas de mobiliario que les permitirían llevarse arriba.

Mientras Stephan y él llevaban la pesada silla de ruedas al piso de arriba, Lisl dobló con delicadeza la manta de Ruchele, de cachemir de color crema, que era lo único que su cuñada podía soportar contra su piel, seca y traslúcida. Un soldado observaba cada pliegue que Lisl hacía. Sí, era una manta de mucho valor, y no, no permitiría que se la arrebataran a su cuñada moribunda solo para dejarla abandonada en algún almacén de Bavaria, donde nadie la utilizaría para nada.

Herman regresó a por Ruchele. La levantó del diván y comenzó a subir las escaleras.

Ruchele miró hacia atrás por encima del hombro de su marido, fijándose en los nazis que invadían las plantas principales. Lisl, con un gesto de cabeza al soldado, los siguió, manta en mano. Probablemente, su cuñada no volviera a bajar esas escaleras.

Al llegar al final de las escaleras del servicio, Herman dejó a Ruchele sobre el asiento de mimbre de la silla de ruedas. Walter se subió en el regazo de su madre; era evidente que le hacía daño, pero ella le revolvió el pelo como si estuviera cómoda. Lisl desdobló la manta que con tanto esmero había doblado y la cubrió con ella, y Stephan agarró el manillar y llevó a su madre hacia sus dependencias.

La silla de ruedas no entraba por la puerta.

Antes de que Lisl pudiera sugerir que intentaran quitarle los manillares de latón de las ruedas, Herman agarró el atizador que había en la habitación y golpeó con él la moldura de la puerta.

El hollín salió disparado del atizador al golpear la madera.

La moldura se astilló, pero siguió pegada a la pared, manchada ahora de hollín.

Herman volvió a golpear con el atizador y se le rasgó la manga de la camisa cuando el utensilio de hierro forjado golpeó la madera. Volvió a golpear. Y otra vez. Y otra más. Dejaba salir su rabia en aquellos movimientos, mientras la madera se quebraba y se astillaba, salía volando por todas partes y el hollín lo ensuciaba todo, su camisa, su pelo, se esparcía por el suelo e incluso aterrizaba sobre la manta de Ruchele y el conejito de Walter. Todo a su alrededor quedó manchado de astillas y hollín, y la moldura de la puerta destrozada; aun así, el marco permanecía intacto.

Lisl observó en silencio —todos observaron en silencio— mientras Herman se dejaba caer al suelo junto a la silla de Ruchele y empezaba a llorar. Eso era lo que aterrorizaba a Lisl más que cualquier otra cosa: ver a su hermano mayor, a quien siempre había visto sereno, incluso cuando eran niños, sentado ahora en el suelo, con la camisa rasgada, cubierto de hollín y sollozando.

Ruchele le tocó el pelo con el mismo cariño con el que se lo había tocado a Walter.

—No pasa nada, cariño —le dijo—. Todo saldrá bien.

Stephan —su dulce Stephan— agarró el atizador y lo utilizó como cuña contra la moldura. La madera se aflojó en el punto de contacto con la pared. Repitió el movimiento hacia arriba y hacia abajo por todo ese lado del marco, hasta que la moldura magullada pudo arrancarse. Entró en la habitación y lo retiró desde dentro.

Lisl le quitó la manta a Ruchele y la sacudió por encima de la barandilla, para que las astillas y el hollín cayeran sobre los nazis que trabajaban abajo.

Stephan regresó junto a la silla de ruedas de su madre, la agarró y la hizo pasar del pasillo a la habitación.

—Wall, ¿podéis Peter y tú ir a buscarle un vaso de agua a mamá? —preguntó. Cuando su hermano se hubo marchado, añadió—: Papá, ¿vamos a por el diván de mamá?

Y, para cuando Walter y su pequeño conejo de peluche regresaron con un vaso de agua lleno hasta la mitad y un reguero de gotas sobre el suelo de madera, Ruchele ya estaba acomodada en el diván, con las piernas cubiertas por la manta.

Stephan desapareció y regresó un minuto después con la radio. Lisl no sabía cómo lo habría logrado; los judíos ahora no podían tener radio. Cerró la puerta y colocó uno de los libros de su padre en la base para mantenerla cerrada, amortiguando los sonidos que hacían los nazis al otro lado, inventariando toda su vida para enviarla después a los museos de arte del Reich, o para venderla para financiar la violencia de Hitler, o, como lo que tenían solía ser de lo mejor, para enviársela directamente a Hitler a Alemania.

CUIDADOS

—Su mujer va a necesitar mucho reposo, señor Wijsmuller —dijo el médico—. Nada de viajes. Nada de estrés. Recuperarse de un...

—Doctor —le interrumpió Truus—. Estoy aquí con usted en esta habitación y soy muy capaz de entender lo que me conviene.

Joop le estrechó una mano; un gesto destinado a consolarla, lo sabía, pero también a callarla.

—Los días en el hospital se hacen muy largos, doctor —le dijo al hombre—. Nos alegramos de irnos a casa.

Cuando el médico se fue, Joop empezó a extender la ropa que le había llevado a Truus para irse a casa: un vestido recto con el que no tendría que ponerse faja, nada que pudiera apretarle.

—Truus —le dijo con dulzura—, no puedes...

—Soy muy capaz de entender lo que ha dicho el doctor, Joop.

—¿Y seguirás sus instrucciones?

Truus le dio la espalda como si le diera vergüenza y se quitó la bata del hospital. Sintió su calor al acercarse a ella, mientras le acariciaba la trenza. Se la recogió en un moño bajo a la altura de la nuca y se lo enganchó con horquillas.

—¿Y seguirás sus instrucciones? —repitió.

Truus se puso el vestido, agradecida por la holgura de la tela, y se volvió hacia él.

—Soy muy capaz de entender lo que ha dicho —repitió.

Él la rodeó con los brazos y le levantó la barbilla.

—No sé si tú eres mejor mentirosa que yo —le dijo—, pero se te da bastante bien esquivar las preguntas y guardarte las verdades.

—Yo nunca te mentiría, Joop. ¿Cuándo te he...?

—¿Recha se encarga de los visados de salida?

—No es eso lo que dije exactamente, Joop. Dije que...

—Dijiste, en respuesta a mi pregunta sobre los visados de salida, que Recha se encargaba de todo. No era mentira, pero pretendías que me creyese una falsedad. —Le dio un beso en la frente, después otro—. Pero eso no es lo importante, Truus. Sabes que eso no es lo importante.

Truus sintió las lágrimas en los ojos, pese a sus esfuerzos.

—Han sido ya muchas veces, Joop. No quería darte esperanzas otra vez hasta que no estuviera más segura.

Él le secó una lágrima que resbalaba por su mejilla.

—Tú eres todo lo que necesito, Truus —le dijo—. Eres lo único que necesito.

—¡Soy una mujer que no puede dar a luz a un hijo en un mundo que solo valora eso de mí!

Joop la estrechó contra su cuerpo, de modo que la mejilla de ella quedó contra su pecho, oyendo los latidos pausados y regulares de su corazón.

—No lo eres —le dijo acariciándole el pelo como si fuera la niña que habían perdido—. Eres una mujer que hace un trabajo importante, en un mundo que te necesita. Pero tienes que cuidar de ti primero. No puedes ayudar a los demás si no estás bien.

VIEJOS AMIGOS

Otto Perger, situado en un puesto de pan del Naschmarkt, se volvió al oír el susurro de una voz familiar. Stephan Neuman, que esperaba pacientemente en un puesto de carne cercano, reprendía a su hermano pequeño. El pequeño tenía la nariz pegada a una vitrina de bombones del puesto situado entre ellos, donde Otto acababa de comprar bombones para Johanna y Žofie-Helene.

Otto observó al hermano mayor; lo echaba de menos. Tenía muchos clientes, pero siempre había sonreído al ver a Stephan aparecer por la puerta de la barbería antes incluso de que se hiciera amigo de su nieta. Ahora, por supuesto, el muchacho ya no iba a la tienda, y Otto tampoco podría atenderle en caso de hacerlo. Ahora ya ni siquiera Žofie-Helene lo veía.

Otto vio cómo el carnicero, ignorando a Stephan, elegía una buena pieza de carne para una mujer que había llegado después de él. Era lo que hacían muchos adultos, atender a los clientes mayores mientras los niños esperaban. Pero, cuando el carnicero por fin atendió a Stephan, le cobró el doble del precio habitual por unas simples chuletas.

—Pero si acaba de cobrar... —se quejó Stephan.

—¿Quieres la carne o no la quieres? —le espetó el tendero—. A mí me da igual.

El chico pareció derrotado. Eso fue lo que pensó Otto al ver que el carnicero miraba el dinero de Stephan como si no fuera moneda legal del Reich. En la expresión del muchacho vio que esa era la razón por la que Stephan había rechazado a Žofie-Helene una y otra vez en los días posteriores al incidente de Prater Park, que Žofie-Helene le había contado a su madre y que Käthe, a su vez, le había descrito a él. El pobre chico no podía soportar enfrentarse a Žofie después de que hubiera presenciado su humillación; no podía imaginar que esa humillación no era culpa suya.

—Pero ¿por qué no podemos comprar bombones? —preguntó el hermano pequeño—. ¡Antes los teníamos a todas horas! Donde papá...

Stephan le agarró la mano a su hermano y volvió a mandarle callar mientras tiraba de él y el tendero envolvía la carne.

—Ya compraremos bombones otro día, Wall.

—¡Stephan! —exclamó Otto, acercándose a ellos como si acabara de verlos—. Hacía mucho que no te veía. Creo que te iría bien un corte de pelo.

Se agachó para ponerse a la altura del pequeño y le entregó un bombón.

—Eres justo la persona que necesito, Walter. El vendedor me ha dado un segundo bombón gratis y yo soy demasiado viejo y rollizo para comerme dos.

Le metió con disimulo otro bombón a Stephan en la bolsa cuando se estrecharon la mano. El chico estaba muy delgado, y muy mayor. A Otto le habría gustado asegurarse de que Stephan se comía el bombón, pero sabía que el muchacho se lo daría a su hermano pequeño. Deseó poder comprarles una caja entera de bombones, pero seguramente necesitarían muchas otras cosas antes que dulces, y no haría bien a nadie que le vieran ayudándole.

Miró a su alrededor. El carnicero había desviado su atención hacia otro cliente. Nadie se fijaba en ellos. Volvió a fijarse en los chicos y vio la cicatriz que Stephan tenía en el labio. ¿De dónde habría salido? No estaba allí la última vez que le cortó el pelo.

—Creo que te debo un corte de pelo por aquella vez en que, como advirtió mi Žofie, en realidad no te lo corté —le dijo.

—Tampoco me cobró, Herr Perger.

—Ah, ¿no? En fin, la memoria no es tan rápida en una mente anciana como en una mente joven.

El chico parecía llevar el pelo bien peinado. Tal vez fuese a una barbería judía, o quizá se lo cortaran sus padres. Otto no supo por qué le invitó a cortarle el pelo. Sabía que Stephan no acudiría, y sabía que Stephan lo sabía. Supuso que deseaba que el muchacho supiera que le gustaría que no fuera así.

—Bueno —dijo Otto—. La verdad es que me encantaría saber algo sobre tu última obra, y estoy seguro de que a Žofie-Helene también le gustaría. Le encanta ser la estrella del espectáculo, ya sabes.

—Ya no hay lugar donde ensayar salvo el centro judío —respondió Stephan.

—Oh…, sí —dijo Otto. El chico que antes llevaba a sus amigos a ensayar al salón de baile de la familia ahora se veía confinado a unas pocas habitaciones de servicio, sin sirvientes ya, pues a los arios de menos de cuarenta y cinco años ya no se les permitía trabajar para los judíos, incluso aunque las familias pudieran pagarlos.

Žofie-Helene se acercó corriendo a Otto, seguida de Johanna, diciendo:

—Dime que tienes los bombones, abuelo. Johanna… ¡oh!

«Oh, cuánto te he echado de menos, Holmes», pensó Otto, aunque no habría sabido decir quién era Sherlock y quién era el doctor Watson entre su nieta y su amigo.

—Žofie-Helene —se limitó a decir Stephan.

Se hizo un silencio incómodo hasta que ambos hablaron al mismo tiempo. «Los estadounidenses han hecho una película de la *Maria Antonieta* de Zweig», mientras Stephan decía: «¿Qué tal van tus demostraciones?

—El profesor Gödel se ha marchado a Estados Unidos —respondió Žofie-Helene con tristeza.

—Ah, ¿es judío? —preguntó Stephan con cierto tono acusatorio. Otto no podía culparle por ello.

—Hitler ha abolido el *Privatdozent* —respondió Žofie-Helene—. Así que el profesor Gödel tuvo que solicitar otro puesto bajo el nuevo orden, y la universidad lo rechazó. Creo que no les gusta que tenga relación con el círculo de Viena.

—No es judío, pero sí amigo de judíos —dijo Stephan—. Algo que muchas personas en Viena tratan de evitar últimamente.

Žofie-Helene lo observó con descaro, a través de sus gafas sucias, rebelde.

—No me había dado cuenta —dijo—. Hasta aquel día en el parque, no me había dado cuenta. No lo entendía.

—Tenemos que marcharnos —anunció Stephan, le dio la mano a su hermano y se alejó apresurado.

Otto vio cómo su nieta los observaba hasta que desaparecieron y después se quedaba mirando el vacío que habían dejado.

Se volvió hacia el vendedor de bombones.

—Parece que voy a necesitar dos bombones más —dijo.

—SARA—

Lisl estaba de pie frente a la entrada del servicio del Palais Albert Rothschild, en el número 22 de Prinz-Eugen-Strasse, con el paraguas levantado para protegerse de la lluvia de finales de octubre, que ya anticipaba el primer aguanieve del invierno. Se apretó más el abrigo de piel, pensando en todas esas veces que la habían llevado en coche por el jardín delantero en forma de U hasta aquella casa que ocupaba una manzana entera de la ciudad, para entrar por la puerta principal a un mundo de tapices, espejos, cuadros, lámparas de araña de quinientas velas, la inolvidable escalera de mármol, siempre impecable gracias a un sirviente cuya única tarea era abrillantarla. Había cenado en el comedor de la plata de los Rothschild. Había bailado al ritmo de la música de dos orquestriones construidos en un hueco del salón de baile revestido de pan de oro, que juntos sonaban como una orquesta entera. Había disfrutado de la colección de arte que había allí y en el Palais Nathaniel Rothschild, en Theresianumgasse. Ahora, una enorme pancarta colgada sobre la verja entre la calle y el jardín delantero declaraba que aquella era la *Zentralstelle für Jüdische Auswanderung*, la Oficina Central de Emigración Judía; el barón Albert von Rothschild se había visto obligado a ceder a la apropiación de todos sus activos austriacos, incluyendo las cinco mansiones Rothschild y las obras de arte que allí había, para garantizar la liberación de su hermano de Dachau y su salida de Austria. Y ahora Lisl hacía cola con los solicitantes, con la esperanza de lograr un permiso para abandonar el único país al que había llamado hogar.

Mientras esperaba, un coche elegante se acercó a la verja. Dos soldados nazis se apresuraron a abrir la pesada verja de hierro forjado. El coche se detuvo en el camino adoquinado, donde un empleado esperaba con el paraguas levantado, mojándose mientras lo acercaba a la puerta trasera del coche.

De dentro salió Adolf Eichmann. Comenzó a atravesar el jardín, protegido por el paraguas que le sujetaba el empleado, cada vez más mojado, mientras otro ocupaba el lugar del primero, sujetando un paraguas sobre la puerta abierta del coche. El pastor alemán de Eichmann salió del coche y se sacudió. El empleado sujetó el paraguas sobre el animal mientras este seguía a Eichmann por el jardín hasta entrar en el palacio.

Lisl bajó el paraguas y entró por la entrada trasera del servicio, aliviada de librarse del mal tiempo, aunque todavía no hubiese llegado a la cabeza de la cola. Siguió su lento avance hacia un salón en el que muchas veces había tomado el té. Habían retirado los muebles y las obras de arte y los habían sustituido por una mesa plegable gestionada por un trabajador rodeado de montañas de pieles, joyas, cristalería, cubertería y demás objetos de valor.

Cuando Lisl llegó a la cabeza de la cola, el trabajador dijo:

—Sus cosas.

Lisl vaciló, después entregó las pieles que llevaba y las pocas joyas que Michael le había dado.

El hombre las colocó en los montones correspondientes.

—Su paraguas —le dijo.

—¿Mi paraguas? Pero ¿cómo voy a volver a casa con este tiempo sin ni siquiera un abrigo?

Al ver la expresión de impaciencia del empleado, le entregó el paraguas y sonrió con educación, aunque estaba furiosa por necesitar el permiso de aquel insignificante nazi estúpido para hacer cualquier cosa. Michael le había ordenado que se comportase bien. Con frecuencia los nazis denegaban permisos incluso después de que un solicitante hubiera satisfecho todas sus demandas. No quería quedarse con nada salvo un billete de ida a un campo de trabajos forzados.

El empleado miró a la siguiente persona de la fila; ya había terminado con ella.

Hizo cola en la siguiente fila, recordando que en algún lugar de aquella mansión —¿era en la segunda planta?— había una pequeña escalera de madera que conducía al observatorio privado de los Rothschild, donde en una ocasión miró por uno de los telescopios para ver los anillos de Saturno. Los había visto con la misma claridad que si el planeta fuera un juguete en una mesa situada frente a ella. ¿Cómo era posible que su mundo se hubiera encogido hasta convertirse en una cosa tan pequeña? Vivía en las habitaciones del servicio con Herman, Ruchele y los chicos. Iba al mercado ella misma cada tarde, cuando a los judíos se les permitía escoger entre lo que fuera que hubiera despreciado el resto de Viena. Se sentía agradecida, por supuesto; de no ser por los esfuerzos de Michael, tal vez los hubieran trasladado a la familia de Herman y a ella a un lugar mugriento en Leopoldstadt. No tenían cocina en el palacio, pero la cocinera, que se había quedado para servir a los nazis, se las apañaba para preparar comidas con la escasa materia prima que Lisl compraba, y Helga se las llevaba arriba; ya no lo hacía en una bandeja de plata, aunque jamás se habían sentido tan agradecidos por la lealtad del servicio.

Mientras hacía cola, vio a través de un pasillo a un empleado secándole las patas al pastor alemán de Eichmann. La paciencia del animal se vio recompensada con un trozo de carne que habría supuesto una cena entera para Lisl y los suyos.

—Su pasaporte —le dijo otro empleado sentado a otra mesa plegable cuando llegó su turno.

Aquel desagradable hombrecillo humedeció el sello en una almohadilla roja y después lo estampó en una esquina del pasaporte.

Justo cuando apartaba el sello —el pasaporte de Lisl aparecía ahora manchado con una «J» roja de tres centímetros de alto, clasificándola como judía, sin importar que su boda se hubiera celebrado en una iglesia cristiana y hubiera asistido la alta sociedad de Viena—, Eichmann y su perro de patas secas entraron en la sala. Lo seguía otro nazi, y ambos se quedaron mirando mientras el empleado estampaba un segundo sello con firmeza sobre su segundo nombre, Elizabeth. Elizabeth, que sonaba más británico que judío. Tal vez por eso lo habían escogido sus padres. Cuando el hombre levantó el sello, el nombre había sido sustituido por «—Sara—» con tinta morada. Sara, una mujer tan hermosa que su marido había temido que otros hombres más poderosos pudieran arrebatársela. La generosa Sara, quien, creyéndose estéril, envió a su doncella egipcia a la cama de su marido. Sara, quien, tras ser visitada por Dios cuando tenía cien años, engendró a un hijo. Lisl no había sabido nada de la historia de Sara hasta el mes de agosto, cuando los nazis empezaron con la costumbre de sellar los pasaportes de las mujeres judías con ese nombre, y el de los hombres judíos con el nombre de «Israel».

El hombre que acompañaba a Eichmann le dijo:

—Funciona como una fábrica automática, Obersturmführer Eichmann. Metemos por un extremo a un judío que todavía tiene capital; una fábrica, una tienda o una cuenta bancaria. Pasa por todo el edificio, de un mostrador a otro. Cuando sale por el otro extremo, no tiene dinero, no tiene derechos. Solo tiene un pasaporte en el que aparece escrito: «Debe abandonar este país en un plazo de dos semanas. De no hacerlo, será llevado a un campo de concentración».

El empleado le devolvió a Lisl su pasaporte.

Eichmann la miró como lo hacían los hombres, pero le dijo:

—No piense que podrá cruzar la frontera ahora. Los suizos tampoco quieren saber nada de los judíos.

Sin embargo a Lisl no le haría falta cruzar la frontera. Había insistido durante meses en que no abandonaría a Herman, quien a su vez no abandonaría a Ruchele, pero el 23 de septiembre Hitler había ocupado el Sudetenland de Checoslovaquia sin que ningún país del mundo se enfrentara a él, y a la mañana siguiente le había permitido a Michael empezar a organizar su traslado a Shanghái. Había hecho falta más de un mes y Michael había tenido que pagar una pequeña fortuna para asegurarle una litera en un barco que zarparía dentro de dos días. Ni siquiera se lo había dicho a Herman aún. No imaginaba cómo decirle a su hermano que pretendía huir. Pero ya estaba llevando a cabo el proceso, yendo de una habitación a otra.

Tenía suerte. Se recordó a sí misma aquello mientras pasaba a la siguiente habitación. Sus activos fueron a parar a Michael, que los protegería hasta que el mundo se hubiera enderezado. Solo tuvo que renunciar a unas pocas cosas: el menos valioso de sus abrigos de piel, algunas joyas seleccionadas con esmero, el paraguas con el que habría podido seguir seca, su nombre y su dignidad.

ASALTO

Aún no había amanecido y hacía frío para estar a principios de noviembre. Eichmann llevaba puesto su abrigo. Prefería llevar a cabo aquellos asaltos durante el día, con público que difundiera el mensaje de que todo el mundo en Viena debía temer a Adolf Eichmann. Pero no quería arriesgarse a la posibilidad de una protesta por la detención pública de una mujer aria; madre y viuda, además, si bien miembro de la Lügenpresse, la prensa mentirosa. El *Vienna Independent*.

Los soldados abrieron de golpe la puerta y entraron. Empezaron a sacar los cajones de las mesas y de los archivadores y a volcar el contenido en busca de material incriminatorio. Tiraron mesas y sillas, rompieron ventanas y escribieron *Amigos de judíos* en las paredes y en la fachada del edificio, con letras que chorreaban pintura por su falta de cuidado. Dejó que se divirtieran. Él también había sido poco disciplinado en su juventud; todas esas peleas en Linz antes de huir a Alemania. Y la furia juvenil podría serle de utilidad. ¿Qué podía dar más miedo que unos jóvenes de furia desatada sin un ápice de sentido común?

Uno de las Juventudes Hitlerianas, un chico grande con cara de estúpido, apuntó con la pistola a la linotipia. El chico disparó, luego volvió a disparar, y las balas rebotaron en el duro metal.

—Para, idiota —le ordenó Eichmann, pero el muchacho se había entregado a su deseo.

—¡*Dieterrotzni*! —gritó un chico mayor.

El más joven se volvió, todavía apuntando con la pistola. El mayor se la quitó.

—Has estado a punto de matarme, mocoso —le dijo el mayor.

El muchacho se encogió de hombros, después levantó una silla metálica y empezó a golpear con ella la máquina.

UNO SIEMPRE ES MEJOR QUE CERO

Žofie-Helene estaba sentada a la mesa del desayuno con su madre, su abuelo y Jojo cuando el estruendo de las botas inundó las escaleras del edificio. Su madre se puso en pie sin decir nada, fue al dormitorio y levantó la pequeña alfombra que había en un extremo de su cama. Con la alfombra se levantaron también los tablones del suelo que había debajo, movidos por una bisagra invisible. Se metió en el estrecho espacio situado entre el suelo y el techo del apartamento de abajo.

—No sabéis dónde está vuestra madre, ¿entendido? —les dijo su abuelo mientras su madre cerraba la puerta de su escondite—. Salió a cubrir una noticia, recordad, como lo ensayamos.

Al oír los golpes en la puerta del apartamento, Žofie miró alarmada la taza de café y el cuenco de gachas de su madre.

Su abuelo abrió la puerta a un enjambre de nazis.

—¿Qué puedo hacer por ustedes, caballeros? —les preguntó.

Johanna, aterrorizada, se quedó sentada a la mesa, en la que ahora había solo dos servicios. Žofie se puso a llenar de agua el fregadero, cubriendo con la espuma su cuenco y el de su madre, que seguía lleno de gachas, además de su taza de café.

—Käthe Perger —ordenó un hombre con abrigo.

El pastor alemán que había entrado con él se sentó en la entrada y se quedó muy quieto.

—Lo siento, Käthe no está, Obersturmführer Eichmann. ¿Puedo ayudarle en algo? —respondió el abuelo con calma.

Johanna comenzó a llorar llamando a su madre. Žofie corrió a calmarla y sus manos dejaron gotas de agua jabonosa por el suelo.

Los nazis invadieron el apartamento y empezaron a abrir armarios y a mirar debajo de las camas, mientras que Eichmann interrogaba al abuelo, que insistía en que su madre no estaba en casa.

En el dormitorio de su madre, un nazi se puso encima de la alfombra.

—Abuelo Perger —dijo Žofie.

Otto la miró. Nunca en la vida le había llamado abuelo Perger, aunque, claro, ese era él. Ella parpadeó para hacerle entender que el nazi estaba muy cerca de su madre, para que hiciera algo por evitar que el hombre levantara la alfombra.

—¡Ya le digo que ha salido a cubrir una noticia! —le gritó el abuelo a Eichmann; le gritó con tanta fuerza y de manera tan irrespetuosa que hasta el perro se volvió—. Es periodista, una de las defensoras de la verdad. ¿Acaso no le importa su país lo suficiente para querer saber la verdad de lo que ocurre aquí?

Eichmann le puso una pistola en la sien y el abuelo se quedó tan quieto como Žofie-Helene. Ni siquiera Jojo se movía.

—No somos judíos —dijo el abuelo—. Somos austriacos. Miembros leales del Reich. Yo soy veterano de guerra.

Eichmann bajó la pistola.

—Ah, el padre del marido muerto —dijo. Se giró y vio que todos lo miraban. Aquello parecía gustarle: ser capaz de hacer lo que quisiera mientras los demás miraban.

Miró a Žofie-Helene y le mantuvo la mirada. Ella sabía que debía mirar hacia otro lado, pero no habría podido hacerlo incluso aunque hubiese querido.

Eichmann enfundó la pistola al acercarse a ella. Estiró la mano y le tocó el brazo a Johanna, rozándoselo también a ella.

—Y tú debes de ser la hija que estudia en la universidad —le dijo.

—Tengo mucho talento para las matemáticas —respondió Žofie.

El hombre soltó una risotada que parecía un nonágono irregular, con ángulos agudos y líneas desiguales. Fue a tocarle la mejilla a Johanna, pero ella se apartó y hundió la cara en el pecho de Žofie. Žofie deseó ser tan pequeña como su hermana para poder hundir la cara en alguien más fuerte. Nunca había echado tanto de menos a su abuelo.

Eichmann le tocó el pelo a Johanna con más ternura de la que Žofie le hubiera creído capaz.

—Serás tan guapa como tu hermana mayor —le dijo—, y lo que te falte de inteligencia tal vez lo compenses con una humildad que a tu hermana le falta.

Se inclinó más hacia Žofie, demasiado cerca.

—Le darás a tu madre un mensaje de mi parte —le dijo—. Le dirás que Herr Rothschild está encantado de dejarnos usar su pequeño palacio de Prinz-Eugen-Strasse. Nos asegura que los judíos están tan interesados en marcharse de Viena como lo estamos nosotros en ayudarles a hacerlo, y no le importa que la Oficina de Emigración Judía utilice su hogar. Resulta que tiene más casas de las que necesita. Aunque agradece la preocupación de tu madre, quiere asegurarle que las noticias sobre el asunto no le beneficiarán, ni a ella tampoco. Tampoco os beneficiarán a tu hermana y a ti. ¿Te acordarás?

Žofie repitió:

—Herr Rothschild está encantado de dejarles usar su pequeño palacio de Prinz-Eugen-Strasse. Les asegura que los judíos están tan interesados en marcharse de Viena como lo están ustedes en ayudarles a hacerlo, y no le importa que la Oficina de Emigración Judía utilice su hogar. Resulta que tiene más casas de las que necesita. Aunque agradece la preocupación de mi madre, quiere asegurarle que las noticias sobre el asunto no le beneficiarán, ni a ella, ni a Johanna, ni a mí.

El hombre soltó de nuevo esa carcajada tan desagradable, se volvió hacia la puerta y dijo:

—Tier, creo que hemos encontrado la horma de tu zapato.

—Žozo, no me gusta ese hombre —dijo Johanna mientras Otto miraba por la ventana para asegurarse bien de que los nazis se hubiesen marchado. Los vio subirse a sus coches, con un empleado que le sujetaba la puerta al perro, antes de doblar la esquina. Y aun así siguió mirando, seguro de que volverían.

Por fin soltó la cortina, apagó la luz y levantó la alfombra del dormitorio. Käthe salió de su escondite y, sin decir una palabra, estrechó entre su brazos a Žofie y a Jojo.

—Käthe —le dijo Otto—. Debes dejar de escribir. En serio…

—A esta gente se lo están quitando todo, Otto —le interrumpió Käthe—. No les queda nada salvo visados de salida y la esperanza de que alguien del extranjero les pague el viaje a Shanghái, que es el único lugar que sigue teniendo sus puertas abiertas.

—Yo puedo manteneros a las niñas y a ti. Puedo dejar mi apartamento y mudarme aquí. Sería más fácil y me sentiría…

—Alguien tiene que plantar cara a las injusticias, Otto —insistió Käthe.

—¡No puedes ganar tú sola esta batalla, Käthe! —le dijo él—. ¡Eres solo una persona!

—Pero uno siempre es mejor que cero, abuelo —intervino Žofie-Helene—. Aunque el cero sea matemáticamente más interesante.

Otto y Käthe la miraron sorprendidos.

Käthe le dio un beso a su hija en la coronilla.

—Uno siempre es mejor que cero. Sí, eso es —dijo—. Tu padre te enseñó bien.

LA NOCHE DE LOS CRISTALES ROTOS

Otra de las bombillas de aquella pequeña habitación helada parpadeó y se apagó mientras Stephan contemplaba su último peón, con miedo a mirar por encima del tablero de ajedrez hacia su padre, que intentaba ignorar el caos de fuera. Habían hecho lo posible por arreglar la puerta de la habitación, fijando el marco de madera con los clavos torcidos que habían recuperado y metiendo trozos de periódicos viejos en las grietas, pero aun así el estruendo de las botas que sonaban en los pisos principales se colaba a través de la puerta, y el exterior —el ruido y el frío— se colaba por la única ventanita que había en la sala de estar del servicio.

Levantó la mirada y vio a su madre en la silla de ruedas, acurrucada bajo la manta, como estaba desde que había comenzado el ruido fuera, poco después de las cuatro de la mañana.

—Mamá —le dijo—, ¿por qué no dejas que te tumbe en el diván, o incluso en la cama?

—Ahora no, Stephan —respondió ella.

Stephan se levantó de la mesa, se quitó los guantes y los dejó junto al tablero de ajedrez. Después echó otro carbón al brasero, un intento fútil por combatir el frío. Tampoco hacía más calor en el dormitorio de sus padres, la habitación contigua, de la que habían retirado la moldura de la puerta para poder pasar la silla de ruedas de su madre. No había suficiente carbón para encender los tres braseros, de hecho apenas había suficiente para mantener encendido aquel.

—Voy a asegurarme de que hemos cerrado la ventana del cuarto de Walter —dijo.

—Nuestro cuarto —le corrigió Walter. Si bien a su hermano pequeño no le gustaban sus nuevas dependencias más que a él, por lo menos estaba emocionado porque ahora compartían habitación.

—Si acabas de ir a comprobarlo —le dijo su padre.

Pero Stephan ya estaba en la habitación pequeña, de cuya puerta también habían quitado la moldura. Volvió a mirar por la ventana y vio a los jóvenes rebeldes rompiendo escaparates, sin nadie que se lo impidiera. Al otro lado de la calle, sacaron a un hombre de su edificio a rastras. Stephan creyó ver a Herr Kline, que antes era el dueño del quiosco de prensa, pero no podía estar seguro con la multitud a su alrededor. Lo subieron a una camioneta que ya estaba llena de hombres.

Más que verlo, Stephan percibió a Walter cuando apareció junto a él.

—Eh, Wall —le dijo, y lo tomó en brazos antes de que Walter pudiera ver lo que estaba sucediendo.

Regresó a la sala de estar con su cortina echada, su mesa y su tablero de ajedrez, donde, sin pensárselo mucho, movió el último peón que le quedaba para amenazar a la torre de su padre. Su padre deslizó a su reina en diagonal, capturando el peón y la última oportunidad de Stephan de recolocar a su reina perdida. Sabía que debía darse por vencido. Se daba cuenta de que había sido derrotado, y su padre le había enseñado que, si veías cómo podía terminar una partida, ganaras o perdieras, debías ponerle fin; el ajedrez no iba de ganar o perder, sino de aprender, y si sabías cómo terminaría una partida, entonces no quedaba nada más que aprender. Pero poner fin a la partida supondría regresar al caos de fuera, al estruendo de las botas por las escaleras del palacio. Stephan se ponía nervioso con el ruido que hacían todos esos nazis en las habitaciones que antes eran de ellos. Diría que se había acostumbrado ya, pero esa noche había mucha actividad, muchas voces que llegaban hasta la planta del servicio.

—¡Herman, Stephan, al tejado, deprisa! —susurró su madre alarmada justo cuando él oía los pasos no solo en las plantas principales, sino subiendo hacia ellos.

Stephan abrió la ventana, salió a la cornisa y, utilizando la cariátide que había junto a la ventana como punto de apoyo, se impulsó hacia el tejado. Después volvió a inclinarse para ofrecerle la mano a su padre. Su padre titubeó y perdió el equilibrio.

—¡Papá! —exclamó alarmado, en voz baja, y volvió a empujar a su padre hacia la habitación del servicio para que no se cayera—. Papá, toma, dame la mano —dijo con más calma, instando a su padre a recuperar el equilibrio y tratar de salir de nuevo por la ventana.

—¡Vete! —le respondió su padre—. ¡Vete, hijo!

—Pero, papá…

—¡Vete, hijo!

—Pero ¿adónde?

—Si no lo sabemos, no podremos decirlo. ¡Date prisa! No vuelvas a no ser que estés seguro de que no hay peligro. Debes prometérmelo. No pongas a tu madre en peligro.

—Pero… ¡Escóndete, papá!

—¡Vete!

—Pon el «Ave María» cuando sea seguro regresar. Está en el gramófono.

—Puede que nunca sea seguro —le dijo su padre antes de cerrar la ventana y dejar abierta solo una pequeña rendija.

—¡Herman! —gritó su madre.

Stephan, colgado por encima del borde del tejado con la cabeza del revés, vio a través de la ventana cómo su padre se metía en el armario. Walter cerró la puerta; Walter, que era demasiado pequeño para entender lo que estaba ocurriendo y aun así, pese a sus intentos por protegerlo, ya lo entendía.

Pasado solo un segundo, su padre abrió el armario y metió a Walter con él.

Mientras su madre se acercaba con la silla de ruedas —por suerte seguía en la silla— y aseguraba la puerta del armario, Stephan extendió el brazo y abrió la ventana un poco más. Si los nazis lo seguían a él hasta el tejado, su padre tal vez pudiera escapar. Si abrían primero el armario, estaría condenado.

Condenado. Stephan se tocó el labio inferior, la irregularidad que se le había quedado después de la herida. Sí, sabía de lo que eran capaces aquellos hombres.

Se quedó allí tumbado, escuchando los golpes en la puerta, la invasión del apartamento, las exigencias: «Su marido, ¿dónde está?». No creía que los nazis fueran a llevarse a un niño tan pequeño como Walter; no querrían meterse en problemas. Pero, una y otra vez, los nazis iban más allá de lo que les creía capaces. Aun así, no podría ayudar a su madre si también se lo llevaban a él, y ella no sobreviviría sin ayuda.

Recorrió con cuidado el tejado hacia el árbol que había frente a la ventana de su antiguo dormitorio y miró a través de las ramas. En la acera, un soldado patrullaba con un perro horrible. Pero no era culpa del perro. El perro solo estaba intentando complacer a su dueño. Eso era lo que hacían los perros.

UNA NOCHE FUERA

Truus estaba sentada con Klara van Lange a la mesa de registro de la casa de los Groenveld, en Jan Luijkenstraat, donde estaban celebrando un acto benéfico para el Comité Holandés de Niños Refugiados, la clase de reunión que se celebraba con frecuencia últimamente; aunque con menos frecuencia ahora que el tiempo había cambiado y no se podían celebrar fiestas en el jardín. Los contenedores de donaciones estaban detrás de ellas en el recibidor, llenos de ropa. Acababa de registrarse la última pareja. Los preparativos de la cena parecían estar desarrollándose sin incidentes, de modo que la señora Groenveld podía estar junto a la mesa de registros saludando a los invitados. Truus vio como el padre llevaba en brazos al más pequeño de los Groenveld a la cama, en esa casa a la que con tanta frecuencia ella llevaba a niños desde Alemania. En algún cajón o armario estaría el peine que habían utilizado para quitarle los piojos al pequeño Benjamin (¿cómo se apellidaba?) antes de decidir afeitarle la cabeza. No había otra solución.

El doctor Groenveld regresó junto a Klara, Truus y su esposa; a Klara ya se le notaba el embarazo. El buen doctor empezó a hablarles de un chico llamado Willy Alberti a quien habían oído cantar en alguna parte. Joop también se les acercó mientras escuchaban los logros del hijo mayor de los Groenveld en el deporte del *fierljeppen*, como si la capacidad de saltar sobre una zanja utilizando una pértiga fuese algo en lo que un joven debería invertir tiempo. Pero todos se rieron con la historia de la señora Groenveld, que contó que un saltador había terminado en el agua durante una competición; lo cual, al parecer, era la diversión de ver aquel deporte.

Joop, situado junto a Truus, no paraba de reírse, y ella se reía también. Era bueno para el alma reírse con los amigos.

Cuando terminó la historia, Joop, que era conocido por su entusiasmo por el baile, aunque poco elegante, le dijo a Truus:

—Bueno, novia mía, a riesgo de convertirme en el espectáculo de la velada, ¿querrías quizá bailar conmigo? Prometo no caerme al agua y me disculpo de antemano con los dedos de tus pies.

Estaba sonando un vals y a Truus siempre le había gustado el vals.

—Adelante, Truus —le dijo Klara—. No has hecho nada en toda la noche salvo trabajar mientras los demás se lo pasan bien.

PAPÁ

Stephan estaba tumbado en el tejado, observando y escuchando, demasiado perplejo para sentir frío. Por toda la ciudad había llamaradas que ascendían hacia el cielo, edificios ardiendo, y aun así no se oían sirenas, no había camiones de bomberos. ¿Cómo era posible? A algunas manzanas de distancia, en dirección al antiguo barrio judío, se alzó una nueva llamarada y, con ella, unos vítores tan potentes que pudo oírlos incluso desde lejos.

En la calle aguardaba una camioneta llena de hombres y adolescentes callados. Rolf, que ahora abría las puertas del palacio para las visitas nazis y, con el mal tiempo, les cubría con su paraguas, le hizo una reverencia al nazi que se bajó de la camioneta. Pareció pasar una eternidad hasta que tres nazis salieron por las puertas que Rolf les sujetaba abiertas. Su padre no iba con ellos.

Los nazis se reunieron con el conductor, encendieron cigarrillos y se rieron juntos.

Rolf volvió a abrir la puerta.

Esta vez su padre salió primero, seguido de un nazi que le apuntaba a la cabeza con una Luger.

El soldado del perro abrió la parte trasera de la camioneta y dos de los hombres que había allí subidos se inclinaron para tenderle una mano a su padre.

—Pero no lo entienden —les dijo su padre a los soldados—. Mi esposa está enferma. Se está muriendo. No puede…

Un soldado levantó su porra y le golpeó en el hombro. Su padre cayó al suelo y el perro empezó a ladrarle furioso mientras el soldado volvía a golpearle con la porra en la pierna, en el brazo y en el estómago.

—Levanta —ordenó el soldado—, a no ser que quieras ver lo que es morirse de verdad.

El mundo entero parecía sumido en el silencio, los soldados, los hombres y los muchachos de la camioneta, e incluso el perro, parecían detenidos en aquel momento, mientras su padre yacía inmóvil en el suelo.

«Debes hacer lo que te dicen, papá», pensó Stephan con todas sus fuerzas, como si pudiera obligar a su padre a hacerlo solo por su voluntad. «No puedes rendirte como me rendí yo en el parque». Y solo al pensarlo se dio cuenta de que era cierto. Avergonzado por su propia disposición a rendirse. ¿Estaría vivo si aquella pareja de ancianos no le hubiera ayudado?

Su padre rodó hacia un lado, gritando de dolor. El perro, que empezó a ladrar de nuevo, se lanzó hacia él, aunque le detuvo la correa.

Su padre logró arrodillarse, después se arrastró hacia la parte trasera de la camioneta. Cuando estaba ya cerca, dos de los hombres volvieron a estirar los brazos y lo agarraron por los hombros. Lo pusieron en pie y lo mantuvieron erguido. Un tercer hombre rodeó a su padre por la cintura y lo arrastró hacia el interior de la camioneta, mientras los demás se apartaban para dejar espacio. Quedó tendido boca arriba, sin moverse, sobre el suelo de la camioneta.

Stephan tuvo que resistir la necesidad de subir hasta el borde del tejado para que su padre lo viera, para gritarle que no debía enfrentarse a ellos, que solo debía sobrevivir.

Los soldados volvieron a cerrar la puerta, dejando encerrado a su padre, que desapareció de su vista entre los hombres y los muchachos. El conductor volvió a montarse y puso en marcha el motor.

Stephan observó en silencio cómo la camioneta atravesaba el arco de la Ringstrasse en dirección al canal y al río. Aparecía y desaparecía entre tranvías, camionetas y quioscos, hasta que finalmente desapareció del todo. Se quedó mirando el vacío del caos que había dejado a su paso, las llamas por toda la ciudad y los vítores de la multitud, los mudos camiones de bomberos.

A LA ESPERA

Stephan se arrastró de nuevo por el tejado hacia la ventana del cuarto de estar de la planta del servicio, agachado, tratando de no hacer ruido, de no soltar ninguna teja. Escuchó con atención por encima del caos de la noche para ver si distinguía lo que sucedía en el interior.

—Podemos hacerlo Peter y yo —oyó decir a Walter.

Se inclinó sobre el borde del tejado para asomarse a la ventana. Su madre estaba acercando su silla al gramófono, donde el pobre Walter tenía a su conejo Peter agarrado con una mano mientras con la otra trataba de levantar la mesa sobre la que antes estaba el gramófono. Stephan estaba alargando el brazo para abrir la ventana cuando la puerta de la habitación volvió a abrirse. Walter abrazó a su conejo para protegerlo y Stephan volvió a apartarse para que no lo vieran.

—Wall —dijo una vez—. Frau Neuman.

¿Wall? Stephan escuchó con más atención.

Alguien comenzó a recolocar el tablero de ajedrez, haciendo mucho ruido con las piezas.

—No sabemos dónde está —dijo su madre.

—¿Y tú, Walter? —preguntó la misma voz, la voz de Dieter—. ¿Sabes dónde está Stephan?

—Él tampoco lo sabe —insistió su madre.

—Puedo ayudarle —dijo Dieter—. Es mi amigo. Quiero ayudar.

Stephan quería creerlo, quería que alguien le ayudara, no quería estar allí fuera, solo, durante aquella noche tan terrorífica. No se oían más voces que las de Dieter y su madre. Quizá Dieter hubiera regresado solo para ayudar. Pero mezclada con los recuerdos en los que exploraban juntos en sus bicicletas, o ensayaban sus obras, o buscaban a Stefan Zweig en las cafeterías, aparecía la cara de Dieter abucheando junto a los demás en Prater Park mientras el nazi le daba patadas y le ordenaba que desfilara una y otra vez.

Dieter sabía tan bien como nadie que Stephan podía salir por una ventana y bajar por el tronco del árbol para escabullirse en mitad de la noche. Stephan vaciló, dividido entre la certeza de que Dieter subiría al tejado a buscarlo —¿para ayudarlo o para montarlo en una camioneta?— y el miedo a dejar a su madre y a Walter solos con él.

—Ni siquiera Peter sabe dónde está Stephan —dijo Walter.

Stephan se frotó la cara y miró hacia el horizonte, hacia las llamas que envolvían la ciudad. Dieter era mucho más fuerte que él y, si lo encontraba, descubriría que su madre y Walter habían mentido.

Planeó en su mente la manera más rápida de llegar al subsuelo. No tenía otro sitio al que ir. Si lograba bajar por el árbol sin ser visto, podría entrar por el quiosco que había en la Ringstrasse, a unos veinticinco pasos, veinticinco pasos peligrosos, dada la multitud tumultuosa. O podría escabullirse por la calle lateral hasta la alcantarilla que había antes de Michaelerplatz, una ruta más larga, pero tal vez más fácil para evitar ser visto. O podría confiar en Dieter sin más. ¿Tenía realmente alguna otra opción?

LAS NOTICIAS

—¿Truus?

Sobresaltada, Truus apartó la mirada de la radio que había sobre la mesita. Joop estaba allí con el pijama puesto, iluminado por la luz de la luna que entraba por la ventana.

—No quería despertarte —le dijo ella. Había dejado las luces apagadas y la radio tan baja que apenas podía oírla, incluso con la oreja pegada a ella.

—Vuelve a la cama, Truus. Necesitas descansar.

Truus asintió, pero no se movió de la silla. Era ridículo. Habían pasado una velada tan agradable en casa de los Groenveld que, al llegar a casa, habían encendido la radio para bailar descalzos en el apartamento, como hacían a veces antes de hacer el amor. Pero no había música. Solo las horribles noticias procedentes de Alemania, los incendios del Reich provocados por la muerte de un diplomático al que había disparado en París un pobre muchacho polaco, disgustado porque a sus padres los habían atrapado en la frontera, entre una Alemania que quería enviarlos a su casa y una Polonia que se negaba a acogerlos.

—Todo el cuerpo policial está en Berlín desde las ocho de la tarde, y también cientos de guardias —dijo Joop—. El caos ya se habrá acabado.

—Dicen que están pegando incluso a las mujeres —respondió

231

ella—. Dicen que las bandas están sedientas de destrucción, que llevan todo el día y toda la noche persiguiendo a los judíos por las calles. ¿Te lo puedes imaginar? Mientras nosotros nos reíamos durante la cena. Mientras bailábamos el vals, sin tener ni idea.

Joop negó con la cabeza.

—Si el pueblo alemán no se rebela ahora, están acabados.

—Goebbels ha hablado por segunda vez esta noche, pidiendo orden, pero sus palabras no tienen impacto alguno.

—Sus palabras son como un silbato para perros —dijo Joop—. Ya lo dije. ¿No te lo dije cuando oímos lo que dijo en aquella reunión en Múnich? En la misma frase anuncia la muerte de Vom Rath y la achaca a una conspiración judía y dice que el partido no organizará manifestaciones, pero tampoco las obstaculizará.

—Pero no tiene sentido —dijo ella—. ¿Por qué esa muerte en París iba a desatar revueltas por todo el Reich?

—Eso es lo que digo, Truus. No es la causa de las revueltas. Es la excusa. Cuando Goebbels dijo que no obstaculizarían las manifestaciones, estaba invitando a la violencia. Es lo que a los nazis se les da tan bien. Crean una crisis —como hicieron con el incendio del Reichstag en el treinta y tres— que después utilizan para incrementar su control militar. Quieren que todos los alemanes vean el caos que pueden causar solo con chasquear los dedos. Quieren que los alemanes sepan la violencia que pueden ejercer sobre cualquier persona por la más mínima ofensa. ¿Qué mejor manera de silenciar a los ciudadanos que se oponen al régimen que con la idea de que su resistencia pondrá en peligro sus vidas y a sus familiares?

—Pero ahora no son solo los nazis. Dicen que multitudes de alemanes corrientes han salido a las calles para contemplar el caos y para vitorear. «Como veraneantes en una feria», Joop. ¿Dónde se han metido los alemanes decentes? ¿Por qué no se rebelan contra esto? ¿Dónde están los líderes del mundo?

—Depositas en los políticos más fe de la que merecen —respondió Joop—. Se acobardan ante la más mínima amenaza a su poder, aunque, por supuesto, nadie salvo Hitler tiene verdadero poder en Alemania. —Le dio un beso en la coronilla—. De verdad, Truus, deberías volver a la cama.

Truus lo vio desaparecer por el pasillo, en dirección a su cómoda cama en su cómodo hogar en un país libre de terror. Tenía razón. No había nada que hacer esa noche. Debería seguirlo a la cama y dormir un poco. Pero ¿cómo podría dormir?

Joop volvió a salir poniéndose la bata y llevándole a ella la suya.

—De acuerdo entonces, sube la radio. ¿Quieres que encendamos las luces?

Mientras la ayudaba a ponerse la bata, Truus se estremeció al pensar que podría haberlo perdido, que los nazis no necesitaban una excusa real para retener a quien quisieran.

Joop subió el volumen, acercó una silla a la de ella y le estrechó la mano. Se quedaron allí sentados, escuchando juntos a la luz de la luna.

—Joop —dijo ella—. Pensaba que podría pedirle prestado el coche a la señora Kramarsky solo para ir a la frontera, de día.

—Ahora es demasiado peligroso, Truus.

—Ya has visto a esos niños.

—Pondrías tu vida en peligro. De verdad, Geertruida, el médico dijo que…

—¿Vas a pedirme que me quede parada ahora, Joop? ¿Ahora que es tan importante rebelarse?

Joop suspiró. Fue a la cocina a preparar café: el clic de la puerta del armario al abrirse, el agua del grifo, los granos de café al caer en la cafetera metálica mientras la voz de la radio seguía hablando. Regresó con dos tazas humeantes, diciendo: «¿Recogerás solo a los niños que ya hayan conseguido salir de Alemania, como haces habitualmente?».

Truus aceptó la taza que le ofrecía y vaciló cuando volvió a sentarse junto a ella. Dio un trago al café caliente.

—Los padres envían a sus hijos en tren a Emmerich am Rhein

—le dijo—. Hay una granja en la frontera allí… Es demasiado peligroso para el granjero y su esposa acoger a los niños, pero…

—¿Te llaman?

Truus asintió.

—Me llama el comité, sí.

—¿Y eres tú la que cruza la frontera para recogerlos? ¿Vas a Alemania a por esos niños sin papeles?

Ella volvió a asentir.

—Oh, Truus.

Sin darse cuenta, Truus se llevó el anillo de rubí a los labios y después lo miró, algo sorprendida al observar que el anillo que le había regalado Joop la primera vez que se quedó embarazada no estaba allí, seguía en posesión de los hermanos refugiados.

—Lo sé —dijo—, pero… Joop… Nunca te lo llegué a decir, pero… la pequeña Adele…

—Trajiste a Adele en tren con otros treinta niños, Truus. Acompañada de la señora Van Lange. Teníais papeles para ellos…

—Sí, pero… —Le estrechó la mano y se obligó a no llorar—. No lo logró.

—¿Qué dices? No te entiendo.

Truus contempló sus manos unidas sobre la mesa, la palma grande y oscura y los dedos fuertes de Joop contra su piel más pálida.

—Adele… Yo… Difteria.

—No. No, Adele está en Gran Bretaña. Los Bentwich…

—Tenía madre, Joop —le susurró mientras brotaban las lágrimas, pero aun así lo miró a los ojos, contempló el dolor por aquella niña que nunca había sido suya—. Podría haberla dejado en brazos de su madre —le dijo—. Podría haberla puesto en los tuyos.

EL «AVE MARÍA»

Ruchele mantuvo a Walter junto a ella mientras el joven nazi volvía a entrar por la ventana y se ponía a ordenar el apartamento. Levantó la mesa volcada y después el gramófono. Volvió a colocar el disco en el aparato.

—¿Quiere que se lo encienda, Frau Neuman? —le preguntó.

—¡No! —exclamó Ruchele. Al ver la expresión de sobresalto del chico, agregó con más calma—: No, por favor. No creo que pueda soportar la música. —«Dieter», estuvo a punto de decir, pero, si le llamaba Dieter, ¿se ofendería? Si le llamaba agente, ¿acabaría con el sentimiento de culpa que sin duda era lo que le mantenía allí ayudándolos pese a la arriesgada situación en la que eso le colocaba de cara a sus nuevos amigos?—. Gracias —le dijo.

—Entonces echaré otro carbón —respondió el joven.

Abrió la carbonera. Solo quedaban unos pocos pedazos. Al mirarla con tristeza, se fijó en los guantes de Stephan, que se habían caído de la mesa. Los recogió y dijo: «Si sabe dónde ha ido, puedo encontrarlo. Puedo decirle que es seguro regresar. Hace mucho frío fuera. ¿Lleva abrigo?».

Ruchele resistió la tentación de aceptar su ayuda, sabiendo que nadie más se la ofrecería.

—¿Está segura de que no quiere música? —le preguntó él—. Quizá eso la calme.

Ruchele, con cuidado de no mirar hacia la sucia ventana, que ahora estaba cerrada del todo, dijo:

—Gracias. Muchas gracias, pero no. Walter puede encargarse si queremos música. Quizá podría abrir la ventana solo un poco para que entre aire fresco.

El chico abrió la ventana un poco, hizo una reverencia y dejó a Ruchele abrazada a Walter, escuchando atentamente para saber si el silencio del otro lado de la puerta significaba que el amigo de Stephan había vuelto con sus camaradas o si estaba esperando al acecho en el pasillo a que regresara Stephan.

El reloj marcó un cuarto de hora, después la media hora.

—Walter —dijo Ruchele—, ¿puedes asomarte por la puerta y ver si ese chico sigue ahí?

—Dieter el mocoso —respondió Walter, no con su voz, sino con la de Peter Rabbit.

Abrió ligeramente la puerta, se asomó, luego la abrió un poco más y miró a su alrededor.

—De acuerdo entonces —le dijo Ruchele.

—Puedo ponerlo en marcha, mami —dijo Walter—. Puedo ponerlo en marcha.

—¿El gramófono?

—Para Stephan —confirmó el niño.

—Para Stephan —repitió su madre.

Walter se acercó a la máquina e hizo girar la manivela; una tarea que siempre le había encantado, aunque ahora no había alegría en su rostro, solo una estudiada concentración mientras colocaba la aguja en su sitio. La música cobró vida, el disco estaba dañado, pero aun así los primeros acordes del «Ave María» inundaron la fría estancia.

—Súbete en mi regazo para darme calor —le dijo su madre—. Peter también.

Así lo hizo, y se quedaron sentados, a la espera, con Walter bajándose de su regazo cada vez que el disco llegaba al final para levantar la aguja, volver a colocarla al principio y que empezara de nuevo el «Ave María».

COMBATIR EL FUEGO

Stephan se acurrucó en el sótano de los granos de cacao de su padre (ahora el sótano de los granos de cacao de su tío Michael), con las manos metidas en los bolsillos del abrigo para creer que sentía calor. ¿Cuánto tiempo llevaba bajo tierra? Ya debía de haber amanecido, habría pasado el caos de la noche, a pesar de que aún no se oyese a los trabajadores que llegaban a la fábrica de chocolate. Agarró la linterna que había al pie de las escaleras y descendió por la escalera de mano hacia la cueva de debajo, tratando de no pensar en Žofie allí mientras recorría la caverna inferior y el pequeño túnel, hasta subir por las escaleras circulares. Al llegar arriba, levantó uno de los triángulos metálicos de la alcantarilla lo suficiente para asomarse. Aún estaba oscuro. Todavía había gente por todas partes.

Volvió a meterse en el túnel y corrió hasta una de las rejillas, desde donde podría ver con más facilidad sin ser visto. Incluso antes de empezar a subir los escalones metálicos de la pared del túnel, oyó a la multitud.

Al llegar arriba y mirarlos a través de la rejilla como si estuviera entre rejas, los alborotadores parecían aún más borrachos de ira. *¿Qué tiene que ver la noche con el sueño?* Rufianes, quiso gritarles Stephan, pero eran las mismas personas con las que, hasta hacía no mucho, se habría disculpado mientras corría por la Ringstrasse.

Aquella multitud estaba reunida junto a una de las sinagogas

238

como si se tratara del encendido del árbol en Rathausplatz en Nochebuena. Sin embargo, aquí no había puestos de castañas o de ponche. Solo había personas arremolinadas, aplaudiendo las llamas, y bomberos que permanecían allí inmóviles, justo delante de Stephan. Observó a través de la rejilla metálica, incapaz de entender por qué no combatían el fuego.

Un grupo de soldados de las SA sacó a rastras a un anciano tullido de su apartamento, seguidos de su esposa, que les rogaba que dejaran en paz a su marido, que no podía hacer daño a nadie. Los bomberos se volvieron para mirar, pero no hicieron nada por ayudar a la pobre pareja. Nadie hizo nada por ayudar.

—Es un buen hombre —dijo la mujer—. Les digo que es un buen hombre.

Uno de los soldados levantó un hacha. Stephan no pudo creérselo al ver que el hombre se la lanzaba a la mujer. El marido soltó un grito al ver a su esposa derribada en el suelo, con sangre saliéndole del brazo.

Otro nazi apuntó al hombre en la sien con una pistola.

—¿Estás listo ahora para identificar a tus amigos judíos?

El hombre no podía hacer nada salvo gritar: «¡Ignaz! Ignaz, no. Ignaz, no», mientras su esposa se desangraba.

El nazi apretó el gatillo y el disparo apenas se oyó por encima del ruido de la multitud mientras el hombre caía al suelo junto a la rejilla, con los labios aún en movimiento.

—Debería acabar contigo, pero hay demasiados judíos en Viena como para desperdiciar dos balas solo con uno de vosotros —dijo el nazi mientras daba una patada al hombre en la cabeza con el tacón.

Al hombre le salió algo de la oreja y Stephan sintió el vómito que le subía por la garganta, pero no se movió por miedo a ser descubierto.

—Ten cuidado o acabarás con cerebro de judío en las botas —dijo otro soldado, y el grupo entero se rio.

Los bomberos se volvieron para contemplar de nuevo el fuego, y uno de ellos dijo: «Deberíamos hacer algo antes de que las llamas se extiendan a los otros edificios y se descontrolen».

—Esta muchedumbre nos mataría por interferir —respondió su compañero.

La multitud vociferó cuando algo se desplomó; la viga de un tejado, pensó Stephan, aunque se hallaba fuera de su ángulo de visión. Lo único que veía a través de la rejilla más allá de la cabeza del hombre eran chispas y llamas que ascendían en el cielo oscuro y cubierto de humo. Una chispa cayó sobre el tejado del edificio situado junto a la sinagoga. Solo entonces los bomberos pasaron a la acción, y solo para evitar que el fuego se extendiese mientras la sinagoga seguía ardiendo.

De vuelta en los túneles bajo su vecindario, Stephan se asomó por el quiosco de la Ringstrasse y miró hacia las ventanas de la planta del servicio, con la esperanza de oír el «Ave María». Pero solo vio a Rolf montando guardia en la puerta para los nazis.

Regresó a través del subsuelo hasta el sótano del chocolate. Estaba muy cansado y tenía frío. Llegó en silencio y entre las sombras hasta el despacho de su padre. Se tumbó en el sofá del despacho, donde, en los primeros días de la enfermedad de su madre, solía acudir después de clase, tan cansado en aquella época como lo estaba ahora. Se quedaba dormido en ese sofá mientras oía a su padre trabajar sentado a su escritorio, y se despertaba horas más tarde con el tacto suave de una manta que su padre le había echado por encima, y su padre, trabajando en su mesa, le sonreía y le decía: «Incluso una mente sumergida en el sueño está trabajando y ayuda a mejorar el mundo».

Se preguntó dónde estaría ahora su padre, dónde le habría llevado la camioneta.

Esperaría allí al tío Michael. El tío Michael le ayudaría a decidir qué hacer.

SIN ESCAPATORIA

Stephan se despertó en la oscuridad al oír la voz de una mujer que se acercaba, una voz familiar. Rodó por el sofá sin hacer ruido y se metió debajo justo cuando se abría la puerta del despacho.

—En serio, Michael, no podría —dijo la mujer entre risas.

¿La tía Lisl había regresado de Shanghái?

—¿Por qué no puedes? —preguntó el tío Michael con un tono bromista parecido al que utilizaba con frecuencia para preguntarle a él si había besado a Žofie-Helene.

Stephan escuchó, aguantando la respiración, mientras su tío levantaba a la mujer y la tumbaba en el sofá, que se hundió hacia él. Su tío se quitó los zapatos a escasos centímetros de su cara.

—Michael —dijo la mujer, y Stephan reconoció la voz de Anita, la secretaria de su padre, en cuya imagen él mismo había pensado a veces cuando se daba placer.

—¿No hacías esto con Herman? —preguntó su tío—. Después de que Ruchele enfermera.

—Michael —repitió la mujer con una nota de objeción en la voz.

La respiración de ella se volvió más profunda cuando los pantalones del tío Michael cayeron al suelo en torno a sus pies, y la hebilla del cinturón golpeó la madera tan cerca que Stephan estuvo a punto de soltar un grito ahogado. El grito, en cambio, lo dio Anita, cuando la sombra del tío Michael sacó los pies de los pantalones y el sofá que Stephan tenía encima se hundió y crujió más aún con el peso añadido de su tío.

El grito de la mujer se convirtió en un gemido, como había sucedido tantas veces en el dormitorio oscuro de Stephan, en su imaginación. El sofá comenzó a moverse rítmicamente, despacio al principio, y después más y más rápido, hasta que su tío murmuró «Lisl». Y aun así Stephan no pudo hacer nada más que quedarse ahí tumbado, totalmente quieto, tratando de no pensar en sus propias fantasías vergonzosas, sin querer imaginar a su padre con Anita en ese mismo sofá, donde él tantas veces buscaba evadirse.

ABANDONADO

Walter se despertó asustado en el silencio del amanecer. Se bajó del regazo de su madre, dio cuerda al gramófono para que empezara a sonar la música otra vez y recogió a Peter Rabbit del suelo.

NADA MÁS QUE UN APELLIDO

Stephan observó el palacio desde las sombras junto al quiosco de prensa, que ahora vendía ejemplares de *Der Stürmer* donde aparecía la caricatura nariguda de un hombre de barba negra levantándole la cola a una vaca sobre un pedestal del Banco Mundial, en torno al cual había apiladas bolsas de dinero. El caos había dado paso a una mañana sombría, en la que los matones sin duda estarían durmiendo su rabia. Aun así, se movió con cuidado, preguntándose dónde se hallaría Herr Kline y si estaría con su padre, hasta que por fin Walter salió del palacio.

Stephan lo siguió a media manzana de distancia, manteniéndose pegado a los edificios y con el gorro calado, aliviado al ver a su hermano pequeño caminando hacia el colegio. En los anchos escalones de piedra, los demás chicos rehuyeron a Walter, pero al menos no le ponían la zancadilla ni se reían al verlo caer, al menos no le rodeaban gritando «Judío. Judío. Judío». Stephan observaba y escuchaba, sabiendo que no había nada que pudiera hacer para ayudar a Walter, sabiendo que debería retroceder por temor a verse arrastrado a defender a su hermano. Eso no les habría hecho ningún bien.

Un nazi situado en lo alto de las escaleras de la escuela detuvo a Walter en la puerta.

—Pero si es mi escuela —objetó su hermano.

—Judíos no.

Walter, confuso, se quedó mirando al hombre con franqueza.

—Nosotros celebramos la Navidad igual que vosotros —le dijo, palabras que bien podría haber usado su madre.

—Dime cómo te llamas, chico —ordenó el hombre.

—Walter Neuman. ¿Y cómo se llama usted, señor? —preguntó Walter con educación.

—Neuman, el fabricante de chocolate judío.

Walter dio un paso atrás, después otro, como si se alejara de un animal rabioso. Con una dignidad sorprendente, se dio la vuelta y descendió con paciencia los escalones. Stephan, avergonzado por su propia cobardía, volvió a refugiarse en la sombra de un edificio hasta que su hermano llegó a la esquina.

—Wall —susurró.

A Walter se le iluminó la cara como las lámparas de araña del recibidor del palacio que había sido su hogar, que volvería a ser su hogar, se dijo Stephan a sí mismo. Abrazó a Walter, apartándolo de la vista del nazi perverso, y le dijo: «No pasa nada. No pasa nada». Su hermano nunca había olido tan bien.

—Pusimos la música, pero no viniste a casa —le dijo Walter—. Dieter volvió a colocar el gramófono y, cuando se marchó, pusimos la música.

—¿Dieter?

—Dijo que no se lo dijéramos a nadie —respondió su hermano—. Ese hombre ha dicho que no podía ir al colegio. Mamá querría que fuera al colegio.

Stephan volvió a abrazar a su hermano, ese niño que hacía dos días parecía tan pequeño.

—Claro que sí, Wall. Eres un buen chico.

—¿Crees que mamá se despertaría si le llevásemos algo de comer? —le preguntó Walter.

—¿Cuánto tiempo lleva durmiendo? —quiso saber Stephan,

intentando que no se le notara el miedo en la voz. ¿Y si no estaba dormida?

—No podía meterse en la cama y yo soy demasiado pequeño para ayudarla a bajar de la silla de ruedas. Conseguí que Rolf me ayudara a moverla esta mañana. Estaba de mal humor.

—No te preocupes por Rolf, Wall. Siempre está de mal humor.

—Ahora más.

—Todos lo estamos. Escucha, Walter, quiero que hagas una cosa por mí. Quiero que vuelvas a casa con mamá. No le digas a Rolf ni a nadie que me has visto. Susúrrale a mamá que estoy bien, que no puedo volver a casa durante el día, pero que volveré esta noche. Treparé por el árbol y entraré por la ventana. Dile que voy a conseguirle un visado a papá. Dile que conseguiré visados para todos.

—¿Sabes dónde está papá?

—Voy a averiguarlo.

—¿Qué es un visado? —preguntó su hermano.

—Tú díselo a mamá.

—Quiero que se lo digas tú.

—¡Shhh! —le dijo Stephan, mirando nervioso a su alrededor.

—Quiero ir contigo —le suplicó su hermano en voz más baja.

—De acuerdo —le respondió Stephan—. Está bien. Hoy me vendría bien tu ayuda. Pero primero necesito que vayas a decirle a mamá que estoy bien. No le digas a nadie que me has visto, pero díselo a mamá. Si alguien te pregunta, dile que se te ha olvidado algo que necesitabas para el colegio.

—¿Mi lapicero nuevo? —preguntó Walter—. Estaba reserván-dolo para ti, Stephan, por si lo necesitabas para escribir una nueva obra.

—Tu lapicero nuevo —convino Stephan y abrazó a su genero-so hermano, pensando en todos los lápices que se había dejado olvidados en todas las mesas de cafeterías donde solía pedir café y un bollo sin pensárselo dos veces.

Observó con disimulo mientras Walter pasaba frente a Rolf y entraba en el palacio. Siguió mirando, como si así pudiera hacer algo en caso de que preguntaran a su hermano. Apenas respiraba, por miedo a que Walter no regresara, a que los nazis del palacio salieran y lo arrestaran, a que Walter regresara para decirle que no podía decírselo a su madre porque no se despertaba.

Cuando Walter salió, con el aspecto de un niño pequeño que va de camino al colegio con un lapicero nuevo en la mano, Stephan lo acercó a él.

—Se lo he susurrado a mamá —le dijo su hermano—, y se ha despertado y ha sonreído.

La cola, cuando llegaron al consulado estadounidense, era increíblemente larga, pero Stephan no podía arriesgarse a llevar a Walter a casa y volver de nuevo. Apenas podía arriesgarse a hacer la cola, pero no le quedaba alternativa.

—Muy bien, Wall —le dijo a Walter—. Hazme un examen de vocabulario.

—A Peter Rabbit se le da mucho mejor que a mí el inglés —respondió Walter.

—Pero a ti también se te da muy bien, Wall —le aseguró Stephan—. Adelante.

Había oscurecido tras las ventanas del consulado cuando Stephan, que llevaba a Walter dormido sobre su hombro, ocupó un asiento frente al escritorio de un estadounidense con cabeza de calabaza y gafas de montura de alambre. Su madre estaría preocupada, pero no había elección; no podían desperdiciar todo ese tiempo haciendo cola solo porque ya hubiera pasado la jornada escolar, la tarde y la hora de la cena.

—Me gustaría solicitar un visado para mi padre, por favor —dijo.

El empleado del consulado lo miró con el ceño fruncido.

—¿No para ti y para tu...?

—Mi padre ya lo solicitó para nosotros.

Paciencia, se dijo. Paciencia. No era su intención sonar tan brusco.

—Perdón —dijo—. Perdón.

—¿Y tu madre? —preguntó el hombre.

—No, eh... Está enferma.

—Lleva su tiempo. Quizá ya se haya recuperado para...

—No se recuperará. Por eso no nos hemos marchado antes, porque mi padre no quería dejar a mi madre. Pero ahora no tiene otra opción.

El hombre se quitó las gafas y se quedó mirándolo.

—Lo siento. Lo siento mucho.

—Mi padre necesita el visado de inmediato. Nosotros podemos esperar, pero a él lo han enviado a un campo de trabajos forzados. Y, si tuviera visado, quizá le permitirían salir de Austria.

—Entiendo. ¿Tienes familia en Estados Unidos? ¿Alguien que pueda darte un afidávit de apoyo? Es un proceso mucho más rápido si se tiene familia que pueda responder por ti. De lo contrario, podría llevar años.

—Pero mi padre no puede marcharse si no tiene ningún sitio al que ir.

—Lo siento mucho, de verdad. Lo hacemos lo mejor que podemos, trabajamos hasta las diez todas las noches, pero... anotaré tu información. Si encuentras a alguien que pueda responder por ti, vuelve y lo añadiré a tu archivo. Puede ser cualquiera.

—Pero yo no conozco a nadie en Estados Unidos —dijo Stephan.

—No tiene por qué ser familia —respondió el hombre—. Gente... Aquí tenemos guías telefónicas de Nueva York, de Boston, de

Chicago…, de todo Estados Unidos. Puedes usarlas cuando quieras. Puedes anotar la dirección de personas que compartan tu apellido y escribirles.

—¿A desconocidos?

—Es lo que hace la gente.

VIOLENCIA NAZI CONTRA LOS JUDÍOS

Sinagogas quemadas, negocios judíos destrozados, miles de personas arrestadas
Por Käthe Perger

11 de noviembre, 1938. Unos treinta mil hombres por toda Alemania, Austria y Checoslovaquia han sido arrestados en las últimas veinticuatro horas solo porque son judíos. A muchos los golpearon, muchos han muerto. Al parecer, los hombres han sido trasladados a campos de trabajos forzados, aunque los detalles se desconocen aún.

También han arrestado a mujeres, aunque en menor número, y se sospecha que las mujeres arrestadas en Viena están retenidas en algún lugar de la ciudad.
Más de 250 sinagogas de todo el Reich han quedado destruidas por el fuego. Todos los negocios judíos han echado el cierre, si acaso siguen teniendo cierre, si no han quedado destrozados...

LOS GEMELOS

Truus llamó una segunda vez a la puerta de aquella casa situada en la parte del Alster de Hamburgo, tras haber acudido en el tren nocturno en respuesta a una carta desesperada recibida por el comité. Una familia judía holandesa había escrito en nombre de los parientes asegurando que había dos bebés amenazados por la Gestapo en aquel precioso hogar de ese bonito vecindario. No sabía cómo el señor Tenkink había logrado conseguir los papeles de entrada a Holanda para esos gemelos pese a la prohibición. Imaginaba que los parientes de los niños tendrían buenos contactos, aunque no tan buenos como para obtener también papeles de salida de Alemania. De ella dependía sacarlos del país.

Golpeó la aldaba de latón una tercera vez. Abrió la puerta una niñera de ojos somnolientos vestida con el camisón. Truus se presentó y explicó el motivo de su visita.

—¿Por los bebés? —preguntó la niñera.

¿Habría acudido a la dirección equivocada?

—La señora no recibe a nadie antes de las diez de la mañana, y desde luego los bebés son demasiado pequeños para recibir visitas —contestó la niñera.

Truus colocó la bota en el umbral antes de que la mujer pudiera cerrar la puerta.

—He venido desde Ámsterdam a petición de los parientes de su señora para rescatar a los bebés.

—¿Para rescatarlos?

—Será mejor que vaya a buscar a su señora.

Truus le mantuvo la mirada hasta que la niñera abrió la puerta del todo.

—Tenía mucho miedo cuando me puse en contacto con mi tía —le dijo a Truus la madre de los gemelos cuando al fin se sentaron en la biblioteca—. Si exageré, fue por el miedo.

Truus permitió que el silencio se volviera incómodo. Después se puso en pie, sacó de las estanterías dos volúmenes que había visto mientras esperaba a la mujer —relatos de Stefan Zweig y de Ernest Hemingway— y se los puso delante. «Si tan asustada está», le dijo, «podría empezar por tomar la precaución de al menos esconder aquello que podría desatar sobre ustedes la ira de la Gestapo».

—Ah, bueno, no son más que libros —respondió la mujer.

Truus se alisó la falda del traje azul marino de raya diplomática y trató de contener la rabia.

—¿Los niños no han sido maltratados por la Gestapo? —preguntó.

—No —respondió la madre.

—Podría preguntarse si están a salvo con una madre que, en un momento de miedo, inventa para sus hijos un horror que otros niños sufren de verdad, malgastando recursos que podrían salvar la vida a otros pequeños.

—¡Usted no debe de tener hijos, o lo comprendería! Ninguno estamos a salvo aquí —exclamó la mujer entre llantos, perdida la compostura, con la misma expresión de súplica que Truus había visto en la cara de la madre de Adele en la estación de tren, la misma expresión que sentía en su propio corazón culpable.

Se dio la vuelta y se quedó mirando el hueco vacío de la librería.

—Debe entender la situación en la que me ha puesto —dijo con suavidad—. He venido en un tren nocturno con permiso para llevar a un lugar seguro a dos bebés maltratados porque se trataba de una emergencia. Si me presento en La Haya con dos niños perfectamente sanos que no han sufrido ningún daño, perderé mi credibilidad. Y, si pierdo mi credibilidad, ya no podré seguir ayudando a ningún niño.

—Lo siento —dijo la madre—. Lo siento mucho. No imaginaba que...

—No siempre imaginamos, ¿verdad? —respondió, pensando aún en Adele, y en sus propios hijos perdidos, pensando en todo lo que habría hecho ella para salvar a todos esos bebés que había perdido incluso antes de que nacieran—. Siento no poder ayudarla, de verdad —le dijo—. Su niñera podría llevárselos a Suiza. La gente no suele poner en duda a una niñera que cruza la frontera con niños que no son suyos. No imaginan que una madre pueda estar tan desesperada por poner a sus hijos a salvo como para dejarlos al cuidado de otra persona con la posibilidad de no volver a verlos nunca.

De nuevo en la calle, Truus buscó en su bolso la dirección del cónsul general holandés en Hamburgo. Ya no necesitaba la ayuda del barón Aartsen para sacar a los gemelos de Alemania, pero estaba allí, vestida además para Hamburgo con su traje y sus zapatos azules, con los guantes amarillos y un sombrero llamativo, porque incluso la Gestapo solía intimidarse ante una mujer con un sombrero llamativo. Ya que estaba allí, podría aprovechar el viaje y presentarse a aquel hombre. Quizá le resultara de utilidad más adelante.

—Por fin llega —dijo el barón sin saludar ni presentarse cuando la hicieron pasar a su despacho.

Aquellas palabras la sobresaltaron tanto que se dio la vuelta para ver si había alguien más detrás de ella. Pero estaban solo ellos dos: Truus y aquel aristócrata de cara amable y canas prematuras.

—Estaba esperándola —le dijo.

Truus se tocó el sombrero con una mano enguantada, como si fuese a hallar el equilibrio en el ala. No había encontrado ninguna forma segura de alertarle de que iba a recoger a los bebés, y tampoco tenía sentido. Le habían dado su dirección y le habían dicho que se pusiera en contacto con él si se encontraba con algún problema al sacar a los niños del país, sin garantías de que el hombre pudiera ayudarla en caso de que así fuera.

—Pero ¿cómo sabía que iba a venir? —le preguntó ella.

—Ya era hora de que una buena mujer de Holanda viniera a ayudarnos, ¿no? Venga conmigo.

Truus, disimulando su sorpresa, se situó junto a él y empezó a charlar amistosamente mientras el hombre la guiaba hacia la cancillería. Una vez allí, la sala de espera estaba llena de madres judías con sus hijos, todas con la esperanza de solicitar papeles para marcharse a Holanda.

El hombre llamó la atención de las madres, la mayoría de las cuales ya se había girado para mirarlos.

—Esta es Geertruida Wijsmuller —anunció—. Ha venido de Holanda para recoger a vuestros pequeños.

Escogió a seis jóvenes con determinación, casi como si hubiera sabido que Truus iba a ir a buscarlos: cinco niños y una niña, todos de entre once y trece años, los que más le gustaban a Truus; lo suficientemente mayores para ver el mundo con cierta inteligencia, aunque lo suficientemente jóvenes como para tener ideales y esperanza. El barón ya había conseguido los papeles de los alemanes dándoles permiso para viajar, o lo que decía que eran los papeles adecuados. Inexplicablemente, también tenía siete billetes de primera clase para un tren a Ámsterdam.

—Parten a las dos y cuarenta y cinco —dijo mirando su reloj.

—¿Tiene visados para que entren en Holanda? —preguntó Truus.

—Si los tuviera, no la necesitaría, señora Wijsmuller, ¿no es así? Me temo que tendrán que cambiar de tren en Osnabrück y montarse en uno que viene de Berlín con destino a Deventer, pero habrá un vagón reservado para usted.

A Truus le parecía inexcusable gastarse tanto dinero en billetes de primera clase, pero el barón se negó a cambiarlos por otros más baratos cuando llegaron a la estación.

—Le aseguro que agradecerá todas las comodidades —le dijo—. Últimamente es muy difícil salir de Alemania.

—¿Y es más fácil para los que viajan en primera clase? —preguntó Truus, sin saber cómo esperaban que sacara a esos niños del país y los llevara a Holanda si ni siquiera el propio cónsul general podía lograrlo.

AYUDA PARA PAPÁ

El tío Michael estaba sentado en la silla de su padre, girado de medio lado tras el escritorio, con los ojos cerrados, frotándole el trasero a Anita por debajo de la falda, mientras Stephan permanecía allí parado, tratando de olvidar el recuerdo del sonido que hacían mientras estaba escondido debajo del sofá. ¿Hacía solo un día de aquello? Trató de no pensar en la imagen de los muslos de Žofie-Helene en el túnel aquella primera vez, y aun así el recuerdo se agitó en su interior al contemplar la cara de Anita, el placer en el ángulo de su mandíbula y la melena que le caía por la espalda como a Žofie. Stephan siempre había escrito sus personajes femeninos para que Žofie los interpretara con el pelo suelto, sin sus habituales trenzas o su moño.

Anita abrió los ojos.

—¡Oh! —exclamó al ver la mirada de Stephan.

—¿Ves? Tú también quieres más —dijo el tío Michael.

La mujer apartó las manos de su tío y dijo:

—Michael, tienes compañía.

Su tío se volvió hacia él. Por un instante, Stephan imaginó que seguía siendo el tío Michael que se sacaba un caramelo del bolsillo y decía: «Un dulce para mi dulce chico», o, a medida que Stephan fue haciéndose mayor, le preguntaba por la obra que estaba escribiendo o la música que le gustaba.

—¿Qué estás haciendo aquí? —preguntó su tío—. No puedes estar...

—Han arrestado a papá —dijo Stephan mientras la secretaria pasaba junto a él y salía por la puerta del despacho.

—Tienes que marcharte. No pueden verte aquí —dijo el tío Michael. Miró por la ventana. En el banco del otro lado de la calle había una fila de gente esperando, aunque el banco estaba cerrado—. Te conseguiré dinero, pero no...

—Papá necesita un visado —dijo Stephan.

—¿Y qué te crees, que puedo llamar a cualquier oficial y decirle que mi excuñado necesita un visado?

—Prometiste cuidar de nosotros. Puedo quedarme en Viena con mamá y con Walter, pero a papá lo han arrestado. Tiene que marcharse.

—Te daré dinero, pero no puedo conseguirte un visado. No me pueden ver pidiendo visados para judíos. ¿Lo entiendes? No te pueden ver aquí. Venga, vete, y que nadie te vea marcharte.

Stephan se quedó mirando a su tío, sentado en la silla de su padre, con el Kokoschka de la tía Lisl con las mejillas rasgadas colgado sobre el escritorio de su padre en aquel negocio que su abuelo había levantado de la nada cuando la familia del tío Michael tenía todos los privilegios. Quería volver a casa y meterse en la cama, como había hecho la noche anterior, pero era demasiado peligroso para su madre y para Walter que lo vieran ir y venir; había poco que hacer salvo trepar el árbol, colarse por la ventana a última hora de la noche y dormir unas horas para después volver a marcharse antes de que saliera el sol.

—Vete. Márchate —le dijo su tío—. Conseguiré algo de dinero para tu madre, pero has de pedir ayuda a los tuyos.

—¿A los míos?

—Eres judío. Si me pillan ayudándote, me enviarán también a un campo. Eres judío.

—Y tú eres mi tío. No tengo a nadie a quien recurrir.

—En el centro comunitario judío están ayudando a los judíos; es el sitio que hay cerca del apartamento en el que vivía tu abuelo mientras construía el palacio.

—¿En Leopoldstadt?

—He dicho mientras construía el palacio. Escúchame, por el amor de Dios. El que está a este lado del canal. Ahora vete, antes de que alguien me vea ayudándote.

EN BUSCA DE PAPÁ

Stephan iba pegado a las paredes húmedas mientras recorría la oscuridad del subsuelo. Llegó a las criptas situadas tras la verja cerrada bajo la catedral de St. Stephen; en algún punto había girado por donde no era. Volvió sobre sus pasos y se dirigió hacia la escuela del Talmud. Se asomó por una alcantarilla, ya estaba más cerca. Continuó hasta otra alcantarilla, se asomó de nuevo y vio las calles más estrechas y los edificios más antiguos y deteriorados del centro viejo de la ciudad, donde estaban el Stadttempel y las oficinas del IKG. Vio la puerta del centro judío, pero había allí dos agentes de las SS vigilando mientras las Juventudes Hitlerianas se burlaban de las mujeres y de los niños, lanzándoles piedras.

Stephan debería ayudar a las madres y a los niños. Lo sabía. Pero esperó a que las SS se marcharan. Les dio varios minutos para asegurarse de que no regresaban, antes de levantar la pesada tapa de la alcantarilla y atravesar corriendo la calle para entrar en las oficinas del IKG.

Una vez dentro, en el vestíbulo de la entrada con suelos de piedra gastada, una larga fila de gente ascendía por la escalera hasta un laberinto de oficinas. En las mesas pegadas a la pared del fondo, había cestas disparejas etiquetadas con A-B, C-D, y así con todo el alfabeto, todas ellas llenas de fichas. Se hizo el silencio entre la multitud cuando la presencia de Stephan se hizo patente. Casi todos los chicos judíos habían sido arrestados junto a sus padres, y además no llevaba kipá.

—Estoy tratando de encontrar a mi padre —dijo.

Lentamente, con cautela, la gente salió de su estatismo. Una organizadora que ayudaba a la gente a rellenar las fichas devolvió su atención a la mujer a la que estaba ayudando, que no podía rellenar ella misma la ficha porque no sabía escribir. Mientras la organizadora escribía, otros le hacían preguntas, pero ella mantenía la atención fija en la mujer analfabeta, quien esperaba encontrar a un ser querido que, como su padre, había desaparecido durante las revueltas.

—Por favor, estamos haciendo todo lo posible —gritó la organizadora por encima del escándalo—. También han vuelto a arrestar a Herr Löwenherz. Aún no sabemos dónde está nadie. Pueden hacer cola aquí si necesitan ayuda, pero sería más fácil para todos nosotros si tomaran una ficha y rellenaran la información de quien haya desaparecido. Nombre. Dirección. Cómo podemos ponernos en contacto con ustedes. Pongan la ficha en la pila con la inicial del apellido de la persona desaparecida. Se lo haremos saber en cuanto sepamos algo.

Nadie abandonó la cola.

Stephan tomó una ficha y, con un lápiz que llevaba en la bolsa —el nuevo lápiz de Walter—, escribió la información de su padre.

Una mujer más joven estaba diciéndole a otra mayor que tenía detrás: «Nos dijo que nos fuéramos a Shanghái y que él iría a buscarnos. Fue lo último que dijo: saca a los niños de Austria. No necesitas visado para ir a Shanghái, puedes ir sin más. Pero no hay manera de llegar».

—He oído que se pueden conseguir visados cubanos a cambio de un precio —respondió la mujer mayor—, pero los nazis se han quedado con todo lo que teníamos.

Stephan terminó de rellenar la ficha con la información de su padre y la colocó en la cesta marcada con la M-N, después se dio la vuelta para marcharse mientras otra organizadora vaciaba la cesta I-J en otro cubo más grande. Una ficha cayó al suelo, inadvertida, y fue pisoteada cuando la cola avanzó ligeramente.

Stephan recuperó la ficha que había escrito para su padre y esperó.

La organizadora reapareció y vació la cesta K-L en el cubo antes de volver a desaparecer. Cuando apareció una vez más, a por la cesta M-N, Stephan colocó la ficha de su padre directamente en el cubo que la mujer llevaba en las manos.

Se quedó mirándolo con sorpresa.

—Neuman. Herman Neuman, de Chocolates Neuman —dijo él, y oyó la voz de su padre en su propia voz. Su familia era gente de bien: su riqueza provenía de la empresa de chocolates fundada con su propio dinero, y mantenían sus cuentas en la columna del Haber del banco Rothschild.

EL CHICO CON BOMBONES EN EL BOLSILLO

Nadie del periódico salvo la propia Käthe Perger y su editor adjunto, Rick Neidhardt, se había presentado a trabajar después de las revueltas. El miedo había inundado hasta el último rincón de Viena. Cualquiera que fuera visto ayudando a un vecino judío estaría desafiando las nuevas leyes nazis, aunque el término «ayuda» era tan amplio que solo con informar de la verdad en un periódico podías acabar en la cárcel o algo peor. ¿Cómo iba Käthe a pedirles a sus empleados que siguieran trabajando? Sería como pedirles que hicieran cola para ser apaleados y encarcelados.

—¿Cómo vamos a hacer esto solos nosotros dos? —le preguntó Rick.

Käthe se quedó mirando la lista de tareas que habían elaborado, con el único sonido de Rick al aclararse la garganta.

—De acuerdo, Rick —dijo—, ¿por qué no…?

Apartó la mirada de la lista y se detuvo en seco, sobresaltada al ver el miedo en la cara de Rick, que miraba hacia la puerta.

Ella misma soltó un grito ahogado al ver al chico que acababa de entrar por la puerta del despacho. Habría jurado que había cerrado la puerta —y estaba cerrada—, pero el chico estaba allí, esperando. El chico, que ya casi era un hombre.

—No pasa nada, Rick —dijo, resistiendo la tentación de acercarse a Stephan y abrazarlo con fuerza—. Es el amigo de Žofie.

—El amigo de Žofie, no un amigo de Žofie, pero uno siempre es mejor que cero.

—Siento molestarla —tartamudeó Stephan Neuman—, pero... mi padre... Pensé que usted tal vez sabría dónde se han llevado a los hombres que han arrestado.

—Pero tú no... Casi todos los muchachos mayores fueron arrestados junto a sus padres —dijo Käthe.

El chico esperó. Era un chico listo y no estaba dispuesto a contar su secreto para evitar el arresto.

—La mejor información que tenemos es que algunos han sido trasladados a un campo de trabajos forzados alemán a las afueras de Múnich, cerca de Dachau, así que no está muy lejos. Pero puede que otros estén en tránsito hacia Buchenwald, o incluso Sachsenhausen. Estamos haciendo lo posible por averiguarlo.

—He oído que los nazis podrían permitir regresar a mi padre si consigo los papeles para que emigre. No sé qué hacer —dijo el pobre chico con los ojos llenos de lágrimas.

Käthe se le acercó despacio, para no asustarlo, y le pasó un brazo por los hombros.

—No, claro que no —dijo—. Claro que no. Nadie lo sabe, Stephan. Creo que... Averiguaré lo que pueda, te lo prometo. ¿Tu madre puede...? —Dios bendito, la madre del muchacho estaba confinada a una silla de ruedas y se estaba muriendo; había sido la pequeña obsesión de Käthe, seguirle el rastro al único amigo de su hija, pese a que la amistad no hubiese sobrevivido a aquellos días horribles—. No, lo siento, claro que no. Y tu tía se ha ido a...

—A Shanghái.

—¿Quizá en los consulados? —sugirió Rick.

Käthe le apretó el hombro al muchacho con cariño. Regresó a su mesa y comenzó a escribir direcciones en un trozo de papel.

—Empieza con los suizos, los británicos y los estadounidenses.

—Ayer me pasé todo el día en la embajada estadounidense. No van a hacer nada.

—Los estadounidenses tienen muchísimo trabajo acumulado —comentó Rick.

—Entonces acude a los otros —dijo Käthe—. Solicita un visado para tu padre, pero también para el resto de la familia. Diles que tu padre ha sido arrestado. Así… prestarán a su solicitud una atención especial. Haz solicitudes en todas partes, deprisa. Averiguaré lo que pueda sobre tu padre. Llámame…

—Ya no tenemos teléfono —dijo el chico con la voz rota, como si creyera que la vergüenza de aquello fuese suya y no de toda Viena, que alegremente había hecho suyos los hogares judíos asediados por toda la ciudad mientras los dueños legítimos debían hacinarse en apartamentos diminutos y oscuros en la isla de Leopoldstadt. ¿Cómo era posible que su mundo hubiera cambiado de forma tan drástica en tan poco tiempo? A principios de año, Austria era un país libre y su líder y su pueblo estaban decididos a seguir siéndolo. ¿Cómo había podido estar tan equivocada con sus vecinos? ¿Cómo no se había dado cuenta del odio que se ocultaba bajo la superficie, a la espera de que se presentara la excusa ofrecida por Hitler?

—No pasa nada, Stephan —dijo mientras Rick abría la puerta del despacho, tratando de acelerar la marcha del muchacho sin dar esa impresión—. No pasa nada. Ven a verme entonces. Si no estoy, dejaré una nota en la mesa con lo que haya descubierto, con tu nombre escrito.

—No… Entonces… —balbuceó Rick.

Miró por la puerta hacia la linotipia, que volvía a funcionar, pero había quedado dañada después del reciente ataque de los nazis. La máquina estaba parada, recordándoles la imposibilidad de su tarea, a la cual, como bien decía Rick, debían regresar. Podías ayudar a uno o podías ayudar a muchos, pero no había tiempo para hacer ambas cosas, aunque eso te provocara náuseas.

Käthe abrió un cajón del escritorio.

—La pegaré con cinta aquí debajo. Si no estoy en el despacho cuando vengas, saca el cajón y mira debajo, ¿de acuerdo?

Stephan, desalentado, se giró para marcharse.

—Stephan…, durante un tiempo, intenta no llamar la atención —dijo Käthe—. No estás en un barrio judío, eso está bien; los más salvajes parecen concentrarse en los barrios judíos. —Tal vez fuese eso lo que le había librado del arresto—. Y no le cuentes esto a nadie, por su seguridad. ¿Entendido? No se lo cuentes a tu madre. No se lo cuentes a Žofie-Helene. No se lo cuentes a nadie.

«Por favor, no se lo cuentes a mi hija», pensó mientras veía marcharse al muchacho. «Por favor, no la pongas en peligro». Lo cual era ridículo, claro. Aquel chico que se había hecho amigo de Žofie no podría ponerla en más peligro de lo que ya lo había hecho su propia madre con sus verdades.

Cuando el chico abandonó el despacho y salió a la calle, Rick se volvió hacia ella y su miedo se transformó en una acusación tácita.

—Lo sé. Lo sé, Rick —le dijo. No podían dejarse distraer por una única víctima; tenían demasiado que hacer—. Pero ese chico… Hace solo unos meses era un chico con bombones en el bolsillo. Fue el primer amigo verdadero de Žofie, el primer niño que no la veía como a un bicho raro. Y por eso tampoco lo hacían sus amigos.

—Ha aparecido como un espectro —dijo Rick—. ¿Lo habías visto u oído entrar?

Käthe sonrió pese a todo.

—Creo que la culpa es de Žofie por enseñarle a hacer eso. Le gusta creerse que es Sherlock Holmes.

PODER DE PRINCESA

En la estación de Hamburgo, mientras Truus hacía cola con los niños para cambiar divisa alemana por holandesa, trataba de imaginar qué habría pretendido hacer el barón Aartsen si ella no hubiera acudido a verlo. Tal vez hubiera llevado a los niños él mismo, pero una cosa era que pillaran a una simple mujer holandesa cruzando la frontera con niños y papeles falsos y otra bien distinta que esa persona fuese un diplomático holandés. Por supuesto, era imposible que los papeles fuesen auténticos. Truus agradecía que el barón le hubiese asegurado que lo eran, porque al menos así podría declarar con sinceridad que no sabía que eran falsos.

—Me gustaría cambiar sesenta marcos alemanes por florines —le dijo al agente de aduanas cuando llegó su turno.

—¿Para quién? —preguntó el hombre.

—Para los niños —respondió ella. A cada alemán se le permitía sacar diez marcos del país, y el barón Aartsen había pensado en eso, dándole dinero para cada uno de ellos. Pero, en su experiencia, era más probable que los agentes de la frontera alemana se quedaran con marcos que pudieran guardarse y gastar fácilmente que con florines holandeses cuyo cambio debería registrarse y explicarse.

—¿Esos son sus hijos? —preguntó el hombre.

No eran sus hijos, por supuesto. Los documentos de viaje de cada uno de los seis los identificaban como judíos.

—Los niños judíos no necesitan dinero —dijo el empleado y, sin prestarle más atención, pasó a ayudar a la siguiente persona.

Truus entrelazó sus manos enguantadas, conteniendo su furia, antes de apartarse de la ventanilla. No ganaría nada discutiendo con él.

Se acercó a la ventanilla de billetes con los niños.

—Necesito un billete para Ámsterdam para mañana, por favor —dijo.

De hecho tenía todos los billetes que necesitaba, pero podría cambiar el billete extra en Ámsterdam y recibir el reembolso en florines, efectuando el cambio de divisa de manera indirecta. Se sintió bastante orgullosa de sus recursos mientras conducía a los niños hacia el tren.

En Osnabrück cambiaron al tren con destino Deventer y embarcaron en el vagón reservado, que resultó estar al lado de otro reservado en el que viajaban las princesas holandesas Juliana y Beatrix, que regresaban a casa tras visitar a su abuela en su hacienda de Silesia. El tren, al transportar a las princesas, no se detendría en Oldenzaal, justo al otro lado de la frontera, sino que continuaría sin paradas hasta Deventer, donde, al estar tan lejos de la frontera, lo más probable era que no hubiera control fronterizo holandés; y, si lo había, se mostrarían atentos. Por esa razón el barón había insistido tanto en que viajaran en aquel tren, el de las princesas.

Al parecer, el barón no había contado con que los guardias fronterizos holandeses subieran a bordo en Bad Bentheim, porque dos hombres aparecieron en su vagón para pedirle los papeles. Truus se volvió hacia los niños y les dijo con calma y en voz alta para que los guardias pudieran oírla: «Id a lavaros las manos, niños, y después peinaos».

—Pero si es *sabbat*—objetó el mayor, un incordio de niño que había estado a punto de hacerles perder el tren por una llantina provocada por un anillo que su padre le había regalado por su *bar mitzvah*, y que al parecer había perdido. *Guardaos de menospreciar a uno de estos pequeños; porque os digo que sus ángeles en los cielos ven siempre el rostro de mi Padre que está en los cielos*, se recordó a sí misma. Intentaba no juzgar nunca a los niños con dureza —siempre estaban en situaciones difíciles—, pero a veces ponían a prueba su paciencia.

Al otro lado de la ventanilla, tal vez quedara un rayo de sol detrás de las nubes, o tal vez no.

—El *sabbat* ha terminado —dijo—. Vamos, moveos.

—No puedes hacer que el *sabbat* se termine solo porque te aburras —respondió el niño, palabras que Truus imaginó que el padre del muchacho le diría cuando pedía salir a la calle a jugar, no en mitad de un viaje para salvar su vida.

—La verdad es que sí que puedo —dijo Truus, mirando de nuevo por la ventanilla—. Pero, por suerte para nosotros, el sol ya se ha puesto, jovencito.

«Y eso me libra de tener que jugar a ser Dios», pensó.

El chico pareció dudar, pero miró hacia los hombres situados al final del pasillo.

Truus continuó para que la oyeran los guardias.

—Vais montados en el vagón junto a las princesas. Quizá tengamos que acompañar a estos dos amables caballeros para preguntar a las princesas si se os permite continuar hasta Holanda. De modo que adelante, id a lavaros.

Aprovechando la incertidumbre de los guardias fronterizos mientras los niños se alejaban en dirección contraria, dijo con determinación:

—Estos niños van a Ámsterdam. Los esperan en el hospital judío.

—Señora…

—Sus nombres —añadió, como si la guardia fuera ella y ellos los pasajeros.

Al darle sus nombres, Truus sacó de su bolso un bolígrafo y una pequeña libreta.

—Es sábado, señores —dijo, repitiendo sus nombres para crear efecto—. La Haya está cerrada, de modo que hoy no podrán hacer averiguaciones sobre nosotros, y mañana tampoco, pues será domingo. Pero les aseguro que, si nos vemos obligados a molestar a las princesas, el señor Tenkink, de Justicia, estará enterado de ello a primera hora del lunes. —Se quitó los guantes amarillos y agarró el bolígrafo con más fuerza—. Ahora, por favor, deletreen sus nombres.

Los guardias retrocedieron para permitir que los niños regresaran a sus asientos, después hicieron una reverencia y se marcharon, disculpándose por haberlos molestado. Al cerrar la puerta del vagón tras ellos, Truus comenzó a peinar al mayor con la misma delicadeza con la que imaginaba que lo habría hecho su madre.

BLOOMSBURY, INGLATERRA

Helen Bentwich metió una nueva hoja y el papel de calco triple en el carro de la máquina y siguió escribiendo. Era muy mala mecanógrafa, pero había enviado a Ellie a casa a las tres de la madrugada, después de que su pobre ayudante acabara siendo peor mecanógrafa aun. Al menos había tenido la precaución de pedirle a Ellie que colocara las pilas de papel de calco antes de marcharse. Eso consumía mucho tiempo: tener que formar pilas de cuatro hojas y tres papeles de calco, pero podía hacerse incluso dormido.

—Ya es la hora, Helen. —Era la voz de Norman, pero aun así la sobresaltó. Llevaba horas oyendo solo el ruido de las teclas de la máquina de escribir golpeando el papel, eso y el gong ocasional que podría o no ser el Big Ben, a un kilómetro y medio de distancia.

Por la ventana vio que empezaba a amanecer con ese tono grisáceo londinense propio del invierno.

Norman colgó un portatrajes del picaporte, después se puso detrás de ella y le acarició el pelo con tanta suavidad que le dieron ganas de cerrar los ojos y dormir. Cometió un error, quizá por la interrupción o quizá porque era muy mala mecanógrafa. Como no le quedaba tiempo, puso una barra invertida sobre el error.

—Las apariencias importan —dijo Norman.

Helen terminó la página y sacó las hojas de la máquina de escribir, dejó una en cada pila y tiró a la basura los papeles de calco usados. La última copia apenas se leía, pero llegado ese punto ya no podía hacer mucho más. Metió otro grupo de hojas en blanco.

—No soy mecanógrafa, Norman —dijo—. Además, lo que importa es el contenido.

—Me refería a tu apariencia, no al programa —respondió Norman.

Helen, golpeando las teclas con todas sus fuerzas, escribió en mayúsculas sobre una nueva página: *MOVIMIENTO PARA EL CUIDADO DE LOS NIÑOS DE ALEMANIA.*

Se puso en pie y dio la vuelta a cada una de las cuatro pilas de folios que tenía junto a la máquina de escribir para que quedaran cara arriba, después sacó las páginas del título del carro de la máquina y colocó una sobre cada pila de hojas.

—Dennis se reunirá con nosotros aquí —dijo—. ¿Has organizado los campamentos de verano?

Sacó la chaqueta de la percha que Norman le ofreció.

—¿No quieres la blusa? —le preguntó.

Helen agitó la bola de nieve con la noria dentro, porque la nieve suspendida siempre la relajaba, y volvió a dejarla sobre aquella mesa que había pertenecido a su abuela. Eso era algo que nunca sería, abuela.

—Quiero muchas cosas, Norman —dijo—, pero no hay tiempo.

—Sigo pensando que deberías hablar tú, Helen. Y el vizconde Samuel también lo piensa.

Ella sonrió y le dio un beso en la mejilla.

—Cariño, ojalá el comité confiara tanto como tú y como mi tío en las palabras de una mujer.

Norman agarró las copias del programa y cuadró los folios para que estuvieran ordenados antes de meterlos en las diferentes carpetas.

—Estas palabras son tuyas, las pronuncie quien las pronuncie —le dijo a su mujer.

—Eso mejor no lo digas —respondió ella mientras se ponía la chaqueta—, si quieres que tengamos éxito.

UNA MUJER CON VISIÓN

Cuando Helen Bentwich entró en el comedor de Rothschild, todos los hombres en torno a la mesa se pusieron en pie: el Comité Ejecutivo del Fondo Británico Central.

—Norman, te hemos reservado la cabecera de la mesa —dijo Dennis Cohen, que había ayudado a Helen a formular el programa, pero que se había pasado la noche durmiendo mientras Ellie y ella lo plasmaban en papel, lo cual estaba bien; en realidad, Helen podía hacer las cosas más deprisa sin que hubiera hombres implicados, sin tener que dar a sus sugerencias más importancia de la que merecían.

Rothschild pidió a Simon Marks si podía correrse un asiento para dejarle sitio a ella y, antes de que Helen pudiera objetar nada, el heredero de Marks & Spencer ya le estaba ofreciendo la silla.

Cuando, después de sentarse Helen, los hombres retomaron sus asientos, Norman continuó: «La propuesta presenta el programa que ya le describimos al primer ministro Chamberlain, según el cual traeremos a niños del Reich a un lugar seguro, y no pedimos nada al gobierno más allá de los visados de entrada británicos».

A Helen aún le sorprendía cómo había tenido lugar la reunión con el primer ministro. Cuando el Comité del Gabinete sobre Política Exterior se reunió para plantear lo que podría hacerse tras la noche de violencia en Alemania, parecía que la respuesta que habían alcanzado era «nada de nada»; el secretario de Asuntos Exteriores Halifax dijo que cualquier respuesta británica podría provocar la guerra, y el primer ministro Chamberlain aseguró que Gran Bretaña no estaba en situación de amenazar a Alemania; o eso le contó a Helen Norman, quien se lo había oído decir a Rothschild, quien a su vez se lo oyó a alguien del gobierno. La propia Helen había observado desde la galería cuando el asunto se presentó en el Parlamento. La Cámara había acabado peleando y el coronel Wedgwood dijo a sus compañeros: «¿No llevamos ya cinco años hablando de estos refugiados? ¿No puede el gobierno demostrar el sentimiento de este país intentando hacer algo por las víctimas de la opresión en Alemania?». El parlamentario Lansbury gritó: «¿Acaso no somos Gran Bretaña? ¿Es imposible decirle al mundo que Gran Bretaña los acogerá y les buscará un lugar para empezar de nuevo?». El conde de Winton y el secretario del Interior, en cambio, habían hablado de los peligros de provocar una respuesta antisemita en Gran Bretaña, y el primer ministro señaló que hasta los holandeses aceptaban solo a refugiados que tuvieran asegurada la entrada a otros países. «No es un asunto para el gobierno británico, como apuntan estos honorables caballeros, pero no me cabe duda de que tomaremos en consideración cualquier cosa que podamos hacer para ayudar a esas personas», concluyó el primer ministro, y Helen se preguntó para quién sería entonces «asunto», si no lo era para el gobierno británico. Pero donde Helen había percibido oposición en las palabras del primer ministro, Norman había visto una oportunidad, y muy pronto otra delegación —judíos y cuáqueros juntos esta vez, conducidos por el tío de Helen y Lionel de Rothschild— se reuniría con Chamberlain en el número 10 de Downing Street, para presentar el programa detallado que ahora figuraba en ordenadas pilas de papel frente a ellos.

—El primer ministro Chamberlain presentó ayer nuestra propuesta a los veintidós miembros del gabinete —estaba diciendo Lionel de Rothschild al comité—. El secretario del Interior expresó su preocupación diciendo que los más necesitados eran los judíos ancianos, y el secretario de Asuntos Exteriores estuvo de acuerdo, pero nosotros ofrecemos apoyo económico a los niños, por supuesto, y el primer ministro me asegura que dejó claro ese punto. El programa habla de rescatar a cinco mil. ¿Qué parte de los necesitados cubren esos cinco mil?

—Creemos que entre sesenta y setenta mil niños alemanes y austríacos menores de diecisiete años necesitan encontrar un lugar seguro —respondió Dennis Cohen.

Se hizo el silencio mientras asimilaban aquella información.

—Creemos que la mayoría tendrá menos de diez años —explicó Norman—. Hemos confirmado que dos campamentos de verano de Harwich pueden abrir para recibir a aquellos a quienes no podamos enviar directamente a hogares de acogida, con la idea de que los niños sean ubicados después en casas privadas lo antes posible. El Comité de Ayuda a Niños Alemanes se encargaría de encontrar los alojamientos. Tienen mucha experiencia después de encontrarles hogar a casi quinientos niños antes de los recientes actos de violencia...

—No son lo mismo quinientos niños, la mitad de los cuales eran cristianos y vinieron a lo largo de los años —le interrumpió Simon Marks—, que cinco mil en cuestión de unas pocas semanas.

—Son lo mejor que tenemos —respondió Norman—. Por supuesto, no cuentan con nuestra capacidad para recaudar fondos, de modo que eso tendremos que hacerlo nosotros.

—¿Estamos seguros de que solo queremos traer a los niños? —preguntó Neville Laski—. Sigo pensando que, si trajésemos a familias enteras...

—Existe el miedo a que, si traemos a familias enteras, no se marchen nunca —insistió Lionel de Rothschild—. Declararemos públicamente que pretendemos traer a los niños como algo temporal, hasta que sea seguro regresar a Alemania. Pero el primer ministro entiende que debemos estar preparados para aceptar la posibilidad de la adopción permanente extraoficial de niños más pequeños y la residencia permanente para niñas que podrían pasar a trabajar en el servicio doméstico o casarse con chicos británicos. Supone que requerirían el regreso de los chicos mayores a su país.

—La señora… —empezó a decir Norman, pero vio la mirada de Helen y, por suerte, se corrigió—. Muchos de nosotros —empezó de nuevo— hemos estado hablando de cómo financiar una empresa tan importante. Ya hemos utilizado el incentivo de publicar el nombre de los donantes en el *Jewish Chronicle* indefinidamente. Creemos que es necesario intentar llamar la atención de la prensa no judía.

—¿Para el público en general? —preguntó el Gran Rabino con cierto sobresalto.

—Incluso aunque lográramos recaudar el dinero —dijo Dennis Cohen—, encontrar hogar para cinco mil niños…

—¿Estamos planteando alojar a niños judíos en hogares gentiles? —preguntó el rabino—. Pero ¿qué hay de su fe? ¿Y su formación religiosa?

Todos se quedaron mirándolo, quizá con tanta perplejidad como la que sentía Helen.

—Rabino, ¿no comprende la emergencia a la que nos enfrentamos? —preguntó, sorprendiéndose incluso a sí misma—. ¿Preferiría cinco mil niños judíos muertos, o que una parte de esos cinco mil durmieran en camas en hogares cuáqueros y cristianos?

—Por supuesto, nosotros preferimos hogares judíos, rabino —dijo Dennis Cohen con tono apaciguador—, pero yo particularmente le estaría agradecido a cualquier persona de cualquier fe que esté dispuesta a ayudar. Invitaremos al público en general a ofrecer alojamientos, aplicando los requisitos mínimos del Consejo del Condado de Londres para hogares de acogida para niños británicos.

—Podríamos instalarlos en casas de huéspedes o en escuelas antes que en hogares gentiles —sugirió el rabino.

—¿Lugares donde esos niños —que ya estarán lejos de sus familias— no recibirán ningún cariño en absoluto? —le espetó Helen.

—Confiaremos en que el Reichsvertretung en Alemania y el Kultusgemeinde en Viena seleccionen a los niños basándose en la vulnerabilidad —dijo Dennis Cohen.

—Los chicos mayores serán los más vulnerables —les advirtió Helen—, pero los británicos querrán acoger a las niñas pequeñas.

—Traeremos a todos los que podamos —dijo Norman—, y confiaremos en Dios.

—Confiar en Dios —murmuró Helen; eso sí que era mucho pedir, teniendo en cuenta todo lo que les había negado ya.

—Dado que el tiempo es de vital importancia —comentó Lionel de Rothschild—, ¿por qué no votamos para decidir si presentar el programa Bentwich-Cohen al gobierno?

BOTAS BRILLANTES

Käthe Perger levantó la mirada y se sobresaltó al ver a un nazi vestido con abrigo oscuro y botas brillantes recorriendo la redacción del periódico junto a su pastor alemán, en dirección a la puerta abierta de su despacho. Le seguía un grupo de soldados de las SS, varios de ellos rodeando ya la linotipia para ver cómo trasladarla hasta su camioneta, que, como Käthe comprobó por la ventana, les esperaba en la calle.

El perro se quedó totalmente quieto cuando Adolf Eichmann, de pie ya frente a su puerta, dijo:

—Usted es Käthe Perger.

Käthe lo miró a los ojos. Como sus palabras no habían sido una pregunta, no creyó que tuviera que responder.

—¿Y sus empleados no están aquí esta tarde? —preguntó él.

—No me quedan empleados, Obersturmführer Eichmann —respondió ella, lo cual no distaba mucho de la verdad.

—Entonces vendrá conmigo —dijo él.

CAJONES VACÍOS

Incluso con la luz tenue, Stephan advirtió el escritorio destrozado y los restos esparcidos de los cajones. Recolocó un cajón que seguía más o menos intacto. No había nada dentro. No había nada escrito por ninguna parte en el despacho de Käthe Perger, que estaba cubierto con carteles que prohibían la entrada. Todo había sido catalogado como prueba.

Al oír voces que se acercaban, se escondió debajo de los trozos más grandes del escritorio lo mejor que pudo, justo cuando el haz de luz de una linterna iluminaba la estancia desde la puerta.

Escuchó que entraban dos hombres, hablando y riéndose, y el ruido de una cerilla al encenderse, el olor de los cigarrillos.

—Esa zorra loca que siempre andaba metiéndose en los asuntos de los demás ha tenido su merecido —dijo uno de ellos.

Stephan respiraba sin hacer ruido, tan quieto que le dolía todo el cuerpo, mientras los otros dos charlaban con ese tono aburrido de quien intenta convencerse a sí mismo de que no es tan malo como realmente es. Por fin se marcharon, pero aun así Stephan se quedó debajo de los restos del escritorio, esperando, mientras el latido del corazón le volvía a la normalidad.

Cuando pensó que ya estarían lejos de allí, en otros escombros, fumando otro cigarrillo y riéndose de otra desgracia, salió de entre los escombros y revisó los trozos de cajones en la oscuridad, deslizando las manos por cada uno de ellos. Hizo lo posible por ser metódico en mitad del caos, dejando a un lado cada trozo de cajón tras haberlo examinado.

Se le clavaban astillas en los dedos, pero no encontró nada.

Justo cuando empezaba a desesperar, rozó con los dedos un pequeño trozo de papel pegado al fondo de un cajón casi intacto, apartado en un rincón. Quizá no fuera nada más que una etiqueta del mueble.

Lo palpó con más cuidado y utilizó la uña para levantar la cinta adhesiva. Cuando lo hubo soltado, sacó su linterna.

Se quedó helado; otra vez voces en la ventana. No los había oído venir.

Se quedó muy quieto. Las voces siguieron calle abajo y desaparecieron.

Se guardó el trozo de papel, fuese lo que fuese, en el bolsillo para no perderlo y terminó de registrar en la oscuridad, demasiado asustado para encender la linterna. Encontró tres pedazos sueltos de papel, que se guardó también antes de salir del despacho y colarse en el subsuelo todo lo rápido que pudo.

Debería esperar a llegar al palacio aquella noche, pero se dio cuenta de que le temblaban las piernas, de que necesitaba saber la verdad antes de contársela a su madre y a Walter. Se acuclilló al borde del túnel, escondido detrás de un montón de escombros. Desdobló el primer trozo de papel que había encontrado, el que estaba pegado al cajón.

Encendió la linterna. Un haz de luz cayó sobre las palabras escritas.

Murió en tránsito a Dachau. Lo siento mucho.

EL DEBATE DE WESTMINSTER

Eran las seis y media y Helen Bentwich, en la galería, ya estaba agotada después de pasar el día oyendo discursos, cuando el Parlamento por fin abordó la cuestión de los refugiados. Philip Noel-Baker, con su estilo apasionado y algo de palabrería, comenzó a presentar el caso con horribles detalles: un hombre y su familia quemados vivos; un internado en Caputh derribado a las dos de la madrugada; pacientes expulsados del sanatorio de Bad Soden para tuberculosos llevando solo el pijama; los pacientes del hospital judío de Nuremberg obligados a desfilar. «Si esos actos hubieran sido los excesos espontáneos de la muchedumbre, el gobierno alemán podría haber castigado a los asaltantes y ofrecer indemnizaciones a las víctimas», dijo. «En su lugar, el gobierno alemán puso fin al asunto con un decreto en el que culpaba a los propios judíos de la destrucción y les imponía una multa de ochenta y cuatro millones de libras. Lo más siniestro de todo es que el gobierno alemán ha empezado a arrestar a todos los varones judíos con edades comprendidas entre los dieciséis y los sesenta años». No quería «seguir añadiendo horrores», pero la Cámara debía entender que esos hombres y muchachos en campos de concentración se veían obligados a trabajar jornadas de diecisiete horas con raciones de comida que no alimentarían ni a un niño, y eran sometidos a torturas que prefería no especificar. Helen tampoco deseaba conocer los detalles de las torturas, pero había oído hablar de ellas, y no entendía que los miembros de aquella cámara fuesen tan delicados como para ahorrarles los detalles, habida cuenta de que tomaban decisiones que salvarían vidas, o no.

Eran las diez de la noche cuando el secretario del Interior Hoare abordó específicamente la propuesta del Kindertransport. «El vizconde Samuel y diversos judíos y demás trabajadores religiosos acudieron a mí con una propuesta interesante», dijo. «Me hablaron de una experiencia llevada a cabo durante la guerra, cuando ofrecimos hogares aquí a miles de niños belgas, desempeñando así un papel inestimable para mantener la vida de esa nación».

—Esos niños vinieron aquí con sus familias —le susurró Helen a Norman—. Cuando tenían familias.

Norman acercó los labios a su oído tanto que pudo sentir su aliento, y susurró:

—Es más fácil persuadir a un hombre para que haga lo que cree que tiene precedente.

—Esta delegación considera —continuó Hoare— que podemos encontrar hogar en este país a un gran número de niños alemanes sin perjuicio para nuestra población; niños cuyo mantenimiento sería garantizado por los fondos de la delegación o por individuos generosos. Lo único que ha de hacer el Ministerio del Interior es otorgar los visados necesarios y facilitar su entrada. Tenemos la oportunidad de acoger a la nueva generación de un gran pueblo y de mitigar así el terrible sufrimiento de sus padres. Sí, debemos prevenir la entrada de personas indeseables tras el manto de la inmigración de los refugiados. Por lo tanto el gobierno ha de investigar al detalle las circunstancias individuales de los refugiados adultos, un proceso que conllevará retrasos. Pero un gran número de niños podría entrar sin investigaciones individuales.

La discusión fue larga y compleja: ¿los contribuyentes británicos no se verían abrumados con la responsabilidad financiera hacia los niños? ¿Deberían limitar el número? ¿Y qué pasaba con los

checoslovacos? ¿Y los refugiados españoles? El señor David Gren-
fell insistió: «No podemos permitir que la poderosa nación de Alemania despoje a sus judíos de todo lo que tienen y los eche del país,
diciendo "no queremos a los judíos en nuestro país, quedaos vosotros con ellos"». Pero por fin plantearon la pregunta: en vista de la
creciente gravedad del problema de los refugiados, ¿aceptaría esta
Cámara un esfuerzo concertado entre naciones, incluyendo Estados Unidos, para asegurar una política común para la inmigración
temporal de los niños del Reich?

—¿Un esfuerzo concertado? —le dijo Helen a Norman—. Pero
si no hay otras naciones con las que concertar.

—Todos a favor...

SALIDA, SIN VISADO

Stephan, al oír los pasos en la escalera, se levantó de un brinco de la cama, agarró el abrigo y los zapatos de la silla que había junto a la ventana del dormitorio y salió al tejado mientras Walter —que también estaba durmiendo con la ropa puesta por el frío y por la necesidad de estar preparado para cualquier cosa— agarraba a Peter Rabbit con fuerza y se marchaba corriendo y sin hacer ruido a la habitación de su madre, a la cama de su madre, como habían practicado. Los matones irrumpieron sin dejarse entorpecer por la puerta, con unas linternas tan brillantes que la ventana que ahora Stephan tenía debajo brilló como si las luces de dentro estuvieran encendidas, pese a que los hombres seguían en la sala de estar del centro.

—¿Dónde está el chico? —preguntó una voz profunda.

Debían de estar en la habitación de su madre, porque era imposible que su madre hubiera tardado tan poco en salir de la cama y sentarse en la silla de ruedas, ni siquiera aunque hubiera contado con su ayuda.

Stephan se quedó acuclillado e inmóvil, con el abrigo y los zapatos en las manos, sintiendo el frío del tejado bajo los pies a medida que la fina capa de hielo iba filtrándose por los calcetines.

—No nos importa llevarnos a este pequeño en su lugar —dijo el hombre.

Ni siquiera los nazis harían daño a una mujer moribunda y a su hijo pequeño, se dijo Stephan mientras se estiraba para cerrar la ventana de su dormitorio sin hacer ruido, amortiguando la voz de su madre a dos habitaciones de distancia diciendo que no sabía dónde estaba, que suponía que se lo habrían llevado a los campos; su madre poniéndose en riesgo para que él pudiera escapar mientras Walter guardaba silencio, aterrorizado, o envalentonado, o ambas cosas. Stephan tuvo que hacer un esfuerzo por no volver a entrar y exigir que dejaran en paz a su madre y a su hermano, pero se lo había prometido a su madre. No podrían sobrevivir sin él, había insistido ella. Era necesario que encontrara una manera de salir de Austria. No podría hacerlo ella sola, y Walter tampoco, de modo que Stephan tenía que salvarse él primero. Walter había dicho que Peter y él podrían cuidar de su madre. Era un niño muy pequeño, pero estaba decidido. Sabía vaciar una bacinilla. Sabía cambiarle la ropa a su madre. Sabía hacer muchas cosas que un niño de cinco años no debería saber hacer.

Stephan avanzó en silencio por el tejado resbaladizo hacia el árbol situado junto a la ventana de su antiguo dormitorio, la manera de llegar hasta la calle.

Un soldado patrullaba con un perro por el camino situado junto al árbol. El perro puso las orejas de punta cuando atravesaron el haz de luz dorada de la farola, con una sombra tan alargada que parecía una criatura de otro mundo.

Stephan se apartó despacio del borde del tejado y se agachó detrás de una chimenea, donde el sonido de su respiración tal vez no llegara hasta los oídos del perro. Se quedó pegado al ladrillo, sintiendo el ligero calor de la estructura, la protección de su sombra.

No había una sola estrella en el cielo.

Examinó las chimeneas del tejado mientras se ponía un zapato, tratando de ver en la oscuridad. ¿Era humo lo que salía de esa chimenea? ¿De la de al lado? Estaba atándose el zapato cuando oyó que se abría una ventana.

Corrió hasta una chimenea y la tocó; estaba caliente. Luego a otra, también caliente. Había alguien saliendo por la ventana de su madre para subir al tejado.

—Maldita sea, hace frío —gritó el nazi mirando hacia la ventana.

«Y está resbaladizo», pensó Stephan. Tal vez pudiera empujar al soldado desde el tejado con la esperanza de que pareciera una caída.

—¿Hay rastro de él? —preguntó una voz más aguda; ahora eran dos los que estaban en el tejado. No podía empujar a dos, y mucho menos que pareciese casualidad.

Distinguía sus siluetas en la oscuridad, pero ellos aún no le veían; tenía sus voces para ayudarse a localizarlos, y sus ojos habían tenido tiempo de acostumbrarse, mientras que ellos acababan de dejar atrás la luz.

Sin perderlos de vista, se acercó a la tercera chimenea. Estaba fría, tan fría como el pie en el que no se había puesto el zapato.

¡El abrigo! Debía de habérselo dejado junto a la primera chimenea.

Vio una luz brillante al otro extremo del tejado, una linterna, después otra.

Se subió a lo alto de la chimenea y se coló dentro; sintió el ladrillo áspero contra la fina camisa, al mismo tiempo resbaladizo por el hollín y frío en el pie que llevaba descalzo.

Se colocó el otro zapato en la entrepierna para poder sujetarse mejor con las manos.

El nazi de la voz más profunda llamó al soldado que patrullaba con el perro por la calle. No, nadie había bajado desde el tejado.

Ambos se separaron, ahora sus voces llegaban de direcciones diferentes sobre el inmenso tejado y las luces de sus linternas se cruzaban a veces por encima de la cabeza de Stephan. Empezaron a hablar de los demás tejados a su alrededor, como si hubiera podido saltar todo ese hueco sobre la calle.

La voz más aguda sonaba ahora cerca de la primera chimenea, junto a su abrigo olvidado.

A Stephan le ardían los muslos por el esfuerzo de sujetarse en la chimenea. Una chimenea de cinco plantas. ¿Podría descender por ella, o se caería porque tenía las piernas ya cansadas? Si lograba bajar, tal vez la habitación situada al otro extremo del conducto estuviese vacía. La chimenea estaba fría, al fin y al cabo. Era una habitación de las del centro del palacio, a juzgar por la ubicación de la chimenea. ¿La cocina? La cocina sin ventanas, donde se veía atrapado, incapaz de salir del palacio sin ser visto. Tendría que haber encontrado una chimenea fría en el borde del edificio, una que condujese hasta una habitación con ventana, con salida. Pero no había tenido tiempo.

Se recolocó un poco, tratando de agarrarse con más fuerza. El zapato que sujetaba en la entrepierna se le resbaló. Extendió el brazo para agarrarlo antes de que golpeara contra el tiro metálico de la chimenea, y entonces resbaló él. Apenas logró agarrar el cordón del zapato con la mano izquierda.

Se puso los cordones entre los dientes y apretó con el brazo contra el ladrillo frío para detener la caída. Le temblaba la rodilla derecha por el esfuerzo, por el frío o por el miedo.

Los nazis se estaban riendo. ¿De qué se reían? ¿Habrían encontrado su abrigo?

—¡Ya te he dicho que no éramos gimnastas! —dijo la voz aguda.

Hablaron de hacia dónde podría haber ido. Y Stephan siguió sujeto en el interior de la chimenea, con el cordón entre los dientes.

Se oyó un quejido, una carcajada y los golpes de los nazis al volver a entrar en el pequeño apartamento. Para ellos no era más que un juego, una aventura.

Esperó algo de tiempo hasta que cesaron las voces antes de subir un poco por la chimenea y asomarse por encima del borde. Salió y se quedó tumbado en el tejado, esperando y observando, tratando de que dejaran de temblarle las piernas. Seguía allí tumbado cuando oyó el chirrido de la ventana. ¡Era seguro volver a entrar! No tendría que regresar al subsuelo.

Llegaron hasta sus oídos las primeras notas de la *Suite n.º1 para violonchelo* de Bach.

Escuchó los acordes, las notas lastimeras que no eran el «Ave María». Por fin se puso el segundo zapato sobre el calcetín mojado y cubierto de hollín. Se deslizó por el tejado hasta su abrigo, se lo puso y se dejó caer por el árbol. Corrió hasta el quiosco más cercano de la Ringstrasse, bajó los estrechos escalones y respiró aliviado al llegar al subsuelo, frío y lleno de ratas.

LA PETICIÓN DEL VIZCONDE SAMUEL

El viejo y decadente salón de baile del Hotel Bloomsbury estaba lleno de mesas plegables, con el jaleo de sesenta mujeres procesando papeles de inmigración a toda velocidad. Habían ideado un sistema de tarjetas de dos partes con un código de colores; una de las partes permanecería en Inglaterra mientras la otra era enviada a Alemania, una tarjeta por cada niño. «¡Subid el volumen!», gritó alguien. «¡Helen, tu tío está en la BBC, acaba de empezar su solicitud!».

—Está bien, dejadla puesta, pero seguid trabajando —respondió ella—. Que toda Gran Bretaña abra sus puertas para acoger a los niños no servirá de nada si no podemos sacarlos de Alemania.

Las mujeres siguieron con sus tareas, escuchando al tío de Helen hablar por la radio. «… Por muy devastadora que sea la separación, casi todos los padres judíos, y muchos cristianos 'no arios', desean enviar a sus hijos lejos de allí, incluso aunque no puedan encontrar refugio para sí mismos».

Al mencionar a los cristianos, el vizconde Samuel pretendía hacer que la propuesta fuese más atractiva, Helen lo sabía.

—Se ha puesto en marcha un movimiento mundial para rescatar a esos niños —continuó su tío.

Un movimiento mundial en el que solo se movía Gran Bretaña. Pero sin duda otros países seguirían su ejemplo.

—Es una situación urgente —decía el vizconde Samuel—. Por tanto, solicitamos a la nación que acoja a estos niños y que cuide de ellos, que los hospede en hogares privados. ¿Las iglesias, las comunidades judías y otros grupos querrán dar un paso al frente y responsabilizarse de algunos de estos niños, que están a merced del mundo?

DESEOS GRANDES Y PEQUEÑOS

Stephan se acurrucó sobre una caja de granos de cacao y se metió las manos desnudas entre los muslos para tratar de mantener el calor. Se despertó, temblando, pasado un minuto o cinco, o quince, o varias horas. El tiempo no pasaba en la oscuridad del subsuelo, sin indicadores que señalaran el cambio. En un estado somnoliento, extendió el brazo hacia la cadena para encender la bombilla eléctrica que colgaba sobre su cabeza, pero se dio cuenta justo a tiempo de que eso proyectaría luz en la puerta situada al final de la escalera. ¿Habría alguien en Chocolates Neuman que pudiera abrirla y descubrirlo?

Sabía que no debería quedarse allí, pero era un lugar seco y familiar, ¿y a qué otro sitio podría ir? Deseaba regresar a casa y meterse en su cama, no en la cama de la habitación del servicio que compartía con Walter, sino en su propia cama, con su almohada favorita y sábanas limpias, con sus libros, su mesa y su máquina de escribir, todo el papel del mundo, todos los sueños. ¿Cómo no iba a ser aquello una pesadilla? ¿Cómo era posible que no estuviera durmiendo, a punto de despertarse, aún en pijama, para ir a su máquina de escribir y plasmar la pesadilla antes de perder los detalles que compondrían la historia?

Agarró la linterna del gancho que había al pie de las escaleras del sótano del cacao; podría mantener la luz apartada de la puerta y apagarla más fácilmente que la bombilla del techo. Mantuvo la atención puesta en las escaleras mientras agarraba la palanca y abría una de las cajas.

Sacó un puñado de granos de cacao de una de las bolsas de yute, después cerró con cuidado la bolsa y la caja para que nadie se diese cuenta. Se metió un par de granos en la boca y masticó; estaban duros y amargos. Deseó tener agua para poder tragárselos. Muchos deseos, grandes y pequeños.

Se metió el resto de granos en el bolsillo del abrigo y estaba dejando la palanca en su lugar cuando oyó voces arriba; trabajadores que acudían a por los granos de cacao del día. Sobresaltado, apagó la linterna, se metió bajo las escaleras y empezó a bajar por la escalera de mano. Al oír abrirse la puerta, se dio cuenta de que todavía llevaba la linterna. Se la metió en el bolsillo con la esperanza de que no la echaran en falta.

Atravesó el túnel hasta el subsuelo, tratando de pensar dónde podría esconderse. Desde el otro extremo del túnel llegaron otras voces: «¡Por aquí!», y pasos que corrían. Nazis que registraban el subsuelo en busca de hombres y muchachos escondidos, como él.

Atrapado, retrocedió a rastras hacia el extremo interior del túnel, convencido de que los latidos de su corazón le delatarían.

Las botas de los nazis sonaban en el exterior del túnel, corriendo a pocos metros de donde se encontraba.

OTTO

Otto tomó a Johanna en brazos y le dio un beso.

—Quiero que venga mamá —dijo la pequeña.

—Lo sé, cielo —respondió Otto—. Lo sé.

Žofie, que se había vuelto muy callada desde la detención de su madre, muy adulta, le preguntó si había podido ir a ver a su madre.

—He confirmado que la tienen prisionera aquí, en Viena —dijo él—. ¿Por qué no me dejas a mí terminar de hacer la cena?

—Si solo es *kulajda* —respondió ella.

Kulajda. Era la comida favorita de Žofie. Siempre que iban a visitar a su abuela Betta, volvía contando que Johanna y ella iban a recoger los huevos al gallinero para que su abuela los escalfara y colocara cuidadosamente en cada cuenco de sopa de patata.

—Relájate, *Engelchen* —le dijo Otto—. Lee un poco.

Su ejemplar de *Kaleidoscope* estaba sobre la mesa. Se lo llevó al dormitorio de Käthe y volvió a meterlo en el escondite de debajo de la alfombra. En su lugar, le llevó *Las memorias de Sherlock Holmes*.

Žofie se sentó a la mesa con un cuaderno lleno de ecuaciones, despreciando incluso a Sherlock Holmes. Johanna se acomodó junto a ella, chupándose el pulgar. Otto encendió la radio para escucharla mientras terminaba la sopa: el ministro de Asuntos Exteriores Von Ribbentrop se dirigía a París para firmar la propuesta del acuerdo de paz franco-alemán; había un gran número de libros de segunda mano disponibles debido al cierre de las librerías judías; y acababan de imponer un toque de queda a los judíos de Viena.

Žofie-Helene levantó la mirada del papel.

—¿Cuándo soltarán a mamá?

Otto dejó la cuchara y se sentó en la silla que había junto a ella.

—Solo tiene que prometer que no escribirá más.

Žofie, con el ceño fruncido, volvió a sus ecuaciones. Otto volvió a los fogones, a la satisfacción de poder cuidar de ellas, al menos.

Tiempo después de que Otto diera por hecho que Žofie-Helene estaba absorta en sus matemáticas, la muchacha dijo:

—Pero es escritora.

Otto removió la sopa despacio, viendo como aparecía la línea del remolino, se mezclaba y desaparecía.

—Žofie —le dijo—, sé que Stephan te regaló ese libro. Sé que significa mucho para ti. Pero está prohibido. Si vuelves a sacarlo, tendré que quemarlo en la estufa.

Entonces empezó a sonar el teléfono, claro que sí, justo en el momento más inoportuno.

—No necesito quedarme con el libro —respondió Žofie—. Yo misma lo sacaré a los cubos de basura después de cenar. Lo prometo.

Él asintió —sí, sería lo mejor— y respondió al teléfono.

—¿Käthe Perger? —preguntó una mujer con la voz entrecortada por las interferencias. ¿Llamaría desde el extranjero?

—¿Quién es? —preguntó Otto.

—Lo siento —respondió la mujer—. Soy Lisl Wirth, la tía de Stephan Neuman. Esperaba poder hablar con Žofie-Helene. Llamo desde Shanghái. Acabo de recibir una llamada de mi cuñada diciendo que Stephan ha... Fueron a arrestarlo y huyó, pero ahora obligan a Ruchele a trasladarse. Pensaba que tal vez Žofie supiera dónde podría estar...

—Alguien podrá ayudar a encontrarlo —dijo Otto.

—Nadie sabe dónde está —insistió la mujer—. Y Ruchele...

Incluso su doncella ha tenido que marcharse porque los cristianos ya no pueden trabajar para los judíos. Está sola con Walter. No puede apañarse. Pensaba que tal vez Žofie supiera dónde está Stephan… No quiere saber dónde está, solo…

—Žofie-Helene no tiene ni idea de dónde está Stephan —respondió Otto.

—Mi cuñada solo quiere transmitirle un mensaje a su hijo para que sepa dónde encontrarla.

—¡Mi nuera está presa por vuestra culpa! ¡Debéis dejarnos en paz!

Colgó el teléfono con mano temblorosa.

Žofie-Helene se quedó mirándolo.

—Puedo encontrar a Stephan —dijo.

Johanna también lo miraba. Se sacó el pulgar de la boca y dijo:

—Žozo puede encontrar a Stephan.

Otto volvió a remover la sopa. No hacía falta, pero lo necesitaba.

—Tú no sabes dónde está, Žofie —le dijo a su nieta—. Te quedarás aquí y harás tus ejercicios, y cuando liberen a mamá iremos a casa de vuestra abuela Betta. Vuestra madre no puede quedarse aquí. Cuando la liberen, nos iremos a Checoslovaquia.

EN BUSCA DE STEPHAN NEUMAN

Žofie-Helene se levantó de la cama, todavía con la ropa puesta. Sacó su caja de secretos de debajo de la cama y volvió a guardar el libro que había estado leyendo para mantenerse despierta hasta que el abuelo se durmiera, las historias de Stefan Zweig que le había prometido a su abuelo que tiraría a la basura. Era verdad y a la vez mentira que hubiese cumplido su promesa: había sacado el libro a los cubos de basura que había frente al edificio, pero entonces no había podido hacerlo y había vuelto a meterlo en casa. *Kaleidoscope.* Muchas veces se había preguntado por qué Stephan le habría regalado el segundo volumen de la colección en vez del primero. Podría habérselo preguntado, pero el enigma le gustaba, la deducción de aquel enredo mental. Tal vez lo hubiera elegido para ella por el título; habría sabido que el título le gustaría, todas esas superficies reflectantes orientadas unas hacia otras para que un simple objeto se convirtiera en muchos, una imagen repetida una y otra vez hasta convertirse en otra cosa, algo hermoso.

Entró de puntillas en la cocina y sacó un cuchillo del bloque de madera. Abrió un cajón y buscó en la oscuridad una vela y una caja de cerillas. Agarró su abrigo y su bufanda rosa de cuadros, y estaba a punto de salir cuando, en un impulso, agarró los restos de pan que habían sobrado de la cena, envueltos aún en el envoltorio de papel de la panadería, y se los guardó en el bolsillo del abrigo.

Una vez fuera, dobló la esquina, levantó un triángulo de la tapa octogonal de la alcantarilla y bajó por la escalera hacia el subsuelo, que estaba tan oscuro y daba tanto miedo que tuvo que encender una cerilla. No era luz suficiente para ver gran cosa, pero al menos sirvió para ahuyentar a las ratas. Comenzó a andar en una dirección, pero pronto tuvo que taparse la boca con la bufanda por el fuerte olor. Se había equivocado de dirección y se acercaba a las cloacas en vez de alejarse. Se dio la vuelta y siguió caminando con sigilo. Si alguien la encontraba, diría que estaba buscando a su gato.

Pasado un tiempo, se detuvo y escuchó: alguien roncando. Avanzó hacia el ruido hasta que logró ver el origen; un hombre corpulento. Retrocedió y siguió andando, aliviada cuando alcanzó uno de los pasadizos iluminado por una luz de obra. Sin embargo, una vez que lo dejó atrás, la oscuridad se volvió más densa.

No le gustaba tener que usar la vela, que había llevado para Stephan, pero le sorprendió la cantidad de luz que proyectaba. Pasó frente al convento y la puerta de St. Stephen, la pila de calaveras que evitó mirar, aunque tal vez debería haber mirado, quizá fuera menos inquietante si reemplazara el recuerdo de la valentía de Stephan con la suya propia.

Al llegar al túnel que daba al sótano de cacao, se detuvo y tomó aire. «Mantén la boca abierta, deja que el chocolate se pose en tu boca. Déjalo ahí, haz que dure, saborea cada momento». Había querido darle la mano a Stephan aquella primera vez en el subsuelo, pero ¿cómo le das la mano a tu único amigo sin arruinarlo todo?

Se arrodilló sobre la piedra fría y entró a gatas en el túnel que tan encantada había estado de descubrir aquella primera vez.

—Stephan, ¿estás ahí? —susurró, deseando que estuviera y al mismo tiempo no. La paradoja de la amistad. ¿Cómo podría sobrevivir allí abajo con el frío y la humedad? ¿Cómo podría dormir allí abajo con las ratas siempre presentes?—. Soy yo, Žofie-Helene. No tengas miedo.

La caverna inferior estaba vacía. Acercó la vela a la escalera de mano que conducía al sótano del cacao. Los peldaños no estaban especialmente sucios. Los habían usado hacía poco. Elemental.

Subió despacio por la escalera, con cuidado. Oyó algo. Apagó la vela de un soplido y escuchó con atención, después ascendió los últimos peldaños con todo el sigilo que pudo. Al llegar arriba, se asomó a la oscuridad. No oyó nada.

—¿Stephan? —susurró.

No hubo respuesta.

Encendió otra cerilla y se volvió hacia el sonido que emitió algún bicho al salir corriendo.

Agitó la mano en el aire hasta encontrar la cuerda de la bombilla, que iluminó la estancia con tanta intensidad que hubo de cerrar los ojos.

Una nueva linterna colgaba junto a las escaleras, pero, por lo demás, la estancia no había cambiado. Había un pequeño hueco entre las cajas de cacao al otro extremo del sótano. Tal vez se hubieran quedado descolocadas cuando las transportaron hasta el sótano, algún trabajador cansado al final de una larga jornada de trabajo. Se acercó más. No había nada allí. Si Stephan estaba viviendo ahí, no dejaba ningún rastro más allá de los peldaños relativamente limpios de la escalera de mano. Pero ¿dónde si no podría estar viviendo?

Regresó con reticencia hasta la bombilla del techo, preparándose para volver a la oscuridad. El frío. Los animales que no veía. Sus dientecillos afilados y las enfermedades que transmitían. Esperó un minuto, con la esperanza de que la luz atrajese a Stephan, antes de apagar y volver a bajar por la escalera.

¿Dónde podría estar durmiendo Stephan si no estaba en el sótano del cacao? En algún lugar más cálido, y sin ratas, esperaba. Pero no tenía idea de dónde podría ser.

Sacó el pan envuelto del bolsillo, se quitó la bufanda y ató un extremo de la tela rosa al pequeño paquete. Ató el otro extremo a la escalera para dejar la comida colgada lejos del suelo, fuera del alcance de las alimañas, o eso esperaba. Volvió a arrastrarse por el túnel, se puso en pie y rayó «S-->» en la piedra en diferentes lugares, con la esperanza de ayudar a Stephan a encontrar la comida. Empezó a rayar algunas letras más, pero entonces regresó a la caverna, desató el pan y volvió a guardárselo en el bolsillo.

Volvió a subir por la escalera hasta el sótano del cacao, buscó en la oscuridad la cuerda de la bombilla. Después de que sus ojos se acostumbraran a la claridad, con más rapidez esta vez, ya que había pasado menos minutos a oscuras, agarró el bolígrafo del portapapeles y escribió en el envoltorio de papel del pan: *Obligan a tu madre a mudarse a Leopoldstadt. Averiguaré dónde y te dejaré una nota y una manta. Déjame una nota para cualquier otra cosa que necesites.*

El libro. ¿Por qué no se lo habría llevado? La próxima vez le llevaría *Kaleidoscope*.

Dejó el bolígrafo en su sitio, justo donde lo había encontrado. Se preparó para volver a la oscuridad, tiró de la cuerda y bajó de nuevo por la escalera. Ató el paquete del pan y, con reticencia, la vela y las cerillas a la bufanda, que después ató al peldaño de la escalera. Palpó en la oscuridad hasta encontrar el túnel bajo, se arrastró por el suelo y después fue tanteando la breve distancia hasta el montón de escombros y las escaleras circulares. Al llegar arriba, empujó uno de los triángulos de la tapa octogonal de la alcantarilla y se asomó. Al no ver a nadie, salió a la calle todo lo rápido que pudo y se dirigió hacia casa.

CLANDESTINO

Truus sirvió el té para Norman y para Helen Bentwich y les ofreció galletas. Les ofreció también una pitillera plateada; un hombre solía relajarse si se le permitía fumar.

—Esto es algo muy clandestino —comentó—. Joop se sentirá destrozado por quedarse fuera.

—Pensamos que tal vez quisieras algo de tiempo para valorar tú sola nuestra propuesta —respondió Helen.

Truus sabía que, al decir «pensamos», Helen quería decir «pensé».

—Varias agencias que ahora trabajan juntas bajo la protección del Movimiento para el Cuidado de Niños de Alemania han persuadido a nuestro Parlamento para que permita una cantidad ilimitada de inmigración temporal del Reich en nuestro país —explicó Norman.

—¡Ilimitada! —exclamó Truus—. ¡Es una noticia asombrosa!

—Ilimitada en número —aclaró Norman Bentwich—, aunque limitada en alcance. Los niños solo serán aceptados como transmigrantes...

—Un recibimiento a regañadientes —dijo Helen—, y una condición ridícula, dado que no hay ningún otro país al que puedan emigrar esos niños. El requisito parece ser pura fachada. Nos dijeron que sería mejor para todos que los niños estuvieran bien dispersos, no concentrados en ciudades como Londres o Leeds. «No nos corresponde a nosotros crear un enclave judío visible», fue lo que nos dijeron.

—Nosotros nos ocupamos del lado británico —dijo Norman—. Buscamos familias para todos los que podemos, y alojamiento temporal y apoyo en Gran Bretaña para el resto. La Reichsvertretung ya ha empezado la selección de niños en Alemania. Pero en Austria es más complicado. El director de la Oficina de Judíos de Alemania en ese país, un hombre apellidado Eichmann... —Norman dio un golpecito con el cigarrillo en el cenicero—. Según parece, supone un desafío particular.

—El Kultusgemeinde y el Comité de Amigos que les ayudan piensan que sería más fácil que alguien de fuera convenciese a Eichmann para dejar salir a los austriacos. Alguien cristiano —explicó Helen.

—Esperamos poder financiar y alojar quizá a diez mil niños —dijo Norman—. Y, teniendo en cuenta todos los que ha rescatado usted...

—¿Diez mil niños con sus padres? —preguntó Truus.

Norman, mirando con incertidumbre a su esposa, apagó el cigarrillo a la mitad.

—El primer ministro cree que los niños podrían aprender más fácilmente nuestro idioma y nuestras costumbres. Sin sus familias, tal vez podrían integrarse con más facilidad en nuestra sociedad. Según tengo entendido, los niños que usted ha rescatado venían solos.

—¿El primer ministro cree que hay sitio en Inglaterra para los niños, pero no para sus padres? —preguntó Truus, perpleja—. ¿El primer ministro cree que los padres deberían entregar a sus hijos a completos desconocidos?

—¿Tiene usted hijos, señora Wijsmuller? —preguntó Norman.

Helen, tan sobresaltada por la pregunta como la propia Truus, o incluso más, dijo:

—¡Norman! No...

—Joop y yo no hemos tenido esa bendición, señor Bentwich —respondió Truus con toda la serenidad que pudo, tratando de no pensar en aquella hermosa cuna de madera, en las sábanas, en el muñeco de nieve bordado que había encontrado en el ático un día cuando Joop estaba en el trabajo.

—Le aseguro —le dijo Norman Bentwich con firmeza— que no nos llevaremos a ningún niño que no haya sido entregado voluntariamente por sus padres. No somos bárbaros.

—No, ya no quedan bárbaros en el mundo —respondió Truus—. O al menos nadie que los denuncie como tales. Hay pacificadores por todas partes, pero no bárbaros.

—Creo que no está en situación de dar un sermón a Gran Bretaña sobre su generosidad —dijo Bentwich, indignado—. Ustedes los holandeses solo permiten cruzar su frontera a judíos alemanes con visados para instalarse en otra parte.

—Pero ¿separar a las familias? Sin duda… —Truus se volvió hacia Helen, recordando a la pequeña Adele Weiss, que murió en aquella cuna en Zeeburg, sin su madre cerca para consolarla—. Helen, ¿las madres no pueden encontrar trabajo como empleadas domésticas? O quizá… Hemos oído rumores de que permitirán más inmigración judía en Palestina. Seguro que tenéis influencia en eso, teniendo en cuenta los años que pasasteis allí.

—Por desgracia, Palestina se considera demasiado sensible políticamente como para ofrecer una solución —respondió Norman.

«Se considera». De modo que él no estaba de acuerdo, pero no había nada que pudiera hacer al respecto.

—El gobierno ha accedido a emitir visados sin problemas para que los niños puedan venir deprisa. Ya es algo, Truus —dijo Helen—. Esos niños están en condiciones extremas. El consejo teme por sus vidas.

—Pero no por la vida de sus padres —respondió Truus.

Norman Bentwich se levantó y se acercó a la ventana, a la luz de aquel día de invierno, soleado e inusualmente cálido. Eso era lo que hacía Joop cuando estaba enfadado o frustrado. Ella misma lo hacía también.

Cuando se volvió hacia ella, el contraluz de la ventana hizo que su expresión resultase imposible de descifrar.

—Esos padres harán cualquier cosa por salvar a sus hijos —le dijo—. Agradecen la generosidad de los desconocidos para mantenerlos a salvo hasta que este horror acabe.

Helen le estrechó la mano a Truus con cariño y dijo:

—Yo haría lo mismo, Truus, y tú también.

Truus dio un sorbo a su taza de té. Seleccionó una galleta del plato, pero descubrió que no podía comérsela. No paraba de ver la imagen de la madre de Adele: sí, había querido que ella se llevase a la niña, y al mismo tiempo no había querido. ¿Por qué no habría subido a la madre también al tren? ¿Por qué no se le habría ocurrido llevar a la madre, contar con sus propios recursos para lograr sacar de Alemania a la madre de Adele?

—Helen —dijo—, tú nunca has hecho esto. Nunca has apartado a una niña de los brazos de su madre. No creo que exista una tarea más horrible sobre la tierra.

Norman Bentwich dio un paso hacia ella, dejando atrás el contraluz de la ventana.

—¿De verdad no lo cree? —le preguntó.

DESAFÍO

En un puente del Herengracht, un padre sujetaba a una niña por encima de la barandilla para que pudiera alcanzar con un palo largo el barquito de juguete atascado en mitad del canal. La niña ni siquiera llevaba el abrigo abrochado y la tenía sujeta de manera precaria, tanto que Truus tuvo ganas de agarrarla antes de que pudiera caer al agua helada. También tuvo ganas de tirar al padre al agua. ¿En qué estaría pensando aquel hombre? Muchos padres daban por hecho que sus hijos no sufrirían ningún daño. Pero un grupo de padres que lo observaban cerca de allí aplaudieron cuando el barquito de madera quedó libre y siguió su curso hacia el muelle, donde sus propios hijos empujaban sus barcos con palos también, y de vez en cuando cruzaban el puente hasta el lado de Truus para enviar un barco hacia el otro lado.

—Admiro el trabajo que están haciendo Helen y Norman Bentwich —estaba diciéndole Joop—. Pero, Truus, ¿ir a Viena esta noche? ¿Sin ninguna planificación? ¿Sin ni siquiera una cita para ver a ese tal Eichmann?

Joop no era un hombre que mostrase pasión en público, razón por la cual Truus había elegido hablar de la propuesta de los Bentwich allí fuera, junto al canal. Claro que había habido planificación, no por su parte, sino por parte de Helen Bentwich, que había convencido a los hombres del comité de que Truus era la mujer indicada para el trabajo, que ellos pensaban que debería llevar a cabo un hombre. Su amiga Helen; una manera curiosa de pensar en alguien a quien solo había visto una vez antes, pero así era.

—Una cosa es cruzar la frontera con unos pocos niños —dijo Joop mirándola a los ojos—, pero estás hablando de múltiples viajes; no solo cinco minutos tras cruzar la frontera, sino hasta llegar a Viena.

—Sí, Joop, pero…

—No me desafíes con esto.

La fuerza de sus palabras la sobresaltó. Hablaba en serio. Había dicho lo que tantas veces le había prometido que nunca diría. Y se lo había dicho no porque quisiera controlarla, sino porque temía por ella.

Truus sonrió al grupo de padres que los observaban desde el otro lado del canal; el padre del puente había vuelto a reunirse con ellos mientras su hija empujaba su barquito con un palo junto a la orilla.

—Nunca te desafiaría, Joop —le dijo con dulzura a su marido—. Es una de las muchas razones por las que te quiero, porque nunca me pondrías en la situación de tener que hacerlo. —Un sutil recordatorio con una pizca de humor para ayudarle a tragarlo.

—Pero en serio, Truus —le dijo Joop en tono de disculpa, con una expresión más suave.

Vieron como la niña, cuyo barco había vuelto a escapársele, llamaba a su padre. Este estaba demasiado absorto en su conversación. La niña llamó a un hermano mayor, que abandonó su propio barco para volver a acercar el de ella a la orilla.

—¿Y qué quieres que haga, Joop? —le preguntó Truus, de nuevo con voz suave y calmada—. Está bien salvar a tres niños o a treinta, pero ¿no debería intentar salvar a diez mil?

—¡La Gestapo sabrá todo lo que haces, Geertruida! Los sitios a los que vas. Cómo y con quién pasas tu tiempo. No podrá haber pasos en falso. —Vaciló y después agregó con más calma—: Por no hablar de que el médico te ha aconsejado no viajar largas distancias.

Truus ignoró el dolor que le provocó aquel comentario; el médico que había conseguido salvarle la vida, pero no salvar a su bebé. Su última oportunidad, suponía. Su última e inesperada oportunidad.

Agarró la mano enguantada de Joop.

—El hecho de que le quite importancia al riesgo no significa que me lo tome a la ligera, Joop —le dijo—. Ya lo sabes.

Se quedaron allí juntos mientras, al otro lado del canal, el padre del niño y de la niña se acercaba a ellos. Utilizó el palo de su hija para acercar su barco y lo sujetó en el aire hasta quitarle casi toda el agua; después repitió el proceso con el barco de su hijo. El hermano le dio la mano a su hermana y esta dijo algo que les hizo reír a todos. El padre recogió los barcos y los palos, y juntos se alejaron por el puente.

Truus contempló el cielo a través de los árboles de ramas desnudas; empezaba a oscurecer.

—Joop —dijo—, imagina que esos niños austriacos a los que voy a recoger fueran nuestros hijos...

—¡Pero no lo son! No son nuestros, y por muchos niños que salvemos seguirán sin ser nuestros. ¡Debes dejar de imaginar lo contrario!

La gente a su alrededor se volvió hacia ellos. Truus siguió mirando hacia el canal turbio, sin soltarle la mano. Joop no pretendía hacerle daño con esas palabras. Era solo la sensación de pérdida, que le salía de dentro. Él también podría estar pasando el rato con otros padres si ella no le hubiera fallado. También estaría enseñando a una niña a nadar antes de enseñarle cómo lanzar al agua un barco de juguete, una niña a la que no dejaría patinar sobre un canal que llevase congelado menos de una semana. También le abrocharía hasta el último botón, le daría un beso en un codo magullado, se reiría de algo que podría resultarle gracioso a una niña pequeña, y tal vez a un adulto.

Joop la abrazó contra su cuerpo y le dio un beso en la coronilla por encima del sombrero.

—Lo siento. Lo siento. Perdóname. Lo siento.

Se quedaron así mientras los padres llamaban a sus hijos y recogían los barquitos, con el agua resbalando por sus cascos de madera pintada. Fueron desapareciendo en grupos de tres, de cuatro o de cinco, de vuelta a sus casas, para cenar juntos en torno a la mesa familiar, mientras sus barcos de juguete se secaban en la bañera tras su última travesía antes de que se instalara el invierno. Se oyó a lo lejos el silbato de un tren, que resonó por el cielo gris y el agua gris, entre los edificios grises y bajo el puente gris. El sol se ponía muy rápido en esa época.

—Quizá esta sea la razón por la que Dios no ha querido que tuviésemos hijos, Joop —le dijo ella—. Porque existiría esta necesidad mayor, la oportunidad de salvar a muchos más. Tal vez Dios nos haya ahorrado la carga de tener que arriesgarnos a dejar huérfanos a nuestros propios hijos.

TODA ESA TINTA

Con la bufanda rosa de Žofie alrededor del cuello y una manta sobre los hombros, Stephan observaba desde detrás de un montón de escombros mientras la sombra de Žofie-Helene se detenía en aquel pasadizo subterráneo. «Žofie», quiso decirle. «Žofie, estoy aquí». Pero no dijo nada. Solo vio como la sombra se daba la vuelta, se agachaba y desaparecía por el túnel hacia el sótano del cacao.

Se llevó la bufanda a la nariz y aspiró, observando y escuchando. El agua goteaba en diferentes lugares. Un coche pasó por encima de la alcantarilla octogonal situada al final de las escaleras circulares por las que Žofie había bajado. No supo cuánto tiempo esperó. Ya había perdido la noción del tiempo.

—¿Stephan? —dijo ella, y su voz le sobresaltó.

Se quedó mirando su sombra, que distinguía ahora que sabía que estaba allí. No se movió ni dijo nada. Era por el bien de Žofie, sí, pero también por su dignidad. No quería que lo viese así: con frío, sucio por vivir bajo tierra, sin poder bañarse; haciendo sus necesidades cerca de las cloacas para no ensuciar el lugar donde dormía o dar a alguien un indicio de su paradero; con tanta hambre que se comería para sobrevivir el pan que su madre podría necesitar.

La sombra de Žofie se movió, sus pasos avanzaron casi sin ruido hacia la escalera, después ascendieron por los escalones metálicos.

Se filtró la luz desde arriba cuando abrió la tapa de la alcantarilla y desapareció, dejándolo solo otra vez.

Empezó entonces a recorrer a rastras el túnel. Solo cuando ya estaba bien dentro se atrevió a encender la linterna. Entornó los párpados hasta que se le acostumbraron los ojos a la claridad.

Žofie le había dejado un nuevo suministro de pan y mantequilla. Le había llevado también un cuaderno y un bolígrafo, y *Kaleidoscope,* de Stefan Zweig.

De vuelta en los establos subterráneos, se acomodó en el lugar más seguro, entre la entrada de los dos túneles. Acercó el cráneo del caballo y colocó allí la linterna, apuntando hacia él. Gracias a la luz pudo leer lo que había escrito en el envoltorio del pan. Una dirección de Leopoldstadt donde vivían ahora Walter y su madre.

Abrió el envoltorio del pan y acercó la nariz para aspirar el aroma a levadura. Se quedó allí sentado largo rato, imaginando su sabor, antes de envolverlo de nuevo y guardárselo en el bolsillo.

Ladeó la linterna para iluminar mejor el libro: el segundo volumen de los relatos de Stefan Zweig, que le había regalado a Žofie, aunque en realidad no tenía un segundo ejemplar, pero le gustaba que ella lo tuviese. Se quedó mirando la cubierta. Hitler había prohibido los libros de Zweig. Žofie no debería habérselo quedado.

Abrió el libro y pasó las páginas de memoria hasta su relato favorito, *Mendel el bibliófilo.* Volvió a ajustar la linterna, después leyó las primeras páginas, hasta la frase que tanto le gustaba sobre las pequeñas cosas que traen a la memoria cada detalle sobre una persona; una postal, o una palabra escrita a mano, «un trozo de papel de periódico borrado por el humo».

Abrió el cuaderno de ejercicios —una libreta de papel cuadriculado de los que usaba Žofie para sus ecuaciones— y dejó los dedos posados sobre la página. Deseó que no estuviera en blanco. Deseó que le hubiera dejado una nota. Deseó que fuese uno de sus libros de ejercicios, con una vieja ecuación escrita en la página con su caligrafía desordenada.

Se quitó los guantes y agarró el bolígrafo, suave y frío. Todo ese papel que había dado por hecho. Toda esa tinta. Todos esos libros que había podido sacar de la librería en cualquier momento. Ajustó la linterna una vez más y se recolocó de modo que el haz de luz iluminara la página en blanco. Hundió la cabeza más aún en la bufanda de Žofie-Helene y escribió: *No se lo enseñas a tus amigos, pero a mí sí, de modo que, por lógica, yo no soy tu amiga.*

Escribió en la parte superior de la página, centrado a modo de título, *La paradoja del mentiroso.*

Le colgaba la trenza por la espalda mientras abandonaba Prater Park, escribió.

Se limpió la nariz con la muñeca y recordó la carita de Walter mirándolo por encima del hombro de Žofie, Walter viendo a su hermano mayor humillado por los nazis. Se limpió de nuevo la nariz y los ojos. Acomodó la cabeza en el suave cachemir de la bufanda de Žofie y escribió: *La piel blanca y pura de su nuca. Sus gafas manchadas. El olor a pan recién hecho. Su olor.*

PROMETO

Truus dobló con cuidado una blusa y la colocó ordenadamente en la bolsa de noche, un precioso bolso de cuero que había pertenecido a su padre. Había regentado una droguería en Alkmaar, donde a veces daba a sus clientes medicinas que necesitaban, pero que no podían permitirse. Nunca había dudado simplemente porque su piel fuese de un color diferente o su dios una versión que no fuera la de él. Y aun así Truus suponía que habría mostrado la misma preocupación que mostraba Joop ahora.

—La preocupación no es lo mismo que la incapacidad de valorar lo que haces —dijo Joop—. Y, si alguna vez pensé que podía hacerlo en tu lugar, o que cualquier otro podría, en Alemania me di cuenta de lo equivocado que estaba.

Se volvió hacia él, escuchando con la misma atención con la que siempre la habían escuchado sus padres. Era un honor que lo escucharan a uno con tanta atención. Una persona podía honrar a otra sin tener que estar de acuerdo con ella.

—Pero no puedes pedirme que no me preocupe —continuó Joop—. Nunca te impediré hacer lo que debes hacer. Sabía quién eras cuando me casé contigo. Creo que sabía quién eras incluso antes de que lo supieras tú. —La rodeó con los brazos, acercó su cabeza a su pecho y Truus oyó los latidos lentos de su corazón—.

Debes confiar en que puedo ser tan fuerte como tú —le dijo—. Aunque sea mucho peor mentiroso.

Le levantó la barbilla. Ella cerró los ojos en un intento por concentrarse en lo que decía, igual que hizo la primera vez que la besó, tantos años atrás. Era un hombre muy bueno. Qué mujer tan diferente sería de no ser por las buenas personas de su vida.

Joop sacó la falda que ella acababa de meter en la maleta y la sustituyó por otra.

—Confía también en mí sobre esta falda.

Joop no solía comprarle ropa; dijo que iba a ser un regalo de Navidad, pero quería dárselo ya. La tela hacía juego con la blusa, y no tenía sentido cuestionarle en algo que no importaba.

Volvió a rodearla con los brazos.

—Prométeme que me lo contarás todo —le dijo—. Prométeme que me permitirás saber cuándo debo preocuparme, para que no tenga que estar preocupado a todas horas.

Truus se apartó ligeramente para verlo mejor.

—Te lo prometo —le dijo.

Joop la besó, y sus labios le parecieron tan cálidos y tan suaves que se preguntó cómo era posible que fuese a dejarlo solo para irse a una cama vacía en una habitación de hotel vacía, en una ciudad controlada por los nazis.

—Y yo te prometo la libertad para recorrer tu propio camino, como siempre he hecho. —Le sonrió con amargura—. Aunque tampoco me dejarías otra opción.

EL GUETO DE LEOPOLDSTADT

Stephan se coló en un apartamento de la planta baja que estaba lleno de muebles como si fuera una tienda de artículos usados, con varias familias hacinadas en muy pocas habitaciones, algunas de ellas cumpliendo el *sabbat*. En una habitación pequeña y sombría de la parte de atrás —una habitación abarrotada con algunos de los muebles de su propia familia—, su madre dormía en la cama individual, rodeando a Walter con los brazos. Stephan se arrodilló junto a ellos.

—Shhh —dijo—. Mamá, soy yo.

Su madre se despertó sobresaltada, extendió el brazo como si fuera un espectro y le puso la mano en el cuello. Su caricia, seca y áspera, aunque fue lo más cálido que había sentido en días, le produjo tanto dolor en la garganta que, durante unos segundos, fue incapaz de hablar.

—No pasa nada —logró decir—. Estoy bien. Quiero que sepas que sé dónde encontraros. Encontraré la manera de cuidar de vosotros.

—Por mí no importa, Stephan —le dijo su madre—. Por mí no importa, solo importa por Walter.

Stephan le puso en las manos un poco de pan y un pequeño pedazo de mantequilla envuelto en papel, junto con un frasco de tomates etiquetado con la caligrafía de Žofie-Helene, suponía que traído de la granja de su abuela en Checoslovaquia el verano anterior. Se alegraba de quitarse la comida de las manos para dársela a su madre antes de sucumbir a su propia hambre. Cuántas veces se había dejado un trozo de mantequilla más grande que ese en el plato en el Café Landtmann, o un estrúdel a medio comer en el Central. Cuántos bombones se habría comido, con sus iniciales sobre el chocolate escritas con flor de sal, o su nombre en pequeños pedacitos de almendra tostada, o una nota musical de *ganache* dorado, o incluso un pequeño piano pintado con diversas coberturas. En cuántas ocasiones habría despreciado los tomates en conserva. Ahora se le hacía la boca agua solo con pensarlo, con pensar en cualquier tipo de comida más allá de los trozos de pan rancio y los granos de cacao con los que había sobrevivido durante días.

—Cuidaré de los dos, mamá —le dijo—. De Walter y de ti. Encontraré la manera, te lo prometo. Si quieres encontrarme, envía a Walter a decírselo a Žofie-Helene.

—¿Ella sabe dónde estás?

—Es más seguro que no lo sepa nadie, mamá, pero ella sabe cómo enviarme un mensaje.

—¿La has visto?

—No —respondió, una media verdad.

Se preguntó si su madre se comería el pan o si se lo dejaría todo a Walter. Estaba extremadamente delgada.

—Están empezando a liberar a algunos de los hombres a los que arrestaron —le dijo su madre—. Quizá sea más seguro para ti.

—Al menos será más fácil visitarte aquí, sin los nazis viviendo en el piso de abajo —dijo Stephan—. Y aquí tienes a otras personas que te pueden ayudar. —Un resquicio de esperanza entre los nubarrones que tapaban el sol.

VIENA

Truus salió del avión por la escalerilla de los pasajeros y contempló el paisaje vienés: la catedral de St. Stephen, el capitel del ayuntamiento, la noria de Prater Park. La noche anterior se había hecho demasiado tarde para volar con KLM, de modo que había tenido que volar con Lufthansa con escala en Berlín. Ahora era *sabbat*; tendría que esperar a la puesta de sol para reunirse con los líderes de la comunidad judía de Viena. Pero eso le dejaba tiempo para asearse un poco y orientarse. Bajó las escaleras, cruzó la pista y se puso a la cola para mostrar su pasaporte. Después encontró un taxi. Le aseguró al taxista que no, que su equipaje estaría bien junto a ella en el asiento, no había necesidad de meterlo en el maletero.

NO ESTÁ DENTRO DE NUESTRA JURISDICCIÓN

Ruchele estaba sentada en su silla de ruedas en el vestíbulo del consulado británico mientras la cola avanzaba lentamente. Al llegar, ya daba la vuelta a la manzana, pese a que aún no había amanecido, y además era *sabbat*. Ahora Walter estaba en lo alto de las escaleras, casi a la cabeza de la fila de mujeres con bufandas y, ese día, hombres con kipás; hombres que habían sido liberados de los campos. Ruchele sintió la inexplicable necesidad de gritarles por sobrevivir a lo que Herman no había sobrevivido, pero Herman había muerto por intentar salvarla. Herman se había negado a separarse de ella, y por eso le habían golpeado, y había sobrevivido a los golpes, pero no al largo viaje dentro de aquella camioneta helada.

Walter la llamó a través de la barandilla. «¡Mami! Peter y yo estamos aquí». La sonrisa de su rostro era la primera que le dedicaba desde que lo despertara esa mañana. Aquello era imposible, horas enteras dando un solo paso y después otro. Pero lo imposible debía ser posible ahora; lo imposible era necesario para sobrevivir.

Los tres hombres que habían pasado las horas detrás de ellos en la cola bajaron por las escaleras y la multitud de la fila entre ellos se echó hacia atrás para dejar pasar.

—De acuerdo, Frau Neuman, ¿está lista? —preguntó el mayor de los tres.

Cuando Ruchele asintió, avergonzada, la levantó de la silla y la llevó escaleras arriba.

Los otros dos los siguieron con la silla, el vestíbulo entero quedó en silencio y, por primera vez aquella mañana, solo se oyeron las voces de los solicitantes de visados y de los administradores en el piso de arriba.

Cuando volvieron a sentarla en su silla, la multitud empezó a murmurar de nuevo con voz desesperada y ella contempló la cola. Continuaba por una habitación grande y la rodeaba; todavía les quedaba una larga espera hasta dar con alguien que se habría pasado la mañana entera escuchando una historia tras otra, alguien que podría mostrar compasión o podría estar tan cansado que ni siquiera una mujer moribunda y su hijo pequeño pudieran ablandarle el corazón.

Walter se le sentó en el regazo. Cerró los ojos y, agotado, adoptó la respiración lenta y regular de un niño durmiendo. Le dio un beso en la coronilla. «Eres un buen niño», le susurró. «Eres un niño muy bueno».

Cuando por fin llegó al principio de la cola, Ruchele despertó a Walter. Le frotó los ojos y le limpió los labios, aliviada porque fueran a recibirlos antes de que cerrara el consulado; aquel día cerraba antes debido al decreto de Winterhilfe que obligaba a los judíos a abandonar las calles antes de que abriera esa tarde el Christkindlmarkt. Al ver que una mesa se quedaba libre, acercó la silla ella misma, pues no quería que su conversación con el empleado de inmigración empezara con él dirigiéndose a quien fuera que la hubiera ayudado en vez de a ella.

—Mi marido ya solicitó visados británicos —le dijo de entrada, con la esperanza de que la mirase a los ojos. Aunque no lo hizo—. Pero hemos oído que Gran Bretaña se dispone a permitir la entrada de niños judíos incluso antes de que se concedan los visados, que han puesto en marcha una operación de transporte para sacar a los niños de Alemania, y que hay una planeada para nosotros.

El hombre rebuscó algo en su escritorio. Como tantas otras personas, se sentía incómodo hablando con alguien en silla de ruedas.

Ruchele se hizo grande para transmitir fuerza. Pero solo era grande y fuerte en su imaginación.

—Frau... —dijo el hombre.

—Neuman —respondió ella—. Ruchele Neuman. Mis hijos son Stephan y Walter. Este es Walter. Ya ve lo buen niño que es, esperando con paciencia conmigo todas estas horas. Mi marido... fue asesinado por los alemanes de camino a un campo.

El hombre levantó la mirada y se fijó en su cara un instante antes de mirar a un punto situado más allá de su oreja izquierda.

—Siento mucho su pérdida, señora.

Ruchele recolocó a Walter para que, al menos durante un momento, el hombre tuviera que mirar al buen niño al que parecía empeñado en ignorar.

—Por favor —le dijo—, no quiero su compasión. Quiero que me ayude a poner a mis hijos a salvo.

El hombre volvió a remover los papeles; papeles que no tenían nada que ver con ella. Todavía no le habían ofrecido ningún formulario para rellenar.

—Creo que se está organizando una operación como la que menciona —le dijo el hombre—, pero no tiene nada que ver con el gobierno británico.

Ruchele, confusa, se limitó a esperar hasta que al fin la miró a los ojos.

—Pero no puede hacerse sin su gobierno —le dijo—. ¿Quién dispensaría los visados?

—Lo siento mucho, señora —dijo él, mirando de nuevo a la mesa—. Solo puedo sugerirle que se ponga en contacto con el comité.

Escribió una dirección de Londres en un trozo de papel y se lo dio.

—Pero no puede… —dijo ella.

—Lo siento —repitió el hombre—. No está dentro de nuestra jurisdicción.

Hizo un gesto con la cabeza al siguiente de la fila y Ruchele no pudo hacer otra cosa que acercar su silla de ruedas al comienzo de las escaleras. Una vez allí, Walter bajó los escalones y, con mucha educación, le tocó el brazo a un hombre que esperaba en la cola y le dijo: «Disculpe, señor. Mi madre necesita ayuda para bajar las escaleras».

En la calle, Ruchele dio las gracias a los hombres que la habían ayudado a bajar y Walter agarró los mangos de la silla. No veía por encima del respaldo, pero habían llegado así desde Leopoldstadt hasta el consulado, con Ruchele diciéndole a su hijo que girase a un lado o a otro, que aminorase la velocidad en una esquina, que se detuviese al borde de la acera para dejar pasar a los nazis. Ahora tendrían que darse prisa para abandonar la calle antes de que comenzara el decreto de Winterhilfe.

UN NIÑO MUY BUENO

A Walter le parecía que llevaba una eternidad empujando la silla de ruedas de su madre; cada vez pesaba más. Su madre se había quedado callada, cuando en el camino de ida hacia aquel lugar con la fila de gente había ido diciéndole qué hacer y lo buen niño que era. Se le escapó el mango y la silla se inclinó hacia delante en un bordillo del que su madre no le había advertido.

—¿Mami? —dijo. Se asomó por un lado y vio a su madre encorvada hacia delante, con los ojos cerrados—. ¿Mami? ¡Mami!

Un coche que doblaba la esquina hizo un giro amplio para esquivarlos. El que iba detrás tocó el claxon. Los viandantes también los esquivaban. Era porque había gritado, porque ahora estaba llorando, cosa que los niños buenos nunca hacían en público. No quería llorar, pero no podía parar. Si su madre se despertara, dejaría de llorar, pero no se despertaba y nadie le ayudaba a despertarla, porque estaba siendo un niño malo.

Le movió los pies a su madre y se subió a los reposapiés para levantarle los hombros. Ella echó la cabeza hacia atrás y su cuello quedó muy estirado, blanco y horrible.

—Mami, por favor, despierta —le dijo—. Mami, por favor, despierta. Mami, siento haber gritado. Mami, por favor, despierta.

Agarró a Peter Rabbit del regazo de su madre y acercó los labios suaves del animal a su mejilla, como a ella le gustaba. «Mami», dijo

Peter Rabbit, «¿puedes por favor despertarte? Haré que Walter se comporte. Te lo prometo. Mami, ¿puedes despertarte? Soy un conejito bueno».

Walter se limpió los mocos con la manga y entonces recordó que no debía hacer eso, que debía usar el pañuelo que llevaba en el bolsillo. «Lo siento, mami. Se me había olvidado», dijo. «Se me había olvidado». Se sacó el pañuelo del bolsillo como debía hacer, lo desdobló como su padre le había enseñado y se sonó la nariz y se secó los ojos. Colocó a Peter Rabbit sentado sobre el regazo de su madre y le acercó el pañuelo a Peter también, después volvió a doblarlo por las marcas y se lo guardó en el bolsillo. Se bajó de los reposapiés y volvió a colocar en ellos los pies de su madre. Después miró hacia delante para ver dónde terminaba la carretera y volvía a empezar la acera.

Empujó la silla de ruedas por la carretera, tratando de ignorar el claxon de los coches.

Por fin se detuvo una señora alta y robusta que se parecía a la última profesora de Walter, aunque no era ella.

—¿Esta es tu madre, hijo? —le preguntó—. Creo que será mejor que la llevemos al hospital.

Walter se quedó mirando su rostro amable.

—No puede ir al hospital —le dijo.

—Ah, entiendo. —La mujer miró furtivamente a su alrededor y después se caló el gorro para taparse la cara—. De acuerdo, deprisa. Os ayudaré a llegar a casa, pero entonces tendrás que buscar a otra persona.

Empujó la silla con rapidez y Walter fue corriendo tras ella, diciendo «perdón, perdón» a los demás paseantes.

La mujer vaciló al llegar al puente del canal.

Un hombre de su edificio de apartamentos, al verlos, se acercó, se hizo cargo de la silla y dio las gracias a la mujer. Llevó a su madre hasta su habitación, donde se les unió Frau Isternitz, de la habitación de al lado.

—¿Puedes ir a buscar a tu tío, cielo? —le pidió Frau Isternitz—. El que le deja los sobres a tu madre debajo del banco del
paseo.

—A Peter no le gusta el parque —respondió Walter.

—Tu tío estará en su despacho o en su casa.

—A Peter no le permiten visitar al tío Michael.

—Entiendo… Entonces, ¿sabrías encontrar a tu hermano?
Mandaré a alguien a buscar al doctor Bergmann.

Walter salió corriendo todo lo rápido que pudo y atravesó el
puente para salir de Leopoldstadt sin siquiera pararse a pensar si le
estaba permitido o no.

WALTER

Otto abrió la puerta y se encontró al hermano pequeño de Stephan —¿cómo se llamaba?— de pie vestido con un abrigo fino y sin guantes, ni bufanda, ni gorro.

—Es mamá —dijo el niño.

Otto se agachó para ponerse a su altura.

—¿Está…?

—Está con Frau Isternitz, de la habitación de al lado —dijo el muchacho—. No se despierta.

Žofie se acercó a la puerta y abrazó al niño, que empezó a llorar.

—No pasa nada, Walter —le dijo—. Nosotros nos encargamos. Tú vuelve y dale la mano a tu madre. Vuelve y dale la mano, y yo encontraré a Stephan…

Otto, tras mirar primero para asegurarse de que nadie los veía, metió al muchacho en el apartamento, el apartamento de Käthe, donde él llevaba días cuidando de sus nietas, desde que ella fuera arrestada.

—Žofie-Helene, no puedes…

—El abuelo Otto irá contigo, Walter —le dijo su nieta al niño—. Pero primero va a guardar nuestra sopa para llevársela a tu madre.

Se puso el abrigo y Otto intentó retenerla, pero se zafó y se marchó.

Walter fue tras ella. Ya estaba bajando las escaleras, y el niño la seguía de cerca.

—¡Žofie-Helene! —gritó Otto—. ¡No! ¡Te lo prohíbo!

Tomó en brazos a Johanna y corrió tras ellos escaleras abajo, salió por la puerta y dobló la esquina, donde divisó a Walter. El pobre muchacho estaba allí parado, solo en la calle vacía. Žofie-Helene había desaparecido.

El niño se volvió hacia él y lo miró con valentía.

—Žofie encontrará a Stephan —dijo esperanzado.

—Žozo encontrará a Stephan —repitió Johanna.

Walter le dio la mano a Otto.

Otto sintió que las tripas se le resquebrajaban, igual que los puñados de tierra que había dejado caer sobre la tumba de su hijo. Acomodó a Johanna en su cadera sin soltar los dedos frágiles del niño, que podrían haber sido los de su propio hijo hacía no tanto. Era algo que ningún padre debería tener que soportar: la muerte de un hijo.

—Deja que… Deja que vaya a por la sopa —dijo—. Dejaré a Johanna con los vecinos. —No sabía quién se quedaría con ella; hasta el más amable de sus vecinos tenía miedo ahora de ayudar a la familia de una periodista subversiva que se hallaba bajo custodia. Pero ¿llevarse a su nieta consigo para ayudar a los judíos?—. Ven conmigo, Walter. Vamos dentro. Así entrarás en calor, luego volveremos con tu madre. Si se ha despertado, estará… estará muy preocupada.

EL HOTEL BRISTOL

Truus se dejó el abrigo puesto para tratar de sacudirse el frío de su llegada, mientras deshacía la maleta, dejaba sus artículos de aseo en el baño vacío, colocaba los camisones cuidadosamente doblados sobre la cama vacía y esperaba a que la operadora del hotel le devolviera la llamada. Las llamadas internacionales podían tardar solo unos pocos minutos en conectar, o podían tardar hasta tres o cuatro horas. Colgó su blusa limpia en el armario vacío de la habitación de hotel y estaba buscando la falda nueva cuando sonó el teléfono. Sintió un profundo alivio, pese a saber lo cara que le saldría la llamada. Solo una llamada rápida para decirle a Joop que había llegado.

La preciosa voz de Joop ya sonaba incluso mientras la operadora le anunciaba.

—¡Truus!

Le dijo que había tenido algunas turbulencias durante el vuelo y que la escala en Berlín había sido muy larga, pero que había llegado bien y había encontrado aquel cómodo hotel sin dificultad.

—¿Tendrás cuidado, Truus? Quédate en el hotel hasta tu reunión con ese tal Eichmann.

De hecho no había una reunión concertada con Eichmann, todavía. Albergaba la esperanza de que el hombre le abriera la puerta, pese a haberse negado a escuchar a los líderes de la comunidad judía de Viena. Pero Truus no le recordaría eso a Joop.

—Tendré que hablar con la gente de aquí durante unos minutos cuando termine el *sabbat* —le dijo restándole importancia para tranquilizarlo.

—Entonces no estarás en el hotel.

—No, aunque me han dicho que con los judíos americanos miran hacia otro lado.

—Geertruida…

—En cualquier caso —le interrumpió antes de que pudiera impregnarle su miedo en la piel—, tengo que ver las instalaciones para organizar esto, o hacer que lo organicen si no lo han hecho ya. No puedo llevarme a miles de niños y esconderlos en el lavabo del tren mientras soborno a la patrulla fronteriza.

Quería hacerle reír, pero su marido se limitó a suspirar.

—Bueno, estate allí al ponerse el sol y vuelve al hotel antes de que oscurezca demasiado —le dijo.

—Hay apenas treinta minutos entre la puesta de sol y el toque de queda, Joop. No tardaré.

—Come algo. Descansa un poco. Te quiero, Truus. Por favor, ten cuidado.

Tras colgar el teléfono, Truus abrió las puertas de cristal para que entrara un poco de aire fresco. Salió al balcón que daba a la Ringstrasse. El sol invernal iba descendiendo y se palpaba la humedad. Aun así el bulevar estaba lleno de viandantes y las puertas de la ópera, situada al lado, estaban abiertas, supuso que porque acababa de terminar la matiné. Vio y escuchó charlar a la gente, gente riendo. Se preguntó qué producción habrían representado.

Decidió que comería algo ligero en el restaurante del hotel antes de irse al distrito judío a buscar a los líderes con los que debía reunirse.

—Hace una tarde preciosa para pasear, señora —le dijo educadamente el ascensorista cuando le pidió ir a la planta baja.

—Oh, no, solo voy al restaurante del hotel —respondió ella.

326

El hombre miró su abrigo, que aún llevaba puesto, y sus guantes amarillos.

Abajo, en las puertas de madera que daban al comedor, podía leerse *Juden Verboten*. Un enorme retrato de Hitler presidía las mesas, en su mayor parte vacías.

Ya no tenía apetito. Quizá antes tampoco lo tenía.

Regresó al ascensor y esperó. Sin embargo, cuando llegó cambió de opinión y se dirigió hacia la entrada para salir a la Ringstrasse.

—Hace una tarde preciosa para pasear, señora —le dijo el portero, como si todos ensayaran la misma frase al empezar su turno y, a fuerza de insistir, pudieran hacer creer a los visitantes que aquel día deprimente en Viena era otra cosa.

Le preguntó al portero si podría ir andando al lugar donde vendían las bolas de nieve. Quizá le quedara aún una hora antes de la puesta de sol y el final del *sabbat*.

—¿Bolas de nieve? —preguntó el hombre—. No lo sé, señora, pero podría intentarlo en el Christkindlmarkt. Este año han vuelto a ponerlo en Am Hof, al final de Kärntner Strasse, pasado St. Stephen. Pero hay un paseo más bonito por la derecha, más allá de la ópera, hasta el palacio, el Volksgarten y el Burgtheater. Y cruzando la Ringstrasse hacia el Parlamento y la universidad.

—¿Y a la izquierda? —preguntó ella.

—A la izquierda solo está el Stadtpark. Ahí casi todo son casas privadas hasta llegar al canal.

—¿Y al otro lado del canal? —preguntó, y solo con nombrarlo sintió nostalgia de casa y de Joop.

—Señora, cruzar el canal para entrar en Leopoldstadt sería… inapropiado para una dama distinguida como usted.

—Entiendo —respondió Truus—. Bueno, tal vez me limite a pasear por la Ringstrasse.

Se dirigió hacia la izquierda, dejando atrás la desaprobación del portero.

Apenas había dado cinco pasos cuando uno de los pedigüeños se le acercó agitando su lata. «Nadie debería morir de hambre o frío», dijo, el mismo eslogan nazi que se oía por todo el Reich en aquella época del año, para proporcionar comida, ropa y carbón a los ciudadanos más desfavorecidos durante la época navideña, según decía, aunque en realidad era la mayor estafa presentada jamás en forma de beneficencia. Hasta actores famosos como Paula Wessely y Heinz Rühmann se veían obligados a apoyarlo, sin capacidad real para negarse.

—¿Un marco para los niños? —preguntó el hombre.

Truus se pegó el bolso al cuerpo como si fuese a robárselo. Un marco para Hitler, para Göring y Goebbels, mejor dicho.

—Qué bien —respondió—. De hecho he venido a ayudar a los niños de Viena.

El hombre le dedicó una amplia sonrisa.

—A los niños judíos —agregó ella.

La sonrisa del hombre se esfumó. Agitó su lata de colectas furioso mientras Truus se alejaba caminando.

SIN SALIDA

Žofie-Helene volvió a apagar la luz en el almacén vacío del cacao. La comida que le llevaba a Stephan cada día desaparecía; la comida, la manta y el bolígrafo, el libro de ejercicios, el ejemplar de *Kaleidoscope*. A veces Stephan le dejaba una nota en algún envoltorio, trozos del papel de la mantequilla que ella guardaba en una cajita bajo la cama. Sabía que estaba viviendo allí, en alguna parte, pero había inspeccionado las ruinas de la escuela del Talmud, los tres niveles del convento subterráneo y cualquier otro sitio que imaginaba lo suficientemente seco para vivir. «¿Dónde estás, Stephan?», le dieron ganas de gritar en aquel mundo subterráneo, pero se limitó a esperar a que se le acostumbraran los ojos y bajó a tientas la escalera en la oscuridad. Se arrastró por el túnel bajo y se puso en pie en el pasadizo subterráneo, deseando poder oler aún el chocolate, saborearlo en la oscuridad, sentirlo reflejado una y otra vez en la lengua. Estaba todo muy oscuro ahí abajo, más oscuro incluso que la primera vez que acudiera allí, con Stephan. Incluso un caleidoscopio reflejaría solo la oscuridad infinita, sin bordes, sin dibujos, sin repeticiones.

Se quedó muy quieta al percibir un movimiento. Se dijo a sí misma que serían alimañas. Vaciló antes de seguir adelante hasta que se le hubieron acostumbrado los ojos. La próxima vez, en el sótano del cacao, debería usar la linterna en vez de la luz del techo. Sería más seguro.

¿Eran voces lo que oía? Se quedó perpleja y petrificada. ¿De qué dirección provenían?

Una mano le cubrió la boca. Intentó gritar, pero le apretaba demasiado. La arrastraron hacia atrás. Forcejeó para soltarse, tratando de gritar, y saboreó la tierra y la porquería de la mano.

—Shhh… —le susurró al oído una voz mientras arrastraba los pies sobre un montón de escombros.

Aún con la mano en la boca, aún con el terror en la garganta, con las voces cada vez más cerca, retumbando por el túnel que conducía hacia su apartamento. Si pudiera gritar, ¿la oirían? ¿La ayudarían?

El aliento que sentía en el cuello apestaba a suciedad y a cacao amargo. Las manos la sujetaban con tanta fuerza que no podía moverse ni darse la vuelta.

—Shhh…

Las voces se acercaban. Ladró un perro. No fue un ladrido amistoso.

Las manos que la sujetaban tiraron de ella hacia atrás y la subieron por la escalera circular. Ahora se dejaba llevar voluntariamente, alejándose de aquel ladrido terrorífico; no era un perro, sino varios.

Las voces estaban cada vez más cerca, los ladridos sonaban muy fuertes, desgarradores.

Las manos la llevaron por los peldaños y ella avanzaba tratando de no hacer ruido, más asustada ahora por los que se acercaban.

Oyó algo que golpeaba contra la tapa de la alcantarilla, un sutil golpe metálico contra uno de los triángulos, pero aun así se preocupó. ¿Los perros lo habrían oído por encima de sus propios ladridos?

Miró hacia arriba. Sobre su cabeza no había más que silencio y oscuridad; una bendición. Los sonidos de la calle habrían podido delatarlos.

Esperaron en lo alto de los escalones, preparados para huir, pero temiendo hacerlo. En la calle, se oyeron las voces amortiguadas de hombres que se acercaban y pasaban de largo.

Procedentes de los túneles, los ladridos de los perros sonaban cada vez más cerca. Hombres corriendo. Hombres gritando.

Pasos acelerados, una sola persona. Después los pasos se alejaron hasta desaparecer.

El ladrido de los perros resonaba ahora con tanta fuerza que podrían ser cincuenta. Seguidos de un ejército de pasos, y el subsuelo se iluminó con haces de luz de las linternas. Voces que gritaban, justo debajo: «¡Maldito judío!», «¡Sabemos que estás aquí!».

¿Estarían gritando hacia lo alto de la escalera?

A los pocos segundos, los perros, las botas y las voces se esfumaron en la otra dirección.

—¿Stephan? —susurró ella.

Volvió a sentir la mano en la boca, pero no era una amenaza, sino una advertencia. Permaneció quieta, atenta, esperando lo que le pareció mucho tiempo.

Pasos, más lentos, procedentes de la dirección de su casa, un hombre iluminando el camino con una linterna, diciendo: «Es propio de un judío vivir en esta inmundicia».

Le darás a tu madre un mensaje de mi parte. Le dirás que Herr Rothschild está encantado de dejarnos usar su pequeño palacio de Prinz-Eugen-Strasse.

Se preparó para oír aquel nonágono de risa irregular, pero solo oyó los pasos de una única persona. El compañero con el que hablaba el hombre era el perro al que toda Viena había llegado a temer.

Cuando todo volvió a quedar en silencio, Stephan se chupó el dedo, limpiándoselo lo mejor que pudo antes de ponérselo a Žofie en los labios para tratar de dejarle claro que debían guardar silencio, en todo momento. Acercó los labios a su oído y le susurró: «No puedes venir aquí, Žofie».

—Nunca… nunca imaginé que… —le susurró ella, y su voz sonó suave y cálida. ¿Hacía cuánto tiempo que había escuchado el «Ave María» con ella? ¿Cuánto tiempo había pasado desde que la viera explicarles esas complejas ecuaciones a aquellos dos profesores, o desde que le diera de comer chocolate o la escuchara leer frases que había escrito solo para ella?—. ¿Por eso no te quedas en la cueva que hay debajo del almacén? Porque no hay salida.

Žofie le acarició la mejilla con los dedos, pero él se apartó. Se pasó una mano por el pelo. Estaba asqueroso.

—Esos hombres no son los irregulares de Baker Street —le susurró él, tratando de dejarlo claro sin asustarla demasiado—. No pueden verte ayudándome.

A lo lejos, en los túneles, se oyeron gritos que les asustaron incluso en la distancia.

Casi el mismo miedo le dieron los dedos de Žofie al entrelazarse con los suyos. ¿Le había dado la mano ella, o había sido él?

Se oyó un último grito seguido del silencio.

Sintió entonces el aliento de Žofie en la oreja.

—Es tu madre, Stephan —le susurró.

EN EL CANAL

El canal Danube estaba quieto y sucio, el puente que lo cruzaba estaba abierto, pero la carretera que continuaba al otro lado se hallaba acordonada. La gente pasaba junto a Truus por aquel lado del canal como lo haría cualquier sábado por la tarde, dirigiendo alegres felicitaciones del Día de San Nicolás a cualquier coche o viandante que pasara por allí. Pero, más allá del cordón, las calles adoquinadas de Leopoldstadt estaban más vacías que las calles de su ciudad incluso en las tardes en las que los canales se helaban, incluso cuando llovía.

Truus recorrió primero un lado, después el otro. Aun así, no vio absolutamente a nadie en el vecindario al otro lado del puente. El sol acababa de ponerse, las farolas se encendían y terminaba el *sabbat*, y aun así el barrio permanecía abandonado.

Empezó a preocuparse a medida que el cielo iba apagándose y se aproximaba el toque de queda, de modo que le preguntó a una transeúnte:

—¿No hay nadie fuera por el *sabbat*?

La mujer, sobresaltada, miró hacia el canal.

—Por el decreto de Winterhilfe, por supuesto —respondió—. Ah, es usted extranjera. Entiendo. Este es el sábado anterior al Día de San Nicolás. No se permite a los judíos salir a la calle, para que podamos disfrutar todos del Christkindlmarkt sin molestias.

Truus miró hacia atrás por encima del hombro, como si el portero del hotel pudiera verla a quince manzanas de distancia desde la Ringstrasse, o como si Joop pudiera verla desde Ámsterdam. ¿Los judíos de Viena estaban confinados en sus casas y a los niños se les prohibía reunirse con sus amigos para jugar al pillapilla bajo la nieve que empezaba a caer? Debía detenerse allí entonces. Debía darse la vuelta. No habría nadie con quien reunirse. ¿Cómo iba a encontrarlos? No haría más que causar terror si iba llamando puerta por puerta para preguntar dónde podría encontrar a los líderes judíos.

Los problemas que no puedes anticipar...

Aun así, cruzó el puente, aunque el cielo estaba ya tan oscuro como el agua. Pasó el cordón policial con el corazón más acelerado que el de su marido, incluso cuando hacían el amor.

ESCONDIDO EN LA SOMBRA

Stephan pegó la espalda a la piedra fría del edificio, escondido en su sombra, observando. No podría ayudar a su madre, no podría cuidar de Walter, si le arrestaban y le enviaban a un campo de trabajos forzados. Y los judíos tenían prohibido salir esa noche.

La figura era la de una mujer. Se relajó solo un poco al darse cuenta de ello. ¿Qué hacía una mujer por las calles de Leopoldstadt a esas horas? Una mujer próspera, a juzgar por su aspecto. Era difícil saberlo en la oscuridad, pero ya solo su porte sugería que era una mujer de dinero.

La vio avanzar por la calle, caminando despacio, como si estuviera esperando a ver qué sucedía.

Segundos después, dos agentes de las SS corrieron hacia ella y le preguntaron qué estaba haciendo en aquel barrio.

Stephan aprovechó la distracción para colarse por la puerta del edificio de su madre. Corrió por el pasillo a oscuras, tratando de no pensar en lo que harían Walter y él si su madre los dejaba también.

LA CELDA

Truus fue escoltada por la entrada de mercancías del Hotel Metropole hasta la prisión situada en el sótano, y fue dejando atrás celdas llenas de sombras silenciosas. *Aunque camine por el valle sombrío de la muerte, no tendré miedo.* Una puerta se cerró a su espalda antes de que pudiera orientarse, y se dio cuenta de que estaba sola. *Porque tú estás conmigo.* Estás conmigo.

Llamó a la puerta.

El guardia ni siquiera se molestó en levantar la mirada del periódico.

—Cállate —le dijo.

—Disculpe —respondió ella—, le conviene vigilar sus modales conmigo. Debe liberarme y devolverme a mi hotel.

COMIENZA EL INTERROGATORIO

—Como ya he dicho veinte veces a veinte personas diferentes, señor, he venido de visita desde Ámsterdam —le repitió Truus a aquel nazi joven que acababa de «reunirse con ella» en la sala de interrogatorios del sótano a la que la habían llevado quizá una hora después de que la encerraran en la celda. Entrelazó los dedos enguantados de cuero amarillo para dejar claras sus palabras: «¿No ve lo bien vestida que voy?». Sentía el duro metal de la silla en el coxis, y el olor a ropa mojada. Había herramientas de tortura en forma de cinturones militares de cuero que sus interrogadores señalaban con los pulgares, con esas hebillas metálicas grandes como platitos de té, y las esvásticas y adornos de águilas, capaces de saltarle los dientes a una persona. *Preparas la mesa ante mí en presencia de mis enemigos.* Dejó las manos enguantadas sobre la mesa, entre su interrogador y ella—. He llegado hoy mismo en avión —explicó. No era una cualquiera. Era una holandesa cristiana que viajaba en avión. ¿Alguno de ellos había viajado por aire alguna vez?

El hombre miró sus manos enguantadas y después se fijó en su elegante abrigo; una protección contra el frío de la habitación. La miró a los ojos y le mantuvo la mirada, esperando que ella la apartara.

Al volverse al fin hacia otro de los soldados, ella trató de que no se le notara el triunfo en los ojos ni en la postura de las manos.

Llevaba ventaja, siendo mujer. ¿Qué hombre orgulloso se imaginaba alguna vez superado por una mujer, aunque hubiese sido así?

Volvió a mirarla a los ojos.

—Eso no explica qué hacía deambulando por el gueto judío en un momento en el que a los judíos se les prohíbe salir a la calle —le dijo.

LA PROMESA

Stephan estaba sentado junto a la cama de su madre, dándole sopa con una cuchara en aquella habitación pequeña y mugrienta; un armario, en realidad, más pequeño, oscuro y sofocante que cualquier habitación que podría haber ocupado una doncella en el palacio.

—Prométeme que cuidarás de Walter —le dijo su madre con la voz débil—. Encontrarás la manera de salir de Austria y te lo llevarás contigo.

—Te lo prometo, mamá. Te lo prometo.

Le prometería cualquier cosa para que dejara de hablar, para que ahorrara el aliento.

—Y te quedarás siempre con él. Cuidarás de él. Siempre.

—Siempre, mamá. Lo prometo. Ahora cómete esta sopa que ha traído Herr Perger, o Žofie me regañará.

Aspiró el aroma del eneldo y de la patata, tratando de no desear comérsela él, aun sin lograrlo.

—Te quiero, Stephan —le dijo su madre—. No lo dudes nunca. Algún día esto acabará y escribirás tus obras, y no creo que yo las vea representadas, pero...

—Shhh... Descansa, mamá. Frau Isternitz cuidará esta noche de Walter mientras tú descansas.

—Escúchame, Stephan. —La voz de su madre adquirió de

339

pronto una fuerza que le hizo alegrarse de haber rechazado una ración de sopa para él, dejándole así más cantidad a ella—. Te sentarás junto a Walter en la oscuridad de un teatro cuando se alce el telón, y le tocarás la mano y sabrás que estoy ahí contigo. Papá y yo estamos ahí.

CONTINÚA EL INTERROGATORIO

—¿Por qué debo creerme que no es judía? —preguntó aquel nuevo interrogador; Huber, se llamaba, y todo apuntaba a que estaba al mando.

—Puede mirar mi pasaporte —respondió Truus con educación—. Como ya les he dicho a sus compañeros, lo encontrará en el Hotel Bristol, donde me alojo.

Huber frunció el ceño al oír el nombre de su hotel. Miró a Truus, que seguía sentada erguida en la misma silla incómoda de metal en la que había pasado la noche y parte de la mañana.

—¿Qué ha venido a hacer realmente aquí, Frau Wijsmuller? —le preguntó—. ¿Qué le trae aquí desde Holanda?

—Como ya les he dicho a distintos compañeros suyos —respondió ella con paciencia—, estoy en Viena en nombre del Consejo de Judíos Alemanes. Me envía Norman Bentwich, de Inglaterra, para reunirme esta mañana con el Obersturmführer Eichmann. Le pido que...

—¿Reunirse con el Obersturmführer Eichmann? —Huber se dirigió a los demás hombres—. ¿Y esa reunión no está programada?

Los interrogadores se miraron entre sí.

—¿Quién ha arrestado a esta mujer? —preguntó Huber.

Nadie admitió haberlo hecho, aunque tan solo unos minutos antes los responsables del arresto se enorgullecían de su proeza.

—¿A nadie se le ha ocurrido comprobar si esa reunión va a tener lugar?

—¿Vamos a molestar al Obersturmführer Eichmann en mitad de la noche? —preguntó el hombre que primero había interrogado a Truus.

—Podrías haber llamado a su agregado, idiota.

Huber se dio la vuelta y abandonó la habitación seguido del interrogador como si fuera un perro que se ha hecho pis en la alfombra. Los demás también salieron y dejaron sola a Truus.

Permaneció inmóvil, salvo para mirar el reloj. Ya era de día. Joop no tardaría en levantarse y vestirse, se cortaría un poco de *hagelslag* que le había dejado preparado antes de marcharse y se sentaría solo a comer a la mesa. En un pequeño apartamento del canal vecino, Klara van Lange y su marido se sentarían a desayunar a su mesa y harían planes para el bebé que esperaban. Klara no se olvidaría de llevarle la cena a Joop. Se lo había prometido, y Klara van Lange siempre cumplía su palabra.

Por fin reaparecieron Huber y sus hombres.

—Frau Wijsmuller —le dijo Huber—, me temo que el agregado de Herr Eichmann ha dicho que su cita no figura en la agenda del Obersturmführer.

—¿No figura? —repitió Truus—. Imagino que ese agregado estará convencido de no haber cometido ningún error, claro. Según tengo entendido, Herr Eichmann no suele perdonar a aquellos que desafían su voluntad. Y luego, por supuesto, está el asunto de la prensa extranjera.

—¿La prensa extranjera?

—Sería una pena que la prensa extranjera se hiciera eco de la historia de una holandesa decente que viene a desearle un feliz Día de San Nicolás al Obersturmführer Eichmann de parte de Gran Bretaña y de Holanda y acaba pasando la noche en una cárcel fría e inhóspita.

Sí, una pena.

Tras conceder a Huber tiempo suficiente para sopesar la posibilidad de que se hubiera producido un error cuando en realidad no era así, además de la amenaza real de la mala prensa, Truus prosiguió.

—Quizá quiera preguntárselo a Herr Eichmann. O podría llamarle y despertarle yo misma.

Huber se excusó y salió de la habitación para consultarlo con sus hombres en susurros. Cuando regresaron, los soldados responsables del arresto le hicieron una reverencia, cortesía que antes no le habían ofrecido.

—Perdone a estos muchachos por el error, Frau Wijsmuller —dijo Huber—. Me aseguraré personalmente de que el error de agenda se rectifique para incluir su reunión con Herr Eichmann. Deje que la acompañe un agente para que llegue sana y salva a su hotel.

Y AHORA, LA FALDA

Truus esperaba y observaba en silencio mientras Eichmann escribía sentado a su escritorio en su despacho del palacio Rothschild, una estancia que en otra época debió de ser un salón para recibir a los invitados, dado el tamaño de sus ventanales, que iban del suelo al techo, sus estatuas y sus cuadros. El hombre no había respondido a su presencia, pese a que su empleado había anunciado su llegada. El perro que estaba sentado junto a su mesa, en cambio, todavía no había apartado la vista de ella, igual que ella no había apartado la vista de su dueño.

Por fin Eichmann levantó la mirada, molesto.

—Obersturmführer Eichmann, soy Geertruida Wijsmuller. Vengo por un asunto urgente...

—No estoy acostumbrado a hacer negocios con mujeres.

—Siento mucho haber tenido que dejar atrás a mi marido —respondió Truus sin un ápice de pena al respecto.

—Puede irse —dijo Eichmann mientras devolvía la atención a su trabajo.

Truus se sentó y el perro levantó las orejas pese a lo cuidadoso de su movimiento, no tanto por el perro como por un esfuerzo por mantener ocultas las rodillas. ¿En qué estaría pensando Joop al sustituir su otra falda por esta otra tan corta? Como si sus pantorrillas pudieran ser tan útiles como las de Klara van Lange.

—Le he dado permiso para marcharse —dijo Eichmann sin levantar la mirada—. No es un beneficio que le concedo a todos.

—Seguro que no le importará oír lo que tengo que decir —respondió ella—. He hecho un viaje bastante largo para hablar con usted, para lograr que un determinado número de niños austriacos emigren a Gran Bretaña…

—¿Son sus hijos? —preguntó él, mirándola ahora a la cara.

—Son niños que Gran Bretaña estaría dispuesta a…

—¿No son sus hijos?

—No he sido bendecida con…

—No le importará explicarme por qué una holandesa respetable se molesta en venir hasta Viena para intentar que unos niños que no son suyos viajen a un país que no…

—A veces apreciamos más lo que no podemos tener, Obersturmführer Eichmann.

El perro avanzó ligeramente ante su interrupción, palabras que Truus no había reflexionado hasta decirlas en voz alta, y aun así eran ciertas.

—Estoy seguro de que tiene mucha experiencia en ayudar a la escoria de la humanidad —dijo Eichmann.

Haciendo un esfuerzo por evitar que su rabia se mezclara con su pena y se convirtiera en algo explosivo, Truus dijo:

—Mi familia tiene la costumbre de ayudar al prójimo desde que tengo uso de razón. Acogimos a niños en nuestra casa durante la Gran Guerra, niños que ahora tendrían su edad. Tal vez a usted también lo acogieron en un lugar seguro.

—Entonces sabrá que necesita ciertos documentos para llevar a cabo su misión. ¿Los ha traído para que los revisemos?

—Tengo la garantía del gobierno británico de…

—¿No tiene nada aquí? ¿Y cuántos niños pretende llevarse?

—Todos los que usted me permita.

—Frau Wijsmuller, sea tan amable de mostrarme sus manos —le dijo Eichmann.

—¿Las manos?

—Quítese los guantes para que pueda verlas bien.

Las manos, la herramienta de herramientas de Aristóteles. *Con él a mi derecha, nada me hará caer.*

Vaciló, pero se desabrochó el botón de perla del guante izquierdo y se aflojó el puño festoneado antes de retirar el cuero amarillo. Dejó al descubierto las venas de su muñeca, después la palma robusta de la mano y los dedos, tan arrugados y llenos de pecas como el dorso de las manos.

Eichmann le hizo un gesto para que se quitara el otro guante, y así lo hizo, pensando: *Bendito sea el Señor, mi Roca, que adiestra mis manos para la guerra, mis dedos para la batalla.*

—Y los zapatos —agregó Eichmann.

—Obersturmführer, no entiendo qué...

—Puede descubrirse a una judía por la forma de los pies.

Truus no tenía por costumbre descalzarse ante nadie salvo Joop. Aunque tampoco tenía por costumbre mostrar sus pantorrillas. Se quitó primero un zapato, después el otro, dejando sus medias de invierno de color beis como única protección.

—Ahora camine para mí —le ordenó Eichmann.

Se preguntó cómo habría permitido que llegara tan lejos, un paso detrás de otro mientras caminaba despacio de un extremo al otro de la habitación. Quizá fuese culpa de la falda. Si la falda con la que había viajado no hubiera estado tan sucia después de llevarla puesta no solo toda la noche durante los vuelos hasta Viena, sino también la segunda noche, en la celda y durante el interrogatorio, tal vez hubiera vuelto a ponérsela aquella mañana y le habría contado a Joop una mentira piadosa. Pero, a decir verdad, reforzaba su seguridad en sí misma pensar que Joop la consideraba una mujer capaz de distraer a un hombre con una falda corta y un poco de pantorrilla.

—Ahora levántese la falda por encima de las rodillas —le dijo Eichmann.

Truus miró al perro y recordó las palabras de Joop: que debía confiar en él sobre la falda. Reunió la seguridad de Joop y su propia dignidad y se levantó la falda.

—Increíble —comentó Eichmann—. Una mujer tan pura y a la vez tan loca.

Truus miró al perro, cuya expresión sugería que podría estar de acuerdo con ella: increíble. Un hombre tan loco y tan impuro.

Eichmann habló hacia la puerta abierta.

—Que entre el judío Desider Friedmann.

Entró un hombre de ojos grandes y bigote poblado en un rostro pequeño, dando vueltas entre las manos a un sombrero de fieltro negro mientras observaba al perro. Gracias a Norman Bentwich, Truus sabía que era uno de los líderes del Kultusgemeinde, la organización de la comunidad judía encargada de ayudar a seleccionar a los niños si conseguía convencer a Eichmann para que los dejara marchar.

—Friedmann —le dijo Eichmann—, ¿conoce a Frau Wijsmuller?

Friedmann, tras apartar brevemente la mirada del perro para evaluar a Truus, negó con la cabeza.

—Y aun así resulta que está usted en mi despacho esta mañana, justo cuando aparece ella.

Friedmann apartó otra vez la vista del perro para mirar a Eichmann.

—Frau Wijsmuller parece ser una holandesa perfectamente normal —dijo Eichmann—. Viene a recoger a algunos de sus pequeños judíos para llevárselos a Gran Bretaña. Aun así, no trae documentos que sugieran que dicha petición es correcta.

Eichmann extendió el brazo y le acarició la cabeza al perro, sus orejas puntiagudas igual que el hocico. De dientes puntiagudos también, Truus lo tenía claro, aunque aún no los había visto.

—Hagamos de esto una pequeña broma, ¿de acuerdo, Friedmann? —continuó Eichmann—. Para el sábado, quiero que tenga a seiscientos niños preparados para viajar a Inglaterra.

—Seiscientos —repitió Friedmann, asombrado por el número—. Seiscientos. Gracias, Obersturmführer.

—Si tiene a seiscientos para el sábado —dijo Eichmann—, Frau Wijsmuller podrá llevárselos. Ni un niño menos.

—Señor, yo... —tartamudeó Friedmann.

—Y Frau Wijsmuller tendrá que llevárselos ella misma —continuó Eichmann—. Se quedará aquí con nosotros, en Viena, para llevárselos.

—Pero es imposible en tan pocos días... —se quejó Friedmann, aterrorizado.

—Gracias, Obersturmführer —le interrumpió Truus, que seguía con las medias puestas y los guantes amarillos en las manos—. ¿Y después de esos seiscientos?

Eichmann se rio; fue la risa estruendosa y perversa de un hombre acostumbrado a que se le negara lo que quería, aunque deseaba que el mundo pensara lo contrario.

—Después de esos primeros seiscientos, pero no menos, no quinientos noventa y nueve, mi pura y loca Frau Wijsmuller. —La miró de arriba abajo, desde la cara hasta los pies descalzos, pasando por las manos y las pantorrillas—. Si ha logrado librar a Viena de seiscientos, tal vez le permita sacar de aquí a todos nuestros judíos. O tal vez no. Ahora puede irse.

Cuando Desider Friedmann salió apresurado hacia la puerta, Truus volvió a ocupar su silla frente al escritorio de Eichmann. Con una deliberación lenta, se puso los zapatos y se los ató. Con la misma deliberación se puso un guante, se abotonó la perla en el puño y después se puso el otro, ignorando en todo momento la mirada perpleja del perro.

Se puso en pie y caminó hacia la puerta por la que Herr Friedmann ya había desaparecido.

—Una maleta cada uno —dijo Eichmann tras ella.

Se volvió para mirarlo. Estaba escribiendo de nuevo, sin apenas prestarle atención, al menos en apariencia.

—Nada de valor —añadió sin levantar la mirada—. No más de diez marcos por niño.

Truus se quedó esperando hasta que al fin la miró.

—Si alguna vez pasa por Ámsterdam, Herr Eichmann —le dijo—, venga a tomar un café conmigo.

QUIEN RÍE EL ÚLTIMO

Cuando Truus salió del extravagante palacio con Friedmann, que estaba esperándola a la salida del despacho de Eichmann, ya había empezado a hacer una lista mental. Había ido a Viena para gestionar el transporte de los niños, pero sin saber que tendría que llevarlos ella misma de inmediato. Sin embargo, esperó a que Friedmann hablara primero. Él había experimentado muchas de las bajezas de aquel hombre vil, al contrario que ella. Y se sentía mal por haberle interrumpido frente a Eichmann, aunque no se arrepentía. A veces una debilidad puede ser un punto fuerte.

Friedmann habló solo después de haber recorrido el camino de entrada hasta la calle y haber doblado la esquina para tomar la Ringstrasse, habiendo dejado ya atrás el palacio.

—No es posible organizar con tan poco tiempo la marcha de seiscientos niños —comentó—, y mucho menos buscarles alojamiento en Inglaterra.

Truus esperó a que pasara un tranvía; un tranvía en el que tal vez a aquel hombre judío le estuviera prohibido subirse.

—Herr Friedmann —dijo cuando cesó el traqueteo—, usted y yo reiremos los últimos en la «pequeña broma» de Herr Eichmann, aunque tendremos que ser cautelosos, por supuesto. —Cruzó la carretera a paso rápido junto a Friedmann—. Gran Bretaña no pedirá visados o documentos de viaje alemanes —le explicó—. El

Ministerio del Interior solo necesitará tarjetas de identidad dobles, con un código de colores, preselladas, que servirán como permiso de viaje. Una mitad de cada tarjeta se la quedará el Ministerio y la otra la llevará el niño, con los datos personales y una fotografía adjunta. Solo hemos de presentar una lista de nombres para obtener un visado grupal.

—Sin embargo, la tarea de reunir a tantos niños, Frau Wijsmuller...

—Debe comenzar de inmediato a hacer correr la voz —le dijo Truus—. Que la gente sepa que pueden poner a sus hijos a salvo, pero no pueden cambiar de opinión o pondrán en peligro a los demás. —Iba pensando según hablaba—. Todos los niños mayores que pueda conseguir, niños que no necesiten atención y puedan ayudar. No niños menores de cuatro años, no para este tren, ni con tan poco tiempo. Tampoco mayores de diecisiete. Seiscientos, y más aún si puede, por si acaso; pero, repito, no permita la posibilidad de que algún padre pueda dar marcha atrás después de comprometerse. Necesitaremos doctores que realicen reconocimientos médicos, para asegurar que los niños están sanos. Fotógrafos. Toda la gente buena que pueda reunir. Y un espacio donde proceder, con mesas y sillas. Papeles y bolígrafos.

Friedmann se detuvo en seco y eso hizo que Truus se parase también y lo mirase.

—Le digo que sería imposible en cualquier caso —le dijo el hombre—. ¿Viajar en *sabbat*? Los judíos practicantes no...

—Ustedes los rabinos deben convencerlos de lo contrario —le interrumpió Truus—. Deben convencer a los padres de lo preciados que son sus hijos.

LA FORMA DE UN PIE

Truus se quitó el abrigo y lo colgó en el armario de su habitación del hotel mientras esperaba a que la operadora hiciese la llamada, preguntándose por la forma de las elegantes manos de Helen Bentwich, y sus rodillas, y sus pies. Cuando sonó el teléfono, descolgó el auricular con la mano enguantada, sin querer dejar al descubierto los dedos, pese a que Eichmann estaba al otro lado de la ciudad. Dio las gracias a la operadora y le explicó la propuesta a Helen, que escuchó en silencio. Cuando Truus terminó, Helen le preguntó: «¿Estás bien, Truus?».

—Seiscientos niños tienen que salir de Viena el sábado. ¿Podrás estar preparada cuando lleguen?

—Te aseguro —respondió Helen— que si esos niños llamaran ahora mismo a las puertas de Gran Bretaña, sería capaz de echarlas abajo si fuera necesario.

Truus hizo una segunda llamada. Mientras esperaba a que la operadora la llamase, miró a través de las puertas de cristal. Por la Ringstrasse transitaba una mezcla de paseantes de domingo y soldados.

—Necesito que me ayudes a organizar el traslado de seiscientos niños el sábado —explicó después de que Joop le dijera hola.

—¿Con menos de una semana de antelación, Truus? Pero eso…

352

—Es todo el tiempo que me han dado.

—¿Un tren entero y dos ferris? No puedes montar a seiscientas personas en un ferri.

—Niños, Joop.

—No puedes montar a seiscientos niños en un ferri.

—Dos ferris entonces.

—¿Seiscientos niños y sus cuidadoras? No puedes cruzar la frontera con tantos niños tú sola, y mucho menos llevarlos a Inglaterra.

—A algunos adultos de Viena se les permitirá acompañar a los niños.

—¿Y si no...?

—Los adultos tienen familia aquí —respondió Truus—. Saben que si alguno de ellos no regresa, no solo impedirá que otros niños puedan marcharse, sino que sus propias familias correrán peligro.

—Pero ese tal Eichmann no puede pretender que cumplas ese plazo tan imposible. Tú también tienes poder de negociación, Truus: un lugar donde enviar a algunos de sus judíos.

—Joop, puedo hacer que los niños estén preparados para marcharse en cuanto el transporte esté disponible. Puedo hacerlo. Ese hombre... mantiene su poder mediante la intimidación. Le importa más su poder que cualquier otra cosa. No me cabe duda de que si nos retrasamos un minuto o nos falta un niño, cancelará el transporte. Sin duda disfrutó con la amenaza, pero ahora que la ha hecho, su poder depende de que la cumpla.

Después de colgar, Truus entró al cuarto de baño y, con la mano enguantada, abrió el grifo de la bañera. Vio el vapor que salía del grifo y el agua que iba llenando la bañera. Solo cuando estuvo llena y hubo cerrado de nuevo el grifo regresó a la habitación principal y empezó a desnudarse.

Todavía con los guantes puestos, se desató los zapatos, se los quitó y los dejó a un lado. Se desenganchó una media, se la bajó por el muslo, por encima de la rodilla, por la pantorrilla y el talón hasta llegar al pie. La dobló con cuidado y la dejó sobre el pequeño escritorio de la habitación. Hizo lo mismo con la otra media, con la blusa, con la falda corta que le había comprado Joop, que Eichmann le había hecho levantarse, e incluso con el pañuelo, alisando el tejido con delicadeza antes de añadir las prendas a la pila ordenada de la mesa. Se quitó el sujetador y el corsé, pero los dejó con los zapatos. Solo tenía un sujetador y un corsé. Se quitó por último la ropa interior, alisó con cuidado el algodón, dobló la prenda y la dejó con el resto. Con el mismo esmero colocó el montón de ropa en el cubo de la basura situado junto al escritorio.

Solo entonces se quitó los guantes amarillos y los dejó junto al corsé. Desnuda ahora salvo por los dos anillos, regresó al cuarto de baño y se metió en la bañera.

ALGO DIVERTIDO

Otto sacudió los pelos de los hombros del agente de las SS mientras el hombre decía: «Es una broma, por supuesto. El Obersturmführer Eichmann lo hace para divertirnos: ¡judíos apresurados! Si esa mujer loca se llevara también a sus padres».

Otto soltó una carcajada falsa mientras le quitaba la capa. No ganaría nada desafiando a esos hombres.

—Tiene que decirme dónde será, para poder reírme yo también —le dijo.

—En Seitenstettengasse. La sinagoga donde tuvieron que extinguir el fuego, la que está escondida dentro de otros edificios que podrían haber ardido con ella.

Cuando el cliente se marchó, Otto puso el cartel de *Cerrado* y descolgó el teléfono.

UNA MUJER DE ÁMSTERDAM

Otto entró con reticencia en aquella habitación pequeña y sombría. Frau Neuman estaba sentada en su silla de ruedas, tan delgada, pálida y frágil como las esculturas de azúcar en los escaparates de la tetería, que parecían estar a punto de derrumbarse, aunque nunca lo hacían. Walter estaba sentado leyéndole un libro a su conejo de peluche, que tenía el abrigo azul torcido; un niño tan pequeño y ya sabía leer. La habitación estaba abarrotada de muebles, pero la cama estaba perfectamente hecha, un intento por mantener la dignidad. Supuso que habría sido el pequeño Walter quien la habría hecho. El pequeño Walter, que cuidaba de su madre, aunque allí al menos contaban con la ayuda de los vecinos.

—Frau Neuman —dijo Otto—, he oído que hay alguien en Viena, una mujer de Ámsterdam, según creo, que está pensando en alojar a niños judíos con familias en Inglaterra, donde podrán ir al colegio y… estarán a salvo hasta que termine esta época horrible. He pensado en Stephan y en Walter. Pensaba que, si me lo permite, podría llevarlos a apuntarse.

—Es usted una bendición, Herr Perger —le dijo Frau Neuman, y a Otto le sorprendió la facilidad con la que accedió a que se llevara a sus hijos durante lo que sabía que sería el resto de su vida. Había pasado todo el trayecto en tranvía desde el Burgtheater elaborando argumentos, buscando palabras que fuesen a la vez amables y persuasivas—. Pero debe encontrar a Stephan —continuó la mujer—. No está…

—Sí —convino Otto—. Pensaba que podría llevarme a Walter…

—¿Sin Stephan? —Se le llenaron los ojos de lágrimas; le costaba hablar, y no solo por su enfermedad—. Pero, claro, un niño a salvo sería mejor que…

—Žofie-Helene encontrará a Stephan, se lo prometo, Frau Neuman. La llamé nada más enterarme. Johanna y ella ya están haciendo cola para sus hijos. Encontraremos a Stephan y me encargaré de enviarlos juntos para que pueda cuidar de Walter. Pero debemos irnos ya.

—Walter —dijo la madre del niño sin dudar, con una fortaleza ahora que sorprendió a Otto—, vamos a por tu maleta.

Walter le entregó a Frau Neuman su conejo de peluche y le rodeó el cuello con los brazos.

—Creo que esto es solo para apuntarse —dijo Otto—. Enviaré a Žofie-Helene a por la maleta de Walter si fuera para algo más, pero estoy bastante seguro de que solo es para apuntarse.

La pobre mujer se quitó los brazos de Walter del cuello y le dio un beso.

—Debes ir con Herr Perger —le dijo al muchacho—. Sé un buen niño y vete. Haz todo lo que te diga.

—Peter se quedará aquí para cuidar de ti, mamá —respondió Walter.

CUALQUIER NIÑO QUE CORRA PELIGRO

Otto contempló la larga fila de gente. No podía haber ya seiscientos, ¿verdad? No si se excluían los adultos. «¡Ahí están, Walter!», exclamó al ver a Žofie-Helene haciendo cola con Johanna en brazos.

Walter lo miró sin decir nada. El muchacho no había dicho una palabra desde que salieran del pequeño apartamento. Era muy joven. ¿Cómo podría imaginar lo que tenían en mente para él?

Lo guio hasta sus nietas. «Žozo, tengo frío», dijo Johanna cuando las alcanzaron.

Žofie-Helene la abrazó para darle calor.

—No pasa nada, mi pequeña *mausebär* —dijo—. Yo te daré calor. Cuidaré de ti.

Una mujer que tenían delante —una madre joven de ojos lilas y cejas perfectas, clavículas delicadas y un bebé en brazos— dijo: «Qué buena hermana mayor». ¿De verdad pensaba enviar a su bebé a Inglaterra? Estaba con una mujer mayor cuya nieta, una pelirroja que bizqueaba con el ojo izquierdo, se aferraba a sus faldas.

—¿Es necesario que los niños estén aquí para apuntarlos? —les preguntó Otto mientras tomaba a Johanna en brazos.

—¿Por qué nos mira esa mujer? —preguntó Žofie-Helene, y todos miraron en la misma dirección al mismo tiempo; la abuela con la pelirroja bizca, la madre guapa con el bebé y el propio Otto, como si las palabras de Žofie hubieran evidenciado la sensación de que alguien los observaba.

Una mujer pálida de aspecto extranjero se hallaba a cierta distancia de la cola, como si aquel fuese su lugar, y al mismo tiempo no lo fuera; una mujer con la barbilla y la nariz pronunciadas, una boca tan amplia que podría ser cruel sin el contraste suave de sus ojos grises. Cambió de postura al percibir la incomodidad en las caras que le devolvían la mirada, después levantó una mano con guante amarillo para saludar y siguió su camino hacia el interior del edificio, con un paso tan decidido que parecía que fuese la dueña de la sinagoga.

—Es necesario —afirmó la abuela. Al ver la expresión confusa de Otto, añadió—: Es necesario que los niños estén aquí para apuntarlos. Están haciéndoles fotos y reconocimientos médicos.

—Žofie, necesito que vayas a buscar a Stephan —le dijo Otto a su nieta—. Que venga aquí y se ponga a la cola. Walter, Johanna y yo guardaremos el sitio, pero date prisa y tráelo si puedes. Le he dicho a su madre que los apuntaría a ambos. Eso es lo que están haciendo aquí. Están encargándose de que los niños judíos puedan estar a salvo en Inglaterra.

—Y otros —dijo la madre guapa.

—¿Otros lugares además de Inglaterra? —preguntó Otto.

—Otros niños. No solo judíos.

Otto le puso una mano en el hombro a Žofie antes de que ella pudiera salir corriendo y preguntó a las mujeres:

—¿Aceptan también a no judíos?

—Los hijos de comunistas y opositores políticos.

—¿Cree que aceptarían a mis nietas? Su madre ha sido detenida por publicar un periódico crítico con el Reich.

Las mujeres lo miraron con escepticismo.

—Nuestra Žofie-Helene es un prodigio de las matemáticas —les dijo él—. Ha recibido clases en la universidad desde los nueve años. Le daba clases el profesor Kurt Gödel, que es muy famoso. Podría estudiar en Inglaterra.

—No tiene que convencernos a nosotras —le dijo la abuela.

—Cualquier niño que corra peligro —añadió la madre de ojos lilas—. Eso fue lo que dijo Herr Friedmann. Tienen que estar sanos, eso es todo. Sanos y que no hayan cumplido los dieciocho.

Otto batalló con su propia conciencia y no tardó en perder.

—Žofie-Helene, tienes que quedarte aquí —le dijo a su nieta.

—Volveré, abuelo. No perderé el turno, lo prometo. Si no encuentro rápido a Stephan, volveré. —Y ya había empezado a alejarse, mientras Otto la llamaba a gritos, dividido entre su deseo de detenerla por miedo a que le sucediera algo y la certeza de que, si algo le sucedía al joven Stephan, jamás se perdonaría a sí mismo.

—Tengo frío, abuelo —dijo Johanna.

Otto abrazó a la niña, aterido de frío también él. Frío por el miedo a la decisión a la que se enfrentaba, la decisión que Frau Neuman había tomado con tanta valentía. ¿Podría él enviar a sus nietas a un país cuyo idioma no hablaban? Y, si lo hacía, ¿volvería a verlas alguna vez? ¿Käthe lo perdonaría alguna vez, o querría que las enviara a Inglaterra?

Walter le ofreció su bufanda a Johanna.

—Puedes quedarte con mi bufanda —le dijo—. Yo no tengo mucho frío.

DISTINTOS DIOSES

Truus entró en la sinagoga principal de Seitenstettengasse, donde la larga cola de fuera continuaba dando la vuelta al vestíbulo principal y ascendía por las escaleras para bordear la galería de las mujeres, que había sobrevivido a la noche de los incendios. Fue allí arriba donde encontró a Herr Friedmann organizando a las voluntarias que doblaban mesas, otras con carpetas en la mano enviando a los niños en una dirección u otra. Una adolescente desapareció tras una cortina para que le hicieran el reconocimiento médico. A un chico estaban haciéndole la foto. Herr Friedmann condujo a Truus hacia un rincón más tranquilo, desde el cual aún se veía la fila.

—¿Cómo ha logrado hacer correr la voz tan rápido? —le preguntó al hombre.

—Muchos de nosotros estamos confinados en un único vecindario —explicó Herr Friedmann—. El milagro es que estos padres se lo hayan dicho unos a otros. El problema no será encontrar suficientes niños, sino tener demasiados.

—¿Y los reconocimientos médicos? —preguntó Truus—. Necesitamos asegurar a los británicos que los niños están sanos, sanos de verdad. Cualquier problema en este primer transporte pondrá en peligro el futuro de…

—Todo lo sanos que pueden estar los niños malnutridos —la interrumpió Herr Friedmann—. Nuestros médicos se asegurarán de ello. Es una bendición que nuestros doctores no puedan ganarse la vida en la Viena nazi, porque así pueden presentarse aquí sin ser avisados con mucha antelación, como así han hecho.

—Es evidente que no tendremos problema en reunir a seiscientos —convino Truus—. El problema será elegir cuáles deberían ir. ¿Podemos evaluar quiénes corren un mayor riesgo y montarlos en el primer tren?

—Los que mayor riesgo corren son los chicos mayores —dijo Herr Friedmann—. Los que están en campos de trabajos forzados y por eso sus madres están haciendo cola por ellos.

Los chicos mayores serían los más difíciles de ubicar en Gran Bretaña. Las familias querrían acoger a bebés, pero no podían organizar el transporte de bebés con tan poca antelación y con tan pocos acompañantes adultos.

—¿Podemos evaluar la salud de los chicos de los campos y hacerles la foto? —preguntó.

Desider Friedmann hubo de admitir que no podían.

—De acuerdo, entonces volvemos a estar como al principio: los niños que están aquí, entre cuatro y diecisiete años —dijo Truus. «Los más monos», pensó, pero no lo dijo. Niños pequeños y monos que los padres de Inglaterra pudieran imaginar que eran suyos—. Vamos a asegurarnos de escoger a suficientes niñas mayores para ayudar con los pequeños en el tren. Las chicas mayores serán relativamente fáciles de ubicar. Pueden dedicarse a tareas domésticas cuando lleguen a Inglaterra.

—Estas niñas no están destinadas a ser empleadas de hogar, Frau Wijsmuller —le dijo Desider Friedmann.

Las caras de las madres presentes en la habitación reflejaban el miedo y la esperanza. Cualquiera de ellas estaría encantada de trabajar como empleada doméstica en Inglaterra, estar cerca de sus hijos. Empleadas domésticas. La idea no había sido de Truus.

—Herr Friedmann, debemos ser prácticos —le dijo—. Estos primeros niños han de ser recolocados con rapidez.

—He oído que hay campamentos de verano… —dijo Friedmann.

—Si esos campamentos se llenan, los británicos se mostrarán reacios a aceptar a más niños a no ser que tengan ya casas preparadas. —Otra idea que no era suya. Pero Norman y Helen Bentwich tenían razón: ¿quién era ella para cuestionar la generosidad de Gran Bretaña a la hora de recibir a esos niños del modo en que pudieran? Su propio país no les concedía más que el acceso por tren al cruzar la frontera con Alemania para después tomar un ferri en Hoek van Holland—. Y buscar casas requiere más tiempo del que tenemos. Bueno, quizá podamos evaluar los modales de los niños al sentarse a la mesa y sus conocimientos de la lengua inglesa. Los niños que hablen inglés serán más fáciles de alojar, y los buenos modales serán bien vistos. Podríamos incluso enseñarles algunas frases en inglés y dar preferencia a los que aprendan más rápido.

—Solo tenemos hasta el sábado —le recordó Herr Friedmann.

—Sí, por supuesto —convino ella. Había mucho que hacer. Muchos niños.

—Debe de haber ya más de seiscientos niños haciendo cola —dijo Herr Friedmann—, ¿y vamos a decidir nosotros quién escapa? ¿Vamos a jugar a ser Dios?

La larga cola rodeaba la galería de las mujeres, bajaba hasta las ruinas quemadas del vestíbulo y salía por la puerta hasta la calle; muchos padres esperaban pacientemente la oportunidad de enviar a sus hijos a un país donde no conocían a nadie, con costumbres que no entendían y un idioma que no hablaban. Algunos de ellos, jóvenes adorables que serían fáciles de alojar; pero otros, muchachos rebeldes, y chicas como la pelirroja bizca a la que Truus acababa de ver fuera. No debería haberse quedado mirando a la chica, pero se le había roto el corazón al imaginar a esa hermosa muchacha en una fila, esperando a ver si unos posibles padres la elegían o no.

—*¿Quién ha conocido la mente del Señor para que le instruya?* —le dijo a Herr Friedmann. Estuvo a punto de decir «Corintios», pero era el Nuevo Testamento, la palabra de su Dios, pero no del de él. En su lugar se limitó a añadir—: ¿Quiénes somos nosotros, Herr Friedmann, para cuestionar el orden en el que Dios nos trae a sus niños?

RASTRO DE PAPEL

En el almacén del cacao, Žofie-Helene agarró una hoja de papel de la carpeta y la hizo pedazos, trabajando a toda velocidad a la escasa luz de la linterna del almacén, consciente de que en cualquier momento alguien de Chocolates Neuman podría bajar allí y encontrarla. Escribió en un pedazo: *Ven a la sinagoga que hay detrás de St. Rupert's, ¡ahora! Estamos haciendo cola para un tren a Inglaterra con W.*

Tachó la W y escribió «tu madre».

Repitió el mensaje en otros pedazos de papel, se los guardó en el bolsillo y volvió a colgar la carpeta en su lugar. Se llevó la linterna, se agachó por debajo de las escaleras y descendió la escalerilla hasta la caverna inferior, donde dobló una de las notas por la mitad y la dejó en equilibrio sobre uno de los peldaños.

De vuelta en el túnel, metió una nota en la tapa de alcantarilla octogonal situada en lo alto de las escaleras circulares. Recorrió el túnel hasta la cripta de debajo de St. Stephen y dejó allí otra nota más. Y otra en el convento. Y en la escuela del Talmud. ¿Qué otros sitios había querido enseñarle Stephan?

Con la última nota aún en la mano, volvió corriendo para ver a qué altura de la cola estaba su abuelo. Aún le quedaba algo de tiempo.

Se sacó la linterna del bolsillo del abrigo y corrió por los túneles en la otra dirección, hasta la salida situada al otro lado del canal, frente a Leopoldstadt, la más cercana al apartamento donde vivía ahora la madre de Stephan.

BINARIO

Žofie-Helene corrió hacia la cabecera de la cola de la sinagoga, donde su abuelo esperaba con Johanna y Walter detrás de la madre de ojos lilas con el bebé y la abuela con la niña pelirroja.

—¡Ay, Žofie-Helene! —exclamó su abuelo.

La gente de la cola se dio la vuelta. Žofie imaginó que la abuela mandaría callar al abuelo como había hecho con la niña pelirroja en tantas ocasiones. Hasta el personal de las mesas de registro y la gente con carpetas fruncieron el ceño ante el arrebato de su abuelo.

Cuando llamaron a la abuela a una de las mesas de registro, el abuelo dejó a Johanna en el suelo, sacó un pañuelo y le limpió la cara a Žofie. Llamaron también a la madre de ojos lilas a la otra mesa.

—He buscado por todas partes —le dijo Žofie a su abuelo—. He dejado notas. Sé que llegará en cualquier momento. Podemos esperar como decías que…

—No podemos esperar, Žofie —le dijo su abuelo—. No podemos esperar.

La abuela con la niña pelirroja exigía saber por qué a los niños se les obligaba a viajar en *sabbat*. La madre de ojos lilas comenzó a llorar en la otra mesa mientras la mujer que había estado observándolos en la cola —la de los bonitos guantes amarillos— le hablaba con paciencia, diciendo que lo sentía, de verdad que lo sentía, pero

367

para aquel primer transporte no podían aceptar a los bebés. La mujer de los guantes agarró del brazo a la madre y la apartó con cuidado de la mesa. «No tenemos capacidad para garantizar su cuidado con tan poca antelación», le dijo. «Los niños deben tener al menos cuatro años. Al menos cuatro y no más de diecisiete».

Cuatro, el número primo más pequeño al cuadrado. Žofie se centró en la familiaridad de ese número. Y diecisiete, la suma de los cuatro primeros números primos y el único primo que es la suma de cuatro primos consecutivos.

La mujer que estaba sentada a la mesa hizo un gesto para que Žofie y su abuelo se acercaran, se presentó como Frau Grossman y le entregó al abuelo unos formularios para rellenar. Su abuelo agarró dos para Johanna y Walter y le entregó un tercero a Žofie para que lo rellenara.

Su abuelo preguntó si podrían darle uno más para el hermano de Walter, que esperaba que se reuniese con ellos en breve. Frau Grossman respondió que solo podía apuntar a niños que estuviesen presentes.

Žofie se entretuvo con el formulario, tratando de ganar tiempo para que apareciese Stephan.

—¿La niña pequeña no es judía? —le preguntó Frau Grossman al abuelo.

—No —respondió él—, pero...

—Y solo tiene tres años —agregó Frau Grossman.

—Cumplirá cuatro en marzo, y su hermana...

—Lo siento, señor —le interrumpió ella—. ¿El chico es judío?

Frau Grossman miró con impaciencia a Žofie, que volvió a mirar por encima del hombro —la mujer de ojos lilas la miraba con tanta intensidad que resultaba desconcertante— y entregó con reticencia su formulario. Stephan seguía sin aparecer.

—Sí, entiendo que es una decisión cruel —estaba diciéndole un hombre a la abuela con la niña pelirroja—, pero el tren debe salir el *sabbat*. Tenga por seguro que no ha sido decisión nuestra. Sin embargo, debe entregar a su nieta o echarse a un lado y dejar el lugar a alguien que sí quiera. Si alguien se echa atrás, ninguno de los seiscientos podrá marcharse.

—Lo siento, aquí solo aceptamos a niños judíos —le dijo Frau Grossman al abuelo—. Los no judíos deben...

—Pero llevamos horas haciendo cola —objetó el abuelo—. Y estamos aquí con un niño judío que ya ha perdido a su padre y cuya madre está enferma. ¡No podemos estar en dos lugares a la vez!

—No obstante...

—¡La madre de mis nietas ha sido arrestada por el simple hecho de escribir la verdad!

La mujer de los guantes amarillos se acercó, le quitó los papeles al abuelo y dijo:

—No pasa nada, Frau Grossman. Quizá yo pueda ayudar a Herr...

—Perger. Otto Perger —respondió el abuelo, tratando de calmarse.

—Soy Truus Wijsmuller, Herr Perger —respondió la mujer. Después se dirigió a los otros trabajadores—. ¿Cuántos son?

Frau Grossman consultó con la mujer de la otra mesa y ambas estuvieron contando el número de páginas que habían rellenado y el número de nombres en las más recientes.

—Vamos a ver —dijo Frau Grossman—. Veintiocho multiplicado por nueve es...

—Quinientos veintiuno —respondió Žofie. Se arrepintió nada más decirlo. Cuanto más tardaran, más tiempo tendría Stephan de encontrar las notas y presentarse allí.

La mujer le dedicó una sonrisa condescendiente.

—Veintiocho multiplicado por diez es doscientos ochenta. —Se volvió hacia las demás—. Si quitamos veintiocho, nos quedan doscientos cincuenta y dos.

—Doscientos cincuenta y dos por dos es quinientos cuatro

369

—dijo la mujer de la otra mesa—. Más tus diez y mis siete da un total de…

La mujer de los guantes amarillos sonrió con amabilidad a Žofie-Helene y dijo:

—Quinientos veintiuno.

La madre guapa con el bebé, que seguía observándolos, también sonrió.

—Es un número primo —explicó Žofie, tratando de hacer que siguieran hablando—. Como el diecisiete, la edad máxima de los niños que pueden llevar. Diecisiete es el único número primo que es la suma de cuatro primos. Si se suman otros cuatro números primos consecutivos, siempre se obtiene un número par, y los números pares nunca son primos porque son divisibles entre dos. Bueno, salvo el dos, claro. Dos sí es primo.

Las otras dos mujeres se fijaron en la larga cola que aún quedaba por registrar.

—Más de seiscientos —dijo Frau Grossman—. Cientos.

La mujer de los guantes se acercó a Žofie y le dio la mano; los guantes de cuero parecían más suaves que la piel contra sus dedos.

—¿Y tú eres…? —le preguntó.

—Soy Žofie-Helene Perger —respondió Žofie.

—Žofie-Helene Perger, yo soy Geertruida Wijsmuller, pero ¿por qué no me llamas «Tante Truus»?

—No eres mi tía —dijo Žofie.

La mujer se rio, y fue la suya una risa encantadora y amplia, como la de Lisl, la tía de Stephan.

—No, no lo soy —respondió la mujer—. Pero Frau Wijsmuller es demasiado complicado para muchos niños. No para ti, claro.

—Es más eficiente —dijo Žofie tras reflexionarlo unos instantes.

—Más eficiente —repitió la mujer, riéndose de nuevo—. Claro que sí.

—La gente me llama «Žofie» porque es más eficiente —explicó Žofie—. Mi amigo Stephan a veces me llama «Žofe». Yo no tengo tía, pero él sí. Su tía Lisl. Me cae muy bien. Pero ahora está en Shanghái.

—Entiendo —dijo Tante Truus.

—También es la tía de Walter. Walter y Stephan son hermanos.

Esperó a que Tante Truus le preguntara por Stephan, pero la mujer se volvió para mirar a Walter.

—¿Por qué no venís aquí y os hacemos las fotografías? —sugirió.

El abuelo le entregó a la mujer los papeles de Johanna.

—Lo siento mucho, Herr Perger —le dijo Tante Truus—, pero en este tren, por favor, créame cuando le digo que es imposible incluir a niños pequeños. Esperamos poder incluirlos en el próximo.

—Soy una niña grande —dijo Johanna—. ¡Tengo tres años!

—Su hermana estaría con ella —insistió su abuelo—, y es una buena niña, no da problemas.

—Estoy segura de ello, Herr Perger —respondió Tante Truus—, pero no puedo… No hay tiempo para discutirlo con todos. Por favor, entiéndalo. Debemos establecer límites y cumplirlos.

—Pero… —El abuelo contempló la larga fila que tenían detrás—. Sí, lo… lo siento. Por supuesto.

Tante Truus sacó un pañuelo de lino y le limpió la cara a Žofie un poco más, después le deshizo las trenzas y le revolvió el pelo.

—Sonríe para el fotógrafo, Žofie-Helene —le dijo.

Saltó el *flash* y le hizo ver estrellitas.

Tante Truus le dio la mano y la condujo tras un biombo, donde debía desnudarse para que un doctor la examinase. Quiso decirle que no era ningún bebé, que Walter necesitaba más ayuda que ella. Pero se limitó a quitarse los zapatos, lo cual pareció fascinar a Tante Truus, pese a que ella misma le había dicho que se desnudara.

—¿Está usted al mando aquí, Tante Truus? —le preguntó Žofie mientras se quitaba las medias y las doblaba con cuidado, queriendo ganarse el favor de Tante Truus—. Mi madre está al mando de un periódico. La gente nunca se espera que haya una chica al mando. Dice que eso puede actuar en su favor.

—Bueno, en ese caso supongo que yo debería estar al mando aquí —dijo Tante Truus—. Me gusta que las cosas actúen en mi favor.

—A mí también —respondió Žofie—. Tengo bastante talento para las matemáticas.

—Sí, ya me he dado cuenta.

—El profesor Gödel ha dejado la universidad, pero sigo ayudándole con su hipótesis del continuo generalizada.

Tante Truus la miró extrañada, como solía hacer la gente.

—Ya sabe, sobre los posibles tamaños de los conjuntos infinitos —explicó Žofie—. El primero de los veintitrés problemas de Hilbert. A mi amigo Stephan se le dan tan bien las palabras como a mí los conceptos matemáticos. Podría estudiar escritura con Stefan Zweig si fuera a Inglaterra. Debería estar en la cola con nosotros, así que quizá cuando llegue pueda usted ponerlo con Walter y conmigo.

—Ah, así que es ahí donde quieres ir a parar —le dijo Tante Truus—. ¿Y por qué no está aquí tu amigo?

—No está en uno de los campos —le aseguró Žofie. Había oído decir a la gente de la cola que no habría tiempo para traer a los chicos de los campos.

—¿Y dónde está entonces? —le preguntó Tante Truus.

Žofie la miró a los ojos, sin querer delatar a Stephan.

—Debes entender que no puedo adelantar a alguien en la cola —le dijo Tante Truus—. No sería justo. Ahora quítate la ropa, Žofie-Helene, para que el doctor pueda ver que estás sana.

—¡Stephan está escondido! —exclamó Žofie—. ¡No es su culpa que no esté aquí!

—Entiendo —dijo Tante Truus—. ¿Y sabes dónde está?

—Puede quedarse con mi puesto —le dijo Žofie—. Yo puedo quedarme aquí con Jojo.

—Oh, cielo, me temo que no puedo hacer eso. Verás, cada tarjeta es específica para un niño. La otra mitad de tu tarjeta está en Inglaterra, y solo tú tendrás permiso para...

—¡Pero Stephan cumplirá dieciocho años y será demasiado mayor! —Trató de contener el sollozo que le subía por la garganta—. Puede enviar su tarjeta en vez de la mía y decir que ha cometido un error. Incluso yo cometo errores.

La mujer la acercó y la abrazó como hacía a veces su madre. Žofie no pudo contenerse; las lágrimas le desbordaron los ojos y fueron absorbidas por la ropa de la mujer, que era casi tan suave como los guantes. Hacía mucho tiempo que Žofie no veía a su madre.

—Creo que Stephan tiene suerte de tener una amiga tan buena, Žofie-Helene —le dijo Tante Truus, y Žofie sintió sus labios en la coronilla—. Ojalá yo... tuviera una amiga como tú.

El doctor se asomó por un lado del biombo. Tante Truus ayudó a Žofie a terminar de quitarse la ropa.

—De acuerdo, respira profundamente para el doctor —le dijo—. Luego vístete de nuevo lo más rápido que puedas y ve a por tu amigo. Tráelo directo a verme. No puedo apuntarlo sin una foto o un certificado de salud, pero tú haz como si la cola no estuviera y tráemelo a mí.

El doctor escuchó la respiración acelerada de Žofie-Helene.

—Más despacio —le dijo—. Respira profundamente.

Žofie cerró los ojos y dejó que su mente se llenara de números, como hacía por las noches cuando no podía dormir. Lo que le vino a la mente cuando el hombre dejó el estetoscopio y terminó el reconocimiento, golpeándole las rodillas con el pequeño martillo y examinándole los oídos, la nariz y la boca, fue un problema sencillo: si se tardaba, digamos, cuatro minutos en tramitar a cada niño y se podía tramitar a dos a la vez, eso significaba que disponía de dos horas y treinta y cuatro minutos para encontrar a Stephan. Dos horas y dieciocho, en realidad, dado que Walter y ella ya habían sido tramitados y estaban registrando a otros dos en ese instante.

—Žofie-Helene —dijo Tante Truus—, voy a ayudar a tu amigo en todo lo posible, pero no puedo ponerlo por delante de cualquiera que haya llegado antes que él. Debes prometerme que te subirás a ese tren, con Stephan o sin él. Si no lo haces, otros seiscientos niños no podrán viajar por tu culpa. ¿Lo comprendes?

«Quinientos noventa y nueve», pensó Žofie, pero no dijo nada, porque ahora ya no quería perder el tiempo.

Volvió a ponerse la ropa, diciendo al mismo tiempo:

—Es binario. Seiscientos o cero. —Cero, que por lo general era su número favorito, pero no en ese momento—. Lo entiendo —dijo—. Y prometo que iré a Inglaterra incluso aunque Stephan sea el número seiscientos uno. Me llevaré a Walter.

—¡Binario, santo cielo! —dijo Tante Truus—. Corre entonces. ¡Todo lo rápido que puedas!

AUNQUE NOS DESTIERREN, NOS EXPULSEN Y NOS INJURIEN

Žofie-Helene corrió hasta la entrada más cercana al subsuelo, tratando de no pensar en lo que sería su vida sin Stephan, aunque la inundaban los recuerdos: aquel día en que el abuelo había fingido cortarle el pelo a Stephan; el cumpleaños de Stephan, cuando ella no sabía que era su cumpleaños, cuando no sabía que vivía en un gran palacio en la Ringstrasse con un portero y cuadros famosos y una tía elegante; la primera vez que leyó una de sus obras, la sensación de que, a pesar de que no trataba de ella, se veía reflejada; aquella noche en el escenario del Burgtheater, cuando cerró los ojos y fingió que era Stephan y no Dieter quien la besaba; el momento en que Stephan la miró mientras desfilaba por el paseo de Prater Park y ella supo por la vergüenza de su mirada que debía mentir a los nazis y llevarse a Walter. Aquel día ni siquiera había sentido miedo. El miedo había surgido más tarde, cuando Stephan se negó a verla, cuando se dio cuenta de que, al salvar a su hermano, había perdido a su único amigo.

Nada más llegar a la oscuridad del subsuelo, empezó a cantar. Cantaba en voz baja las palabras de aquel día en la capilla real, la voz de un único muchacho cantando solo en el coro, la voz del coro repetida bajo la bóveda de crucería sin frescos, con el peso de las ojivas sobre los pilares de las intersecciones para transmitir el empuje a los muros exteriores.

—Ave María, señora generosa —cantó con suavidad. No era una gran cantante, no como los chicos del coro. Aun así, cantó con más fuerza—. Escucha las oraciones de una doncella.

Se detuvo y escuchó. No oyó nada.

—Puedes oírnos desde el más allá —cantó, con voz más alta, que rebotaba ahora en las paredes mientras enfocaba la luz exigua de la linterna y corría por aquella oscuridad fría—. Puedes salvar a los desesperados. A salvo dormiremos bajo tu cuidado; aunque nos destierren, nos expulsen y nos injurien.

INCLUSO SEPARADOS

Truus, recién llegada a su habitación en el Hotel Bristol, ni siquiera había tenido tiempo de sentarse para quitarse los zapatos cuando sonó el teléfono. La operadora se disculpó por molestarla a esas horas, pero tenía una llamada urgente desde Ámsterdam. ¿Quería aceptarla? Mientras Truus esperaba a que le pasaran la llamada, se quitó los guantes, después se sentó y se quitó primero un zapato, después el otro. Se desabrochó una media de la liga y se la bajó, el rayón exterior y la lana y el algodón de la parte inferior para darle calor cedieron a su muslo pálido y cansado, su rodilla, su pantorrilla, la piel reseca del talón, que se enganchó en la tela. Flexionó los dedos desnudos, los huesos arqueados, las uñas limpias. Un pie sencillo y cristiano. ¿Cómo era posible que un pie judío fuese más o menos llamativo?

Dobló la media y la dejó sobre la cómoda. La ropa que había tirado a la basura la noche anterior seguía tan doblada como la había dejado, pero en la cómoda y no en el cubo de la basura. Sin duda la doncella del hotel se habría confundido.

Oyó la voz de Joop al otro lado del auricular.

—¿Dónde has estado, Truus? ¡Llevo todo el día intentando localizarte!

—Seiscientos niños, Joop —dijo tras exhalar el aire frío y húmedo.

Volvió a sentarse en la silla, con una pierna desnuda y la otra aún con la media puesta. Podría echar la cabeza hacia atrás, cerrar los ojos y dormir, sentada y medio vestida.

—De acuerdo —le dijo Joop—. El barco de vapor Prague estará preparado en Hoek van Holland. Pero solo ese ferri. Lo siento. No puedo conseguir un segundo en tan poco tiempo.

—Seiscientos, o ninguno, Joop. Eichmann no podría haberlo dejado más claro.

—Pero eso no tiene sentido. Quiere librarse de los judíos de Viena e Inglaterra los acogerá. ¿Por qué exigir que se hayan ido todos el sábado? ¿Por qué no el domingo o…?

—El sábado es *sabbat* —le dijo ella, cansada—. Tenemos que encontrar a seiscientas familias dispuestas a entregar a sus hijos a desconocidos para viajar el día en que su religión se lo prohíbe, para irse a un mundo nuevo donde estarán asustados y solos. Y si un solo padre cambia de opinión en el último minuto, todo el plan se vendrá abajo.

—No puede ser tan cruel.

—Joop, no puedes imaginar la humillación que…

La verdad, los detalles, solo lograría que su marido se preocupara por ella, y eso no les haría ningún bien.

—Todavía no hemos visto hasta dónde puede llegar la crueldad de ese hombre, Joop.

—¿Qué humillación, Truus?

Se puso de pie y, con el auricular agarrado por debajo de la barbilla, recogió la ropa doblada de la cómoda y volvió a dejarla, bien ordenada, en el cubo de la basura.

—¿Truus?

Metió la mano en el cubo, sacó la falda corta que le había regalado Joop y se la llevó al pecho. Quería contárselo. Quería aliviar esa carga de su alma, pero no podía soportar la idea de ponerle ese peso encima a él. Ya había sufrido bastante. Merecía muchas cosas que ella tal vez no pudiera darle nunca.

—Truus —repitió Joop—, recuerda, juntos somos más fuertes, incluso separados.

LA MALETA

Žofie eligió tres de sus cuadernos de matemáticas y los metió en la maleta vacía que había sobre su cama. Se quedó parada frente a la pequeña librería que su padre le había construido, tratando de decidir cuántos de sus libros de Sherlock Holmes podría meter en la maleta. *Escándalo en Bohemia* era el que más le gustaba, y las novelas: *Estudio en escarlata, El signo de los cuatro, El sabueso de los Baskerville, El valle del terror*, pero el abuelo decía que debía elegir solo dos. Así que seleccionó *Las aventuras de Sherlock Holmes* por los relatos y *El signo de los cuatro* porque tenía el número cuatro en el título, un número que le daba consuelo, y también porque le gustaba Mary Morstan y las misteriosas seis perlas y el final, cuando Mary no consigue ser una de las mujeres más ricas de Inglaterra, pero sí consigue al doctor Watson.

Johanna apareció a su lado diciendo «Žozo» mientras le entregaba una fotografía enmarcada de las dos juntas con su madre, Jojo todavía bebé, en el marco favorito de su madre. Trató de pensar en la fotografía escondida de *Escándalo en Bohemia* como distracción, para no empezar a llorar.

—En Inglaterra hará frío —dijo el abuelo—. Necesitarás más ropa. Y recuerda, nada de valor.

Le quitó la foto, la sacó del marco y la colocó en la maleta, dentro del primer cuaderno, para que no se doblara.

Žofie aupó a Johanna, la abrazó y aspiró el aroma cálido del cuello de la niña.

—Johanna no puede venir —le dijo a su abuelo—. Stephan no puede venir. Y mamá no está aquí para despedirme.

—Quiero irme con Žozo —dijo Johanna.

El abuelo dobló el jersey favorito de Žofie y lo guardó en la maleta, junto a los cuadernos. Añadió faldas y blusas, bragas y calcetines, hablando en todo momento con un tono tranquilo. «Liberarán a tu madre dentro de poco, Žofie. Me lo han asegurado. Pero Austria ya no es seguro para nosotros. Ella querrá que te vayas a Inglaterra. Cuando la liberen, nos iremos todos a Checoslovaquia para quedarnos con tu abuela hasta que podamos conseguir visados para irnos contigo».

Cerró la maleta para asegurarse de que no estuviese demasiado llena y volvió a abrirla.

—Piensa en todo lo que te espera, *Engelchen* —dijo—. Podrás ver la Piedra Rosetta en el Museo Británico.

—Y el Papiro de Ahmes —añadió ella.

—La casa de Sherlock Holmes en Baker Street.

—Podría dejarle mi puesto a Stephan e irme a casa de la abuela con mamá, con Johanna y contigo —le dijo Žofie—. Entonces seguirían siendo seiscientos.

El abuelo las abrazó a ambas y las mantuvo así, a salvo.

—Frau Wijsmuller ya nos ha explicado, Žofie, que las tarjetas han sido procesadas por los alemanes. Tienen que coincidir aquí y en la frontera para salir de Alemania, y en Inglaterra. Pero Stephan irá en el próximo tren.

—¡Puede que no haya un próximo tren antes de que cumpla los dieciocho! —Se apartó de su abuelo, todavía con Johanna en brazos—. Tante Truus no prometió que fuese a haber un próximo tren.

—Si no terminamos de hacer la maleta y nos vamos a la estación, desde luego no habrá un próximo tren, ni siquiera un primer tren —la reprendió el abuelo.

Johanna empezó a llorar. Žofie-Helene apretó su cara contra su pecho, como solía hacer su madre para protegerlas, para consolarlas.

El abuelo, con lágrimas en los ojos también, dijo:

—Lo siento. Lo siento. —Alargó la mano y le acarició el pelo a Jojo—. Para mí es tan difícil despedirme como para ti lo es marcharte, Žofie-Helene.

Žofie sintió que empezaba a llorar pese a todas sus promesas de que no lo haría, de que llorar solo entristecería más al abuelo y a Jojo. «Pero tú tendrás a mamá y a Johanna», le dijo, «y yo solo tendré a Sherlock Holmes, que ni siquiera es real».

—Pero tendrás Cambridge, *Engelchen* —le dijo el abuelo con un tono más calmado—. Creo que tendrás Cambridge. Es donde tu madre querría que fueras incluso aunque no tuviéramos que abandonar Austria.

Žofie dejó a Jojo en el suelo, sacó un pañuelo y se sonó la nariz.

—Porque se me dan muy bien las matemáticas —dijo.

—Se te dan de maravilla —convino el abuelo—. Seguro que alguien en Inglaterra se dará cuenta de eso y te ayudará a encontrar un mentor allí.

Sacó una de sus blusas de la maleta y la devolvió a la cómoda.

—Eres maravillosa, punto —dijo—. Mira, he hecho sitio para otro libro más de Sherlock Holmes y otro cuaderno de matemáticas. También querrás lapiceros. Pero ahora date prisa, es hora de irse.

DESPEDIDA

Stephan, con su abrigo y la bufanda rosa de cuadros de Žofie-Helene, le dio un beso en la frente a su madre.

—Será mejor que te vayas o perderás el tren —le dijo su madre—. Cuida bien de él, Stephan. Tenlo siempre a tu lado.

—Wall cuidará de mí, ¿verdad? —dijo Stephan.

Su madre le abrochó a Walter el abrigo y le anudó la bufanda.

—En serio, Stephan —dijo—, prométemelo.

Stephan desvió la mirada y se fijó en las dos maletas que esperaban junto a la puerta. La suya contenía solo un cambio de ropa, su cuaderno y su lapicero y el ejemplar de *Kaleidoscope* que Žofie había conservado pese a que era peligroso tenerlo. Era demasiado peligroso para llevarlo en el tren, pero no importaba.

—Sé que eres joven —le dijo su madre—. Pero ahora debes ser el hombre.

Acercó a Walter a su cuerpo y aspiró profundamente.

—Haz lo que te diga tu hermano mayor, todo lo que te diga —le dijo—. ¿Me lo prometes?

—Te lo prometo, mamá —respondió Walter.

Volvió a estrecharle la mano a Stephan.

—Prométeme que le darás la mano durante el viaje a Inglaterra —le dijo—. Encuentra una familia que os acoja a los dos.

Stephan la miró a los ojos, sabiendo que debía de dar la impresión de que estaba memorizando su cara, recordándola para siempre. Si no hubiera dudado la primera vez que oyó cantar a Žofie… Si hubiera corrido más deprisa… Pero entonces su madre se habría quedado sola.

—Lo mantendré a salvo —le dijo.

Eso era cierto.

—Stephan y tú iréis juntos a vivir con una familia, Walter —dijo su madre.

—¿Y Peter también? —preguntó Walter.

—Sí, Peter también. Stephan, Peter y tú —le aseguró su madre—. Viviréis todos juntos con una familia. Cuidaréis los unos de los otros.

—Hasta que tú vengas a Inglaterra para ser otra vez la mamá —dijo Walter.

—Sí, cariño —respondió ella con la voz quebrada—. Sí. Hasta entonces, me escribiréis muchas cartas y yo os contestaré.

Al ver que se esforzaba tanto por no llorar, a Stephan le dieron ganas de llorar también. Quería decirle que no se preocupara, que él seguiría estando allí. Cuidaría de ella. No estaría sola.

—Enséñale a ser un hombre como lo eres tú, Stephan —le dijo su madre—. Eres un buen hombre. Tu padre estaría orgulloso. Haz que tu hermano sepa lo mucho que le queremos, lo mucho que os queremos a los dos, ocurra lo que ocurra.

Walter sacó su pañuelo, lo desdobló con cuidado y se lo acercó a Peter Rabbit a los ojos.

—Peter quiere quedarse contigo, mamá.

—Ya lo sé —respondió ella, y abrazó a Walter y a Peter una última vez.

Stephan levantó las dos maletas.

—La mano —insistió su madre.

Stephan le dio a su hermano la maleta más ligera, la suya, y agarró la de Walter, más pesada. Entrelazó los dedos con los de él, alrededor de una de las orejas de Peter Rabbit.

—Walter no se acordará de nosotros —dijo su madre en voz baja—. Es demasiado pequeño. No se acordará de ninguno de nosotros, Stephan, salvo a través de ti.

NÚMEROS

La estación de Westbahnhof ya estaba abarrotada de gente cuando Stephan llegó con Walter. Por todas partes había mujeres abrazando a niños que se aferraban a sus animales de peluche y a sus muñecas. Hombres con sombreros negros, barbas negras y bucles a ambos lados de la cara les daban sus bendiciones en hebreo, pero casi todas las familias se parecían a la de Stephan, podrían haber sido cualquier familia de Viena, salvo por la pequeña maleta en el andén junto a cada niño.

Una madre que se parecía un poco a la suya se hallaba de pie entre la multitud, con una cesta en una mano y un bebé en la otra. Un padre arrancó a un niño lloroso de los brazos de su madre y le reprendió para que se comportara como un niño grande. Había nazis patrullando por todas partes, muchos de ellos con perros que tiraban de sus correas.

Un hombre empezó a gritar nombres de una carpeta. Una mujer colgó una tarjeta numerada atada a un cordel del cuello de un niño, como un collar, y fijó una etiqueta con el mismo número a su maleta. El niño, maleta en mano, se alejó de sus padres en dirección al tren.

La mujer a la que les habían dicho que se dirigieran como Tante Truus estaba discutiendo con uno de los nazis. El agente estaba diciendo que los vagones irían precintados, que solo se abrirían para la revisión de documentos en la frontera para salir de Alemania.

—El tren debe ir precintado por la seguridad de todos —dijo el agente.

—Pero solo se nos permite llevar a seis adultos y hay diez vagones —objetó Tante Truus—. ¡Diez vagones con sesenta niños en cada uno! ¿Y ahora me está diciendo que los adultos no podrán moverse de un vagón a otro para vigilar a los niños?

—Es un tren nocturno —respondió el agente—. Seguramente irán durmiendo.

Stephan se sorprendió al ver a Žofie, pese a que sabía que estaría allí. Se habría quedado horrorizado si no hubiera ido. El tren no podría partir sin los seiscientos, y ella era una de ellos. Parecía más adulta de lo que jamás le había visto, con el pelo largo y suelto por la espalda, aún húmedo después de lavárselo, y los pechos bajo el collar que siempre llevaba, apretados tras los botones del abrigo. Incluso mientras besaba a su hermana una y otra vez, sus enormes ojos verdes seguían fijos en su abuelo, que le decía una cosa y después otra, tratando de transmitir una vida entera de consejos en una despedida, como había hecho su madre.

Se hizo el silencio en toda la estación cuando Eichmann pasó por ahí acompañado de su horrible perro. Stephan retrocedió cuando Tante Truus se acercó.

—Buenos días, Herr Eichmann —dijo Tante Truus.

—Seiscientos, Frau Wijsmuller —respondió Eichmann sin detenerse. Desapareció por una escalera que conducía a las oficinas del piso de arriba.

Poco a poco la estación volvió a la vida, aunque algo más apagada.

Stephan le dio un abrazo a Walter. «Wall», le dijo. Quería ser como el abuelo de Žofie-Helene, asegurarse de que Walter sabía todo lo que necesitaría saber para el resto de su vida. Pero no era capaz de pronunciar palabra más allá del apodo de su hermano. Le parecía insuficiente. Le parecía que al menos debería intentar decir el nombre de su hermano. Pero decir «Walter» le asustaría. Wall era mejor.

Sin soltarle la mano a su hermano, como había hecho desde que salieran de Leopoldstadt —como su madre le había pedido que hiciera durante el viaje hasta Inglaterra—, Stephan caminó hasta reunirse con Žofie, su abuelo y su hermana. Solo entonces se arrodilló frente a Walter para decirle la verdad.

—No había sitio para mí en este tren, Walter. —Utilizó entonces su nombre completo, para que supiera lo seria que era la situación, haciendo lo posible por que no se le humedeciesen los ojos. Tenía muchas ganas de llorar, pero debía ser el hombre que su madre imaginaba—. Pero Žofie-Helene estará contigo —continuó—. Cuidará de ti como lo haría yo, y además iré en el próximo tren. Iré en el próximo tren y te buscaré en cuanto llegue a Inglaterra. Te encontraré allí donde estés.

Las lágrimas empezaron a resbalar por el rostro de Walter.

—¡Pero le has prometido a mamá que me darías la mano hasta llegar a Inglaterra!

—Sí —admitió Stephan—, pero Žofie-Helene es como si fuera yo, ¿entiendes?

—No, no lo es.

—Walter, mamá quiere que vayamos a Inglaterra. Lo sabes, ¿verdad? Le has prometido que serías un buen niño hasta llegar a Inglaterra.

—¡Pero contigo, Stephan!

—Sí, conmigo. Pero la verdad es que solo caben seiscientos en este tren, y yo soy el número seiscientos diez.

—Es un número de la suerte, Walter —dijo Žofie-Helene—. El seiscientos diez. Es el decimosexto número en la secuencia de Fibonacci.

Walter la miró con la misma incertidumbre que sentía Stephan. Pretendía tranquilizarlo, lo sabía. Pero el último número de la suerte de aquel día era el seiscientos. ¿Por qué no habría corrido más deprisa?

—Žofie-Helene hará de mí solo durante un rato —le dijo a su hermano—. Hasta que yo llegue a Inglaterra.

—Peter y yo podemos ir en el próximo tren, contigo.

—No podéis, ese es el problema. Si no vas en este tren, los demás tampoco podrán ir. Ninguno podremos ir nunca.

—Es binario —dijo Žofie-Helene con calma—. Seiscientos o ninguno.

—Pero iré en el siguiente tren —le aseguró Stephan, sin prometérselo. En algún momento —tal vez al enterarse a comienzos de semana de que había llegado demasiado tarde para el primer tren—, había decidido que haría todo lo posible por lograr que Walter se subiese a ese tren con Žofie, que mentiría si fuese necesario, pero que intentaría en la medida de lo posible ceñirse a la verdad—. Hasta que llegue yo —le dijo a Walter—, Žofie-Helene cuidará de ti. Žofie-Helene hará de mí. —Sacó un pañuelo y le limpió la nariz a Walter—. Recuérdalo, Wall. Žofie-Helene hará de mí.

Eso era cierto, igual que lo que le había dicho a su madre era cierto: que se aseguraría de que Walter llegara a Inglaterra sano y salvo. Žofie-Helene había prometido mantener a Walter junto a ella, ocupar su lugar.

—Žofie-Helene hará de mí —le repitió una vez más.

—Salvo que ella es más lista —le dijo Walter.

Stephan le dirigió una sonrisa a Žofie.

—Sí, Žofie-Helene hará de mí, pero es mucho más lista. —«Y mucho más guapa», pensó—. Hará de mí hasta que yo pueda reunirme con vosotros, e iré en el próximo tren, porque soy el decimosexto número en la secuencia de Fibonacci. No sé a cuántos más aceptarán, pero estoy seguro de que por lo menos serán diez.

—¿E iremos juntos a vivir con una familia?

—Sí. Eso es. Te encontraré en Inglaterra e iremos juntos a

vivir con una familia. Pero, hasta entonces, haz lo que te diga Žofie, como si fuera yo.

Walter sacó su pañuelo y se lo acercó a la nariz a Peter Rabbit.

El hombre de la carpeta llamó a una niña pelirroja y los ayudantes le pusieron el cartel numerado y la etiqueta en la maleta.

—Creo que somos los siguientes, Walter —dijo Žofie-Helene—. ¿Estás preparado? Será mejor que le des a tu hermano un último abrazo.

Stephan abrazó a Walter y aspiró su aroma una última vez mientras Žofie besaba a su hermana una docena de veces más.

—Walter Neuman —anunció el hombre—. Žofie-Helene Perger.

Žofie le entregó a su hermana a su abuelo, pero la pobre niña empezó a llorar.

—¡Quiero ir con Žozo! ¡Quiero ir con Žozo!

Stephan quería llorar también. Quería agarrarle la mano a Walter y a Žofie, y correr. Pero no había ningún sitio al que ir.

—Sé buena y facilítale el camino a tu hermana —dijo Herr Perger—. La montaremos en un tren en cuanto cumpla los cuatro. Tu madre y yo te escribiremos. Iremos también, en cuanto consigamos los visados. Pero, Žofie, siempre estaremos contigo, pase lo que pase. Igual que tu padre siempre te observa cuando haces tus matemáticas, estaremos siempre ahí.

Žofie-Helene le dio la mano a Walter con la que sujetaba la oreja del conejo, como hacía siempre Stephan. Ambos recorrieron los pocos pasos hasta el hombre de la carpeta. Agacharon la cabeza mientras las mujeres les colgaban del cuello las tarjetas numeradas.

Número 522; ese era Walter. Y número 523; esa era Žofie-Helene. Stephan memorizó los números, como si significaran algo.

COLLAR

Žofie enderezó el número que Walter llevaba colgado del cuello. «¡Número quinientos veintidós! Es un número muy especial», dijo. «Es divisible entre uno, dos, tres, seis y... vamos a ver..., también dieciocho, veintinueve, ochenta y siete, ciento setenta y cuatro y doscientos sesenta y uno. Y, por supuesto, es divisible entre sí mismo, quinientos veintidós. ¡Eso significa que tiene diez factores!».

Walter se quedó mirando el número de Žofie-Helene.

—El mío es un número primo —le dijo ella—. No es divisible entre ningún otro número salvo sí mismo y uno. Pero eso es especial a su manera.

Walter la miró con el ceño fruncido.

—¿Peter no necesita llevar su propio collar? —le preguntó.

Žofie lo abrazó y le dio un beso a Peter Rabbit.

—Peter puede viajar gratis con tu billete, Walter. ¿Qué te parece?

Le dio la mano y se pusieron a la cola del vagón que les había indicado Herr Friedmann, detrás de la pelirroja que tenían delante en la cola cuando se apuntaron. Mientras esperaban, se les acercó Tante Truus.

—Žofie-Helene, eres una chica buena y lista —le dijo—. En este vagón te pongo a ti al mando. ¿Entendido? No habrá ningún adulto, de modo que tendrás que tomar decisiones inteligentes por todos. ¿Podrás hacer eso por Herr Friedmann y por mí?

Žofie asintió. Tante Truus, mirándola, de pronto pareció asustada. ¿Habría dicho algo equivocado? Pero si no había dicho nada en absoluto.

—Cielo, no puedes llevar ese collar —le dijo.

Žofie se tocó el collar con el símbolo del infinito, el alfiler de corbata de su padre que su abuelo había convertido en collar. Era el único objeto de su padre que le quedaba.

—Dáselo a tu abuelo —le dijo Tante Truus—. Date prisa.

Žofie regresó corriendo y no le dio el collar a su abuelo, sino a Stephan. Le dio un beso en los labios, que estaban húmedos por las lágrimas y algo hinchados, aunque tan suaves y cálidos que le produjeron un vuelco en el estómago. Tuvo que hacer un esfuerzo por no llorar.

—Algún día escribirás una obra de teatro que provocará en las personas el mismo sentimiento que la música, ya lo verás —le dijo, volvió corriendo a la cola, le dio la mano a Walter y se subió al tren.

UN MUCHACHO JUDÍO DE DIECISIETE AÑOS

Por toda la estación, los padres esperaban atentos, devastados por tener que despedirse de sus hijos mientras muchos otros —padres que habían ayudado a hacer maletas para sus hijos con la horrible esperanza de tener la oportunidad que no les habían concedido aún— estaban devastados por no despedirse. Muchas pequeñas Adele. Muchas caras de madres con la misma esperanza triste que había mostrado la madre de Adele aquella mañana en la estación de Hamburgo. Truus se preguntó cómo le habría contado Recha Freier a la madre de Adele la muerte de la niña, y cómo lo habría asimilado Frau Weiss, lo mucho que debía de culparla a ella por llevarse a su hija, o tal vez se culpase a sí misma por entregar a Adele. ¿Cómo era posible que aquello fuese lo correcto, separar a los niños de sus padres?

Examinó la estación con la mirada en busca de Eichmann, preguntándose dónde estaría ahora aquel hombre cruel.

—No podemos sacar al niño de su cama y meterlo en un tren —estaba diciéndoles Frau Grossman a Truus y a Desider Friedmann, en voz baja, por miedo a que la patrulla nazi la oyera—. Todo el grupo tendría el sarampión antes de llegar a Harwich y habría que frenar el proceso. Seguro que hay otro niño de siete años al que podríamos mandar en su lugar.

—El Obersturmführer Eichmann tiene las tarjetas —dijo

Truus—. Los alemanes las comprobarán antes de que el tren pueda salir de Alemania.

Muchos padres tristes esperaban la última despedida de unos hijos que ahora tal vez no pudieran marcharse por un niño enfermo. Los problemas que no logras anticipar…

—Tendremos que encontrar a un niño que pueda hacerse pasar por el niño de la foto —comentó—, y a quien se le dé muy bien fingir.

—Pero el riesgo si se descubre la mentira —objetó Herr Friedmann, mirando nervioso hacia la ventana del segundo piso que daba al andén.

Truus siguió su mirada hasta el hombre y su perro inmóviles allí arriba, observando. Pensó, curiosamente, en su madre de pie en la ventana de Duivendrecht, aquella mañana nevada de dos décadas atrás. Supuso que aquel hombre estaría riéndose a pesar de que esta vez no tenían ningún muñeco de nieve. Su risa sería muy distinta a la de su madre.

—¿Qué alternativa tenemos? —preguntó con suavidad—. Sin él, ningún niño podrá marcharse, ni ahora ni probablemente nunca.

Los tres examinaron las caras de los padres que observaban las ventanillas del tren en busca de sus hijos, otros en busca de esa oportunidad, rezando por ella.

Truus se fijó en el chico mayor que la pequeña Žofie-Helene —Žofie, para ser más «eficiente» —le había presentado, aunque demasiado tarde para que se le permitiera subir en ese primer tren. ¿Cómo se llamaba? Se enorgullecía de tener buena memoria para los nombres, pero seiscientos eran demasiados para recordar, y aquel ni siquiera se hallaba entre los seiscientos. Estaba allí de pie, con una maleta en el suelo a su lado, observando el vagón en el que se había subido Žofie-Helene con su hermano pequeño. Truus sí que se acordaba de él, del pequeño; Walter Neuman. Walter Neuman y su hermano, Stephan.

Siguió la mirada de Stephan hasta ver a Žofie, dentro del vagón, frotando la condensación del cristal, y luego vio al pequeño Walter con un animal de peluche levantado para mirar a través de la ventanilla mientras Žofie ayudaba a instalarse a otro niño.

—Ese chico, Stephan Neuman —les susurró a Herr Friedmann y a Frau Grossman y, antes de que pudieran objetar nada, agarró el cordel con la tarjeta y la etiqueta de la maleta y corrió hacia Stephan.

—Súbete en el último vagón, Stephan —le susurró mientras le entregaba los números—. Yo iré en un minuto. Si te preguntan antes de que llegue, di que te llamas Carl Füchsl y que se han equivocado con tu edad. Vete, deprisa.

El chico agarró el número y la maleta, repitiendo «Carl Füchsl».

—¡Pero si ese chico tiene diez años más! —objetó Herr Friedmann mientras el muchacho corría hacia el tren.

—No tenemos tiempo —le dijo Truus, con cuidado de no mirar a Eichmann, para evitar dar la impresión de estar haciendo algo fuera de lo normal en aquella mañana tan rara—. Este tren tiene que partir antes de que puedan surgir problemas.

—Pero si es…

—Es un chico listo. Ha evitado la detención durante semanas. Y lo he puesto en el último vagón, conmigo.

—Sí, pero…

—Es un muchacho judío de diecisiete años, Herr Friedmann. Lo más probable es que cumpla los dieciocho antes de que podamos organizar un segundo tren.

Le entregó la lista a un agente nazi para que se la llevara a Eichmann y este diese el visto bueno antes de que pudieran marcharse.

LA OTRA MADRE

Žofie estaba intentando hacer que un niño pequeño que se chupaba el pulgar ocupase su asiento cuando Walter gritó «¡Stephan!» y pasó por encima del niño que tenía sentado al lado. Corrió por el pasillo hacia la puerta del vagón.

—¡Walter, no! ¡Quédate en el tren! —le gritó, corriendo detrás de él, viendo en el andén a Stephan, que se detuvo antes de llegar al vagón de detrás y se giró en dirección a Walter.

Stephan se subió a su vagón, tomó a Walter en brazos y se rio; la cicatriz de sus labios casi desapareció con el gesto de la sonrisa.

—¡Estoy aquí, Wall! ¡Estoy aquí!

Žofie, de pie en la puerta del vagón, escudriñó la estación abarrotada hasta que encontró a su abuelo, de espaldas al tren. Johanna la vio por encima del hombro de su abuelo.

—¡Žozo, quiero ir contigo! —gritó.

—¡Te quiero, Johanna! —respondió Žofie tratando de no llorar, de no pensar que tal vez no volviera a ver nunca más a Jojo, a su abuelo y su madre—. ¡Te quiero! —gritó—. ¡Te quiero! ¡Te quiero! ¡Te quiero!

Una mujer en el andén a cuyos hijos no habían llamado se puso histérica.

Stephan le dio la mano a Žofie cuando los nazis aparecieron

395

por todas partes y rodearon a la mujer y a sus hijos, con el ladrido feroz de los perros resonando por toda la estación.

Uno de los perros rompió la correa, o le soltaron. Se lanzó sobre la mujer y le rasgó la ropa mientras los nazis la golpeaban con porras.

Llevados por el pánico, los demás padres huyeron del andén.

—Žofie-Helene —dijo alguien, una voz de mujer.

La mujer de la cola del registro, la madre del bebé con los ojos lilas, estaba junto al tren con los ojos llorosos. Dejó una cesta de pícnic dentro del vagón, a los pies de Žofie.

—Gracias —le respondió ella sin pensar.

Del interior de la cesta salía un gorjeo.

La madre miró a Žofie con el mismo miedo que ella sentía.

—Shhhhh —dijo la mujer—. Shhhhh.

Dijo algo más, pero Žofie ya no la escuchaba, Žofie, llorando ahora, gritaba: «¡Jojo! ¡Abuelo! ¡Esperad!».

Su abuelo dobló una esquina y desapareció con Johanna.

—Por favor, cuida de ella, Žofie-Helene Perger —dijo la madre de los ojos lilas.

La madre retrocedió cuando un nazi cerró la puerta del vagón. Se oyeron los frenos del tren al soltarse y entonces empezaron a moverse muy despacio. Desde el otro lado de la ventanilla, la madre de ojos lilas observaba a medida que la distancia entre ellas aumentaba. Un padre se encaramó al exterior del vagón en marcha, llamando a un niño. Otros padres corrían junto al tren, llorando, agitando las manos mientras el tren aceleraba.

Dentro del vagón, los niños observaron en silencio cuando el padre se soltó y cayó al suelo junto a las vías. Vieron como los padres y la estación quedaban atrás. Como la noria cubierta de nieve se hacía más y más pequeña. Y los tejados de Viena desaparecían.

QUINIENTOS

Los copos de nieve caían y se derretían contra la ventanilla de Stephan, al otro lado de la cual estaba todo casi tan oscuro como en el subsuelo de casa. El tren traqueteaba sobre las vías, aminorando la velocidad para tomar una curva. Los niños de las filas de delante comían la comida que les habían preparado sus padres, o charlaban o iban sentados en silencio, o practicaban inglés, o dormían, o fingían no llorar. Walter estaba tumbado en su regazo en la última fila, con la cabeza apoyada en Peter Rabbit, que llevaba pegado a la ventanilla. En la fila situada al otro lado del pasillo, Žofie le cambiaba el pañal al bebé al tiempo que les contaba una historia de Sherlock Holmes a tres niños que iban apretados en el asiento de delante.

Stephan dejó a Walter en el asiento y llevó el pañal sucio al lavabo, que olía peor que el pañal en sí. Uno de los niños pequeños debía de haber apuntado mal con el traqueteo del tren, o más de uno. El olor le recordó al subsuelo, a su propia vergüenza. Aclaró el pañal en el lavabo, después lo escurrió y volvió a aclararlo.

De vuelta en el vagón, colgó el pañal mojado en el brazo del asiento junto a Walter, después tomó al bebé en brazos para darle un descanso a Žofie. Se sentó junto a un niño pequeño que no

397

había hablado, que ni siquiera se había sacado el pulgar de la boca.

—Número quinientos —le dijo a Žofie.

—No podemos pensar en él de esa forma, como si fuera solo un número —le respondió ella—. Aunque sea un número tan bonito.

Stephan no sabía si sería mejor pensar en él como el «niño que se chupa el pulgar».

Intentó conseguir que el niño le dijese su nombre, pero el pequeño se limitó a mirarlo sin sacarse el pulgar de la boca.

—¿Quieres tomar en brazos al bebé? —le preguntó Stephan.

El niño lo miró sin parpadear.

Žofie se sentó entre ellos, llevaba en la mano uno de los biberones de leche de la cesta del bebé.

—Ese era el último pañal —dijo, y le quitó el bebé a Stephan, como si necesitara su calor, o alguien a quien cuidar.

—Walter y yo tenemos pañuelos que podemos usar —le sugirió Stephan—. Y seguro que los otros niños también. —Le acarició los rizos castaños al niño del pulgar en la boca—. ¿Tú tienes pañuelo, amigo?

El niño se limitó a mirarlo mientras, al otro lado de la ventanilla, las luces de una ciudad se reflejaban en un río. Apareció un enorme castillo en lo alto de una colina. Pasaron junto a una estación —Salzburgo—, pero no se detuvieron.

—Stefan Zweig vivía antes aquí —le dijo Stephan a Žofie-Helene.

—Ya casi estamos en Alemania —respondió ella.

El tren quedó en silencio, los niños que estaban despiertos miraban por la ventanilla.

—¿De verdad crees que podré hacerlo, Žofe? —preguntó Stephan.

Žofie, que mecía al bebé para dormirlo, lo miró, pero no respondió.

—Escribir obras de teatro —aclaró él—. Como me dijiste en la estación. —Cuando le había besado con esos labios más suaves que el chocolate más suave del mundo.

Žofie se quedó mirándolo sin parpadear, con esos ojos verdes y sinceros tras el cristal de las gafas, que esta vez no estaban sucias. «Mi padre solía decirme que nadie se imagina realmente que es Ada Lovelace», dijo, «pero hay quien sí lo es».

Al otro lado de la ventanilla, las tropas desfilaban por la carretera en la oscuridad.

—¿Ada Lovelace? —preguntó Stephan.

—Augusta Ada King-Noel, condesa de Lovelace. Describió un algoritmo para generar números de Bernoulli que sugería que la máquina analítica del matemático británico Charles Babbage podría tener aplicaciones más allá del cálculo teórico, que era lo que el propio Babbage había imaginado que podría hacer.

El sonido de las tropas desfilando se disipó al otro lado de la ventanilla, dejando solo el traqueteo del tren y el silencio del miedo de los niños. Alemania.

—Quizá sí que puedas ver a Zweig en Londres —le dijo Žofie—. Podría ser tu mentor, igual que el profesor Gödel era mi mentor.

Se volvió entonces hacia el niño, hacia el número 500.

—¿Sabías que Sherlock Holmes vive en Baker Street? —le preguntó—. Aunque supongo que eres demasiado pequeño para apreciar sus historias, ¿verdad? Bueno, a lo mejor quieres cantar. ¿Te sabes *La luna ha salido*?

Los ojos del niño la observaron por encima de la mano que tenía en la boca.

—Claro que sí —le dijo ella—. Hasta Johanna se la sabe. ¿Verdad, Johanna? —preguntó acariciándole la mejilla al bebé. Y entonces comenzó a cantar—: La luna ha salido; las estrellas doradas brillan en el cielo sin nubes.

Poco a poco los niños empezaron a acompañarla. El niño pequeño no cantaba, pero se apoyó en ella. Se sacó lentamente el pulgar de la boca y se quedó dormido, con el número 500 todavía colgado del cuello.

PAÑALES HÚMEDOS

Cuando el tren tomaba una curva, aproximándose a la frontera entre Alemania y Holanda —¡aproximándose a la libertad!—, Stephan retiró los pañales todavía húmedos y los pañuelos del respaldo de los asientos, buscando dónde esconderlos antes de llegar al control fronterizo alemán. Sentía como si llevase toda la vida en aquel tren: todas las horas del día anterior tras ponerse en marcha, absorbiendo la irrealidad de la partida; la noche intentando dormir en los asientos, siempre con un niño u otro que necesitaba consuelo, incluso Peter Rabbit necesitaba consuelo, aunque por lo demás Walter se mostraba dolorosamente estoico; y aquel largo día sin mucha comida, pues ya habían consumido la que habían preparado los padres de los niños. Abrió una ventanilla para tirar los pañales, convencido de que alguien les daría pañales nuevos, pañales de verdad, cuando entraran en Holanda. A lo largo de la carretera, junto a las vías del tren, las tropas desfilaban por la curva hacia la locomotora, que expulsaba humo negro y un chorro de vapor blanco, y se prolongaban hasta donde le alcanzaba la vista, por las colinas nevadas hacia unos bosques que parecían increíblemente lejanos.

Cerró la ventanilla y se volvió hacia Žofie, que estaba meciendo al bebé para que se quedara dormido. Sintió entonces la misma clase de pánico que debía de haber sentido el doctor en *Amok*, de Zweig, antes de lanzarse sobre el ataúd de la mujer, hundiéndose

401

con él en el fondo del mar. Ambos muertos por culpa de un bebé. Se acordó de la voz de su padre, sentados los dos junto al fuego en la biblioteca, en su casa de Viena, en su antigua vida. «Eres un hombre de carácter, Stephan», le había dicho su padre. «Nunca te verás en la situación de tener un bebé que no deberías tener».

Su padre había sido un hombre de carácter, y ahora había muerto.

Stephan fue al otro lado del tren para tirar los pañales, pero también había allí gente junto a las vías: un hombre con un sombrero de cuero, tan cerca del tren que le sobresaltó; un vendedor de salchichas con un cliente de pie junto al carrito de lata; una niñera que paseaba a un bebé en un cochecito, un bebé que sin duda llevaría pañales secos y limpios en vez de pañuelos. Trató de imaginarse lo que su padre habría querido que hiciera, lo que haría un hombre de carácter.

Abrió su maleta y metió dentro los pañales y los pañuelos, junto a su ropa, su cuaderno y su libro con los relatos de Zweig. Quizá los pañales mojados humedecieran aquel libro prohibido hasta dejarlo irreconocible, pero seguirían entonces los pañales, la prueba de que había allí un bebé que no deberían tener.

Žofie estaba acostando al bebé, ya dormido, en la cesta de pícnic.

Stephan cerró la maleta.

Žofie colocó la cesta entre los asientos, intentando que estorbara lo menos posible.

—Recordad todos —les dijo a los otros niños—. Sed muy amables con los soldados y no digáis una palabra sobre el bebé. El bebé es nuestro secreto.

El niño del pulgar en la boca, el número 500, dijo: «Si hablamos, a lo mejor se la llevan».

—Eso es —convino Žofie, tan sorprendida como Stephan al oír la voz tímida, aunque decidida, del muchacho—. Buen chico. Buen chico.

El tren se detuvo y el vapor blanco de fuera los envolvió de pronto en lo que parecía la nada, como si estuvieran solos en el mundo. Pero no estaban solos. Oían las voces de los soldados que no podían ver, voces alemanas que ordenaban subir a bordo de los vagones, registrar a cada niño y cada maleta, asegurarse de que todos llevaban los documentos en regla.

—Los números deben coincidir con la identificación —anunciaba un hombre con un megáfono—. No deben llevar contrabando, nada de valor que pertenezca al Reich. Traedme directamente a cualquier judío que nos haya desafiado.

TJOEK-TJOEK-TJOEK

Truus se situó a la cabeza del vagón y gritó: «Niños». Después en voz más alta: «Niños». Y finalmente, con un volumen que sus padres le habían prohibido utilizar jamás con los niños que habían acogido después de la guerra: «¡Niños!».

El vagón quedó en silencio y todos la miraron. Bueno, en su casa nunca había habido más de un puñado de niños, y allí en cambio eran sesenta, y nueve vagones más a los que dirigirse después de que desprecintaran aquel. Su primera misión, por supuesto, sería encontrar a Stephan Neuman, que en realidad no era Carl Füchsl, antes de que lo encontraran los nazis. Estaría en el siguiente vagón, con su hermano y Žofie-Helene Perger; incluso tras el susto inicial cuando precintaron la puerta del vagón, al ver que Stephan Neuman no estaba allí, había imaginado que estaría en el vagón de al lado. Ahora tenía que llevarlo al vagón donde se suponía que debía viajar Carl Füchsl antes de llamar demasiado la atención.

—Sé que está siendo un viaje muy largo —les dijo a los niños con un tono más suave. Un día y una noche enteros, y después medio día más, aunque la parte más dura fue al principio, con la despedida—. Pronto estaremos en Holanda, pero aún no hemos llegado. Debéis quedaros en este vagón, ocurra lo que ocurra. Permaneced en vuestros asientos y haced lo que os pidan las SS, con vuestros mejores modales. Cuando hayan terminado, el tren se pondrá en marcha de nuevo, y oiréis un cambio en el sonido del tren. Las ruedas... —Hizo un movimiento circular con el antebrazo, como un pistón—. Aquí en Alemania las ruedas suenan tjoek-tjoek-tjoek-tjoek. Pero, cuando lleguemos a Holanda, oiréis tjoeketoek-tjoeketoek-tjoeketoek. Entonces habremos llegado. Hasta ese momento, nadie debe bajar del tren.

GEMELOS QUE DESAPARECEN

Cuando se disipó el vapor, Stephan vio a los nazis que subían ya a los demás vagones, golpeando a los niños con sus voces, y quizá algo más. No veía lo que sucedía en los otros vagones. Solo oía a los niños llorando, aunque podía ser solo por el miedo.

Dos niños pequeños —gemelos idénticos— aparecieron en el andén y se alejaron del tren escoltados por las SS.

—¿Dónde se llevan a esos niños? —preguntó Walter.

—No lo sé, Wall —le dijo rodeándole con un brazo.

—Peter y yo no queremos ir con ellos.

—No —dijo Stephan—. No.

NIÑOS SIN NUMERAR

Truus bajó al andén y un agente de las SS le dijo: «Nadie puede bajar del tren». Otras personas de la estación se quedaron mirándolos: un mozo vestido con uniforme azul brillante y hombreras plateadas, una mujer que debía de ser la dueña de la docena de maletas a juego situadas en el carrito de equipajes y un hombre sentado en un banco detrás de ellos que bajó su ejemplar de *Der Stürmer* para verlos mejor.

—Nadie se bajará del tren, querido. Yo me encargaré —le aseguró al agente, aunque ella misma acababa de bajar—. No se atreva a asustar a esos niños.

Miró hacia el siguiente vagón, al que por suerte no se habían subido aún los guardias. Si lograba que aquel hombre idiota se moviera más deprisa, lograría colocar a Stephan Neuman en el vagón correcto antes de que nadie se diera cuenta.

—¿Tiene los papeles? —le preguntó el hombre.

Truus le entregó la carpeta y dijo:

—Dentro hay un sobre por cada vagón. Deberían estar todos bien organizados, pero con seiscientos niños no es fácil. Uno o dos podrían estar en el vagón equivocado.

Oyó que la mujer con todas esas maletas decía con desprecio: «*Judenkinder*».

Volvió a mirar el tren. A través de las ventanillas de uno de los vagones, vio que las SS estaban rasgando los equipajes, volcando maletas y haciendo que los pobres niños se desnudaran, por amor de Dios.

—¡Sus hombres están aterrorizando a los niños! —exclamó.

El líder de las SS contempló a sus hombres con indiferencia. El hombre del banco dobló su periódico y, junto a los demás, se quedó observando lo que sucedía a través de las ventanillas.

—Cumplimos con nuestro deber —dijo el agente.

—No están cumpliendo con su deber —insistió Truus, y se abstuvo de incluirlo, pese a que él mismo se había incluido entre sus soldados. Mejor no reprenderlo personalmente—. Se están comportando de muy mala manera.

Frau Grossman corrió hacia ella, nerviosa. Truus le hizo un gesto con un giro de muñeca para que no los interrumpiera.

—Adelante entonces —le dijo al líder de las SS—. Deténgalos antes de que más niños se hagan pis encima por el miedo, o sus hombres tendrán que ayudarnos a cambiar de ropa a seiscientos niños.

Aquello sí que llamó su atención, y la de los espectadores, que la miraron sobresaltados. No imaginaba realmente que los soldados fuesen a ayudar a los niños a cambiarse de ropa, pero el hombre seguramente tampoco querría seguir vigilando el tren mientras las demás acompañantes y ella cambiaban a los niños, con toda la estación mirando.

Cuando el agente se alejó corriendo y ordenando a sus hombres «¡Registrad los equipajes, pero no asustéis a los niños!», Truus pensó en todas las cosas que debería haber hecho de un modo diferente. Debería haber contratado a guardias fronterizos para que viajaran en el tren con ellos en vez de tener que pararse para montar aquella escena; tal vez pidiera ayuda al barón Aartsen para organizar los próximos transportes, con guardias diferentes cada vez, a los que recompensaría con regalos para sus esposas cuando los niños estuvieran a salvo. Debería haber llevado algo para llamar más fácilmente la atención de los niños, quizá su paraguas amarillo, para poder levantarlo, más llamativo que sus guantes amarillos, pero con cientos de niños no podía permitirse ser sutil.

—Truus —estaba diciendo Frau Grossman, muy alterada, y entonces Truus se volvió hacia ella, tras librarse del agente de las SS.

—Lo siento —le dijo—, pero tengo que localizar a Stephan Neuman…

—Se han llevado a dos de los chicos, ¡a los gemelos idénticos! —le contó Frau Grossman.

—¿Los hermanos Gordon? ¿Cómo se subieron al tren? No estaban entre los primeros seiscientos.

—No lo sé. Yo estaba acomodándolos a todos y entonces precintaron la puerta y el tren empezó a moverse. Y estaban allí, de pie junto a la puerta, llorando del mismo modo.

—Que Dios nos ayude —dijo Truus, evaluando sus prioridades, con la esperanza de llevar razón sobre el instinto de supervivencia del muchacho Neuman—. Está bien, ven conmigo. Explicarás que tiraron sus números por la ventanilla. No son más que unos niños. Yo me encargaré del resto.

—Pero yo… La verdad es que estaba muy asustada. Me han preguntado por qué esos niños no tenían números y les he dicho que no deberían estar en este tren.

Truus sintió que se quedaba pálida.

—De acuerdo —le dijo—. De acuerdo.

—Los padres de los chicos…

—No vamos a juzgar a los padres —la interrumpió Truus—. Nosotras podríamos haber hecho lo mismo. Déjame ver si… No, ven conmigo. Tal vez podamos convencer a los alemanes para que te permitan regresar con estos chicos a Viena y que el resto del tren continúe hacia Holanda. No podemos pedir más. No podemos poner en riesgo a todo el tren. Gracias a Dios que son unos niños muy monos.

LA PARADOJA DE EICHMANN

El hombre entró en el despacho de Michael junto a su perro. Anita iba tras ellos, tratando de anunciar la llegada de aquel invitado un domingo, cuando la oficina estaba cerrada. Cuando Michael se puso en pie para saludarlo, el hombre miró el retrato que colgaba detrás del escritorio, el Kokoschka de Lisl. Michael había dicho que el retrato era suyo, aunque, por supuesto, había sido realizado antes siquiera de que conociera a Lisl. Pertenecía a Herman y, como tal, era propiedad valiosa del Reich.

—Necesito seiscientos bombones para una reunión que se celebrará esta noche en el Metropole —dijo el hombre sin presentarse ni disculparse.

—¿Esta noche? —repitió Michael, sobresaltado no tanto por la poca antelación que le ofrecía en un día en el que sus chocolateros ni siquiera estaban allí como por el hecho de que Eichmann se presentara con un encargo tan modesto. El propio Michael solo había ido para ver a Anita—. Por supuesto, Herr Eichmann —le dijo, tratando de recuperarse—. Será un placer para Chocolates Neuman proporcionar...

—¿Chocolates Neuman? Me habían asegurado que esto ya no era un negocio judío.

—Chocolates Wirth —se corrigió Michael, sin saber si admitir el error o fingir que no se había producido.

El hombre estaba enfadado, y sin duda llevaba así desde que el tren lleno de niños partiera de la estación el día anterior. Michael había visto a Eichmann abandonar la estación de Westbahnhof con su horrible perro después de que el tren desapareciera a lo lejos. Aquella fue la última de una docena de veces que Michael había recorrido el mismo camino aquel día, con la esperanza de ver a Stephan y a Walter, deseando haberlo organizado todo para que se fueran a Shanghái con Lisl. Podría haberlo hecho cuando ella se marchó semanas atrás. ¿Tanto riesgo le habría supuesto conseguir tres billetes? Pero no lo había hecho. Luego, tras la noche de violencia, ya no había billetes y, de haberlos, a cualquier no judío que pidiera billetes a Shanghái lo habrían mirado con desconfianza.

Los chicos ya se habían ido, estarían en el tren, en algún lugar entre Viena y Holanda. Esperaba que aquel hombre fuese fiel a su palabra de permitirles salir de Alemania, pero creía que lo más probable sería que encontraran cualquier excusa para detener el tren, ¿y qué sería de ellos entonces?

—Seiscientos —dijo—. Sí, podemos hacerlo. —Miró el reloj. Llamaría a sus chocolateros. Tendrían que hacer una selección entre las existencias que debían entregar a otros clientes—. Será un honor para nosotros ofrecer una selección de nuestros mejores bombones para usted esta noche.

—Seiscientos bombones decorados con un tren —especificó Eichmann.

—¿Los seiscientos? —preguntó Michael—. Sí, por supuesto —se disculpó deprisa, sin saber si sus chocolateros podrían producir tantos bombones en solo unas pocas horas, con cada tren diminuto pintado a mano con una gran variedad de coberturas, pero ¿qué alternativa tenía?—. Quizá quiera llevarse una caja de muestra a casa para su esposa y sus hijos —le ofreció, nervioso no solo por su propio error, cuestionando todo lo que aquel hombre le exigía, sino también por cómo Eichmann miraba de nuevo el retrato—. ¿Tiene usted hijos, Herr Eichmann? —le preguntó Michael para llenar aquel silencio incómodo, pensando que debería haber dejado el cuadro en el armario junto con el otro, para poder decir que los había dejado allí escondidos Herman, a quien ya no podrían hacerle más daño—. Mis... —había estado a punto de decir «ahijados». Stephan y Walter—. Yo no tengo hijos, pero creo que tenemos bombones pintados con la noria de Prater Park que son bastante populares entre los...

—Los vieneses y su ridícula noria —respondió Eichmann con desdén—. Seiscientos trenes para las siete de esta tarde.

Se dio la vuelta y abandonó el despacho seguido de su perro.

Por suerte, Anita estaba ya con la puerta del ascensor abierta; no era una chica lista, pero era capaz de anticipar las necesidades. Cuando la puerta del ascensor se cerró detrás del hombre y de su perro, Anita articuló con la boca: «Le obligaron a dejar a su esposa y a sus hijos en Alemania».

EL INFINITO ESCONDIDO

Los niños permanecieron sentados, callados y con los ojos muy abiertos, cuando un guardia fronterizo entró en el vagón. Stephan, en el asiento del fondo, le agarró a Walter la mano con fuerza. Žofie-Helene iba sentada al otro lado del pasillo con el niño del pulgar en la boca sentado junto a ella y la cesta con el bebé a sus pies. Por suerte, el bebé iba callado. Pero, si el soldado comenzaba a revolver el vagón, si los niños empezaban a gritar como habían gritado los de los otros vagones, el bebé lloraría. No era más que un bebé.

Stephan deseó que Tante Truus estuviera allí con ellos. Deseó que supiera lo del bebé, que supiera cómo explicarlo. Pero había desaparecido con una de las otras adultas, siguiendo a los gemelos con los que Walter no quería marcharse, igual que tampoco quería él.

—Todo el mundo de pie —ordenó el guardia fronterizo.

Todos obedecieron y el guardia los observó y se le iluminaron los ojos al fijarse en Žofie-Helene. A Stephan aquello no le gustó en absoluto: la manera en que ese hombre contemplaba el pelo largo de Žofie y sus enormes ojos verdes, y los pechos apretados bajo la blusa.

El guardia, como si notara que le habían leído el pensamiento, miró a Stephan. Este, sin soltarle la mano a Walter, se quedó mirando al suelo del vagón.

Se acordó del collar de Žofie. Ese que era demasiado valioso para llevarlo en el tren —el collar que Tante Truus le había pedido que le entregase a Herr Perger—, lo llevaba él en el bolsillo.

El guardia, sin dejar de mirar a Stephan, dijo: «Voy a decir vuestro nombre y vosotros lo repetiréis, y solo cuando yo asienta con la cabeza podréis sentaros».

Empezó a leer nombres de una lista, comprobando después de cada nombre cuál de los niños lo repetía, y asintiendo con la cabeza. Stephan, después de cada nombre, trataba de evaluar si podría sentarse con disimulo. Se suponía que Carl Füchsl no debía ir en ese vagón; ¿en qué estaría pensando? Era diez años mayor que el niño a cuyo nombre debía responder, un niño que en teoría viajaba en otro vagón. Y ni siquiera se le había ocurrido contárselo a Walter o a Žofie.

El guardia, como si sospechara que Stephan pensaba engañarlo, volvía a mirarlo una y otra vez mientras leía la lista y, uno por uno, los niños iban sentándose.

«Soy un impostor», pensó Stephan. «Soy un impostor a quien va a delatar su hermano, que no sabe nada. Me pegarán como pegaron a papá, o me dispararán como dispararon a ese hombre frente a la sinagoga en llamas mientras veía como su esposa moría desangrada».

El guardia gritó el nombre de la pelirroja bizca que Walter decía que estaba delante de ellos en la cola cuando se registraron. El hombre se quedó mirándola, asqueado, antes de tachar su nombre. Repitió su nombre y le dijo que podía sentarse.

—Walter Neuman —gritó después.

Walter repitió su nombre y el guardia lo miró, aferrado a la mano de Stephan, con Peter Rabbit pegado al pecho.

El guardia tachó el nombre de la lista y dijo: «Puedes sentarte, pero el conejo se queda de pie».

Walter, aterrorizado, se aferró a Peter y se quedó mirándolo.

—Los judíos no tenéis sentido del humor —le dijo el guardia.

Stephan se inclinó para susurrarle a Walter: «Peter va con tu billete, hace lo mismo que hagas tú», pensando que por él daba igual, pero que debía mantener a salvo a su hermano.

—Žofie-Helene Perger —anunció el guardia.

—Žofie-Helene Perger —repitió Žofie.

El guardia la miró de arriba abajo, pero no hizo ningún gesto con la cabeza, como si quisiera que se sentara antes de que se lo permitiera, para tener una excusa para hacerle algo. Stephan prefería no pensar en lo que aquel guardia podría hacer. Sentía la mano de Walter en la suya. No podía permitirse pensar en lo que el guardia podría hacerle a Žofie-Helene.

Žofie se mantuvo en pie, a la espera; tan segura de sí misma y tan guapa, como Stephan se imaginaba a la mujer de *Amok*, de Zweig. Todo allí estaba fuera de control, como en el relato. El collar. El bebé. El ejemplar de *Kaleidoscope* que era demasiado peligroso llevar, pero al hacer la maleta pensaba que no se subiría al tren, ya que era el número 610. Observó al guardia y vio la obsesión del doctor del relato de Zweig en su mirada lasciva, o tal vez en su propia reacción a la mirada del guardia.

Mirando a través de sus gafas sucias.

El cuaderno. Todo lo que había escrito en él. No necesitarían nada más que sus palabras escritas para condenarlo, incluso aunque creyeran que era Carl Füchsl, incluso aunque aceptaran el error de los diez años en los papeles, incluso aunque Walter, al no entender lo que no le había sido explicado —¿por qué no se le había ocurrido explicárselo?—, no le delatara.

El guardia dio un paso hacia ellos.

El bebé guardaba silencio.

El guardia se aproximó a Žofie, más aún, hasta situarse en el pasillo entre ellos, mirando a Žofie, pero tan cerca que Stephan podría extender los brazos, podría rodearle ese cuello enclenque con las manos. No sería más hombre que él mismo, y recordó entonces la voz de su madre: «Sé que eres joven, pero ahora debes ser el hombre». A lo largo y ancho de Alemania, los muchachos se hacían pasar por hombres.

El guardia alargó el brazo y le tocó el pelo a Žofie, como había deseado hacer Stephan desde que la viera en la estación, con el pelo suelto por la espalda.

El guardia asintió con la cabeza.

Žofie se quedó de pie, mirándolo.

«No lo hagas, Žofie», pensó Stephan. «No hagas nada. Siéntate».

Levantó la mano de Walter, aún estrechada en la suya, para que Žofie pudiera verlo, y tosió con disimulo.

Ni Žofie ni el guardia se dieron la vuelta. Fuera se oían los sonidos del registro. Un perro ladrando.

Stephan se llevó un dedo a los labios para que Walter guardara silencio.

—No pasa nada, Wall —le dijo, susurrando en voz alta, como si pretendiera que no le oyesen.

Žofie y el guardia se volvieron al oír su voz en el vagón en silencio.

Cuando el hombre volvió a mirar a Žofie, asintió de nuevo y, por suerte, ella se sentó.

El guardia regresó al inicio del vagón y leyó los últimos nombres uno a uno. Stephan observaba la escena cada vez con más miedo mientras los niños iban sentándose.

Solo quedó él en pie.

—Tú no estás en la lista —le dijo el guardia.

—Carl Füchsl —respondió él.

Walter lo miró. Stephan tragó saliva, rezando para que su hermano no le delatara. Pasaron los segundos, tan despacio que parecían años. Notaba el sudor en la espalda y acumulado en su labio imberbe. ¿Por qué no habría hecho caso a Tante Truus? ¿Por qué no habría hecho lo que le había dicho que hiciera?

El guardia lo miró de arriba abajo.

Él se quedó totalmente quieto, con la mano de Walter en la suya, sudada también, piel húmeda contra piel húmeda.

El guardia examinó su lista como si el error pudiera ser suyo; casi tan asustado como Stephan, a su manera. ¿En qué momento el mundo había empezado a moverse por el miedo?

—Carl Füchsl —repitió el guardia.

Stephan asintió.

—Deletréalo —ordenó el guardia.

Stephan trató de disimular el miedo: un niño nunca deletrearía mal su propio nombre.

—C, A...

—El apellido, idiota —le dijo el hombre.

—Es el número ciento veinte —dijo Žofie.

El guardia se volvió hacia ella.

—Es factorial de cinco —añadió ella.

El guardia se quedó mirándola sin entender.

—A todos nos identifican por número —explicó Žofie—. Será más fácil encontrarlo por el número.

El guardia la miró durante unos segundos incómodos, después se dio la vuelta y abandonó el vagón. Stephan lo vio bajar al andén e ir a consultarlo con un oficial.

—Es nuestro secreto, Wall —le dijo a su hermano—, pero, si alguien pregunta, soy Carl Füchsl, ¿de acuerdo?

Se sacó el collar de Žofie del bolsillo y lo metió en la costura del asiento que tenía detrás, donde no iba nadie sentado, donde no podrían culpar a nadie. No tenía dónde esconder el libro ni el cuaderno, pero al menos podría esconder el collar.

—Soy Carl Füchsl —repitió—. El número ciento veinte.

—Es factorial de cinco, un número de la suerte —dijo Žofie-Helene.

—Soy Carl Füchsl —dijo Stephan una tercera vez.

—¿Para siempre? —le preguntó Walter.

—Solo hasta que lleguemos a Inglaterra.

—Después del barco —dijo Walter.

—Sí, cuando nos bajemos del ferri —convino él.

—Entonces, ¿Žofie-Helene ya no hace de ti?

El guardia reapareció al inicio del vagón.

—Estás en el vagón equivocado, Carl Füchsl —anunció—. Ahora todos abriréis vuestro equipaje y os vaciaréis los bolsillos.

Stephan, sin alternativa, abrió su maleta junto con los demás. El borde de las páginas del libro se había deformado por la humedad de los pañales. Su diario también estaba mojado, pero no tanto como para no poder leerse.

Mientras el guardia registraba las maletas de los demás niños, Stephan envolvió con disimulo el libro y el diario con los pañales y después lo envolvió todo con su único cambio de ropa.

El guardia rebuscaba entre las pertenencias de los niños, tirándolas por el suelo sucio del vagón. Nadie le cuestionaba. Cuando encontró una foto de la familia de uno de los niños en un pequeño marco de plata, hizo que el niño se quitara la ropa y estuvo sacudiendo las prendas. Al no encontrar nada más, se guardó el marco, con fotografía y todo, y siguió con el siguiente niño. Encontró una moneda de oro escondida en el forro del abrigo de otra niña, y le dio un bofetón tan fuerte en la cara que le partió el labio. Las lágrimas resbalaron por sus mejillas, pero la niña guardó silencio mientras él se quedaba con la moneda.

Cuando el guardia fronterizo llegó hasta donde estaban Žofie, Walter y él, en la última fila, el aire olía a excrementos.

El hombre miró al niño del pulgar en la boca.

«Por favor, equivócate», pensó Stephan.

El guardia miró al niño y después se fijó en la cesta que había a los pies de Žofie. Miró a Žofie, después otra vez la cesta. Se humedeció los labios y tragó saliva, haciendo que la nuez se le moviera en ese cuello flacucho e imberbe.

—La cesta es mía —dijo Stephan apretándole la mano con fuerza a Walter.

—No es verdad —insistió Žofie—. Es mía.

Esperaron todos a que el guardia les exigiera abrir la cesta. En el silencio, el bebé gorjeó. Fue un sonido breve e inconfundible.

El guardia pareció tan aterrorizado como se sentía Stephan.

—¿Por qué tardas tanto? —preguntó una voz.

Un segundo guardia fronterizo entró en el vagón y el primero se apresuró a saludarlo, diciendo «Heil Hitler». Miró la cesta; no querría ser él quien delatase a un bebé, Stephan se dio cuenta al verle la cara, pero tampoco querría que le descubrieran pasando por alto a un niño que no figuraba en la lista, y no había bebés en aquel tren.

—Puf —dijo el segundo guardia—. Estos sucios judíos ni siquiera saben usar el retrete.

El vagón entero se quedó mirándolo.

—Si todo está en orden aquí, los despachamos —le dijo al primer guardia—. Que se encarguen de ellos los holandeses.

EN OTRA DIRECCIÓN

Žofie se inclinó hacia delante tratando de calmar al bebé, que seguía en la cesta, mientras el tren abandonaba la estación en dirección a una cabaña roja y una verja blanca y sucia con una bandera nazi. ¿Esa era la frontera con Holanda? El tren se detuvo de pronto e hizo que se golpeara la cabeza contra el respaldo del asiento de delante. El tren se movió a trompicones y volvió a detenerse.

Los niños iban sentados en silencio, a la espera, solo se oía al bebé, que gorjeaba con los tumbos del tren.

El vagón comenzó a moverse lentamente hacia atrás, alejándose de la cabaña roja.

—¿Vamos a volver con mamá? —le preguntó Walter a Stephan con la misma esperanza que una parte de Žofie también sentía, la parte que imaginaba que, si tuviera una segunda oportunidad, al menos intentaría llevar a su hermana consigo, porque, si un bebé que no tenía a nadie que cuidara de él podía ir en el tren, entonces Jojo también podía.

El tren se detuvo de nuevo. Procedente de fuera se oía el ruido del metal al ser golpeado por un martillo.

Los niños permanecieron quietos y callados, aterrorizados.

El tren dio otro trompicón, era difícil saber en qué dirección, pero apenas se notó. Žofie miró a Stephan. Él tampoco parecía tener idea de lo que estaba sucediendo.

El vagón comenzó a moverse tan despacio que era incapaz de saber en qué dirección se movían. Debía de haber alguna paradoja para explicar aquello, pensó mientras contemplaba la caseta roja, tratando de decidir si se acercaba o si se alejaba. Pero, si la había, no la recordaba.

Sonó el silbato del tren y este empezó a moverse hacia delante, ahora estaba segura de ello. La pequeña caseta roja estaba cada vez más cerca, ¿verdad? Observó expectante, centrada en la bandera con la esvástica, la caseta roja y los montones de carbón que había detrás.

Stephan se acercó a su asiento y se sentó a su lado antes de subir a Walter a su regazo. Le pasó un brazo por los hombros, y aquel roce le pareció pesado y ligero al mismo tiempo. La paradoja de «Stephan me está tocando». Él no dijo nada. Se quedó allí sentado con el brazo sobre sus hombros, y Walter le puso a Peter Rabbit en la cara e hizo un sonido de beso. Ella intentó no pensar en el Peter Rabbit que nunca llegó a comprarle a Jojo.

Lentamente al principio, después más deprisa, la bandera, la caseta roja y los montones de carbón fueron haciéndose más grandes ante sus ojos, aunque, por supuesto, era una ilusión óptica. Estaban pasando frente a la caseta cuando el sonido del tren sobre las vías pasó de tjoek-tjoek-tjoek-tjoek a tjoeketoek-tjoeketoek-tjoeketoek y un «¡Hurra!» de alegría inundó el vagón de detrás, donde iba montada Tante Truus. Los niños a su alrededor, al oír a los demás, se animaron también. «¡Hurra! ¡Hurra! ¡Hurra!».

CARL FÜCHSL

El tren volvió a detenerse pocos minutos más tarde, esta vez en una estación de Holanda, donde no había soldados ni perros. Una mujer vestida con un abrigo con cuello de piel blanca se aproximó al vagón con una enorme bandeja llena de paquetes de algún tipo. Golpeó la ventanilla sucia tres asientos por delante del de Žofie y uno de los niños mayores la abrió. Las puertas del vagón seguían cerradas.

—¿Quién quiere galletas? —preguntó la mujer, y comenzó a repartir los paquetes entre las manitas que asomaban por la ventanilla. Les dijo que enseguida les llevarían bollos, mantequilla y leche, pero que de momento podían comerse las galletas, todas las que quisieran, incluso antes de comer algo en condiciones—. ¡Pero cuidado, no os pongáis malos con tantas galletas! —les dijo alegremente, acercó la bandeja a la ventana y los tres niños que había allí distribuyeron los paquetes antes de quedarse con unos para ellos.

Otras ventanillas fueron bajándose a lo largo del vagón.

Žofie vio desde su ventana que Tante Truus abrazaba a un hombre que le dio un beso en la coronilla. Sintió entonces el peso del brazo de Stephan todavía sobre los hombros. Pensó en Mary Morstan, en el doctor Watson hablando de su gran pesar en *La casa deshabitada*, antes de mudarse de nuevo al 221B de Baker Street con Sherlock Holmes. No sabía por qué se sentía tan triste cuando todos los demás estaban tan contentos.

Desprecintaron las puertas y otras mujeres subieron a bordo con más comida y abrazos y besos, desconocidas haciendo las veces de madres de esos niños en ese país desconocido. Walter se bajó del regazo de su hermano y Stephan lo siguió. El niño del pulgar en la boca también se alejó, dejando a Žofie sola con la pequeña Johanna, que dormía en la cesta pese al alboroto.

Johanna era una bebé muy buena. Žofie quería tomarla en brazos, pero le daba miedo que esas mujeres se la llevaran.

Miró a través de la ventanilla sucia como, en el andén, Tante Truus hablaba con el hombre que la había besado en la cabeza, antes de alejarse para subir al primer vagón, llevando consigo a una de las acompañantes. Un par de minutos más tarde, volvió a bajar y se subió en el segundo vagón.

Las mujeres fueron sacando a los niños del primer vagón. No a todos. Solo a unos pocos.

En el vagón donde ella estaba, los niños volvieron a sus asientos con sus cartones de leche, charlando, liberados de la cárcel del miedo. Žofie también quería sentirse así. Stephan, Walter y el niño que no le había dicho su nombre regresaron con un cartón de leche para ella. Lo dejó en el asiento a su lado antes de que alguien pudiera sentarse allí.

Stephan miró el cartón de leche y después a ella. Žofie apartó la mirada al ver el dolor en sus ojos. Stephan se sentó al otro lado del pasillo y los niños se subieron junto a él.

Tante Truus entró en su vagón y llamó su atención. Todo quedó en silencio, con las miradas puestas en ella. Explicó que casi todos los niños seguirían su camino por Holanda hasta Hoek van Holland, donde embarcarían en un ferri rumbo a Inglaterra. Sin embargo, no había sitio para todos en ese primer ferri. Solo había plaza para quinientos. De modo que sus amigas lo habían organizado todo para que cien niños se quedaran en Holanda solo durante un par de días, hasta que el ferri regresara a por ellos.

—Yo quiero ir donde vayas tú, Stephan —dijo Walter.

—Acuérdate de llamarme Carl hasta que lleguemos a Inglaterra —le susurró Stephan—. No tardaremos mucho.

Walter asintió con seriedad.

Tante Truus dijo que una amiga suya llamada señora Van Lange vendría con una lista de nombres, y esos niños tendrían que irse con las mujeres. Tendrían chocolate caliente esperándolos en la estación, les dijo, y camas para dormir. De pronto todos los niños deseaban quedarse en Holanda.

A Žofie le sorprendió descubrir que la amiga de Tante Truus estaba embarazada. Se situó al inicio del vagón y leyó una docena de nombres de niños, que se fueron acompañados de las mujeres tras localizar sus maletas. Parecía tan simpática que Žofie se planteó contarle lo del bebé. Si estaba a punto de tener su propio bebé, seguro que le dejaría a ella quedarse con Johanna.

La señora Van Lange pronunció el nombre de una niña sentada en el asiento de delante; una de las niñas que se habían mostrado tan interesadas por las historias de Sherlock Holmes que les había contado. Cuando una mujer se acercó a darle la mano, su compañera de asiento empezó a llorar.

—No pasa nada —le susurró Žofie—. Puedes sentarte con Johanna y conmigo. —Levantó a la niña y la sentó en su regazo. La bebé seguía en silencio. Allí nadie la había visto.

Miraron por la ventanilla mientras los niños recorrían el andén. Žofie intentó no pensar en esos dos gemelos que se habían quedado en Alemania.

Después de que los niños que debían quedarse abandonaran el vagón, el resto volvió a sentarse, a la espera de que el tren arrancase de nuevo. Sin embargo, pasado un largo rato regresó la señora Van Lange y dijo:

—¿Carl Füchsl? ¿Carl Füchsl va en este vagón?

Žofie se preocupó. Walter no podía perder a Stephan. Ni siquiera ella podía perderlo.

—¿Carl Füchsl? —repitió la señora Van Lange.

Žofie miró a Stephan, que seguía allí sentado, dándole la mano a su hermano.

—Carl Füchsl —dijo la señora Van Lange una vez más.

Una de las otras mujeres empezó a hablar con ella.

—Lo sé, pero no estaba en el vagón en el que se suponía que debía estar —le explicó la señora Van Lange a la mujer, que sugirió que tal vez el niño se hubiera quedado mudo, como les había ocurrido a varios de ellos.

—Escuchad, niños —dijo la señora Van Lange—. Si alguno está sentado junto a Carl Füchsl, el número ciento veinte, por favor, que nos lo diga.

Stephan volvió su número con disimulo para que no se viera. Nadie respondió.

—Será mejor que vayamos a buscar a la señora Wijsmuller —dijo la señora Van Lange.

JUNTOS

Truus se subió al vagón en el que estaba Klara van Lange, el penúltimo, diciendo: «¿Uno de los niños ha desaparecido?». El embarazo de Klara estaba ya mucho más avanzado de lo que había llegado a estar ella, pero no se permitiría distracciones en el trabajo, aunque ahora estuvieran a ese lado de la frontera.

—Carl Füchsl —le dijo Klara.

—Entiendo —respondió ella.

Observó a los niños del vagón y encontró a Stephan Neuman en la última fila. El muchacho tenía a su hermano en el regazo. Era lógico que no quisiera abandonar al pequeño. Stephan Neuman era una complicación, y en cualquier caso la complicación no terminaría ahí. El chico había salido de Alemania, pero aún tenía que entrar en Inglaterra. Truus no podía arriesgarse a que hubiese algún retraso, pues Stephan cumpliría dieciocho años en pocas semanas.

—Déjame ver la lista —dijo, se la quitó a Klara y la examinó—. De acuerdo —dijo a los niños—, ¿quién quiere parar aquí a tomar chocolate caliente y dormir en una buena cama?

Casi todos levantaron la mano. Claro, era lo normal. ¿Qué niño no querría bajarse de aquel tren, ahora que era más o menos seguro?

—Tante Truus —dijo Žofie-Helene—, Elsie se ha puesto muy triste cuando han llamado a Dora y a ella no. Son amigas de

Viena. Creo que sus madres las registraron juntas para que pudieran seguir juntas.

Stephan Neuman pareció alarmado cuando Truus se dirigió hacia ellos por el pasillo del vagón, diciendo: «Elsie, ¿quieres ir a tomar una taza de chocolate caliente y galletas con Dora?».

La niña se aferró a Žofie —dividida entre ella y su amiga—, pero Žofie se apresuró a colocarla en el pasillo y a animarla a seguir; parecía tan asustada como Stephan ante la posibilidad de que Truus pudiera llevárselo a él. ¿Cómo es que no se daban cuenta de que pensaba llevarse a otra niña?

—No pasa nada, Stephan —le dijo al muchacho—. Puedes seguir hacia Inglaterra con tu hermano.

El hermano pequeño, el pequeño Walter Neuman, levantó su conejo de peluche y dijo poniendo una voz: «No es el hermano de Walter. Es Carl Füchsl».

Truus tomó en brazos a la niña pequeña y se dio la vuelta, pues no quería que el niño viese la sonrisa en sus ojos. Santo cielo, eso era justo lo que necesitaba: un conejo de peluche que se responsabilizara de todas las pequeñas mentiras que en ocasiones se veía obligada a contar.

¿La pequeña Elsie se había hecho caca encima? No. Supuso que aquel sería el olor de sesenta niños en un mismo vagón después de dos días y una noche.

Cuando llegó al inicio del vagón, se dio la vuelta. ¿Era aquello el sonido de un bebé? Dios, ahora empezaba a imaginarse cosas.

Miró por la ventanilla en busca de Joop, tratando de borrar el recuerdo de esos bebés sanos que nacían mientras ella yacía sola bajo las sábanas blancas de una habitación de hospital de paredes blancas. Debía de ser el resultado de haber visto a Klara van Lange tan embarazada.

—Ay, nos olvidábamos de la maleta de Elsie —dijo.

Stephan Neuman corrió por el pasillo con la maleta, haciendo un ruido inexplicable mientras avanzaba.

Entonces volvió a oírlo. El gorjeo de un bebé, estaba segura.

Stephan le entregó la maleta y le ofreció un soliloquio sobre lo mucho que le había gustado a Elsie la historia de Sherlock Holmes que le había contado Žofie-Helene, al tiempo que parecía estar intentando sacarla del vagón.

—Gracias, Stephan —le dijo con un tono con el que pretendía callarle para poder oír mejor.

El pobre muchacho pareció avergonzado. No debería haber sido tan cortante. ¿Serían imaginaciones suyas?

Los niños estaban callados. Demasiado callados.

Dejó a Elsie en brazos de Klara para que se la llevara a la estación a buscar a Dora. Ella misma le contaría a Joop lo del reemplazo.

Se volvió de nuevo hacia el vagón y se quedó en silencio, observando, a la espera. Los niños se quedaron mirándola. Nadie hablaba.

Su silencio podría ser de miedo o de esperanza. No debía sospechar que aquellos niños pudieran estar intentando ocultarle algo. ¿Por qué iban a ocultarle algo, ahora que estaban a salvo del Reich alemán?

Volvió a oír el sonido del bebé, procedente del fondo del vagón.

Avanzó lentamente por el pasillo, escuchando con atención.

Otra vez el gorjeo de un niño, a punto de empezar a llorar.

Examinó cada asiento, preguntándose aún si aquel sonido no estaría solo en su cabeza.

Al fondo, entre los pies de Žofie-Helene, había una cesta de pícnic. De dentro salía el gorjeo de un bebé.

Truus respiró aliviada: no se había vuelto loca, no estaba imaginándose bebés que no existían.

Trató de alcanzar la cesta.

Žofie-Helene, al tratar de ponerse delante, la golpeó por accidente y el bebé en su interior comenzó a llorar. La chica, con una mirada verde desafiante, abrió la cesta, tomó en brazos a la bebé y la meció hasta que se quedó callada. Truus se quedó mirándola, incapaz de creer que hubiese allí un bebé, incluso aunque veía como la pequeña trataba de agarrarle las gafas a Žofie.

—Žofie-Helene —le dijo con un susurro—, ¿de dónde ha salido este bebé?

La chica no respondió.

—¡Klara! —gritó hacia el pasillo, pensando que la niña tendría que ir al orfanato con los otros cien hasta que pudiera solucionar la situación.

Pero Klara estaba fuera, por supuesto, porque se había ido a llevar a Elsie con su amiga Dora.

—Es mi hermana —le dijo Žofie.

—¿Tu hermana? —repitió Truus, confusa.

—Johanna.

—Pero, Žofie-Helene, no tenías… ¿Una cesta de pícnic? No tenías una cesta de pícnic…

—Cuando volví corriendo con el collar, como usted me dijo —respondió Žofie—. Fue entonces.

Truus observó a la muchacha, tan cómoda con el bebé. Sí que tenía una hermana, se acordaba de eso. Había sido muy triste tener que decirle al abuelo que la hermana era demasiado pequeña. Guardaba mucha tristeza en la memoria desde aquel día.

—Tu hermana no es un bebé, Žofie —le dijo al acordarse. «Soy una niña grande. Tengo tres años».

La bebé agarró el dedo de la muchacha y emitió un sonido que podría haber sido una risa. ¿Qué edad habría de tener un bebé para reírse?

—Si Gran Bretaña puede aceptar un tren lleno de niños —dijo Žofie—, entonces podrá aceptar a un bebé. Irá en mi regazo durante el trayecto en ferri. No necesitará asiento.

Truus miró a Žofie-Helene y después a Stephan. ¿De dónde habría salido realmente aquella niña? Žofie protegía a la pequeña criatura como si fuera suya.

La chica se había mostrado muy interesada en salvar a aquel chico. Pero eran muy jóvenes. Era imposible que…

Truus extendió el brazo y retiró el borde de la manta para verle mejor la cara a la bebé. Una bebé sin papeles. Con pocos meses. No se podía decir nada de un bebé tan pequeño.

DESMONTAJE

—Sí, seiscientos bombones con un tren —les dijo Michael a los chocolateros—. Ya sé que Arnold es quien suele decorar los trenes, pero, a no ser que pueda hacerlos todos él solo en unas pocas horas…

Mejor entregar seiscientos trenes imperfectos que no realizar el encargo.

Seiscientos. Ahora entendía que la fiesta para la que iban a elaborar los bombones era una celebración del «éxito de Eichmann al librar a Austria de seiscientos pequeños judíos».

Seiscientos, incluyendo a Stephan y a Walter, pensó Michael.

—Usad los bombones que tengamos —ordenó a los chocolateros—. Lo que le importa al Obersturmführer Eichmann es el tren, no el relleno. Y sí, podéis explicar a los demás clientes por qué los pedidos se retrasarán —agregó. Para casi toda Viena, el hecho de que Eichmann le hiciera un encargo de ese tamaño a Chocolates Wirth aumentaría su importancia, y el resto entendería que era una petición que no podía rechazarse.

Tras terminar con los chocolateros y organizar la entrega, Michael le dijo a Anita que nadie le molestara y regresó a su despacho. Cerró la puerta con llave y se sentó en el sofá durante largo rato, observando el cuadro de la Lisl de la que se había enamorado. El pelo oscuro, como sus ojos. Los labios que, solo con rozarle el cuello, le volvieron loco de deseo. Suponía que debía de haberse acostado con Kokoschka, aunque nunca se lo había preguntado y ella nunca se lo había dicho, y la verdad era que tampoco quería saberlo. Se notaba en sus mejillas, en esa rabia de arañazos que no pertenecía a Lisl, sino más bien al pintor. Así que tal vez no se hubiera acostado con él; tal vez, la rabia fuera producto de su negativa.

Descolgó el retrato de la pared, lo dejó en el suelo y comenzó a arrancar el papel del marco. Desmontó el cuadro con cuidado, separando el lienzo de la parte de atrás.

Cuando el cuadro quedó libre, guardó el marco vacío en el armario, para deshacerse de él alguna noche.

Sacó el otro cuadro, el que había almacenado en el armario, y lo desmontó de la misma manera.

Enrolló los dos lienzos con cuidado y los ató con un cordel a cada extremo, después se puso el abrigo y se los guardó dentro. Se lo abrochó con cuidado para asegurar los lienzos allí debajo y sintió el latido acelerado de su corazón ante aquel riesgo tan descabellado. Después salió del despacho, bajó las escaleras y puso rumbo a la calle.

EN EL HOTEL METROPOLE

Eichamnn estaba sentado solo, únicamente acompañado de Tier, a la mesa solitaria ubicada en el nivel superior del comedor del gran Hotel Metropole, con la pared de ventanales a su espalda, las lámparas de araña a su altura y, debajo, cualquier alemán relevante en la Viena ocupada. Sus invitados estaban terminando de cenar mientras la banda tocaba. Hablaría dentro de poco, no más de unas pocas palabras para proclamar su triunfo al haber librado a Viena de seiscientos pequeños judíos a costa de los británicos. Era su triunfo; había ordenado que se llevaría a cabo solo bajo sus condiciones, y así había sido.

—Bajo mis condiciones, Tier —murmuró.

Haría que trajeran al judío Friedmann esa noche y lo encerraría en una celda del sótano durante una noche o dos, decidió mientras contemplaba con el ceño fruncido a la gente reunida abajo, charlando y riéndose. ¿Por qué habría permitido que llevasen a sus esposas, cuando Vera seguía en Berlín?

Un camarero se acercó a servirle el primer postre, como había ordenado. El hombre hizo una reverencia y dejó ante él el plato de cristal: una tarta especial elaborada por el chef en su honor, adornada con los mejores bombones de Viena, cada uno decorado con un tren.

Abajo, los camareros retiraron los platos de la cena mientras otros permanecían preparados, con bandejas de tartas idénticas para servir a los invitados en cuanto él se hubiese comido la suya y hubiese dado su discurso.

Levantó el tenedor y arrancó un pedazo mientras el camarero le servía café de una cafetera de plata en la taza de porcelana. Deseaba acabar con eso cuanto antes. Sin embargo, al captar el aroma amargo del café, volvió a dejar el tenedor en el plato, con la tarta sin tocar. Qué descarada esa horrible holandesa al sugerir que podría ser digna de tomar café con él.

Apartó el café.

—Ya no tengo hambre —le dijo al camarero—. Puedes retirarme el café y darle mi tarta a Tier.

LAS LUCES DE HARWICH

El pequeño Walter Neuman fue el primero. Apenas habían soltado las amarras del Prague y la orilla aún se veía cuando el Mar del Norte le revolvió el estómago al muchacho. Truus estaba ayudando a otro niño a instalarse en una litera del ferri a menos de tres metros de distancia. El hermano del muchacho acababa de abrir su maleta y había sacado un repelente paquete que, según iba retirando capas, resultó ser los pañales del bebé, todos cuidadosamente aclarados, pero aún bastante mojados, al igual que los pañuelos, y en el centro del paquete un diario y un libro. Pensó que el chico iba a echarse a llorar por el estado del libro, con la cubierta hinchada por la humedad del envoltorio y las páginas onduladas y pegadas unas a otras.

Su hermano pequeño colocó a su conejo de peluche sobre la rodilla de Stephan y utilizó la pata del animal para abrir el libro y pasar varias páginas apelmazadas.

—Creo que ni siquiera Peter podrá leer esto —dijo Stephan.

Se rio con valentía. Entonces el pequeño Walter dijo que iba a vomitar, y se apresuró a cumplir su amenaza vomitando justo encima de las páginas abiertas. Eso había sido hacía horas. El primero, pero lejos de ser el último.

Truus salió ahora a la cubierta del ferri con un niño en cada mano.

435

—El aire fresco de la noche os ayudará, si nos mantenemos calientes —les aseguró—, pero quedaos aquí, en el banco, lejos de la barandilla y del mar.

El niño —el número 500, según la etiqueta que se veía por debajo del vómito que le limpió con un pañuelo ya sucio— se sacó el pulgar de la boca el tiempo justo para decir: «Voy a vomitar otra vez».

—No creo que te quede nada dentro. Toma —le dijo ella con cariño—. Pero, aunque así sea, quédate aquí. Alejado de la barandilla.

Aquel no era un mar fácil de cruzar, ni siquiera con buen tiempo. Tal vez ella misma vomitara si se esforzara, si no hubiese tantos niños a los que atender. ¿Cómo había imaginado que podría lograrlo? Los niños mareados, o llorando, o por suerte dormidos por el cansancio. Qué primera impresión tan horrible causarían al pueblo de Inglaterra.

—¿Puedo decirle hola al bebé? —preguntó la pequeña Erika Leiter, de trece años. Era la hija de un ebanista, una de las pocas niñas que se iría directamente con una familia de Camborne en vez de esperar en uno de los campamentos de verano a que se le encontrara un hogar.

Truus siguió la mirada de Erika y vio a Žofie-Helene de pie junto a la barandilla del ferri, con la cara tan verde como el resto de los niños.

—¡No os mováis! —les ordenó Truus a los niños, salió corriendo y le quitó el bebé a Žofie-Helene.

—Le prometí a su madre que me quedaría con ella hasta llegar a Inglaterra —le dijo Žofie.

—Así vais a llegar nadando a Inglaterra —le respondió Truus—. Ven a buscarme cuando el mar haya terminado contigo y volveré a entregártela. Ahora ten cuidado. ¿Por qué no te apartas de la barandilla? Siéntate en uno de los bancos.

—No quiero vomitar en la cubierta —dijo Žofie.

—Te aseguro que uno más no cambiará nada —respondió Truus.

Agarró a Žofie del brazo con la mano que le quedaba libre y la apartó de la barandilla y del mar, la guio hasta un asiento libre en el banco junto a Erika.

—Mantén la mirada fija en el horizonte —le recomendó—. Así te sentirás mejor.

Žofie-Helene se sentó con los otros dos mirando al mar. Pasados unos segundos, dijo:

—Imagino que esas son las luces de Harwich.

Se veía a lo lejos: una luz débil y parpadeante que podría ser la costa de Inglaterra, en cuyo caso les quedaría todavía otra hora más.

—Quizá sea el faro de Orford Ness —le dijo Truus—. O Dovercourt, que está muy cerca de Harwich. Pero no veremos Harwich hasta que bordeemos Dovercourt, ya que se encuentra en una bahía protegida.

—Es una frase de un relato de Sherlock Holmes, *Su última reverencia* —explicó Žofie—. «Imagino que esas son las luces de Harwich».

—Ah, ¿sí? —preguntó Truus—. Bueno, tú mantén la mirada fija en la luz y así te sentirás mejor. Voy a llevarle la bebé a una de las otras chicas.

Pero no le llevó la niña a otra de las chicas, sino a un lugar fuera de la vista de Žofie-Helene. Se sentó en un banco y empezó a mecer a la pequeña; Johanna, como había dado en llamarla Žofie-Helene, el nombre de su propia hermana. Truus sabía que debía separarlas. Aquello no podía acabar bien.

El bebé aún no tenía sitio en Inglaterra, y la idea de tener que explicar la presencia de otro niño, de pedir a los ingleses que cuidaran a un bebé que no esperaban y para el que no tenían hogar... Sabía que debía llevar a la niña de vuelta a Ámsterdam hasta que se le pudiera encontrar un hogar.

—Puede que te guste vivir en Ámsterdam, ¿verdad, niña sin

nombre? —le dijo, tratando de olvidar el recuerdo de la pequeña Adele Weiss en el ataúd diminuto. Ni siquiera le había contado a Joop lo del ataúd.

Empezó entonces a cantarle a la niña una vieja canción popular. «La luna ha salido; las estrellas doradas brillan en el cielo sin nubes».

Levantó la mirada, sobresaltada, medio esperando ver a Joop, que la miraba con el ceño fruncido, aunque, claro, Joop estaba en casa, durmiendo con el pijama puesto, con un único plato esperando en la mesa para tomar un desayuno solitario, que consistiría en un poco de pan de la panera y unas virutas de chocolate del bote. Había un niño frente a ella, con el abrigo manchado de vómito. Varios niños más la rodearon entonces y una adolescente se le acercó corriendo, asegurando que dos de los chicos se estaban peleando.

—¡Uno de ellos me ha mordido, Tante Truus! —exclamó la chica.

Le mostró la mano a Truus; tenía mordeduras superficiales. Truus le dejó su asiento a la niña y le entregó a la bebé.

—Sujétala hasta que vuelva —le ordenó—. Me encargaré de los chicos. —Se volvió entonces hacia el niño mareado—. Ven conmigo, cielo. Vamos a limpiarte.

Y cuando hubo terminado de separar a los niños de la pelea y hubo limpiado al otro niño, volvió a bajar para ver cómo estaban los niños bajo la cubierta. Allí estaban Stephan y su hermano, Walter, profundamente dormidos con el conejo de peluche. En el suelo estaba el libro; insalvable ya. Lo giró para ver el lomo: un volumen de Stefan Zweig titulado *Kaleidoscope*.

Del bolsillo de Stephan colgaba el extremo de una cadena de oro que no debería haber llevado consigo. Truus debía reprenderle por ello. ¿Había puesto en riesgo a todo el tren al llevar una cadena de oro y un libro prohibido? Aunque, claro, no había esperado estar en el tren; el pobre muchacho había acudido a despedirse de su hermano. Y ya había pasado, había logrado salirse con la suya, y además aquellos chicos procedían de un entorno de riqueza —no solo riqueza material, sino riqueza familiar— y ahora apenas les quedaba nada, ni siquiera aquel libro que el chico había sacrificado por el bien del bebé.

Le guardó cuidadosamente la cadena en el bolsillo y le acarició el pelo, pensando que a Joop le habría gustado tener un hijo como aquel. A Joop le habría encantado tener un hijo.

HARWICH

El aire frío arremetía contra los guantes, los sombreros y los abrigos abotonados hasta la barbilla mientras el ferri avanzaba hacia el muelle de Harwich. Un cámara cinematográfico y varios fotógrafos documentaban a los niños observando la escena desde la barandilla del Prague mientras las olas salpicaban y las aves marinas daban vueltas en círculo y graznaban. A Truus se le rompió el corazón por aquellas pobres criaturas ahora que ya tenían a la vista la seguridad de Inglaterra; una seguridad sin sus padres, sin sus familias ni amigos, en un país cuyo idioma pocos conocían y cuyas costumbres les eran ajenas. Pero irían a parar a buenos hogares, eso seguro. ¿Quién sino una buena persona acogería en su vida a niños refugiados de otro país y de otra religión durante lo que bien podrían ser años?

Truus, al ver a Helen Bentwich esperando en la orilla con una carpeta, dejó que los demás adultos se encargaran de alinear a los niños por número. Había considerado la posibilidad de empezar con los niños problemáticos —la bebé y Stephan Neuman—, pero decidió al final colocarlos a todos en fila según el número. Era lo que Helen había solicitado y, aunque parte de ello preocupaba a Truus —aquellos niños con nombres, personalidades y deseos, con futuro ahora, reducidos a un número en una tarjeta que colgaba de su cuello—, resultaba también beneficioso que el proceso ya estuviese en marcha antes de tener que dar ninguna explicación. Le alivió que fuera Helen la persona a la que tuviera que dar explicaciones. Helen, la mujer que nunca decía no. Había muy poca gente así en el mundo.

Truus pensó que tendría que decirles algo profundo a los niños, pero ¿qué iba a decir? Se conformó con decirles lo buenos niños que eran.

—Vuestros padres están muy orgullosos de vosotros —les dijo—. Os quieren mucho.

Lanzaron las amarras y las ataron, bajaron la rampa para conectar a aquellos niños con el país que sería su nuevo hogar. Truus le dio la mano al primero —el pequeño Alan Cohen, con su número 1 colgado del cuello— y comenzó a descender despacio por la pasarela. Los niños la siguieron, asustados y en silencio, los más pequeños aferrados a las muñecas o peluches que se les había permitido llevar, como Alan. Claro que estaban asustados. Incluso la propia Truus estaba algo asustada, ahora que todo había pasado, ahora que había contribuido a separar a aquellos niños de sus padres. «Dios mío, Dios mío, ¿por qué los has abandonado?». Pero, claro, esos niños no eran los abandonados; como Jesús, aquellos eran niños que volverían a vivir.

Llegó al final de la pasarela, llegó a Inglaterra, con el pequeño Alan Cohen aferrado a su mano.

—¡No sabía que estarías aquí, Helen! —exclamó—. Qué alegría y qué alivio.

Ambas mujeres se abrazaron, Truus sin soltarle la mano a Alan Cohen.

—No he podido resistirme a venir, sabiendo que estarías aquí —respondió Helen Bentwich.

—¡Cielos, no estaba segura de que estaría aquí hasta este preciso momento! —exclamó Truus, y ambas se rieron—. Señora Bentwich, le presento a Alan Cohen —añadió, pasándole la mano del chico a Helen, quien se la estrechó con cariño. Después se volvió hacia el muchacho—. *Alan, das ist Frau Bentwich.*

Alan miró a Helen con cautela. Era lógico.

—Alan es de Salzburgo —explicó Truus. La familia del muchacho había sido trasladada a Viena tras la invasión alemana, al gueto de Leopoldstadt en el que los alemanes reunían a los judíos austriacos hasta decidir qué hacer con ellos, pero su hogar era Salzburgo, y Truus quería hacer honor a eso, quería que Helen supiera que cada niño era un individuo, no un número, ni siquiera el número uno—. Tiene cinco años y dos hermanos pequeños. Su padre es banquero. —Su padre había sido banquero en Salzburgo hasta que se le prohibió ganarse el sustento, pero Helen Bentwich eso ya lo sabría. Su familia también se dedicaba a la banca, y también era judía, consciente de cómo Alemania estaba arrebatándoselo todo a sus judíos.

—*Willkommen in England, Alan* —dijo Helen Bentwich.

Truus tuvo ganas de llorar al oír el nombre del niño repetido, aquel recibimiento en su propio idioma.

Mientras le daba la mano al siguiente niño de la fila, Harry Heber, de siete años, Helen le acariciaba la cabeza al peluche de Alan Cohen, que estaba tan manoseado que resultaba difícil saber de qué animal se trataba.

—*Und wer ist das?* —le preguntó al niño. «¿Quién es este?»

—*Herr Bär. Er ist ein Bär!* —respondió Alan con alegría.

—Así que es un oso, ¿verdad? —le dijo Helen—. Bueno, señor Cohen y señor Oso, la señora Bates os ayudará a subir al autobús. —Señaló dos autobuses de dos plantas situados a poca distancia—. Los demás niños irán con vosotros, pero me temo que, como sois los primeros, quizá durante un minuto…

Truus observó lo que, pese a la larga distancia que había recorrido ya el niño, le pareció un tramo vacío demasiado largo entre los autobuses y ellos. Le dijo al muchacho en su propio idioma: «Alan, ¿por qué no esperas aquí con el señor Oso durante un minuto mientras yo presento a Harry y a Ruth a la señora Bentwich? Después la señora Bates os ayudará a los tres. De ese modo el señor

Oso y tú no tendréis que esperar solos en el autobús. ¿Te parece bien?».

El niño asintió con solemnidad.

Helen y Truus intercambiaron una mirada de entendimiento.

—Señora Bentwich —dijo Truus, apretándole la mano a Harry con cariño—, le presento a Harry Heber. —Volvió a pasarle la mano del niño a Helen—. Y esta es la hermana mayor de Harry, Ruth. Son de Innsbruck, su familia se dedica a la venta de telas. —El pobre padre, en la estación de Viena, había rezado por sus hijos—. A Ruth le gusta dibujar —añadió. La niña le había hablado de los lápices de carboncillo que llevaba en la maleta; era lo único que le quedaba: algo de ropa y sus lápices de carboncillo. Pero Ruth y Harry se tenían el uno al otro. Un hermano era algo más de lo que tenía la mayoría de los niños.

Habían llenado dos autobuses y Truus había dicho adiós en su corazón a más de cien niños, los mayores con destino a Lowestoft y los pequeños con rumbo a Dovercourt, cuando le tocó el turno a Stephan Neuman. En la mano llevaba solo la maleta, sin los pañales y los pañuelos mojados, solo con un cambio de ropa, el diario empapado y el libro echado a perder.

—Señora Bentwich —le dijo a Helen—, le presento a Stephan Neuman. Carl Füchsl tenía sarampión. Nos pareció mejor sustituirlo por un muchacho sano en vez de traer un cargamento de enfermos.

—¡Muchas gracias, Truus! —exclamó Helen.

—El padre de Stephan… —El padre de Stephan había sido chocolatero antes de morir en aquella horrible noche de violencia contra los judíos de Alemania—. La familia de Stephan ha dado al mundo algunos de sus mejores bombones, y Stephan es un gran escritor, según tengo entendido —explicó, recordando las palabras de Žofie-Helene para defender al chico durante el registro—.

Tiene diecisiete años y su inglés es excelente. Sé que están enviando a Lowestoft a los mayores que aún no tienen familias de acogida, pero el hermano pequeño de Stephan, Walter, está en la cola con una amiga suya que también es muy responsable. Tal vez puedan enviar a Stephan y a su amiga, Žofie-Helene Perger, con Walter a Dovercourt. Imagino que necesitarán allí niños mayores que ayuden a cuidar de los pequeños, y uno que hable inglés sería de mucha utilidad.

Helen tachó el nombre de Carl Füchsl junto al número 120, escribió en su lugar el nombre y la edad de Stephan y anotó Dovercourt.

—Puedes ir al autobús, Stephan —le dijo Truus.

—Le prometí a mi madre que no me separaría de Walter —respondió Stephan en un inglés muy competente, aunque con un fuerte acento.

—Pero si se suponía que no ibas a poder subirte al tren —le dijo Truus.

—Le dije que sí. De lo contrario, no pensé que fuese a dejarme ir. Y está… —Tragó saliva para contener la emoción—. Mi madre está muerta.

Truus le puso una mano en el hombro y dijo: *Tot, Stephan? Das habe ich nicht gewusst…*

Stephan se puso nervioso y respondió:

—No. Muerta no. Está…

Al darse cuenta de que al muchacho no le salía la palabra, ya fuera porque no la sabía o porque estaba demasiado cansado y avergonzado, Truus le explicó a Helen que la madre de los chicos estaba enferma, sin querer decir con exactitud lo enferma que estaba, aunque trató de transmitir con su expresión que aquellos chicos pronto se tendrían solo el uno al otro. ¿Cuántos de aquellos niños se enfrentarían a ese futuro? Pero Truus no podía cambiar eso; solo podía hacer lo que podía hacer.

—Stephan —dijo Helen Bentwich—, ¿por qué no esperas

junto al autobús a tu hermano? Me aseguraré de que permanezcáis juntos.

La cola estaba llegando a su fin cuando Truus, que iba presentándole a Helen a cada niño por su nombre, llegó a Žofie-Helene y a la bebé, que acompañaban también al pequeño Walter. La bebé iba callada, tal vez durmiendo. Era una niña muy buena. ¿Quién no querría acoger a un bebé así?

—Señora Bentwich, le presento a Žofie-Helene Perger —dijo.

—Helene, como mi nombre, aunque el mío no tiene una pronunciación tan bonita —respondió Helen.

—Žofie ha sido muy buena y ha cuidado de esta bebé durante todo el camino desde Viena —explicó Truus—. A la niña… —Dios santo, iba a ponerse a llorar allí mismo, justo cuando los niños más necesitaban que se mantuviese fuerte.

Helen le puso la mano en el brazo y la tranquilizó como hiciera el día que se conocieron, cuando Truus estaba en su despacho con la bola de nieve en la mano y se permitió, solo por un momento, imaginar a un niño que se parecería a Joop, que algún día haría un muñeco de nieve, o le tiraría a ella una bola de nieve, y le haría reír.

—A la niña la metió en el tren su madre —consiguió decir, todavía incapaz de entenderlo, de imaginar el grado de desesperación que llevaría a una madre a dejar a su hija indefensa en manos de una chica que no era más que una cría, sin siquiera un nombre o la esperanza de ser capaz de encontrarla algún día. Una madre que imaginaba que estaba poniendo a su hija a salvo, cuando en realidad el bebé podría resbalar de los brazos de una niña, caer por encima de la barandilla del ferri y precipitarse al mar. Podría ser arropada en la cama por una mujer que la querría como si fuera suya para después morir en una unidad de cuarentena en un país extranjero. Podría morir en una unidad de cuarentena cuando bien podría haber vivido con una pareja sin hijos que la habría querido, que quizá hubiera logrado liberar a su madre y reunirla de nuevo con su hija.

—La metió en el tren dentro de una… —empezó a decir Žofie-Helene, pero se detuvo y miró a Truus—. ¿Cómo se dice *Picknickkorb*, Tante Truus?

—En una cesta de pícnic —aclaró Truus.

—No sabía que era un bebé —aseguró Žofie.

Helen miró a la chica con reticencia. Era cierto, parecía una historia improbable, y era una historia diferente a la que la muchacha le había contado a ella la primera vez. Truus volvió a pensar en la amistad entre Žofie y Stephan, el chico con casi dieciocho años, y claramente enamorado de ella; la chica no era mucho más joven y también prendada de él.

—Bueno, no tenemos idea de quién es la niña —le dijo a Helen. Eso era cierto, al menos por su parte—. Apuesto a que será la primera en ser ubicada: un bebé sin nadie que la reclame.

Helen se quedó mirándola durante tanto rato que Truus tuvo que hacer un esfuerzo por no darse la vuelta.

—Entonces, ¿qué nombre le pongo? —preguntó.

—Johanna —respondió Žofie-Helene.

—Bebé sin nombre —dijo Truus con firmeza—. Así sus nuevos padres podrán elegir el nombre que quieran. Creo que, si las envías a las dos a Dovercourt, Žofie-Helene cuidará de la niña hasta que le encuentren un hogar.

Žofie guardó silencio mientras Helen tachaba su nombre.

—De acuerdo, podéis ir al autobús.

—¿Espero a Walter? —preguntó la chica en su propio idioma, dirigiéndose a Truus—. Él iba delante de mí. Es el quinientos veintidós y yo soy el quinientos veintitrés.

Truus sonrió. La muchacha era una buena chica, y ¿quién era ella para juzgarla, teniendo en cuenta la vida a la que Žofie había sido condenada en el último año? Su padre muerto y su madre Dios sabía dónde, y eso sin que su familia fuera judía; una madre que ponía en riesgo a su propia familia por el bien de los demás. Y además la creía. La simplicidad de la historia de la cesta de pícnic sonaba a verdad: la bebé puesta al cuidado de alguien que pudiera rescatarla en el último momento, cuando a la madre no le quedaba más alternativa ni tiempo de cambiar de opinión.

—Señora Bentwich, Žofie va a esperar mientras le presento a su amigo Walter Neuman —dijo, dándole la mano a Walter—. Es el hermano pequeño de Stephan Neuman, que ha estado esperando pacientemente todo este rato.

Helen Bentwich miró hacia el autobús, donde el hermano mayor observaba la escena. Le acarició la cabeza al conejo de peluche de Walter.

—¿Y quién es este? —preguntó—. *Und wer ist das?*

—*Das ist Peter* —respondió Walter, y siguió explicándolo en su propio idioma—. Žofie me dijo que no necesitaba su propio collar, que podía viajar gratis con el mío.

Žofie asintió para darle ánimo.

—Es un número especial —dijo—. Tiene diez… nosotros decimos *faktoren*. Uno, dos, tres, seis, dieciocho, veintinueve, ochenta y siete, *Einhundertvierundsiebzig, Zweihunderteinundsechzig, Fünfhundertzweiundzweizig.*

Helen Bentwich se rio con placer.

—*Willkommen in England, Walter und Peter* —dijo—. ¡Veo que sois los dos muy afortunados!

Truus observó mientras los tres niños se reunían con el mayor; Stephan levantó en brazos a Walter y le dio vueltas por el aire, después le dio un beso a su hermano y otro al conejo de peluche mientras Žofie-Helene se reía y la bebé se despertaba; la bebé emitió un precioso sonido que sería incapaz de molestar a nadie ni aunque te mantuviera despierto toda la noche.

—Un bebé sin reclamar, Truus —dijo Helen.

Truus apartó la mirada y se fijó en el agua que golpeaba el casco del ferri que la llevaría a su casa, sola.

—¿Has pensado en la posibilidad de llevártela a Ámsterdam? —le preguntó Helen.

—¿A la bebé?

—No es demasiado tarde —le dijo Helen, levantando una mano para llamar la atención del conductor del autobús y pedirle que esperase—. Hasta que el autobús se marche, puedo cambiar la lista.

Truus vio a los niños desaparecer en el interior del autobús, tratando de imaginar sus vidas allí. La bebé estaría bien. Alguna buena mujer como ella anhelaría tener un bebé. Alguna mujer como ella vería a la niña como una bendición de Dios. Alguna mujer se enamoraría de esa niña y cargaría con la culpa de desear en secreto que ningún padre apareciera jamás para reclamarla. ¿Qué probabilidades había? ¿Qué haría Hitler con sus judíos si se desencadenaba una guerra? «Si», como si cupiese duda de que se acercaba la guerra, pese a que todo el mundo fingiese lo contrario.

Contempló la corta fila de niños que aún esperaban en la pasarela, después se fijó en el ferri, en la larga franja de mar que volvería a cruzar, sin niños mareados a los que atender, sin nada que la distrajese y le impidiese pensar en aquello que tenía y en aquello que no tenía, en la familia que Joop y ella probablemente nunca tendrían.

—Aún quedan cien niños esperando en Holanda, otro ferri que llenar —comentó—. Y quedan muchos niños en Austria.

Helen le estrechó la mano como Truus se la había estrechado a cada niño antes de despedirse de ellos y enviarlos a su nueva vida.

—¿Estás segura, Truus?

Truus no estaba segura de nada. ¿Lo había estado alguna vez? Mientras la miraba, incapaz de responder a Helen, de decirle que no era el bebé de lo que tanto le costaba separarse, empezó a caer una ligera nevada.

Helen le apretó la mano y entendió de algún modo aquello que ni siquiera ella lograba entender; le hizo un gesto al conductor del autobús y el motor se puso en marcha. Una niña empezó a gritar entonces desde el autobús; Žofie-Helene gritaba desde una de las ventanillas del segundo piso. «¡Te queremos, Tante Truus!». Y las ventanillas del vehículo, las de arriba y las de abajo, se llenaron de pronto de niños que agitaban la mano y gritaban, «¡Te queremos, Tante Truus! ¡Te queremos!». Ahí estaba Walter, agitando la mano de Peter Rabbit para despedirse. Y ahí estaba Žofie-Helene, sujetando a la bebé, moviendo sus deditos huérfanos mientras el autobús se alejaba y la chica agitaba la mano también.

DOVERCOURT

Stephan estaba mirando por la ventanilla, con Walter en su regazo, cuando el autobús pasó por debajo de un cartel en el que se leía: *Campamento de verano Warner*. Siguieron avanzando por un camino humedecido por la nieve derretida que había caído antes, dejando el mundo con un aspecto más frío, pero no más bonito. El autobús se detuvo en un complejo con un edificio central, alargado y bajo, y casitas viejas con gablete colocadas en fila frente a una playa ventosa.

—Peter tiene frío —dijo Walter.

Stephan rodeó a su hermano y al conejo con los brazos.

—No te preocupes, Peter —dijo—. Mira, ¿ves el humo que sale de la chimenea en el edificio grande? Creo que es allí donde vamos.

Pero los niños del autobús de delante llevaban sus maletas a las casitas, que no tenían chimenea. Solo los adultos que salían de los coches se dirigían hacia el edificio más grande.

Una mujer con una carpeta se subió al autobús.

—¡Bienvenidos a Inglaterra, niños! —dijo—. Soy la señorita Anderson. Por favor, decidme vuestros nombres según vayáis apeándoos. Cuando os dé vuestro número de cabaña, llevad allí vuestras cosas.

Los niños se miraron confusos.

—¿Qué es «apearse»? —le preguntó Žofie a Stephan en un susurro.

Stephan no conocía esa palabra, pero había deducido que la mujer quería que fueran del autobús a las cabañas. *Die Hütten*, le dijo. Sin duda habría calefacción eléctrica allí.

—Tú vas primero, pero espérame —le dijo Žofie.

Stephan y Walter bajaron las escaleras seguidos de Žofie y de la bebé, y se mezclaron con la fila de niños del piso de abajo.

—Stephan y Walter Neuman —dijo Stephan cuando llegó su turno.

—Walter Neuman, tú vas en la cabaña veintidós —dijo la señorita Anderson. Revisó entonces su lista—. No tengo a ningún Stephan Neuman. Te has montado en el autobús equivocado. Esto es Dovercourt. Los chicos mayores van a Lowestoft.

—Soy Carl Füchsl —dijo Stephan, sin saber cómo decirlo con más claridad en ese segundo idioma—. Tiene… *Masern*. Está enfermo. La señora Bentwich me ha dicho que ayudara a los más pequeños.

La señorita Anderson lo miró, quizá evaluando si estaba a la altura de la tarea.

—De acuerdo, cabaña catorce.

—Tante Truus dijo que mi hermano y yo iríamos juntos.

—¿Quién? Ah, de acuerdo. Quédate aquí mientras organizo al resto de pasajeros, después os buscaremos una cabaña.

Stephan le dio las gracias en su mejor inglés y dio un codazo sutil a Walter, que dijo «Gracias», también en inglés.

Cuando se echaron a un lado y la señorita Anderson se dirigió a Žofie, un hombre y una mujer se acercaron a Walter.

—¡Mira, George, qué niño tan mono! —dijo la mujer.

—Somos hermanos —respondió Stephan.

—Cariño, ya hemos elegido a un niño del grupo de los alemanes —le dijo el hombre—. Creo que, a su edad, la tata no podrá hacerse cargo más que de uno de cinco años. Tenemos que entrar a recogerlo.

La señorita Anderson, que había estado hablando con Žofie-Helene, dijo: «Santo cielo, parece que este autobús está lleno de niños que no esperábamos. De acuerdo, quédate ahí junto a esos chicos y deja que organice al resto de niños».

—¿Un bebé? —exclamó la mujer que pensaba que Walter era mono—. ¡George! Ay, me encantaría tener un bebé que pudiera ser nuestro. Nos dijeron que no habría ninguno. Por favor, vamos a quedárnoslo antes de que se lo lleve alguien.

—Estos niños acaban de llegar de Austria —le dijo su marido—. Ni siquiera se han bañado.

La esposa le acarició la cara a la bebé y preguntó:

—¿Cómo te llamas, cielo?

—Mi hermana se llama Johanna —respondió Žofie-Helene.

La mujer trató de quitarle a la niña, pero Žofie se resistió.

—Eres muy mayor para tener una hermana tan pequeña, ¿no? —comentó la mujer, dando un paso atrás como si Žofie fuese contagiosa.

Žofie se quedó mirándola con una expresión que Stephan nunca antes le había visto: incertidumbre. Era tan lista. Siempre lo sabía todo, en su propio idioma.

La mujer se agarró al brazo de su marido y se alejó hacia el edificio principal diciendo: «Santo cielo, nos envían niñas que son una ruina».

Stephan se quedó mirándola, con ganas de salir en defensa de Žofie, pese a que no entendía exactamente a qué se refería la mujer. Ruina. Como las ruinas de Pompeya, que nunca volverían a recomponerse. No se podía restaurar algo que estaba en ruinas, pero una cosa podía estar en ruinas y aun así ser perfecta.

UN VISADO DE SALIDA DE OTRA CLASE

Ruchele empezó a llorar mucho antes de que el abuelo de Žofie-Helene hubiera terminado de decir lo que había ido a decirle: que los tres niños habían llegado sanos y salvos a Inglaterra.

Otto Perger dejó a un lado su sombrero, que llevaba entre las manos. Ruchele intentó mantener la compostura por miedo a que la tocara. No creía que pudiera soportar ningún gesto de ternura.

—Están en un campamento de verano de Harwich hasta que les encuentren familias —dijo Herr Perger.

Aun así, ella lloró y lloró; una indulgencia, lo sabía. Debía recomponerse, pero no podía. No le quedaba nada.

—Sé que es muy duro tenerlos lejos —continuó Herr Perger.

—Es un alivio que estén a salvo —logró decir Ruchele—. Gracias, Herr Perger.

—Otto —dijo él con una sonrisa—. Por favor.

Ella debía responder con su nombre de pila, pero no podía hacerlo. No era porque, como sabía que él imaginaría, incluso allí, a pesar de haberla despojado de todo lo que le otorgaba dignidad, se sintiera por encima de él. No era así. Se daba cuenta de que antes había sido así, y se arrepentía de ello. Le habría gustado disculparse, pero apenas le quedaba energía, y aún tenía un asunto del que ocuparse.

Sacó del primer cajón del escritorio cuarenta pequeños sobres con cartas que había escrito en papel prestado, con sellos que Frau Isternitz le había comprado con el último dinero proporcionado por Michael. Los nombres de Stephan y de Walter figuraban en los sobres, que por lo demás no llevaban dirección. Ese mínimo movimiento le produjo dolor, pero rechazó la ayuda de Otto. No debía considerarla débil. Si algo iba a ver de ella —y habría preferido que no fuera así—, mejor que fuese su fuerza, su determinación.

Le ofreció todos salvo un sobre sin sello.

Él se quedó mirándolos, negándose a aceptarlos, como si supiera lo que significaban, lo que iba a pedirle.

—Herr Perger —empezó a decirle—, a mí me resulta muy difícil salir y no me queda mucho tiempo…

—No, no me los llevaré —insistió él.

—Sé que es injusto que se lo pida —admitió Ruchele—. Soy judía.

Podían encarcelarlo por el simple hecho de enviar una carta por ella.

—No es eso —dijo Otto—. Claro que no es eso, Frau Neuman. No debe…

—Se los daría a otra persona —le dijo ella—, pero no… Nadie cree que vayamos a quedarnos. Mi marido ya está muerto, Herr Perger, y yo moriré de todos modos. Debe de darse cuenta de que me estoy muriendo; tengo una habitación para mí sola.

Reunió la poca fuerza que le quedaba para dibujar una sonrisa débil. Esperaba que fuese una sonrisa. Hacía mucho tiempo que no sonreía.

—Por favor, hágame este favor —le suplicó—. Si no por mí, entonces por mis hijos. —Agradecía mucho el cariño que le tenía a Stephan—. Envíeles una carta cada semana, para que sepan que estoy a salvo.

—Podría…

—Para que intenten empezar una nueva vida en Inglaterra, cuidando el uno del otro, sin tener que preocuparse por mí. —Las palabras le salían en un susurro, producto del dolor físico y emocional—. La última carta está escrita con otra letra, para decirles que ya me he ido. Se lo esperarán, Stephan se lo esperará, y no quiero que sufran por no haber recibido noticias mías.

Otto se acarició la perilla con los dedos.

—Pero... pero ¿cómo sabré cuándo enviarla?

Ruchele lo miró sin decir nada. Era un hombre anciano, sus ojos tras las gafas redondas y pesadas empezaban a llorarle. Si se viera obligada a decirlo con palabras, él se opondría. Cualquiera se opondría. Incluso un anciano que tal vez pudiera entenderlo.

—Frau Neuman, usted... —Colocó las manos sobre las suyas, sobre las cartas—. No debe hacer...

—Herr Perger, lo que debo hacer en la vida es asegurarme de que mis hijos crezcan y se conviertan en hombres. —La firmeza de su voz la sobresaltó como sin duda le sobresaltó a él—. No puedo agradecerle lo suficiente su papel al concederme esto. Necesito quedarme tranquila sabiendo que mis hijos están a salvo.

Le puso las cartas en las manos.

—No llevan dirección —dijo él.

—No sé dónde estarán, pero quizá pueda escribir a Žofie y decirle que las envía usted porque a mí me resulta muy difícil escribir. Creo que Žofie siempre sabrá dónde está Stephan.

Las lágrimas acudieron de nuevo a sus ojos. ¿Cómo era posible que aquella chica extraña la llenara de esperanza hacia Stephan y Walter?

—Volveré mañana —respondió Otto Perger—. Le traeré comida. Debe comer, Frau Neuman.

—Por favor, no se tome más molestias por mí —le dijo ella—, salvo la de enviar las cartas.

—Pero debe mantenerse con fuerza. Sus hijos necesitan que sea fuerte.

—Recibiré todo el cuidado que necesito de mis vecinos, y usted solo se pondría en peligro.

Otto la miró a la cara. Sabía sin saber; lo veía en sus ojos detrás de las gafas, lo percibía en la presión adicional con la que agarraba las cartas. Deseaba saberlo y al mismo tiempo no lo deseaba.

Ruchele le mantuvo la mirada. Si lo hacía, si mantenía las fuerzas hasta ese último momento, él se mostraría reacio a volver, a entrometerse.

—Entonces dentro de unos días —dijo él.

—Por favor, las cartas son lo único que necesito de usted.

—Cuando reciba noticias de Žofie-Helene. Sin duda usted querrá saberlo cuando sepa algo de ella. Y yo querré saber qué noticias tiene de Stephan y del pequeño Walter.

Ella asintió, temiendo que tal vez no se marchara si se oponía, y ahora que las cartas estaban en su poder, necesitaba que se fuera. ¿Qué haría si cambiaba de opinión? ¿Qué haría si ella misma cambiaba de opinión? Fue algo que se le ocurrió al hablar de las cartas que podrían enviarle sus hijos.

Él se puso en pie con reticencia y se dio la vuelta al llegar a la puerta. Ruchele cerró los ojos, como si fuera incapaz de mantenerse despierta.

Cuando la puerta se cerró, sacó del sobre que le quedaba una fotografía de Stephan y de Walter juntos. Les dio un beso en la cara a cada uno, después otra vez, y otra.

—Sois unos buenos chicos —susurró—. Sois unos buenos chicos y me habéis dado mucho amor.

Se guardó la foto en la ropa, junto al pecho, después sacó el pañuelo del sobre y desenvolvió las últimas cuchillas de afeitar de Herman.

Tercera parte

LA ÉPOCA POSTERIOR

ENERO DE 1939

CONEJO NÚMERO 522

Stephan se sentó al borde de la litera de Walter. «Vamos, Wall, hora de moverse», dijo con cariño. «Los demás niños ya han salido». Retiró las sábanas. «¡Es un nuevo día, un nuevo año!».

Walter tiró de la manta y se cubrió la cabeza con ella.

—Ya nos hemos perdido el desayuno —le dijo Stephan. El primer desayuno de 1939. En pocas semanas, cumpliría dieciocho años. Y entonces ¿qué? Si Walter y él no acababan con una familia antes de cumplir los dieciocho, ¿le buscarían algún alojamiento?

—Peter no tiene hambre —respondió Walter—. Peter dice que hace demasiado frío para comer.

«Conejo listo», pensó Stephan.

—Tengo una nueva carta de mamá —le dijo.

La oficina de correos del campamento, situada en un extremo del edificio principal, cerraba los domingos, pero Stephan había guardado la carta que había llegado el día anterior, porque quería reservarla para cuando los posibles padres se hubieran marchado aquel domingo. Era agotador, pasar todo el día sentado y charlando educadamente con desconocidos que tenían su futuro en sus manos, o lo tiraban a la basura. Hasta el momento, habían tirado a la basura su futuro y el de Walter. Pero aquel era solo su tercer domingo, y la semana anterior no había acudido casi ningún padre, porque había coincidido con el día de Navidad. En casa habrían visto el

Christkindlmarkt, con el pan de jengibre, el vino caliente y los adornos, con gente que acudía de todas partes del país para ver el árbol de la Rathausplatz. En casa, habrían decorado el árbol con adornos dorados y plateados y estrellas hechas de paja, y lo habrían encendido y se habrían dado regalos en Nochebuena, y habrían cantado *Stille Nacht! Heilige Nacht!*; la misma melodía, pero con palabras muy diferentes de las que cantaban los ingleses. Unos chicos de la universidad que había cerca del campamento les habían enseñado la versión en inglés, para que empezaran a aprender el idioma. Stephan se preguntaba con quién habría cantado su madre, o incluso si habría cantado.

Incorporó a Walter y le puso un segundo jersey sobre la camisa y el jersey con los que había dormido, después el abrigo y la bufanda. El gorro y los guantes ya los llevaba puestos; ambos habían dormido con gorro y guantes, Stephan con los brazos rodeando a Walter en la misma cama porque así pasaban más calor. Les había dicho a todos los niños de la cabaña que durmieran con el gorro y los guantes y que compartieran cama para no pasar frío.

Cuando terminó de vestir a Walter, le entregó a Peter Rabbit, después agarró el cartel con el número para colgárselo del cuello. Pero Walter se agachó para esquivarlo. Se había puesto muy pesado con el maldito número. Aunque Stephan no le culpaba por ello. A él tampoco le gustaba llevar la etiqueta, no le gustaba que le redujeran a algo numérico y frío, sin importar lo especiales que decía Žofie que eran sus números. Pero eran las normas: los niños en Dovercourt debían llevar puestos sus números, siempre.

—Lo sé —dijo con cariño—. Lo sé, pero…

Agarró el cartel y enrolló el cordel.

—¿Qué te parece si hoy se lo pone Peter? —sugirió.

Walter tomó en consideración aquella idea y asintió.

Stephan le puso el cordel a Peter alrededor del cuello: el conejo número 522.

* * *

Hacía algo más de calor en el edificio principal gracias a las chimeneas, pero aun así los niños desayunaron con el abrigo puesto, sentados a las largas mesas comiendo arenques ahumados y gachas. Sonaba música en una radio mientras dos de los chicos mayores desmontaban el árbol de Navidad. Una de las mujeres al mando llamó la atención en inglés a tres niños que discutían por el pimpón. «Más os vale portaros bien u os enviaremos de vuelta a Alemania».

Los niños se volvieron hacia ella, pero, si entendieron lo que les decía, no dieron muestras de ello. Walter preguntó qué había dicho la mujer y Stephan se lo explicó.

—Si soy malo, ¿puedo irme a casa con mamá? —preguntó Walter, confuso.

Stephan sintió un nudo en la garganta.

—¿Cómo sobreviviría yo sin ti aquí para evitar que me helara de frío por la noche, Wall?

—Tú también podrías portarte mal —dijo Walter. Se dirigió entonces a su conejo—. Peter, ¿tú podrías ser un conejo malo?

—Pero eso pondría triste a mamá —le aseguró Stephan—. ¿Cómo podría ella venir a Inglaterra si nos fuéramos a casa?

—¿Podemos leer ya la carta de mamá? —le suplicó su hermano.

Stephan sacó el sobre del bolsillo del abrigo con dedos enguantados; sus nombres aparecían escritos con la letra de su madre, pero la dirección, al igual que las dos primeras, la había escrito Herr Perger. La primera carta de su madre había llegado junto con una nota del abuelo de Žofie en la que les decía que no se preocuparan por su madre, que él estaba ayudándola; y Stephan sabía que ayudarla suponía un gran riesgo para él y para Johanna. Si encarcelaban a Herr Perger por ayudar a una judía, ¿quién cuidaría entonces de la hermana de Žofie? Su madre seguía bajo custodia nazi.

Stephan escudriñó la estancia en busca de Žofie, pero aún no había llegado, aunque la pizarra que usaba el personal para escribir la lista de niños elegidos para irse a hogares cada semana estaba llena de ecuaciones que no estaban allí cuando Stephan se marchó la noche anterior.

—Podemos leer la carta de mamá ahora si nos damos prisa —le dijo a su hermano—. Pero nada de llorar, ¿de acuerdo? Quizá la familia que nos acoja venga hoy, dentro de solo unos minutos.

—Si nos eligen, podremos mudarnos a una casa con calefacción para Peter y para mí y una biblioteca para ti —le dijo Walter.

Stephan le entregó la carta.

—Lo de la biblioteca ya veremos, pero la calefacción sin duda —respondió—. Léela tú esta vez.

—Peter quiere leer —dijo Walter.

—De acuerdo entonces, Peter.

Walter, poniendo la voz de Peter Rabbit, leyó: «Queridos hijos míos, os echamos de menos en Viena, pero me consuela saber que estáis juntos en Inglaterra y que siempre cuidaréis el uno del otro». Así era como habían empezado las dos primeras cartas de su madre, cartas que leyeron y releyeron juntos para que Walter las memorizara. Walter leía cada vez mejor; habían leído mucho juntos en las últimas semanas, con tan poco que hacer. Como la mayoría de los libros del campamento estaba en inglés, Walter empezaba a leer mejor en inglés que en su propio idioma, hecho del que Stephan solo se daba cuenta cuando su hermano le pedía ayuda. Por supuesto, los libros que leían estaban impresos, mientras que su madre escribía a mano, y la caligrafía le resultaba difícil de descifrar incluso a él. A veces también tenía que hacer uso de la memoria.

Stephan le secó las lágrimas a Walter con un pañuelo —de los que habían usado en el tren como pañales—, y le dijo: «Venga, Wall. Lágrimas solo por la noche».

Žofie y la bebé se reunieron con ellos; la pequeña iba envuelta en mantas que le habían llevado algunas de las mujeres. Stephan le quitó a Žofie las gafas, empañadas por el contraste de temperatura entre el exterior y el aire más cálido del interior. Se las limpió con los dedos enguantados y volvió a ponérselas.

—¿Quién imaginaría que podía hacer más frío? —comentó.

—Sigue haciendo más frío después del solsticio a pesar de que los días son más largos ahora porque el calor del verano almacenado en la tierra y en el mar sigue disipándose —explicó Žofie.

—¡Stephan y yo hemos dormido juntos con toda la ropa puesta y aun así he pasado frío! —exclamó Walter—. Peter estaba helado. Solo tiene una chaquetita. Pero puede que hoy nos elija una familia.

—Apuesto a que sí, Walter —le dijo Žofie—. Me parece que esta es vuestra semana.

En la pizarra, una de las mujeres agarró el borrador y borró las ecuaciones. Stephan le dio la mano a Walter y los cuatro se sumaron a los niños que se arremolinaban a su alrededor. «¡Yo! ¡Yo! ¡Yo! ¡Me voy con una familia!», exclamó una niña mientras la tiza rechinaba en la pizarra. Cuando la lista estuvo completa, la fila de niños junto a la puerta —que volverían a sus cabañas para hacer la maleta— consistía solo en niñas y en niños pequeños. El resto comenzó a sentarse a las mesas. Los posibles padres estaban a punto de llegar.

—Vamos, Wall —le dijo Stephan a su hermano—, ensayemos.

—Buenas tardes. Es muy amable por su parte visitarnos —dijo Walter, con un inglés más claro que el del domingo anterior. La práctica hacía al maestro. O al menos al aprendiz.

—Perfecto —dijo Stephan para darle seguridad a su hermano—. ¿Dónde quieres sentarte esta semana?

—Quiero sentarme con Žofie y con Johanna —respondió Walter—. Todos los padres vienen a ver a Johanna.

De modo que, como siempre, se sentaron junto a Žofie y la

bebé, en las sillas que habían retirado de las mesas, de donde habían terminado de recoger los platos del desayuno antes de comenzar otro domingo largo y triste de lo que Stephan había dado en llamar «la Inquisición». Aun así, observó expectante cuando las puertas se abrieron y comenzaron a entrar los posibles padres.

DIECINUEVE VELAS

Stephan se despertó sobresaltado, desorientado por la pequeña cabaña y por su hermano, que dormía acurrucado junto a él en la litera. Aquel día era su decimoctavo cumpleaños. Si siguiera en Viena, ya no podría formar parte del programa del Kindertransport. Ya estaba en Inglaterra, pero aún no le habían ubicado con ninguna familia. ¿Lo enviarían de vuelta a su país?

Cerró los ojos e imaginó que se despertaba en su cama, en el palacio de la Ringstrasse, que nunca había imaginado que pudiera pertenecer a alguien que no fuera su familia, ni siquiera después de que lo ocuparan los nazis. Se imaginó bajando por las escaleras de mármol bajo las lámparas de araña, tocando cada escultura a cada giro, hasta llegar a la mujer de piedra de abajo, la que tenía los pechos como los de Žofie. Se imaginó pasando frente a los cuadros del recibidor; los troncos de abedul con esa perspectiva extraña; el Klimt de Malcesine en el lago Garda, donde a veces pasaban las vacaciones de verano; el Kokoschka de la tía Lisl. Se imaginó entrando en la sala de música, con la *Suite n.º1 para violonchelo* de Bach; su favorita. Se imaginó una tarta elaborada con el mejor chocolate de su padre y cocinada por su madre incluso el año anterior, cuando había tenido que pasarse el día entero en la cama por el cansancio que le había provocado hacer una simple tarta. Su padre encendería sus velas de cumpleaños como había hecho a lo largo de

465

toda su vida, hasta este. Habrían sido diecinueve velas, una por cada año más otra para darle suerte. Y Stephan habría mirado por la ventana esperando a Žofie, con una nueva obra de teatro en la mano para que la leyese. Debería escribir otra obra. Debería escribir una en inglés, en su nuevo idioma. Pero no estaba seguro de soportar escribir sobre aquel lugar.

No le diría a nadie que era su cumpleaños. Ni a Walter. Ni siquiera a Žofie-Helene.

Se vistió en la habitación gélida, despertó a los muchachos y les ayudó a vestirse, después los condujo por el patio helado hasta el edificio principal. Los dejó sueltos para que jugaran, y le alegró ver que Walter se iba con ellos. Observó a su hermano durante unos segundos antes de buscar a Žofie con la mirada; la encontró al final de la larga cola para el correo.

Se reunió con ella y esperaron pacientemente, entreteniendo a la bebé. Cuando llegó su turno, a él le entregaron un paquete, que apenas le dio tiempo a mirar antes de que Žofie dijera: «¡Mira, Stephan!», y le mostrara un sobre; uno que no estaba escrito con la letra inclinada de su abuelo, como su propio sobre, sino con una caligrafía elegante.

Le pasó la bebé a Stephan y abrió el sobre.

Stephan dejó su carta y el paquete en una de las mesas por miedo a dejar caer a la bebé. Su carta, como siempre, estaba escrita con la letra de su madre e iba dirigida a Walter y a él, con la dirección escrita por Herr Perger. La reservaría hasta que Walter hubiera terminado de jugar; le alegraba que su hermano estuviera haciendo amigos. Pero el paquete iba dirigido solo a él, no a Walter, y con una caligrafía más clara que la de su madre o Herr Perger. ¿Sin matasellos?

—¡Es de mi madre! —exclamó Žofie-Helene—. ¡Están en Checoslovaquia! La dejaron en libertad la semana pasada y se fueron de inmediato. Están fuera del alcance de Hitler.

Entonces empezó a llorar y Stephan, con la bebé en un brazo, la rodeó con el otro y la abrazó.

—Eh, no llores —le dijo—. Están a salvo.

Žofie sollozó con más violencia.

—Están todos juntos —le dijo—, y ya no vendrán nunca a Inglaterra, ni siquiera Johanna.

Stephan agarró la carta con la mano que tenía libre y la leyó.

—Tu madre dice que solicitarán visados ingleses desde Checoslovaquia, Žofe. No tardarán mucho, es más rápido para los no judíos. Seguro que estarán aquí para primavera.

Stephan no volvió a pensar en su paquete hasta que Žofie hubo parado de llorar y se sentó a comer gachas con leche que sirvieron de unas enormes jarras blancas. Cuando abrió el paquete, Žofie sonrió.

—¡Es tu cumpleaños!

—Shhh —le dijo él, y de pronto Žofie pareció asustada. Dieciocho.

Sacó del envoltorio de papel marrón un libro, cuidadosamente envuelto para regalo y con un lazo. Rasgó el papel y se encontró con un ejemplar totalmente nuevo: *Kaleidoscope*, de Stefan Zweig; el libro que había pertenecido a su padre, el que su padre le había regalado a él y él le había regalado a Žofie, el que Žofie le había devuelto durante aquellos días horribles que pasó viviendo en el subsuelo de Viena.

—Qué libro tan bonito —dijo Žofie.

Stephan abrió la cubierta y pasó las páginas.

—Está en inglés.

—Está dedicado, Stephan —dijo Žofie—. Mira. Está dedicado por Stefan Zweig. *De un escritor a otro, con los mejores deseos de cumpleaños de parte de una mujer que te admira mucho.*

—De un escritor a otro, con los mejores deseos de cumpleaños de parte de una mujer que te admira mucho —repitió Stephan.

—¿Es de tu madre?

467

Stephan la miró con escepticismo. ¿Estaría siendo discreta? Su madre se habría identificado en la dedicatoria. Su madre habría escrito «te quiere» en vez de «te admira».

Acarició el papel de regalo con los dedos, pensando si no sería en realidad de Žofie, porque quien lo enviara habría tenido que incluir una nota. Pero no había nada que indicara su procedencia. Ni tarjeta. Ni siquiera un nombre o una dirección de devolución en el paquete.

—No ha venido en el correo —dijo—. No tiene matasellos. —Lo que significaba que tenía que ser de Žofie.

—¿Lo han entregado en mano? —preguntó ella.

—Žofie —dijo él—. Odio decírtelo, pero aquí nadie salvo tú sabe que es mi cumpleaños. Ni siquiera Walter se acuerda, o no se ha dado cuenta.

La expresión de su rostro: la vergüenza. No tenía nada para él. Claro que no tenía nada para él. Ninguno de ellos tenía nada.

—Seguro que es de tu madre —insistió ella.

Pero ¿quién sino Žofie sabría que aquel era el mismo libro que había llevado consigo, que su ejemplar había quedado envuelto entre pañales mojados y después manchado de vómito por su hermano? ¿Quién además de Žofie podría imaginar que se había quedado con el libro hecho una ruina? Una ruina. Sin poder volver a leerlo nunca.

—Seguro que tienes razón —le respondió, poco convencido—. ¡Y la carta sin duda es de mi madre! —Y llevaba matasellos de Checoslovaquia. Herr Perger debía de haberla enviado cuando liberaron a la madre de Žofie y huyeron de Austria. Suponía que debía considerarse afortunado de que Herr Perger se hubiera acordado de enviarla. Esperaba que su madre pudiera encontrar a otra persona para que enviara sus cartas. Eso era lo que hacía que Walter se levantara cada domingo, se lavara la cara y se pusiera su mejor ropa para sentarse en aquella habitación grande y fría para ver si lo escogían. Suponía que debía esperar a abrir la carta con Walter, pero su hermano estaba jugando alegremente, y además era su cumpleaños.

Abrió el sobre, sacó el fino papel de dentro y leyó: *Feliz cumpleaños desde Viena.*

Su madre lamentaba no poder enviarle un regalo para celebrar la ocasión, pero ya era un hombre, tenía dieciocho años, y quería que supiera lo orgullosa que estaba de él.

LOS NO ELEGIDOS

Žofie-Helene volvió a sentarse a una larga mesa con la pequeña Johanna, observando a Stephan. El abuelo habría dicho que necesitaba cortarse el pelo, aunque, claro, todos los chicos que seguían en el campamento de verano Warner ya necesitaban cortarse el pelo. A Žofie, en cambio, le gustaba aquel Stephan más informal. Estaba elegante, aunque con frío, sin el abrigo ni los guantes.

Le quitó el abrigo a Walter y le estiró el cuello de la camisa y de la chaqueta.

—Una vez más, Wall —le dijo.

—A Peter no le gusta cómo le miran los adultos —respondió Walter.

—Ya lo sé —le dijo su hermano—. Yo también empiezo a sentirme como una manzana podrida en el mercado. Pero no ha pasado tanto tiempo. Venga, una vez más.

—Buenas tardes. Es muy amable por su parte visitarnos —dijo Walter sin mucho entusiasmo.

Žofie hundió la cara en el cuello de la bebé, pensando en la verdadera Jojo, que estaría en casa de la abuela Betta, con su madre y su abuelo. Tal vez algún día Stephan pudiera escribir una obra sobre aquello, una con un personaje como esa mujer de aspecto agradable que ya se aproximaba a Walter. Era un niño muy mono. Ya estaría con una familia si Stephan le permitiera irse, pero, siempre que ella intentaba sacar el tema, él respondía que se lo había prometido a su madre y que, de todas formas, menuda era ella para hablar. Pero sin duda, ahora que ya había cumplido los dieciocho —demasiado mayor para una familia, incluso aunque fingiera que no—, dejaría marchar a su hermano.

—¿Cómo te llamas, pequeño? —le preguntó la mujer a Walter.

—Se llama Walter Neuman —respondió Stephan, como siempre hacía—. Yo soy su hermano, Stephan.

Žofie suspiró.

—Buenas tardes. Es muy amable por su parte visitarnos —dijo Walter—. Este es Peter Rabbit. También viene con nosotros.

—Entiendo —dijo la mujer—. ¿Y queréis seguir juntos?

Eso era lo que siempre decían los padres al darse cuenta de que tendrían que llevarse a Stephan con Walter.

—Stephan es un dramaturgo con mucho talento —intervino Žofie.

—¡Un bebé! —exclamó la mujer—. ¡Pensé que no había bebés! —Agitó las llaves delante de Johanna y la niña intentó alcanzarlas.

Žofie dejó que tomara a Johanna en brazos. Siempre permitía a las personas que le caían bien tomar en brazos a la niña. Les costaba trabajo devolverla.

—Oh, sí, creo que tengo el hogar perfecto para ti —le dijo la mujer a Johanna.

—¿Dónde vive? —le preguntó Žofie en su mejor inglés.

—¿Dónde vivo? —repitió la mujer, desconcertada. Se rio con cariño, con esa clase de risa amplia que Žofie asociaba con la mejor clase de persona—. Bueno, tenemos una casa en The Bishops Avenue, en Hampstead —explicó—. Y Melford Hall en el campo.

—Suena muy bien —dijo Žofie.

—Así es. Desde luego.

—¿Está cerca de Cambridge? —quiso saber Žofie.

—¿Melford Hall? La verdad es que sí.

—Yo podría ser la niñera de la bebé —le propuso Žofie—.

Cuidé de Johanna cuando trabajaba con el profesor Gödel. En la Universidad de Viena. Le ayudaba con una hipótesis del continuo generalizada.

—¡Oh! Pero yo… Bueno…, no sé si a la tata Bitt le gustaría eso. Lleva con nosotros desde que nació mi Andrew, que debe de tener la misma edad que tienes tú. ¿Eres… la hermana de la niña?

Žofie-Helene se quedó mirándola, tratando de decidir cómo responder. Sabía que necesitaba algo distinto, pero no sabía qué.

Johanna extendió los brazos hacia ella diciendo: «¡Mamá!».

La mujer, sobresaltada, le devolvió a la niña y se alejó apresuradamente.

—Johanna y Žofie-Helene Perger —gritó Žofie.

Se volvió hacia Stephan, que estaba mirando a Johanna.

—No sabía que la niña supiese hablar —comentó.

—¡Yo tampoco! —respondió Žofie. Y le acarició el cuello con la nariz a la niña—. Qué lista eres, Johanna.

PROPUESTA UNA LEY DE NIÑOS REFUGIADOS EN EL CONGRESO DE EE. UU.

La ley se encontró con la oposición de organizaciones preocupadas por los estadounidenses necesitados

Por Käthe Perger

PRAGA, CHECOSLOVAQUIA, 15 de febrero, 1939. Una ley bipartita ha sido introducida en el Senado de EE. UU. por Robert F. Wagner, de Nueva York, y en la Cámara de Representantes por Edith Nourse Rogers, de Massachusetts, para pedir la admisión durante un periodo de dos años de 20.000 niños refugiados alemanes menores de 14 años. Numerosas organizaciones benéficas están trabajando para obtener el apoyo a la ley, frente a la oposición feroz surgida del miedo a que el apoyo a los niños extranjeros pueda ser a costa de los estadounidenses más necesitados.

Se necesita con urgencia una flexibilización de las restricciones de inmigración contra ciudadanos del Reich en vista del tratamiento vejatorio que reciben los judíos en Alemania, Austria y Sudetenland, que fue cedido a Alemania según el Acuerdo de Múnich, de finales de septiembre, a cambio de la paz. Pese al acuerdo, Alemania ha renovado recientemente sus amenazas de destruir nuestra ciudad a no ser que se abran las fronteras checas a sus tropas...

OTRA CARTA

Stephan se acurrucó con los brazos alrededor de Walter; era demasiado pronto para irse a la cama, pero ya había oscurecido y hacía frío; además, ¿qué importaba lo que hicieran? Trató de no pensar en la carta, la sexta desde su cumpleaños, una carta recibida cada semana. Su nombre y el de Walter estaban escritos con la letra de su madre y la carta empezaba como siempre, diciendo lo mucho que los echaba de menos, pero quería que supieran que estaba bien. En el resto de la carta relataba las actividades de sus vecinos en el pequeño apartamento de Leopoldstadt, en Viena. Pero el sobre volvía a estar escrito con la letra de Herr Perger, y de nuevo llevaba matasellos de Checoslovaquia, con sellos checoslovacos pegados sobre los austriacos.

EN LA PLAYA

Stephan, Walter, Žofie y la bebé estaban sentados en una manta en la arena; Žofie estaba trabajando en una demostración matemática en el cuaderno que tenía sobre el regazo y Stephan escribía en su diario. Había pasado el invierno y ahora la arena estaba más dorada y el océano más azul bajo el cielo despejado. Si bien no hacía precisamente calor, se estaba bien fuera siempre que llevaran el abrigo, con el mar acariciando la arena, sin llegar a tocarlos.

Walter lanzó su libro de cuentos sobre la manta.

—¡No puedo leer esto! —se quejó.

Stephan cerró los ojos y aun así vio los rayos de sol a través de la piel fina de los párpados, y se sintió culpable: por ignorar a su hermano durante días mientras escribía con la máquina que Mark Stevens, uno de los estudiantes que enseñaban inglés a los niños y también otro admirador de Zweig, le había llevado; culpable por haber deseado el último domingo entregar a Walter a algún padre, a cualquiera; culpable por lo decepcionada que se sentiría su madre.

Rodeó a su hermano con un brazo y abrió el libro.

—¿Peter puede ayudarnos a leerlo? —preguntó—. A él se le da muy bien leer en inglés.

—Se le da mejor que a ti —dijo Walter, acurrucándose junto a él, en busca de cariño. Claro que necesitaba cariño. Y claro que Stephan no podría entregárselo a ningún desconocido. Pero a veces se imaginaba lo que podría hacer sin la carga de tener que cuidar de su hermano. A veces se imaginaba que abandonaba el campamento y conseguía trabajo en algún lugar, cualquier trabajo, donde pudiera empezar su vida, ganar dinero para comprar libros y papel, tener tiempo para escribir.

—¿Te acuerdas de todos los libros de la biblioteca de papá? —le preguntó a Walter—. Seguro que Peter ya puede leerlos todos.

Oyó entonces la voz de su madre: «Walter no se acordará de nosotros. Es demasiado pequeño. No se acordará de ninguno de nosotros, Stephan, salvo a través de ti».

Johanna empezó a gatear sobre la manta en dirección a la arena, Žofie dejó su cuaderno y la tomó en brazos.

—¡Ah, no! ¡Eso no! —le dijo.

—Mamá —respondió la niña.

—Yo no soy mamá, tonta —le dijo Žofie con cariño—. Mamá será la mujer que nos lleve a su casa.

Stephan, sin dejar de mirarlas, palpó el libreto que llevaba en la bolsa; una bolsa que también era de Mark.

—He escrito una nueva obra —dijo, reunió el valor, sacó la obra y se la entregó—. Pensé que podrías leerla y decirme qué te parece.

Ya estaba, por fin lo había dicho. Era lo que tenía que hacer.

Mientras ella hojeaba las páginas, Stephan tomó en brazos a Walter, se levantó y dejó a su hermano en pie sobre la arena, junto a él.

—¡Te echo una carrera! —le dijo, como solía decirle a él su padre en las vacaciones de verano en Italia.

Corrieron juntos hasta la orilla y Stephan resistió la tentación de mirar a Žofie-Helene hasta que estaban ya lejos, mientras Walter perseguía a un pájaro bajo los sorprendentes rayos de sol. Žofie estaba sentada con la bebé en su regazo, la cabeza inclinada sobre las páginas y la melena acariciando las palabras que había escrito solo para ella:

LA PARADOJA DEL MENTIROSO
de Stephan Neuman
ACTO 1, ESCENA 1

En la sala principal del campamento de verano Warner, los niños esperan sentados con más paciencia de la que debería tener ningún niño. Los posibles padres recorren las mesas como si buscaran unas chuletas para la cena, una pera sin magulladuras, una berenjena para colocar en un cuenco sobre la mesa, solo por las apariencias. Solo quedan los niños mayores, pues los pequeños fueron acogidos semanas atrás.

Lady Montague, alta y elegante, se aproxima a una hermosa adolescente, Hannah Berger, que tiene en brazos a un bebé.

Lady Montague: Qué bebé tan bonito. No eres su madre, ¿verdad? No podría separar a un bebé de su madre…

UN BEBÉ EN UN TREN

Stephan recogió del suelo la chaqueta de Walter y a Peter Rabbit, y llamó a su hermano, que estaba jugando al fútbol junto al edificio principal.

—Se suponía que no podías ensuciarte —le dijo.

—Adam dijo que podía ser el portero.

Stephan le metió la camisa sucia por dentro del pantalón y le ayudó a ponerse la chaqueta, cuyas mangas ya le quedaban demasiado cortas, pero era la mejor ropa que tenía. Le entregó a Peter Rabbit.

—De acuerdo —dijo—. Una vez más, Wall. Vamos.

—Buenas tardes —dijo Walter—. Es muy amable por su parte visitarnos.

En el edificio principal, Žofie ya estaba sentada a una de las mesas largas, con la niña en su regazo y un cuaderno abierto. La niña se había bañado y llevaba un vestido limpio que alguien había donado al campamento. Žofie se había dejado el pelo suelto, largo y ondulado.

—Hoy vamos a sentarnos a una mesa diferente, Wall —dijo Stephan.

Walter se quedó mirándolo durante unos segundos, como si pudiera leerle el pensamiento traidor.

—Peter quiere sentarse con Johanna —le dijo su hermano, se alejó hacia Žofie y la niña y se sentó junto a ellas.

—Esta es una demostración en la que estoy trabajando, Johanna —estaba diciéndole Žofie a la niña cuando Stephan se les acercó—. Verás, el problema es que...

Levantó la mirada hacia Stephan.

Él extendió el brazo por encima de Walter para quitarle las gafas.

—Es un bebé —dijo mientras le limpiaba las gafas sucias con el faldón de la camisa—. No sabe decir ni tres palabras.

—Mi padre decía que las matemáticas son como cualquier idioma —respondió ella—. Cuanto antes lo aprendes, más facilidad tienes. —Miró la ecuación a través de las gafas limpias y le dijo a la bebé—: Verás, el problema es —lo llamaremos «la Paradoja de Stephan»—, ¿el conjunto de todos los amigos que han sido desagradables entre sí y se niegan a disculparse siguen siendo amigos? Si se disculpan, entonces no son tan desagradables. Si no lo hacen, entonces no son amigos.

—Lo siento, Žofe —dijo Stephan—, pero no creo que los amigos se ayuden entre sí permitiendo que sigan ocurriendo las cosas que nos impiden encontrar un hogar. Había que decirlo.

Žofie le pasó la obra de teatro por encima de la mesa, con sus correcciones:

LA PARADOJA DEL MENTIROSO
de Stephan Neuman
ACTO 1, ESCENA 1

En la sala principal del campamento de verano Warner, los niños esperan sentados con más paciencia de la que debería tener ningún niño. Los posibles padres recorren las mesas como si buscaran unas chuletas para la cena, una pera sin magulladuras, una berenjena para colocar en un cuenco sobre la mesa, solo por las apariencias. Solo quedan los niños mayores, pues los pequeños fueron acogidos semanas atrás.

Lady Montague, alta y elegante, se aproxima a ~~una hermosa adolescente, Hannah Berger~~ un guapo adolescente, Hans Nieberg, que tiene en brazos a ~~un bebé~~ su hermano pequeño.
Lady Montague: Qué ~~bebé~~ niño tan bonito. No eres su ~~madre~~ hermano, ¿verdad? No podría separar a un ~~bebé~~ niño de su ~~madre~~ hermano…

Stephan se quedó sentado mirando las palabras.

—Lo siento —dijo Žofie-Helene con voz tranquila—, pero había que decirlo.

—¿Qué era lo que había que decir? —preguntó Walter.

Stephan dobló las páginas de la obra y las guardó en la bolsa. Le entregó a Walter un libro para leer y abrió su diario. Los domingos pasaban más deprisa desde que había decidido hacer algo en vez de quedarse allí sentado esperando a que los padres pasaran de largo en favor de otros recién llegados.

—¿Qué era lo que había que decir? —insistió Walter.

—Que incluso un maldito conejo de peluche podría escribir una obra mejor que la mía. Ahora lee en silencio, ¿quieres?

Walter se abrazó a su conejo.

—Lo siento —dijo Stephan—. Lo siento, Walter. Lo siento, Peter. —Acarició la cabeza del conejo. Qué bajo había caído para tener que disculparse con un conejo de peluche—. No quería hablar mal de tu capacidad para escribir, conejito.

Walter lo miró con sus largas pestañas, que ahora aparecían húmedas. Húmedas, pero no mojadas. Eso le dio ganas de llorar a él, no que a su hermano se le llenasen los ojos de lágrimas, sino que no llorase, que en tan solo unas pocas semanas se hubiera vuelto tan duro.

—Lo siento, Wall. De verdad, no quería que sonara así —le dijo—. Soy tan gruñón como el viejo Rolf, ¿verdad?

—Más gruñón —dijo Walter.

—Más gruñón —admitió. Se dirigió entonces a Žofie—. Mark Stevens me ha dicho que corre el rumor de que los organizadores van a cerrar el campamento.

Žofie, todavía algo contrariada, le dijo:

—¿Tu amigo el fanático de Zweig?

—Dijo la chica que ha memorizado todas las frases de Sherlock Holmes.

Aunque eso tampoco era justo. Žofie no memorizaba como la mayoría de la gente; simplemente leía y lo recordaba.

—Entonces, ¿tendrán que enviarnos con familias? —dijo Žofie.

—A pensiones, supongo. O escuelas.

Para finales de marzo, según le había dicho Mark, lo cual le parecía bastante específico para ser un rumor. Ese día era 12 de marzo. No creía que Walter y él pudieran ir a la misma escuela, de modo que aquella podría ser su última oportunidad de permanecer juntos.

—Me gustaría volver a ir a clase, ¿a ti no? —dijo Žofie—. Quizá pueda ir a Cambridge.

Lo que Mark había dicho era que los enviarían a escuelas especiales judías, pero Žofie no era judía, de modo que no sabía qué sería de ella.

—No creo que en Cambridge acepten a chicas con bebés —comentó.

Era cruel. Sabía que era cruel y que no debería haberlo dicho, se dio cuenta al ver que Žofie vacilaba con un símbolo de su cuaderno. Pero se negaba a ver lo que pensaba la gente; se negaba a ver que los posibles padres imaginaban que el bebé era suyo y quizá también de él, que era el bebé quien les impedía encontrar familia. Muchos padres querían al bebé hasta que les surgía la idea de que Johanna podría ser la hija de una chica «hecha una ruina», como sugiriera aquella mujer el día que llegaron a Dovercourt. No una chica dañada, sino hecha una ruina, incapaz de ser restaurada. Pero la ruina de Žofie no era lo que aquella mujer había imaginado.

Žofie estaba arruinada, al igual que Walter y él, por las circunstancias, por sus orígenes, por el hecho de que el mundo entero se quedaba de brazos cruzados cuando alguien tenía que rebelarse.

Žofie dejó el lapicero y dio un beso a Johanna en la coronilla.

—Su madre dijo mi nombre —susurró—. ¿Cómo la encontrará si no está conmigo?

Stephan se quedó mirando su diario y las palabras se emborronaron al imaginarse a su madre buscándolos a Walter y a él.

—Me pregunto si Peter estará cansado de tanto leer —consiguió decir, dirigiéndose al conejo—. ¿Y si os leo yo un rato?

Walter le devolvió el libro y se inclinó hacia él, siempre indulgente.

—Te pareces mucho a mamá, Walter —le dijo. Le pasó un brazo por encima, lo acercó a él y abrió el libro—. Siento haber sido un gruñón. De verdad, lo siento.

Los posibles padres empezaron a llegar y una elegante señora de mediana edad y su marido se les acercaron; la mujer se dirigió a la niña: «Hola, pequeña, ¿cómo te llamas?», mientras el marido se fijaba en el cuaderno de Žofie.

—¿Puedo verlo? —le preguntó a Žofie.

A Stephan le cayó bien. Casi todos los padres habrían dado por hecho que podían ver el trabajo de Žofie si así lo deseaban, o sus propios escritos.

—Es algo con lo que estoy jugueteando —respondió Žofie con un inglés mucho mejor que la primera vez.

El hombre, con cierta incredulidad («incredulidad» era una palabra que Stephan acababa de aprender; le encantaba su sonoridad), dijo: «¿Estás jugueteando con el axioma de elección?».

—¡Sí! ¿Lo conoce? —preguntó Žofie—. Es bastante polémico, por supuesto, pero no veo otra manera de explicar los conjuntos infinitos. ¿Y usted?

—Bueno, no es mi especialidad —respondió el hombre—. ¿Cuántos años has dicho que tienes?

—No lo he dicho. Lo haría, pero no me lo ha preguntado. Tengo casi diecisiete.

—Mira, cariño. Mira esto —dijo el hombre señalando el cuaderno de Žofie.

Su esposa no le había oído; estaba en el otro extremo de la sala, hablando con una voluntaria. Miró a su marido, sonrió y volvió corriendo.

Stephan vio que Žofie miraba a la mujer sin dejar de abrazar a Johanna. Normalmente ya le habría pasado el bebé al padre en cuestión. Sabía lo fácil que era enamorarse de la pequeña Johanna al tenerla en brazos, que cualquiera que la tuviera un rato querría llevársela a casa, y todos sabían que ese era el objetivo: encontrar unos padres que quisieran llevarlos a casa. Pero Žofie se limitó a abrazar a la niña. Deseaba a aquella familia, a aquel hombre que hablaba su idioma en lo relativo a las matemáticas aunque no fuese su especialidad. Stephan deseó saber tanto como sabía aquel hombre. Deseó poder hablar con Žofie sobre todos esos garabatos que aparecían en el papel cuadriculado. Deseó no haber escrito esa maldita obra, no haberla presionado. ¿Y si aquella familia la acogía? Quería que lo hicieran, claro que sí. Pero no podía soportarlo.

—Señor todopoderoso —le dijo la mujer a su marido en voz baja, como si fuera un secreto—. La bebé no tiene papeles. —Se volvió hacia la niña—. No tienes papeles, ¿verdad? —Siguió hablando con el marido—. Es complicado, lo sé, pero… bueno, podríamos pedirle a mi hermano Jeffrey que… que elabore un certificado de nacimiento, ¿verdad? Me refiero a si… si nadie la reclama. Debe de ser huérfana. ¿Quién enviaría a un bebé desde Alemania con unos desconocidos?

Su marido miró a Žofie-Helene. El marido se la llevaría, Stephan estaba seguro de ello. El marido preferiría llevarse a Žofie. ¿Por qué no lo decía?

Žofie, que evidentemente estaba intentando no llorar, le entregó a Johanna a la mujer, como hacía cada semana, salvo que en general tenía los ojos secos.

La niña tocó la cara de la mujer y se rio.

—Ay, podría quererte tanto —comentó la mujer.

—¿Es tu… es tu hermana? —le preguntó el marido a Žofie.

Žofie-Helene, incapaz de hablar, se limitó a negar con la cabeza.

—¿Cómo se llama, cielo? —preguntó la mujer.

—Johanna —murmuró Žofie.

—Ay, podría quererte tanto, pequeña Anna —dijo la mujer—. Voy a quererte mucho.

—¿Y el apellido? —preguntó el hombre.

Žofie no respondió. Miró a Stephan a través de sus gafas sucias. Si intentaba hablar, seguro que lloraría.

—No lo sabemos —intervino Stephan—. Era solo un bebé en el tren. Estaba allí, en una cesta, después de que cerraran la puerta.

HERMANOS

Stephan esperaba en el edificio principal con Walter, que se aferraba a su maleta y a Peter Rabbit. Žofie esperaba con ellos; estaban los tres junto a la puerta, que se encontraba abierta para dejar entrar la luz de aquella tarde de primavera, del mismo modo en que Walter y él habían esperado con ella cuando los padres acudieron a recoger a Johanna dos días antes, aunque aquel día llovía y hacía frío, y la puerta estaba cerrada.

—Le prometiste a mamá que iríamos juntos con una familia —dijo Walter.

—Lo sé, se lo prometí a mamá —convino Stephan, y comenzó de nuevo con la explicación—. Pero ahora tengo dieciocho años y debo trabajar. Soy demasiado mayor para irme con una familia y todavía no puedo cuidar de ti. Pero pensaré en ti todos los días y tú estarás muy ocupado en tu nueva escuela. Te visitaré los fines de semana. Los Smythe han dicho que puedo ir a verte todos los fines de semana. Y, cuando haya ahorrado algo de dinero, conseguiré un apartamento e iré a buscarte, y volveremos a vivir juntos, ¿de acuerdo?

—¿Y mamá también?

Stephan apartó la mirada y se fijó en la pizarra. «Walter Neuman» aparecía ahora en la lista de niños a los que les habían encontrado un hogar. La radio estaba puesta, sonaba música en inglés con un presentador inglés, para ayudarles a todos a aprender. En

485

realidad, no sabía nada de su madre. Nada certero. Todas sus cartas llegaban desde Checoslovaquia y hablaban de la vida en Viena; el único sentido que le encontraba a aquello era un sentido que no deseaba conocer, un sentido que su madre no habría querido que le contara a Walter, y menos ese día.

—Iré a visitaros en cuanto pueda —le prometió—. A Peter y a ti.

—¿Y Žofie vendrá también? —Walter giró a Peter Rabbit para que mirase a Žofie—. ¿Vendrás a visitarnos, Žofie? —preguntó con la voz del conejo—. La señora Smythe dice que podemos visitar el Tower Bank Arms, de *Jemima Puddle-Duck*. Pero no el cuento, sino el sitio de verdad.

Había un largo trayecto desde Cambridge hasta el Distrito de los Lagos, donde vivía la familia de acogida de Walter. Y estaba aún más lejos de Chatham, donde Stephan asistiría a la Escuela Real de Ingeniería Militar; no como estudiante, sino para realizar algunos trabajos. No le habían dicho en qué consistiría, pero tendría dos días libres a la semana, tiempo suficiente para tomar el tren a Windermere y volver si partía nada más terminar el trabajo.

—Žofie va a estar muy ocupada —dijo Stephan. El padre de acogida que se había quedado con Johanna había conseguido que Žofie estudiara matemáticas en Cambridge, donde él impartía clase.

—Iré a visitaros a Peter y a ti —le prometió Žofie, y les dio un beso en la mejilla primero a Peter Rabbit y después a Walter—. Y quizá Stephan pueda traeros a visitarme. O podríamos vernos en Londres, ¡en el número 221B de Baker Street!

Llegaron entonces los Smythe, en un sedán negro Standard Flying Nine de cuatro puertas, manchado por el trayecto. El vehículo apenas se había detenido cuando el señor Smythe se bajó y corrió a abrirle la puerta a la señora Smythe. Cuando se acercaron, Stephan le dio un abrazo a su hermano. No había imaginado lo difícil que sería aquel momento.

—¿El señor Rabbit está preparado para una nueva aventura? —preguntó el señor Smythe.

—¿Lo prometes, Stephan? —preguntó Walter.

Stephan tragó saliva para intentar aliviar el nudo que tenía en la garganta. ¿De qué servía una promesa? Le había prometido a su madre muy poco, y aun así la había decepcionado.

Walter acercó la cara de Peter a la mejilla de Stephan e hizo el ruido de un beso.

Stephan lo tomó en brazos y lo apretó con fuerza una última vez.

—Lo prometo —dijo.

Dejó a Walter en el suelo y le quitó la etiqueta con el número 522.

—Ahora vete, Wall. Y recuerda, nada de mirar atrás.

Giró entonces a su hermano hacia los Smythe.

El señor y la señora Smythe le dieron la mano, el señor Smythe también agarró la mano de Peter Rabbit. Comenzaron a charlar alegremente sobre el bonito dormitorio que tenían preparado para Walter y Peter en su nuevo hogar de Ambleside, no lejos de una casita de la que se decía que era la más pequeña del mundo. Ahora que el clima empezaba a mejorar, podrían llevar a Peter al lago. Podrían subir las bicicletas al ferri para ir a Mitchell Wyke Ferry Bay e ir en bici hasta Near Sawrey para ver los lugares que aparecían en los cuentos de la señora Potter.

—Peter no sabe montar en bici —dijo Walter.

—Hemos puesto una cesta en el manillar de tu bici para que se monte —le aseguró el señor Smythe.

—¿Voy a tener una bici? —preguntó Walter.

—Ya la tenemos preparada —confirmó el señor Smythe—. Dijiste que tu color favorito es el azul, como el abrigo de Peter, así que te hemos comprado una azul.

—Yo tampoco sé montar en bici —admitió Walter.

El señor Smythe lo tomó en brazos y, mirando a Stephan, le

susurró en voz alta para que Stephan lo oyera: «Yo te enseñaré, ¡para que podamos sorprender a Stephan cuando venga de visita! ¿Stephan sabe montar en bici?».

—Stephan lo sabe todo —respondió Walter—. Es incluso más listo que Žofie-Helene.

Se subieron entonces al coche y Walter miró por la ventanilla sujetando a Peter Rabbit. Stephan apretó con el puño el número de su hermano mientras Žofie le estrechaba la otra mano.

—No se lo has dicho —le dijo ella con cariño.

No respondió. No podía responder. No podía pronunciar una sola palabra. Pero estaba cumpliendo una especie de promesa a su madre, que no había querido que Walter lo supiera, que no había querido que lo supieran ninguno de los dos. Estaba cumpliendo una especie de promesa a su madre mientras veía el coche pasar por debajo del cartel del campamento de verano Warner y desaparecer por la carretera.

LA PARADOJA DE KOKOSCHKA

En realidad no había cola en la pequeña oficina de correos del campamento aquella mañana, dado que casi todos los niños habían sido reubicados con familias. Žofie no tuvo que esperar a que la administradora del correo le entregara su botín del día: una carta de su madre y otra distinta de Jojo. En cambio, la administradora le pidió a Stephan que esperase. Mientras Žofie esperaba con él, abrió la carta de Jojo, que no eran palabras, sino un dibujo de todos ellos juntos dentro de un corazón; mamá, el abuelo, la abuela Betta y la propia Žofie.

La administradora regresó con una carta para Stephan de su madre, que siempre le entristecía. Žofie habría escrito a su abuelo para decirle que dejase de enviárselas, pero pensaba que lo único que podría entristecer a Stephan más que recibir las cartas de su madre desde la tumba sería el día en el que dejase de recibirlas.

Aquel día había llegado además un intrigante paquete para él: una caja estrecha que medía de largo casi lo mismo que ella.

—Tiene matasellos de Shanghái —dijo Žofie—. Debe de ser de tu tía Lisl. ¡Venga, ábrela!

Stephan dejó el paquete sobre la mesa larga y vacía donde solían comer juntos y escribir en sus cuadernos —Žofie matemáticas y Stephan obras de teatro— mientras esperaban a que los posibles padres pasaran de largo. Abrió el paquete con cuidado. Dentro había un sobre pegado a un rollo de algo envuelto en papel de carnicero. Separó el sobre y lo leyó.

Žofie le tocó el brazo con cariño cuando las lágrimas comenzaron a resbalar por sus mejillas. Le entregó la carta y ella también la leyó:

Querido Stephan:

Siento tener que darte la triste noticia del fallecimiento de tu madre. Debes de saber lo mucho que te quería.

Espero que sepas lo mucho que te quiero yo también; a ti y a Walter. Os quiero como querría a mis propios hijos. Rezo para que llegue el día en que termine esta desgracia y podamos estar juntos de nuevo.

Estoy preocupada por ti, Stephan. Sé que ya tienes dieciocho años y que tal vez te consideren demasiado mayor para enviarte con una familia. Tienes mucho talento. Sé que encontrarás trabajo. Pero tu madre habría querido que continuaras estudiando. De modo que te envío adjunto lo que Michael me envió aquí a Shanghái. Es lo único de valor que tengo para mandarte. Encuentra al artista, Stephan. Ahora vive en Londres. Abandonó Praga para irse a Londres el año pasado, pero es de Viena. Dile que eres mi sobrino, dile que eres hijo de tu madre y de tu padre, y él te ayudará a encontrar un buen marchante.

Sé que no querrás venderlo, pero te prometo que tengo el retrato de tu madre y que algún día te lo haré llegar. Este, Stephan, debes venderlo. Sé que querrás quedártelo por mí, pero me alegraré por aquel que lo tenga. Significará que esa persona te habrá permitido ir a la universidad, que te habrá permitido prosperar.

Te quiere,
tía Lisl.

Žofie sabía lo que contenía el paquete incluso antes de que Stephan sacara el lienzo de la caja y desenrollara el retrato de su tía Lisl con las mejillas rasgadas. Inquietante y elegante. El rubor y la herida.

LAS TROPAS ALEMANAS ENTRAN EN CHECOSLOVAQUIA

Hitler da un discurso desde el castillo de Praga
Por Käthe Perger

PRAGA, CHECOSLOVAQUIA, 16 de marzo, 1939. A las 3.55 de la madrugada de ayer, tras una reunión en Berlín con Adolf Hitler, el presidente Hácha puso el destino del pueblo checoslovaco en manos del Reich alemán. Dos horas más tarde, el ejército alemán cruzó la frontera en mitad de una tormenta de nieve, seguido anoche por un convoy de diez vehículos que trasladó hasta Praga al propio Hitler. Hitler fue recibido no por una multitud entusiasta, sino por unas calles desiertas. Pasó la noche en el castillo de Hradčany, desde donde dio un discurso hoy…

EN LA ESTACIÓN DE TREN DE PRAGA, 1 DE SEPTIEMBRE, 1939

Käthe Perger observó la carita de Johanna por la ventanilla del vagón hasta que ya no pudo ver a su hija. Junto a los demás padres, vio desaparecer el tren y después el espacio vacío donde había estado. Se quedó mirando mientras los demás padres se dispersaban, hasta quedarse casi sola, antes de dirigirse hacia la cabina telefónica.

Cerró la puerta de cristal, marcó el número de la operadora para larga distancia y le dio el número de Žofie en Cambridge; un número que Žofie le había enviado en su última carta. Žofie-Helene estudiando matemáticas en Cambridge. Quién lo hubiera dicho. Introdujo el número de monedas que le especificó la operadora y el teléfono comenzó a sonar muy deprisa al otro lado de la línea.

Respondió una chica británica y, cuando la operadora preguntó por Žofie-Helene Perger, la chica dijo que iría a buscarla. Käthe escuchó el ruido del auricular al dejarlo sobre la mesa y los sonidos lejanos de la vida de Žofie en ese otro mundo.

Desde el otro extremo de la estación de Praga, mientras Käthe esperaba para hablar con Žofie, dos agentes de la Gestapo con perros encadenados se dirigieron hacia ella.

—¡Por favor! —gritó al auricular—. ¡Por favor! ¡Dígale a Žofie que su hermana va de camino! ¡Dígale que Johanna acaba de salir de Praga en tren!

—¿Mamá? —preguntó una voz, la voz de Žofie. Käthe tuvo que hacer un esfuerzo por no llorar.

—Žofie-Helene —dijo con toda la calma que pudo.

—¿Johanna viene a Inglaterra?

—Acaba de salir su tren —le explicó con rapidez—. Tiene una familia, de modo que será enviada directamente a la estación londinense de Liverpool Street, donde la recogerá la familia. Debería llegar a las once de la mañana del tres de septiembre. Si estás allí, podrás verla y conocer a su familia. Podrás estar allí, ¿verdad? Ahora tengo que colgar. Tengo que dejar que otros padres usen el teléfono.

No había otros padres. Solo estaban los de la Gestapo, uno de los cuales abrió la puerta de la cabina.

—Te quiero, Žofie-Helene —dijo—. Siempre te querré. Recuérdalo. Recuérdalo siempre.

—¿A ti también te van a dar un visado, mamá? —preguntó Žofie—. ¿Y al abuelo Otto?

—Te quiero —repitió Käthe, y dejó el auricular en su lugar con la misma delicadeza que si se tratara del bebé que había sido Žofie-Helene en otra época, un bebé en su cuna con toda la vida por delante.

—¿Käthe Perger? —oyó que decían, se dio la vuelta lentamente y contempló a los agentes situados frente a la cabina. Pero sus hijas estaban ya a salvo. Eso era lo único que importaba. Žofie y Johanna estaban a salvo.

FACULTAD NEWNHAM, CAMBRIDGE

Žofie-Helene habló al auricular del teléfono del pasillo. «Sí, en la estación de Liverpool Street pasado mañana, el tres». Escuchó y después respondió: «Lo sé. Yo también».

Colgó el teléfono y regresó a la abarrotada sala de estudios, donde algunas de las otras chicas levantaron la mirada cuando volvió a ocupar su silla a la mesa, sobre la que había una demostración matemática escrita con su letra.

—¿Todo bien, Žofe? —le preguntó su compañera de habitación, sentada junto a ella.

—Viene mi hermana —respondió—. Le han encontrado una familia y mi madre acaba de montarla en un tren que ha salido de Praga. Llegará a Londres pasado mañana y puedo verla en la estación de Liverpool Street y conocer a su familia antes de que se la lleven a su casa.

—¡Eso es maravilloso, Žofie! —exclamó su compañera dándole un abrazo.

—Lo es —respondió Žofie, y aun así no se sentía de maravilla. No le había parecido que su madre estuviese bien. Aunque, claro, para ella debía de haber sido duro despedirse de Jojo. Deseó que su madre y su abuelo pudieran ir también, y la abuela Betta. Deseó que su padre pudiera ir, aunque eso fuese imposible.

—¿Quieres que te acompañe? —le preguntó su compañera—. Puedo ir en tren contigo.

—Eh… Gracias, pero un amigo de Viena que estudia literatura en el University College se reunirá conmigo allí.

Su amiga arqueó una ceja. Žofie se limitó a sonreír y siguió con su demostración.

Žofie había cenado ya y estaba otra vez en la sala de estudio junto a algunas de las chicas cuando la gobernanta entró y encendió una radio.

—Chicas, creo que querréis dejar a un lado vuestros estudios para escuchar las noticias —dijo.

La voz era de Lionel Marson, de la BBC; Lionel, qué nombre tan gracioso, pensó Žofie. Intentó que no le entrara el pánico, no imaginarse todas las cosas horribles que había estado imaginándose desde que su madre le colgara el teléfono sin siquiera esperar a que ella le dijera que también la quería.

—… Alemania ha invadido Polonia y ha bombardeado muchos pueblos —estaba diciendo Lionel Marson—. Se ha ordenado la movilización general en Gran Bretaña y Francia. El Parlamento ha sido convocado a las seis de esta tarde. En una reunión del Consejo de Estado, el rey ha firmado las órdenes para llevar a cabo la movilización del ejército, de la armada y de las fuerzas aéreas…

—¿Está diciendo que Inglaterra y Francia están en guerra con Alemania? —le preguntó Žofie a su compañera de habitación.

—Aún no. Pero dice que estamos a punto de entrar en guerra.

ESTACIÓN LONDINENSE DE LIVERPOOL STREET: 3 DE SEPTIEMBRE, 1939

Žofie bajó del vagón entre el vapor y los sonidos del choque de metal contra metal. En el caos de la estación de Liverpool Street, con gente yendo de un lado a otro, el reloj marcaba las 10.43. Estaba escudriñando la estación con la mirada en busca de Stephan cuando este la rodeó por detrás.

—¡Stephan! ¡Aquí estás! —Se dio la vuelta, le rodeó el cuello con los brazos y lo besó, sorprendiéndose a sí misma.

Pero él le devolvió el beso, y volvió a besarla.

Le quitó las gafas y la besó una vez más, un beso largo que provocó miradas de desaprobación. Pero Žofie ni siquiera se dio cuenta de las miradas al principio, y al hacerlo, cuando el beso hubo terminado, tampoco le importó. Estaba acostumbrada a las miradas de desaprobación. Incluso en Cambridge, la gente la miraba con desconfianza cuando hablaba. Y, si bien no era tan refinada y elegante como la Mary Morstan del doctor Watson, ahora entendía lo que antes era solo algo teórico: lo que se sentía al poder expresar unos sentimientos que se había guardado para sí.

—Creo que si tu tren hubiera llegado más tarde, Žofe, me habría muerto esperando —le dijo Stephan.

Le limpió las gafas con el faldón de la camisa, volvió a ponérselas y le dirigió una sonrisa torcida. «Estaba buscando el tren de

Johanna, pero aún no han anunciado la vía», le explicó. «Llegará en cualquier momento».

Žofie le dio la mano mientras atravesaban el andén hacia la estación, y él aún tenía los dedos entrelazados con los suyos cuando se fijaron en un cartel giratorio que anunciaba una llegada desde Harwich, el tren de Jojo. Esperaron en un extremo del andén mientras los pasajeros desembarcaban: mujeres y soldados, y madres con sus hijos. Žofie se sentía más feliz incluso que cuando supo que estudiaría en Cambridge.

—Debo de haberme equivocado de tren —dijo cuando terminaron de bajar los pasajeros.

Johanna no estaba. No viajaba ningún niño solo.

—Todos cometemos errores —respondió Stephan sin darle importancia—. Incluso tú, Žofie. Llamaremos para saber cuál es el tren correcto.

—¿Y si ya ha llegado y se ha marchado? —preguntó Žofie.

—Entonces encontraremos la manera de llegar hasta la casa de su familia.

Stephan se mostraba muy tranquilizador.

—Incluso cuando no estás conmigo en Cambridge —le dijo ella—, saco tus cartas y vuelvo a leerlas. Siempre me hacen sentir mejor.

—Nadie dice cosas como esa, Žofe —respondió él.

—¿Por qué no?

Stephan soltó aquella carcajada tan amplia y hermosa.

—No lo sé —dijo—. Pero bueno, yo también releo tus cartas.

Stephan vaciló. No quería deshacerse del collar del infinito de Žofie-Helene, pero se lo sacó del bolsillo y desenmarañó la cadena.

—¡Mi collar! —exclamó Žofie.

Stephan habría dado cualquier cosa por ver esa alegría en su rostro; incluso aquel pedazo frío de oro que había toqueteado tantas veces desde que Žofie se lo diera en la estación de tren de Viena, desde que él lo sacara de la costura del asiento del tren al primer «¡Hurra!».

—Quería habértelo dado antes —le dijo—. Debería habértelo dado ya, pero… quería guardarme un pequeño pedazo de ti.

Žofie-Helene le dio un beso en la mejilla y dijo: «¿Sabes, Stephan? Nadie dice cosas como esa».

—¿Por qué no? —preguntó él.

—No tengo ni idea.

Stephan agarró el collar, se lo puso al cuello y cerró el enganche para dejarlo allí donde pertenecía, sobre su preciosa piel.

—La mayoría de nosotros dice lo que dice todo el mundo, o no decimos nada por miedo a quedar como idiotas —comentó.

—Pero tú no —le dijo ella.

Le vino a la cabeza una frase de Zweig que había leído la noche anterior: *Ni en mil años se recuperará algo que se perdió en una sola hora.* Se había pasado la mitad de la noche leyendo, incapaz de dormir sabiendo que iba a ver a Žofie-Helene. Había intentado pensar qué le diría, cómo decirle que la quería. Pero entonces ella le había besado, antes de que pudiera decir una sola palabra.

Vaciló, sin querer romper el hechizo de su cariño, aunque tenía que ser sincero, que ella lo supiera todo.

—La verdad es que sí —le dijo—. Saludé a las tropas alemanas el día que entraron en Viena, Žofe.

Esperó a que ella se sorprendiera, o se horrorizara, o que simplemente se decepcionara. ¿Cómo había podido saludar a los soldados que habían ido a asesinar a su padre? Entonces no sabía que habían venido para eso, pero sí sabía que no debía saludarlos, sabía que nadie en Austria debería saludar a las tropas que los habían invadido. Pero Žofie volvió a darle la mano y se la apretó.

Él le tocó el colgante con el dedo y le acarició la piel.

—¿Tu padre era matemático? —preguntó.

—Se le daban bien las matemáticas, pero era escritor, como tú. Decía que sería mejor matemático, pero los escritores eran más importantes ahora, por Hitler.

Caminaron juntos hasta una cabina de teléfono roja. Mientras esperaban a que un hombre terminara su llamada, se oyó una voz por el altavoz de la estación. Era el primer ministro Neville Chamberlain diciendo: «Esta mañana, el embajador británico en Berlín entregó al gobierno alemán una última nota asegurando que, si a las once en punto no recibíamos noticias de que estuvieran dispuestos a retirar sus tropas de Polonia, se declararía el estado de guerra entre nosotros».

Toda la nación quedó en silencio. El hombre de la cabina salió y se quedó junto a ellos. Stephan miró el reloj con un nudo en el estómago. Ya habían pasado las once de la mañana.

—Debo decirles —continuó Chamberlain— que no hemos recibido dicha promesa y que, por lo tanto, este país está en guerra con Alemania.

Sin soltarle la mano a Žofie, Stephan entró en la cabina y marcó el número de la operadora. El teléfono sonó y sonó mientras Chamberlain decía: «… Que Dios les bendiga a todos. Que defienda el bien. Debemos luchar contra el mal —contra la fuerza bruta, la mala fe, la injusticia, la opresión y el acoso— y contra el mal estoy seguro de que prevalecerá el bien».

En el silencio posterior a las palabras del primer ministro, empezó a oírse un suave murmullo por toda la estación. Solo entonces dejó de sonar el teléfono y una voz, con un sollozo contenido, dijo: «Operadora. ¿En qué puedo ayudarle?».

—Con el Movimiento para el Cuidado de los Niños de Alemania, por favor —dijo Stephan, casi sin habla—. Creo que están en Bloomsbury.

Metió a Žofie en la cabina con él, cerró la puerta y la rodeó con un brazo. Inclinó el auricular para que ella también pudiera oírlo.

—Sí, hola. Llamo por el tren que traía a los niños a Londres desde Praga —dijo.

PARÍS: 10 DE MAYO, 1940

Truus se hallaba sentada en el balcón del piso de Mies Bois-sevain-van Lennep en París, con un mapa entre ellos. De fondo sonaba la radio, pero no le prestaban mucha atención. Estaban discutiendo sobre dónde llevaría al mundo la agresión de Alemania.

—Pero los alemanes, con su comunicación inalámbrica y su movilidad, pueden coordinarse —dijo Mies—. Observan un punto débil y pueden compartir la información y...

Dejaron de hablar al darse cuenta de lo que estaban diciendo por la radio: «... En vista del intolerable ataque alemán a Holanda, un ataque iniciado sin previo aviso, el gobierno holandés declara desde este momento un estado de guerra entre el Reino y Alemania».

Truus dejó su taza y se puso en pie.

—No será seguro regresar, Truus —le dijo Mies—. Joop conseguirá salir. Probablemente esté...

—Pero, Mies —respondió Truus—, quedan aún muchos niños en Holanda.

IJMUIDEN, HOLANDA: 14 DE MAYO, 1940

El autobús lleno de niños se detuvo junto al Bodegraven. Truus se volvió para mirar el segundo autobús, el de Joop, que se detuvo tras ellos en los muelles. Se apresuró a levantar a la pequeña Elizabeth del regazo de su hermana mayor, diciendo: «Rápido, niños. Daos prisa».

Los niños se bajaron de los autobuses, apremiados por los voluntarios; setenta y cuatro niños sin tarjetas identificativas para entrar en Gran Bretaña, pero Truus dejaría que los británicos se encargaran de eso.

—Mira, Elizabeth —dijo—. ¿Ves ese barco?

—Está muy sucio —respondió la niña.

Truus le quitó las gafas sucias, se las limpió y volvió a ponérselas.

—¿Sigue sucio?

—¡Sí! —exclamó la niña riéndose—. ¡Está sucio!

—Bueno, sí que lo está —le dijo Truus, pensando que, en ese mundo del revés, solo los niños decían la verdad—. Suele transportar carbón, pero te llevará a Inglaterra, y allí podrás saludar de mi parte a la princesa Elizabeth.

—¿Como mi nombre? —preguntó Elizabeth.

—Y tiene una hermana que se llama Margaret, como tu hermana, salvo que la suya es menor y la tuya es mayor.

—¿Y las princesas irán a recibir a nuestro barco, Tante Truus? —preguntó la hermana de la niña.

Truus le acarició el pelo. La niña la miró con unos ojos preocupados tras las gafas manchadas, como las de su hermana pequeña, unas gafas que le recordaron a Žofie-Helene Perger. Era binario, la niña lo había entendido. La vida entera era ahora binaria. El bien y el mal. Lo correcto y lo incorrecto. Luchar o rendirse. Esta vez iban a la guerra sin tener la opción de mantenerse neutrales.

—¿Y si nadie nos acoge? —preguntó la pequeña Elizabeth—. ¿Podremos quedarnos contigo, Tante Truus?

—Ay, Elizabeth. —Truus le dio un beso, y otro, y otro más, y se acordó de Helen Bentwich en Harwich cuando le preguntó si estaba segura de no querer llevarse al bebé de vuelta a Ámsterdam. No era con el bebé con quien Truus había deseado quedarse.

—Aunque las princesas reales no vayan a recibiros —les dijo a Elizabeth y a su hermana—, alguien os buscará una buena familia que cuidará de vosotras, una madre que os dé amor.

Besó a aquellos últimos setenta y cuatro niños para despedirse de ellos, dirigiéndose a ellos por sus nombres mientras los enviaba hacia el barco.

Se quedó mirando cómo embarcaba el último de ellos, llorando ahora que no podían verla, tratando de no pensar que lo que les había prometido a las dos hermanas podría no ser cierto. La alternativa, quedarse en Holanda, era ahora insostenible. En La Haya, mientras Truus y Joop se despedían de aquellos últimos niños, el gobierno estaba dando al ejército holandés la orden de rendirse ante Alemania.

Joop le pasó un brazo por la cintura y juntos vieron zarpar el barco, con los niños que agitaban la mano desde la cubierta, gritando: «¡Te queremos! ¡Te queremos, Tante Truus!».

CUARTA PARTE

Y ENTONCES...

Unos diez mil niños, tres cuartos de los cuales eran judíos, encontraron refugio en Inglaterra gracias a los héroes de la vida real implicados en el Kindertransport, incluyendo Geertruida Wijsmuller y su marido Joop, de Holanda; Norman y Helen Bentwich, de Inglaterra; y Desider Friedmann, de Austria, que murió en Auschwitz en octubre de 1944. Los niños rescatados llegaron a ser importantes artistas, políticos, científicos e incluso, como Walter Kohn, de dieciséis años, rescatado de Viena por Tante Truus, ganadores del Nobel.

El último ferri con setenta y cuatro niños zarpó de Holanda el 14 de mayo de 1940, el día en que los holandeses se rindieron ante Alemania. A comienzos de esa misma primavera, muchos de los chicos mayores que habían llegado a Inglaterra fueron internados por los británicos, a veces con prisioneros de guerra nazis; muchos se unieron después a las fuerzas Aliadas.

Los intentos por efectuar traslados similares a Estados Unidos, mediante la Ley Wagner-Rogers presentada en el Congreso en febrero de 1939, se toparon con la oposición antiinmigración y antisemita. Una nota del 2 de junio de 1939 que buscaba el apoyo del presidente Roosevelt para llevar a cabo los traslados aparece escrita de su puño y letra con *No tomar medidas. FDR.*

El escritor Stefan Zweig, entre los autores más populares del mundo en los años 30 y principios de los 40, abandonó el exilio en Inglaterra por el exilio en Estados Unidos y, por último, el exilio en Petrópolis, en las montañas al norte de Río de Janeiro. Allí terminó sus memorias, *El mundo de ayer*, y su última historia, que envió a su editor el 22 de febrero de 1942. Al día siguiente, desesperados por la guerra, el exilio y el futuro de la humanidad, su segunda esposa y él, sin soltarse la mano, se suicidaron.

El sistema de Adolf Eichmann para despojar a los judíos de Viena de sus riquezas y de su libertad se convirtió en el modelo a seguir en todo el Reich. Supervisó deportaciones masivas a campos de exterminio. Después de la guerra, huyó a Argentina, donde fue capturado en 1960, juzgado en Israel y declarado culpable de crímenes de guerra. Fue ahorcado en 1962.

En el último Kindertransport desde el Reich alemán —el noveno desde Praga— embarcaron 250 niños el 1 de septiembre de 1939, el día en que Alemania invadió Polonia y comenzó la Segunda Guerra Mundial. Nunca llegó a Holanda. El destino de esos niños se desconoce.

La mayoría de los niños rescatados en el Kindertransport no volvió a ver a sus padres.

Geertruida Wijsmuller —Tante Truus— permaneció en Holanda durante toda la ocupación nazi, trasladando a niños judíos escondidos a Suiza, la Francia de Vichy y España. Arrestada por la Gestapo una segunda vez en 1942, volvió a ser puesta en libertad, como lo había sido en Viena. Una necrológica la describía como *Madre de 1001 niños que dedicó su vida a rescatar a niños judíos.*

AGRADECIMIENTOS

Mi camino para escribir esta novela comenzó una tarde de hace más de diez años, cuando mi hijo, que por entonces tenía quince años, volvió a casa del Teatro Infantil de Palo Alto; Michael Litfin, un director con el que Nick trabajaba, había tenido la idea de que un pequeño grupo de muchachos del teatro a los que tanto quería podrían aprender sobre el Kindertransport y escribir una obra al respecto. Mi hijo —generalmente muy locuaz—, se mostraba muy callado cuando volvió a casa después de la primera de cuatro entrevistas que sus amigos del teatro y él habían tenido con Ellen Fletcher, Helga Newman, Elizabeth Miller y Margot Lobree. Cuando Michael murió pocos meses después a causa de un cáncer de estómago, la directora del teatro, Pat Briggs, le prometió en su lecho de muerte que sacaría la historia adelante. Pat, hacia el final de su vida, cuando los niños ya habían crecido y se habían dispersado, me permitió hacerme cargo de la historia a mi manera. Guardaba en el corazón el silencio de mi hijo mientras escribía esta historia y, junto a eso, el amor de sus directores hacia los niños a los que educaron.

Este libro está inspirado en Truus Wijsmuller Meijer y pretende honrarla a ella y a los niños a quienes rescató, además de a todas esas personas que hicieron posible el Kindertransport. He hecho todo lo posible por mantenerme fiel al espíritu de los hechos del Anschluss, de la Noche de los Cristales Rotos y del rápido cambio

505

que tuvo lugar en la sociedad vienesa en los pocos meses que transcurrieron entre ambos acontecimientos, incluyendo el papel del por entonces joven y ambicioso Adolf Eichmann, y los esfuerzos de Truus y de los británicos por lograr efectuar aquel primer Kindertransport desde Austria. Pero esta es una obra de ficción, de modo que me he tomado pequeñas libertades por el bien de la historia. Los historiadores de corazón descubrirán, por ejemplo, que Helen Bentwich, si bien contribuyó a hacer posible el Kindertransport, no viajó a Ámsterdam con su marido, Norman, para convencer a Truus, y que fue Lola Hahn-Warburg y no Joop quien organizó los ferris desde Hoek van Holland hacia Harwich. Leí y releí *Geen Tijd Voor Tranen*, de Truus, y aun así gran parte de la personalidad de Truus que se muestra en esta novela es producto de mi imaginación, sacado de aquel relato sobre su vida.

Como me sugirió una vez Melissa Hacker, de la Kindertransport Association, «algunos detalles de la operación del Kindertransport siguen sin estar claros». Los testimonios varían, incluso en lo relativo a la fecha en la que el primer Kindertransport salió de Viena. Tanto el *Times of London* como el *New York Times* informaron en artículos muy breves que el primer tren salió de Viena el 5 de diciembre de 1938; el mismo día en el que la propia Truus escribe que conoció a Eichmann. El testimonio de Truus, más detallado, cuenta que partió hacia Viena el 2 de diciembre, que conoció a Eichmann aquel lunes (que sería el 5 de diciembre), y que después lo preparó todo para que los niños abandonaran Viena en *sabbat*, llegaran a Colonia a las 3.30 del domingo (11 de diciembre) y viajaran en ferri durante la noche desde Hoek van Holland aquel mismo día. El Museo del Holocausto de Estados Unidos cuenta que el primer Kindertransport desde Viena llegó a Harwich el 12 de diciembre de 1938, lo cual concuerda con el relato de Truus; y esa es la línea temporal que al final decidí utilizar.

Otras fuentes que consulté además de la autobiografía de Truus y las entrevistas con el Teatro Infantil incluyeron materiales *online* e información *in situ* en el Museo del Holocausto de Estados Unidos; entrevistas de la Biblioteca Tauber sobre el Holocausto en el Centro del Holocausto de Familias Judías y Servicios Sociales de San Francisco; «Entrevista con Geertruida (Truus) Wijsmuller—Meijer, 1951, Instituto de Documentación de Guerra de los Países Bajos (NIOD), Ámsterdam»; *Into the Arms of Strangers*, de Mark Harris y Jonathan y Deborah Oppenheimer; *My Brother's Keeper*, de Rod Gragg; *Never Look Back*, de Judith Tydor Baumel-Schwartz; *Nightmare's Fairy Tale*, de Gerd Korman; *Rescuing the Children*, de Deborah Hodge; *Children's Exodus*, de Vera K. Fast; *The Children of Willesden Lane*, de Mona Golabek y Lee Cohen; *The Thousand Children*, de Anne L. Fox y Eva Abraham-Podietz; «Tocados por el viaje del Kinderstransport», de Colin Dabrowski; «Los niños de Tante Truus», de Miriam Keesing; y «El Kindertransport: Historia y Memoria», de Jennifer A. Norton, su tesis para el máster de Historia de la Universidad Estatal de California en Sacramento. También fueron de gran utilidad *The Found Refuge*, de Norman Bentwich; y *Men of Vision: Anglo-Jewry's Aid to Victims of the Nazi Regime 1933-1945*, de Amy Zahl Gottlieb; además de películas como *Defying the Nazis: The Sharps' War*, de Ken Burns; *The Children Who Cheated the Nazis*; *Nicky's Family*; y la película de Melissa Hacker sobre su madre, *My Knees Were Jumping*.

Otras fuentes incluyen *El mundo de ayer*, de Stefan Zweig, además de sus obras de ficción; la conmovedora *La liebre con ojos de ámbar*, de Edmund de Waal; *The Lady in Gold*, de Anne-Marie O'Connor; *The Burgtheater and Austrian Identity*, de Robert Pyrah; *Becoming Eichmann*, de David Cesarani; *If It's Not Impossible: The Life of Sir Nicholas Winton*, de Barbara Winton; *Whitehall and the Jews, 1933-1948*, de Louise London; *Eichmann Before Jerusalem*, de Bettina Stangneth; *50 Children*, de Steven Pressman; *Gödel. Paradoja y vida*, de Rebecca Goldstein; y *Jewish Vienna: Heritage and Mission*, publicada por el Museo Judío de Viena.

Estoy en deuda con la historiadora del Museo del Holocausto

de Estados Unidos Patricia Heberer-Rice, que respondió a mis preguntas, y Sandra Kaiser, que facilitó el proceso, además de con Yedida Kanfer, del Centro del Holocausto JFCS, que me ayudó con la documentación allí. La Kindertransport Association, de la que formo parte, me ha proporcionado mucha información e inspiración; gracias en especial a Melissa Hacker. El Museo Judío de Viena y la aplicación «Between the Museums» me resultaron muy útiles para documentarme sobre Viena. Y visitar la colección de contenido de equipajes del museo del Kindertransport de Viena es una experiencia que nunca olvidaré; mi agradecimiento a Milli Segal por abrirme la colección y por ofrecerme un lugar tranquilo en el que llorar después.

Nunca podré expresar con palabras mi agradecimiento a las editoras que apostaron desde el principio por esta novela, en especial al trío de HarperCollins formado por Lucia Macro, Laura Brown y mi asombrosa editora Sara Nelson. Las intuitivas sugerencias de Sara, su atención al detalle y su entusiasmo son el sueño de cualquier escritor. Gracias a todo el equipo de Harper, incluyendo Jonathan Burnham, Doug Jones, Leah Wasielewski, Katie O'Callaghan, Katherine Beitner, Robin Bilardello, Andrea Guinn, Juliette Shapland, Bonni Leon-Berman, Carolyn Bodkin y Mary Gaule.

Como siempre, agradezco enormemente el apoyo de mis amigos y familiares. En esta ocasión le estoy especialmente agradecida a mi hijo Chris, por conseguirme las primeras páginas que vi de la autobiografía de Truus (y a la Biblioteca de Harvard por ser uno de los pocos lugares de Estados Unidos que tienen un ejemplar), y a Murielle Sark por conseguirme el resto y ayudarme a traducir pasajes que Google Translate no tenía claros. También a Brian George por rebuscar en la taquilla del teatro conmigo y animarme en todo el proceso; a Nitza Wilon por su entusiasmo con la historia, y a Elizabeth Kaiden por leer la primera versión; a David Waite por ayudarme con el alemán y por viajar desde Berlín para saludarme en Austria; a Claire Wachtel, por leer generosamente la novela y sugerir la nota de la autora del principio; a Mihai Radulescu; a Hannah Knowles; a Bev Delidow; a Tip Meckel; a Kristin Hannah; a Karen Joy Fowler; a todos los libreros que nos hacen tanto bien, en especial a Margie Scott Tucker; y a mi amiga y maravillosa fotógrafa Adrienne Defendi.

A Brenda Rickman Vantrease, por ser Brenda, mi mejor amiga escritora. A Jenn DuChene y a Darby Bayliss, sin cuya amistad sería una versión mucho más pobre de mí misma. A los cuatro hermanos Waite y a las hermanas que he tenido la suerte de encontrar gracias a sus matrimonios. Y a Don y a Anna Tyler Waite, que siempre han estado a mi lado. (Mamá, como siempre, gracias por leerlo).

A Marly Rusoff, por ser siempre Marly, agente y amiga, cuya fe en mi capacidad para escribir esta novela desde que empecé a planteármelo me permitió creérmelo también a mí. Gracias, Marly, por ayudarme en tantas cosas a lo largo de estos doce años, y por presentar esta novela al mundo entero.

Y a Mac por leerlo. Y leerlo. Y volver a leerlo. Por convencerme para que me quedara en Viena. Por tu asombrosa energía y tu sentido del humor mientras paseábamos por Viena, Ámsterdam y Londres, y por hacerme compañía en aquella litera del tren nocturno desde Viena. Y por mantenerme en mi sano juicio, más o menos. Por todo.